本書出版得到國家古籍整理出版專項經費資助

唐詩豔逸品

唐詩中的女性書寫

［明］楊肇祉　編選　／　曲景毅　王治田　校撰

此書以「豔逸」爲標幟，分名媛、香奩、觀妓、名花四集，專選唐詩中描寫「佳人佚女，麗草疏花」的詩篇，凡三百六十九首。所選詩歌呈現出强烈的追求聲色的審美趣味，是晚明市民文化和消遣文化發達的有力見證。

此次整理以哈佛燕京圖書館所藏的稀見版本萬曆本爲底本，參照天啓本和《文苑英華》等唐宋舊集和諸家别集進行校對，對底本的訛誤加以訂正，對濔入的非唐詩（包括以明人詩僞冒唐詩者）進行考辨，又將天啓本的評語悉數移入，爲讀者提供了一個更加完善的版本。本書分兩個部分，前半部分爲詩集整理，後半部分爲研究論文，兩者互相參照，更有助於讀者對此選本内容和價值的深入解讀和研究，對於瞭解唐詩中的女性書寫，亦是非常難得的讀本。

明清稀見唐詩選本　曲景毅／主編

上海古籍出版社

圖書在版編目(CIP)數據

唐詩艷逸品：唐詩中的女性書寫 /（明）楊肇祉編選；曲景毅主編；曲景毅，王治田校撰. —上海：上海古籍出版社，2019.11
（明清稀見唐詩選本）
ISBN 978-7-5325-9390-3

Ⅰ. ①唐… Ⅱ. ①楊… ②曲… ③王… Ⅲ. ①唐詩—詩集 Ⅳ. ①I222.742

中國版本圖書館 CIP 數據核字(2019)第 237132 號

明清稀見唐詩選本
《唐詩艷逸品》：唐詩中的女性書寫
［明］楊肇祉　編選
曲景毅　主編
曲景毅　王治田　校撰
上海古籍出版社出版發行
（上海瑞金二路 272 號　郵政編碼 200020）
（1）網址：www.guji.com.cn
（2）E-mail：guji1@guji.com.cn
（3）易文網網址：www.ewen.co
上海展强印刷有限公司印刷
開本 850×1168　1/32　印張 19.5　插頁 2　字數 373,000
2019 年 11 月第 1 版　2019 年 11 月第 1 次印刷
印數：1—2,500
ISBN 978-7-5325-9390-3
I·3439　定價：88.00 元
如有質量問題，請與承印公司聯繫
021-66366565

前言

一、《唐詩艷逸品》與「艷逸」之風

《唐詩艷逸品》是明人楊肇祉編選的艷體唐詩選集。編選者楊肇祉，字君錫，杭州人，生平行止未詳，大約生活於明萬曆年間（1573—1620）。此書以「艷逸」爲標幟，分名媛、香奩、觀妓、名花四集，《名媛集》選詩九十一首，《香奩集》選詩一百零五首，《觀妓集》選詩六十六首，《名花集》選詩一百零七首。四集選詩凡三百六十九首，專選唐詩中描寫「佳人佚女，麗草疏花」的詩篇。此書最早於萬曆四十六年（1618）由李乾宇盛芸閣刊刻（哈佛燕京圖書館有藏本），比較忠實地反映了編選者楊肇祉的選詩原貌，但此本只有圈點，且有錯訛。天啓元年（1621）烏程閔一栻重新按詩體編排，廣搜名家評語，改正部分訛謬，重新刊刻。康熙丁卯年（1687）由任祖天據以重刻，現有本藏於中國國家圖書館、浙江省圖書館等地①。此處

① 此本由上海古籍出版社於2016年3月影印出版。

嘗試對此集的編纂背景、宗旨、體例及其版本流傳等問題作一簡論。

1. 艷體詩歌選本與唐詩女性書寫

詩歌選集中專以艷體標榜的，當始於《玉臺新詠》。徐陵自序即云：「撰録艷歌，凡爲十卷。」①明人胡應麟(1551—1602)亦云：「《玉臺》但輯閨房一體。」②這部選集後來被作爲宫體詩的典型，唐人劉肅(806—820)記載云：「梁簡文帝爲太子，好作艷詩，境内化之，浸以成俗，謂之宫體。晚年改作，追之不及，乃令徐陵撰《玉臺集》以大其體。」③這一記載被很多學者引用，用來證明《玉臺新詠》與宫體詩之間的關係。然而，也有學者對《玉臺新詠》與宫體詩之間的聯繫表示懷疑，認爲此集不過是爲當時的宫廷女性編撰的詩歌讀本而已④。無論怎樣説，《玉臺新詠》作爲艷體詩選的揭櫫，則是毋庸置疑的。此集中大多爲男性描寫女性的詩歌，也有少數女性詩人的作品，如班婕妤《怨詩》、秦嘉妻徐淑答夫詩、甄皇后《樂府塘上行》等等。《玉臺新詠》對於女性詩歌的關注，流風餘韻，

① 徐陵《玉臺新詠序》，吴兆宜《玉臺新詠箋注》，北京：中華書局 1985 年，第 13 頁。

② 《詩藪》外編卷二，上海：上海古籍出版社 1979 年，第 146 頁。

③ 劉肅《大唐新語》，北京：中華書局 1984 年，第 42 頁。

④ 田曉菲即認爲：「《玉臺新詠》是公元五、六世紀無數文學選集中幸存下來的一部爲女性讀者編撰的詩選。它並不是一部宫體詩的『代表性選集』。」《烽火與流星——蕭梁王朝的文學與文化》，北京：中華書局 2010 年，第 142 頁。此書英文原著爲：*Beacon Fire and Shooting Star: The Literary Culture of the Liang* (502—557), Cambridge, Mass: Harvard University Asia Center, 2007.

對後人産生了深遠的影響①。唐人李康成編撰《玉臺後集》選録梁代蕭子範至唐代天寶年間的艷體詩作，爲《玉臺新詠》的直接嗣響者，其書至明代亡佚，陳尚君輯有作家六十四人，詩八十九首，收入《唐人選唐詩新編》②。而且，後人仿《玉臺新詠》而作詩，形成了「玉臺體」，有戎昱（744—800）《玉臺體題湖上亭》、權德輿（759—818）《玉臺體十二首》、皇甫冉（716—769）《見諸姬學玉臺體》、羅隱（833—910）《傚玉臺體》等③。晚唐温李的綺艷詩風，韓偓（844—923）的「香奩體」，都是這種風氣影響下的産物。

在這個傳統之下，女性形象的刻畫和書寫，成爲唐詩中的重要内容。對此，學界已經有了豐富的研究成果。尚民傑總論了唐代文學、雕塑、繪畫等中的婦女形象④。徐有富探討唐詩中對后妃、公主和宫女三種類型女性形象的書寫⑤。李孟君探討唐詩中所呈現的各種女性形象（貞婦烈女型、

---

① 參見 Nishimura Fumiko，《中國女性文學の系譜：六朝時代における女性詩人たち：「玉臺新詠集」を中心として》，*Bulletin of the Faculty of Humanities and Social Sciences* 14，1997：1—14。

② 傅璇琮、陳尚君、徐俊：《唐人選唐詩新編》，北京：中華書局 2014 年。

③ 中唐以後齊梁詩體復興，已爲學者所注意。如孟二冬《論齊梁詩風在中唐的復興》，《文學遺産》1995 年第 2 期，後收入《孟二冬文存》，北京：高等教育出版社 2007 年，第 256—268 頁。

④ 尚民傑《唐代婦女的藝術形象》，《文博》1992 年第 6 期，第 37—42 頁。

⑤ 徐有富《唐代婦女生活與詩》，北京：中華書局 2005 年。

美艷風騷型、寬容深情型和其他類型）及其成因，並對唐詩中女性形象的藝術特質進行了分析①。張菁則着重探討唐人書寫中女性的社會角色和社會階層問題②。俞世芬將詩歌的研究與女性的研究、史學的研究相結合，用女性主義、神話批評和文學史等成果激活詩學的研究，爲唐詩的女性研究提供獨特的視野③。姚平關注唐代婦女的慾望書寫，結合了文化批評的視角④。鑒於唐前女性生活資料的匱乏，Paul Rouzer 採取文化批評和個案研究相結合的方式，對漢至唐的女性書寫進行了系統的討論⑤。該書第五章 *The Textutal Life of Savages* 以蔡琰的《悲憤詩》和六朝至唐的詠昭君詩爲例，討論唐以前及唐代詩人關於没入匈奴的女子書寫。第七章以孫棨《北里志》爲中心，展開對唐人贈妓詩的探討，這兩章對於《唐詩艷逸品》的研究具有參考價值。

此外，一些特定婦女群體在唐代文學中的形象，也得到了學者的關注。關於唐詩中對於女冠的

---

① 李孟君《唐詩中的女性形象研究》，臺北：花木蘭文化出版社 2008 年。

② 張菁《唐代女性形象研究》，蘭州：甘肅人民出版社 2007 年。

③ 俞世芬《唐詩與女性的研究》，北京：人民出版社 2012 年。

④ Yao, Ping. "History Great Bliss: Erotica in Tang China (618—907)." *Journal of the History of Sexuality* (Chicago) 22, no. 2 (May 2013) pp. 207—229.

⑤ Paul Rouzer. *Articulated Ladies: Gender and the Male Community in Early Chinese Texts*. Cambridge, Mass: Harvard University Asia Center, 2001, p. 7.

書寫，有林雪玲的著作《唐詩中的女冠》①，以及賈晉華的數篇論文②。Heirman, Ann 則關注唐代詩人筆下的尼姑形象③。Bossler, Beverly 研究唐代女性歌伎的生存狀況④。至於在唐代詩人筆下某些女性形象書寫的個案研究，則成果更爲豐富。今擇其要介紹之。關於唐詩中的西施，有陳曉虎和余穎的研究⑤。關於唐詩中的王昭君，有山内春夫、田久川、蔣方、張高評等的研究⑥。關於唐詩中

---

① 林雪玲《唐詩中的女冠》，臺北：文津出版社有限公司 2002 年。

② Jia, Jinhua. “Religious and Other Experiences of Daoist Priestesses in Tang China.” *T'oung Pao* 102, no. 4—5 (2016): 321—357. “The Yaochiji and Three Daoist priestess—Poets in Tang China *Nan Nü: Men, Women and Gender in China* (Leiden; Boston) 13, no. 2 (2011): 205—243.

③ Heirman, Ann. “Buddhist Nuns Through the Eyes of Leading Early Tang Masters.” *Historical Review* (Leeds, England) 22, no. 1 (May 2015): 31—51.

④ Bossler, Beverly. “Vocabularies of Pleasure: Categorizing Female Entertainers in the Late Tang Dynasty.” *Harvard Journal of Asatic Studies* (Cambridge, MA) 72, no. 1 (Jun 2012): 71—99.

⑤ 陳曉虎《唐人筆下的西施形象》，《江淮論壇》2004 年第 1 期，第 156—160 頁。余穎《王維詠史詩〈西施詠〉解讀》，《古典文學知識》2014 年第 6 期，第 31—35 頁。

⑥ 山内春夫《李白「王昭君」詩における「払玉鞍」について》，東方學(58), 1979—07, 71—79。田久川《評唐人詠王昭君的詩兼論漢匈合戰》，《遼寧師院學報》1981 年第 1 期，第 31—38 頁。蔣方《唐詩與昭君故事的傳播接受》，《江漢大學學報》(人文社會科學版)2010 年第 1 期，第 28—32 頁。張高評《王昭君形象之轉化與創新：史傳、小説、詩歌、雜劇之流變》，臺北：里仁書局 2010 年。

的班婕妤，有劉淑麗的論文①。關於唐詩中的楊貴妃更是不勝枚舉，如美國學者Paul. W. Kroll②、日本學者户崎哲彦、成瀨哲生、静永健、重松詠子③，中國學者吴晶、吴河清、向娜、王炎平④，等等，都有豐碩的研究成果。其他零星有關於唐詩中出現的較爲小衆的女性形象之研究，如Paul. W. Kroll對初唐詩歌中徐慧之研究⑤、再如其他學者對羅虯筆下的杜紅兒之研究⑥，等等。然而，值得注意的

---

① 劉淑麗《從王昌齡的宫怨詩看這一題材從漢魏到盛唐的轉變》，《古典文學知識》2004年第3期，第43—46頁。

② Kroll, Paul W. "The Flight From the Capital and the Death of Precious Consort Yang." *T'ang Studies*. 3 (1985): 25—53, Also collected in Kroll, Paul W (Ed.) *Critical Readings on Tang China*, Brill, 2018.

③ 户崎哲彦《同時代人の見た楊貴妃——李白・杜甫の詩歌における比擬表現を中心にして》，中國文學報(43)，1991-04，第52—85頁。成瀨哲生《楊貴妃伝説の誕生——「長恨歌」と「長恨歌伝」(特集中國古典小説入門2——唐代伝奇小説の世界)》，Sinica 8(10)，1997—10，第61—64頁。静永健《白居易「新楽府五十首」における楊貴妃像》，中國中世文學研究(32)，1997：18—30。重松詠子《杜甫の詩における楊貴妃像》，中國文學論集(33)，2004，第76—90頁。

④ 吴晶《論唐詩對李楊愛情及楊貴妃形象的評價》，《温州師範學院學報》(哲學社會科學版)1998年第5期，第26—32頁。吴河清《唐人馬嵬詩與唐代社會群體意識》，《中州學刊》1999年第4期，第101—102、139頁。向娜《人生家國兩長恨——論唐詩中的楊貴妃》，《汕頭大學學報》(人文社會科學版)2011年第6期，第38—45、91—92頁。王炎平《評歷代詠馬嵬詩——兼議楊貴妃文化現象》，《北京大學學報》(哲學社會科學版)2012年第6期，第141—149頁。

⑤ Kroll, Paul W. "The Life and Writings of Xu Hui (627—650), Worthy Consort, at the Early Tang Court." *Asia Major* (Taipei) 3rd series, 22, pt. 2 (2009): 35—64.

⑥ 李最欣《羅虯〈比紅兒詩〉考論》，《台州學院學報》2006年第4期，第17—21頁。楊旭輝《〈比紅兒〉詩本事獻疑》，《蘇州科技學院學報(社會科學版)》2003年第4期，第74—75頁。

是，《唐詩艷逸品》所選取的唐詩女性書寫，不僅關注那些歷史上有名的女子，它對籍籍無名的女性，也給予了關注，展現出一幅姿態各異、色彩豐富的唐詩婦女圖卷。

2. 晚明消費主義背景下女性品賞之復興

楊肇祉在《唐詩艷逸品》總序中自述其編纂宗旨云：

> 艷如千芳絢綵，萬卉爭妍，明滅雲華，飄摇枝露，青林鬱楚，丹巘葱蒨，而一段巧綴英蕤，姿態醒目；逸如湖頭孤嶼，山上清泓，鶴立松陰，蟬翳蘿幌，碧柯翹秀，翠篠修纖，而一種天然意致，機趣動人。

蓋「艷」更多側重於體態和姿色之妖嬈艷麗，而「逸」更多側重於神采和氣度之飄逸不群，很好地概括了楊肇祉選詩的旨趣。這種選詩宗旨，正是晚明發達的商業與情色文化的折射。

自宋代以降，艷體更多成爲詞的專長。所謂「詩言志，詞言情」，「詞爲艷科」。然而，依然有一些詩人特好艷體詩作，如北宋詩僧惠洪（1071—1128）因「好作綺語」而受到時人的批評①，不過艷體詩在宋代並未成爲風氣。到了晚明嘉靖、隆慶之際，追逐聲色的香艷之風重新又興盛起來。與之前不

① 陳自力《論宋釋惠洪的「好爲綺語」》，《文學遺産》2005 年第 2 期，第 103—115、160 頁。

同的是，晚明香艷風氣的興盛，是與當時消費主義的興盛和文學世俗化的浪潮密切結合的。加之江南地區自古風光旖旎，佳麗雲集，從無錫水西樓的笑語笙歌①，到南京武定橋畔舊院的秦淮八艷②，都是士人們倚紅偎翠、流連風月之地。楊肇祉所生活的杭州在明代雖不及南京那樣繁華，但也是秦樓楚館聚集之地。田汝成（1503—1557）《西湖遊覽志餘》載有錢塘人陳煥章「嘗痛飲妓館，醉爲群妓所侮」之事③。士人們不僅流連於青樓煙館，而且還會舉辦一些聚會來品賞女色。曹大章（1520—?）《蓮臺仙會品敘》云：

金壇曹公家居多逸豫，恣情美艷。隆慶庚午結客秦淮，有蓮臺之會。同遊者毘陵吴伯高、玉峰梁伯龍諸先輩，俱擅才調，品藻諸姬。一時之盛，嗣後絶響。

---

① 黄印《錫金識小録》卷一〇「聲色」載：「水西樓，在試泉門外。王州判召、錢常山憲及顧舉人可宗輩，創樓于梁溪之曲，清川華薄，綴以綺窗朱户，招致吴越名艷，聚處其中，結肆情之社，日夕游娱，若恐不及，時人語曰『快活』。」據光緒二十二年刊本影印。《中國方志叢書》，臺北：成文出版社1983年，第615頁。

② 《明太祖實録》卷二三四載洪武二十七年（1394），太祖「以四海内太平，思欲與民偕樂，乃命工部作十樓于江東諸門之外，令民設酒肆其間，以接四方賓旅」，後又續有擴建，《洪武京城圖誌・樓館・酒樓》載十六座酒樓。朱棣遷都北京後，南京的繁華氣象一度備受打擊，至晚明又重新興盛起來，在原富樂院基礎上發展起來的舊院成爲最繁華的花街，直至清軍南下，舊院被焚毁，方告衰落。見大木康著、辛如意譯《風月秦淮：中國遊里空間》，臺北：聯經出版社2007年，第52—64頁。

③ 田汝成《西湖遊覽志餘》，上海：上海古籍出版社1980年，第315頁。

這些文人不僅品藻風月，而且還撰寫了《金陵名姬分花譜》《十二釵女校書録》等「花譜」著作，來展現「名士風流」①。日本學者合山究(Goyama Kiwamu)指出，明清時期的「花案(品花)」大致有兩種，一是在案頭進行美女品評，另一則是舉辦選美活動②。在這種風氣下，追逐聲色成爲一種潮流而受到追捧，一些香艷題材的出版物也應運而生，如王世貞(1526—1590)《艷異編》、馮夢龍(1574—1646)《情史》等，甚者出現《金瓶梅》《肉蒲團》等情色小說。王鴻泰將明清的情色文化分爲三個層次：「肉慾之有」，蓋指《金瓶梅》等色情小說而言；「美色之好」，即對於女性美感的品賞，楊肇祉序言所謂「艷」者即是；「情愛之求」，即情感的投注與交流，則大約可以對應楊肇祉序言所謂的「逸」者③。《唐詩艷逸品》一書，正是從觀感之艷麗和精神之高逸兩個層面，體現了晚明崇尚情色的風潮。

3. 「艷」而「逸」：「性靈」詩學與「清物」詩學之交織

社會風氣的轉變，也影響到了文學觀念的變化。由於浙東王學的影響，「主情」的文學觀開始發

---

① 王鴻泰《明清間文人的女色品賞與美人意象的塑造》，《明清文學與思想中之情、理、慾——文學篇》，臺北：中研院中國文哲研究所 2009 年，第 197—212 頁。

② 合山究《明清時代の女性と文學》，東京：汲古書院 2006 年。中譯見蕭燕婉譯本，臺北：聯經出版社 2016 年，第 104 頁。

③ 《明清間文人的女色品賞與美人意象的塑造》，《明清文學與思想中之情、理、慾——文學篇》，臺北：中研院中國文哲研究所 2009 年，第 191 頁。

展起來。肯定人慾、否定禮教束縛的文學思潮得到了盛行。公安派提出「獨抒性靈，不拘格套」的主張。如論者指出，「在情的指稱範圍上，前七子對情的含義的把握，畢竟還是有自身限制的，甚至有些還是帶有試探性的。然而至公安派，則已是將之推廣到了與世俗情慾有關的一切對象上，甚至容納了所謂的『穢』『鄙』『貪』『嗔』等爲舊倫理學説所摒棄的情慾性内容」①。對於情慾的肯定，爲晚明時期艷體詩的復興，提供了詩學的支撑。「在明後期主情文學思潮的推動下，弘揚女才成爲晚明的一種社會風氣，在明清之際出現了編輯、出版女性作品的熱潮，劉雲份專門編選唐代女性詩人作品的《唐宫閨詩》二卷可堪稱是這種背景下的應景産物。」②

事實上，除了論者提到的《唐宫閨詩》二卷，晚明出現了大量香艷題材的唐詩選本，如楊慎的《美人詩宫詞》一卷（藏清華大學圖書館）、張之象《彤管新編》八卷（國家圖書館、中國科學院圖書館、上海圖書館）、題明池上客的《名媛璣囊》二卷（南京圖書館、浙江圖書館、海鹽縣圖書館、安徽省圖書館），王化醇的《古今名公百花鼓吹》十五卷（包括《唐詩百花鼓吹》五卷、《宋元名家梅花鼓吹》二卷、《梅花百詠》八卷等，藏無錫市圖書館）、汪元英的《百梅一韻》四卷、《百花一韻》一卷（藏清華大學圖書館、浙江大學圖書館），等等。楊肇祉《唐詩艷逸品》之編纂，正可看作這一詩學風潮之影響。

---

① 黄卓越：《明中後期文學思想研究》，北京：北京大學出版社 2005 年，第 249 頁。

② 金生奎：《明代唐詩選本研究》，合肥：合肥工業大學出版社，第 128 頁。

另外，以鍾惺、譚元春爲代表的竟陵派主張「詩，清物也」（《簡遠堂詩序》），主張詩歌當以表現「幽深孤峭」的山水之趣爲尚。鍾惺云：「古人有言，神情與山水相關。相關者何也？所謂方寸湛然，玄對山水者也。」（《玄覽集詩序》）這種對玄遠山水之清賞，構成了晚明「清物論」之詩學的重要内容①。楊肇祉之所以將女性之品賞中的「艷逸」之趣，形容爲「青林鬱楚，丹巘葱蒨」的「巧綴英蕤」和「湖頭孤嶼，山上清泓」的「天然意趣」，正與竟陵派對「幽情單緒」「煙雲供養」「幽人山行」之境的欣賞是分不開的。

在這一背景下，我們可以對楊肇祉之選詩宗旨有很好的理解。一方面，《唐詩艷逸品》將女性的欣賞與花木的品賞相提並論，固然有中國古典文學中源遠流長的「以花擬人」的傳統，但楊肇祉卻明確反對這一傳統，其《名花集》凡例云：「詠花者，多以花之代謝寫意。於人事之浮沉，則於花無當也，不入。」又云：「觀花有感，與攜觴共賞者，皆具一時之樂事。非以言花之精神也，不入。」看起來是把花的品賞與人的欣賞區分了開來。但正如《唐詩艷逸品》總序中所指出的，楊肇祉對唐詩之「艷」與「逸」之標舉，將對女性的品賞與自然界風物（花卉樹木、湖山鶴松等）的欣賞聯繫了起來，在對女性的客觀關照中品味其幽深玄遠之趣。《名花集》的編纂事實上是對「以花擬人」傳統的反撥，更多選取了「以人擬花」寫法的詩作。在楊肇祉看來，與其説花如人之有情，不如説人如花之多姿，

① 陳文新《明代詩學的邏輯進程與主要理論問題》，武漢：武漢大學出版社 2007 年，第 225—234 頁。

更能體現出自然風物本身所藴含的幽深意趣。從這一選詩宗旨，亦不難看出竟陵派以詩爲「清物」之詩學的影子。

二、類選唐詩女性：《唐詩艷逸品》之名媛、香奩、觀妓、名花

《唐詩艷逸品》分名媛、香奩、觀妓、名花四集，每集各有側重，且具有相對的獨立性，從不同視角展示唐詩中的女性形象。四集之前各有凡例，分别對其選録宗旨予以概括，現結合各集之選詩情況加以述評。

四集中，《名媛集》的選録範圍較爲寬泛。本集選詩九十一首，選載描寫三十一位的「名媛」的詩篇。所謂「名媛」者，楊肇祉將其概括爲「名妃、淑姬、聲妓、孽妾」四種類型。其中，陳阿嬌、王昭君（前51—前15）、班婕妤（前48？—2）、湘妃、息夫人、馮小憐、楊貴妃（719—756）等君主的妃子當屬「名妃」，西施、息夫人等當屬「淑姬」，這兩類乃是名副其實的名門閨秀。他如蘇小小、宋態宜、薛瑶英、行雲、段東美、王福娘、薛濤、談容娘①、宋華陽、泰娘等當屬於「聲妓」，而盧姬、步非煙等當屬於「孽妾」，這後兩類其實是身份較爲卑微卻在當時深負盛名的女子。從時間上來劃分，王昭君、陳阿

---

① 談容娘：又名《踏摇娘》，爲教坊曲名，此處指唱《踏摇娘》之舞女。

嬙、班婕妤、西施、湘妃、碧玉、緑珠、息夫人、盧娘（姬）、蘇小小、馮小憐等是古代（唐代以前）的名媛；虢國夫人、楊貴妃、宋態宜、薛瑶英、行雲、段東美、王福娘、薛濤、段七娘、步非煙、關盼盼、談容娘、真珠、王清、宋華陽、泰娘等則是當代（唐代）的名媛，可以説概括了唐代及之前「名媛」的範疇。

然而，並非所有的「名媛」都在此集的收録範圍。據其凡例所云，其選録的女子要符合「志凜秋霜、心盟匪石、遞密傳悰」，「幽禁中自有一種丰姿，落寞中另有一種妖冶。所謂益悲憤而益堪憐者」的標準。所謂「志凜秋霜」是指女子志氣高潔者，「心盟匪石」是指女子有氣節者①，而「遞密傳悰」則較爲費解。「遞密」或同「密遞」，指私相傳遞之意，宋人王國器《金錢卜歡詞》云：「花房羞化彩蛾飛，銀橋密遞仙娥信。」「悰」，心緒也，元稹（779—831）《夢遊春七十韻》：「悰緒竟何如，絲棼不成絢。」則「傳悰」爲傳遞内心之思緒，天啓本作「傳蹤」，則爲暗通蹤跡之意了。這樣看來，所謂「遞密傳悰」者，蓋寫幽期暗通之事，看似與前兩者之重在志氣節操有天壤之别。如楊巨源描寫崔鶯鶯的《崔娘》詩，敘元稹《鶯鶯傳》所敘張生、鶯鶯幽會暗許之事；趙象《非煙》詩，寫趙象見到本爲武氏妾的步非煙，暗相心許之事。蓋雖寫幽會之情，但仍重在女子之風度氣節也。當然，這樣的描述仍有一些模糊性，如凡例所云：「宮怨、閨情，多有以傳寂寞之情，寫見在之景，令讀之者不能起艷逸之思，

① 《詩經·邶風·柏舟》：「我心匪石，不可轉也。」（程俊英《詩經注析》，北京：中華書局1991年，第63頁。）

適增離索之悲者，不載。」本集所載《長門怨》(《阿嬌怨》)《班婕妤》諸首宮怨閨情詩，李白(701—762)《昭君怨》等，雖看不出什麼艷逸之思，而離索之悲卻宛然紙上。凡例又云：「名妓例具行藏者，載；傳青樓烟館之跡者，不載。」「傳青樓煙館之跡」，當是指那些平康北里的職業娼妓的流傳事跡，本集不予選録，而本集所載之宋態宜、薛瑤英、行雲、段七娘等，均屬官妓或家妓，楊肇祉以爲不在此列。

相較而言，《香奩集》和《觀妓集》所選録的範圍要明確一些。《香奩集》所載爲閨情詩，所謂「以紀閨中事，有事跡不傳，而但求其窈窕之姿，以兼閨閣之用者，非不入《名媛》之詆」，以與《名媛集》相區别。《名媛集》凡例云：「有泛詠美人，不紀其生平之踪跡，但寫一身之丰韻者，自有《香奩集》可載，不入于此。」正可與此相呼應。然則《香奩集》所載，只是那些單純地描寫美人的體態風韻者。凡例又云：「閨詩甚夥，亦摹寫時景，傳紀幽思，不悉閨婦之體態者，不入。」那些抒發閨中幽思，對於美人體態没有細緻刻畫的，反而不在此集收録的範圍。「《採蓮》等詩，以蓮上起興者，不載。若太白《若耶溪畔》等詞，蓋傳女郎之態度者，咸載焉。」以《採蓮》詩爲例，只選李白《若耶溪畔》這樣摹寫女郎體態的詩篇，那些以蓮起興，有所寄託者，反而不入。從此集的實際編選情況來看，也的確着重選録描摹美人體態的詩。尤其是韓偓《香奩集》的詩，選了十一首，在此集中居諸詩人之冠，其「詞皆淫艷，可謂百勸而無一諷」①的風格，正與楊肇祉《香奩集》的選録標準相吻合。

① 紀昀《紀文達公遺集》卷一一《書韓致堯〈香奩集〉後》，閎博書局嘉慶十二年(1812)刻本。

《觀妓集》主要選録一些描寫娼妓的作品。唐代的妓女有宮妓、官妓、營妓、家妓、娼妓等名目，其中宮妓是指宮廷中的教坊聲妓和梨園樂妓，官妓和營妓則分別指服務於官府和軍營的妓女，此二種均屬於公家的妓女，此集較少收録，僅有梁元帝（508—555）的《夕出通波閣下觀妓》，所描寫者，乃六朝的宮廷妓女，杜甫（712—770）《攜妓納涼晚際遇雨》二首乃陪同貴公子在丈八溝觀妓所作，《泛江有女樂在諸船戲馬艷曲》二首乃陪李梓州泛江遊樂所作，所描寫者，當爲官妓。家妓則是指達官貴宦家豢養的私妓，如晉代石崇（249—300）的家妓緑珠，唐代張愔（張建封之次子）的家妓關盼盼等。凡例云：「古宦宅妓，非青樓比也。故贊美者則載，傳情者不入。」本集所載，有羊士諤（762？—819）《彭州蕭使君出妓夜宴》、張謂（？—778？）《雨中張七宅中觀妓》、劉長卿（709—780）《辛大夫西宴觀妓》《李將府林園觀妓》、李白《韋司馬樓船觀妓》、崔顥（704—750）《岐王席觀妓》、孟浩然（689—740）《崔明府觀妓》、張説（667—731）《馮劉二監客舍觀妓》、沈佺期（656？—715？）《李員外宅妓》、白居易（772—864）與關盼盼酬和詩八首等，都是站在第三者對妓女進行品賞的，而非表達與妓女暗通情愫者，所謂「贊美者則載，傳情者不入」，蓋謂此耳。娼妓則是指寓居于平康北里、青樓楚館的職業化妓女。據學者研究，安史之亂以後，由於太常寺、教坊、梨園等樂人失散，流落民間，加之都市商業的發達和市民生活的提高，此類娼妓的數量大量增加①，此集所載，大多屬於

① 廖美雲《唐伎研究》，臺北：臺灣學生書局1995年，第175頁。

此類。

凡例又云：「觀者，以我觀之也。若徒列妓之品題，則於觀者何裨也？故必嬌歌艷舞，足以起人之幽懷，發人之玄賞者，斯載。」這裏强調了一個「觀」字，即首先不應當是妓女的自詠①；其次，應當是詩人站在純粹第三者的角度進行的品賞行爲；再次，詩人的這種品賞行爲不應當只是「徒列妓之品題」，而應當是幽懷玄賞有所興起，「艷逸之思」有所激發者。這裏所謂的「品題」，應當也暗指了前文所述的編「花譜」的風氣。清初文人余懷（1616—1696）《板橋雜記》載晚明名士選花案之風云：「品藻花案，設立層臺，以坐狀元。二十餘人中，考微波第一，登臺奏樂，進金屈卮。」②此風延至清初，陸文衡《嗇菴隨筆》云：「吴門多妓女，往年有好事文人取而評騭之，人贈一詩，名爲『花案』，此韻事也。」③楊肇祉或許對時人的這種品題佳麗之風氣有所不滿，他認爲對美女的欣賞，只要幽懷逸思，有所激發即可。《觀妓集》所載唐人諸詩，或寫其嬌弱之態，如司空曙（720？—790）《觀妓》：「翠蛾紅臉不勝情，管絶絃餘發一聲。銀燭摇摇塵暗下，却愁紅粉淚痕生。」或摹其妖艷之姿，如李白《送侄良攜二妓赴會稽戲有此贈》：「攜妓東山去，春光半道催。遥看二桃李，雙入鏡中開。」或敘其婉孌

① 本集所載平康妓「自詠」詩，據《唐摭言》卷三所載，當爲裴思謙贈詩，此處當爲誤題；又，只有白居易和關盼盼的唱和詩中，有四首盼盼自詠之詩，並不符合「觀妓」之界定。

② 余懷《板橋雜記》，上海：上海古籍出版社 2000 年，第 49 頁。

③ 陸文衡《嗇菴隨筆》，光緒二十三年（1897）刻本。

之情，如戎昱《送零陵妓》：「寶鈿香蛾翡翠裙，粧成掩泣欲行雲。殷勤好取襄王意，莫向陽臺夢使君。」均屬於「以我之眼觀妓」之類也。

四集中，《名花集》比較特別。因爲前三集都是寫人，此集卻專寫花。以花喻人，本爲中國文學中源遠流長的傳統，晚明當時也有以花擬人、品藻花案的風氣。然而此集所載，卻是就花寫花。凡例云：「詠花者，多以花之代謝寫意。於人事之浮沉，則於花無當也，不入。」可見其並無以花喻人之意。這裏應當有對當時盛行的「花案」風氣的反撥。又云：「觀花有感，與攜觴共賞者，皆具一時之樂事。非以言花之精神也，不入。」把那些借花發興的賞花之作也排除在外。如所選丘爲（694—789）《梨花》詩：「冷豔全欺雪，餘香乍入衣。春風且莫定，吹向玉階飛。」元稹《桃花》：「桃花淺深處，似匀深淺粧。春風助腸斷，吹落白衣裳。」均是就花之香色，加以描摹而已；或者以人擬花，如所選皇甫冉（716—769）《禁掖梨花》詩：「巧解迎人笑，偏能亂蝶飛。春風時入户，幾片落朝衣。」張文姬《槿花》：「緑樹競扶疏，紅姿相照灼。不學桃李花，亂向春風落。」則均是「以人擬花」，落脚點還是在對花的描摹，與「以花喻人」的傳統正相反。從中可以看出楊肇祉獨特的選詩標準。凡例云：「花有以豔名者，有以逸名者，有香與色名者，則載。無一于此，不入。」可見，楊肇祉注重的，還是花之豔逸香色，集中所選諸詩，大約均符合此標準。

《唐詩豔逸品》對於我們考察唐詩中的女性形象書寫，具有重要的參考價值。學者對於唐詩中的女性形象的類型，有諸多討論。從女性形象的身份來看，徐有富將唐詩對於女性的書寫，劃分爲

后妃、公主、宮女、仕女、離婦、妓女、勞動婦女諸種類型①。從女性形象的性格特質來看，李孟君將唐詩中的女性形象分爲貞婦烈女型、美艷風騷型、寬容深情型和其他類型②。應該説，這幾種類型的女性形象，在《唐詩艷逸品》中都有所展現。由此可以看出楊肇祉廣博的選詩視野。唐詩中之所以出現這樣題材多樣的女性寫作，和當時城市文化的發展是密不可分的③。唐代詩人每好攜妓佐酒之風，這也是唐詩中多女性書寫的社會文化背景④。這些都可以爲我們理解和探究《唐詩艷逸品》中所選取的女性書寫内容提供廣闊的文化視野。

三、《唐詩艷逸品》的編纂與流傳

1.《唐詩艷逸品》之版本狀況

如前所述，《唐詩艷逸品》有萬曆(1618)和天啓(1621)兩個版本。萬曆本最早，雖有錯訛，但比

---

① 徐有富《唐代婦女生活與詩》，北京：中華書局2005年。

② 李孟君《唐詩中的女性形象研究》，臺北：花木蘭文化出版社2008年。

③ See Lewis, Mark Edward. *China's Cosmopolitan Empire: The Tang Dynasty*. Harvard University Press, 2009.

④ See Benn, Charles D. *China's Golden Age: Everyday Life in the Tang Dynasty*. Oxford: Oxford University Press, 2002.

較忠實地反映了編選者楊肇祉的選詩原貌。不久後，閔一栻加以重新刊刻。閔氏爲烏程地區（在今浙江湖州）著名的刻書家族，刻書以套印本爲特色。本書爲朱墨套印：正文爲宋體字，墨色印刷；書眉及行間評點，則爲朱色軟體，頗有眉目清秀之感。萬曆本原刻只有每集之前的凡例，而閔一栻又于四集之前加「總凡例」，説明自己的修訂工作。據其總凡例所云，閔一栻所做的工作，主要分爲三部分：

第一，將各集按照五七律絶、排律、古風、雜體等重新分體編排。萬曆刻本乃是按照内容主題編排。如《名媛集》是按照所詠人名來歸類，《名花集》是按照所詠花名來歸類；《香奩集》《觀妓集》雖然没有明顯的排列規律，但大致還是可以看出，其將主題相近的詩篇歸在一起的痕跡。這種「類編」别集的做法，起於宋元之際，如《分類補註李太白詩》《集千家注分類杜工部詩》《集千家注批點杜工部詩集》，等等；總集中類似的做法，則起源更早，自《文選》《文苑英華》《瀛奎律髓》等，都採取這種編纂方式。楊肇祉的《唐詩艷逸品》萬曆本也繼承了這種編排方法，只是未爲縝密耳。閔一栻則改爲分體編排的方法，看起來更加眉目清晰，但已非原本之貌。

第二，廣搜名家評語，據閔一栻所列，有三十八家，從宋代的蘇軾、黄庭堅，到元代的虞集、薩都剌，再到明代的楊慎、王穉登等，還有閔一栻的先祖閔珪、閔如霖和兄侄景倩、好友莊若谷等人的評論。這種匯評、集評的評點形式在晚明的發達，有其時代背景，正如學者指出：「由於這些評點家名聲巨大，對當時的讀者很有吸引力，而當時的出版業又恰好處於一個前所未有的騰飛時期，一些書

商爲了牟利，認爲在文學評點上可以大做文章……同時，有些學者也認爲這種匯評本或集評本不僅可以清楚地看到各家各派對於一部小説或一篇散文、一首詩詞的不同看法，而且有助於人們，特别是那些啓蒙讀者對文學作品的理解，因此他們認爲這種匯評本或集評本很有好處，大有必要進行推廣。」①在閔一栻所列出的評點諸家中，筆者略爲翻檢，其中引用最多者，有《唐詩歸》《唐詩品彙》《王孟詩評》等。然其所列之釋無可乃唐人賈島從弟，《全唐詩》卷八一三、八一四載其詩凡九十八首，并未見其有論詩之語，則其所列諸家，容或有書商夸示以炫博射利之嫌。在晚明商業出版發達的背景下，圖書的評點形式有助於加强編者和讀者之間的互動，推動圖書的流通。「文學評點作爲一種傳播手段，主要體現在評點傳播機制的啓用，即用批評的形式改變接受者的期待視界，以培養更多的或隱或顯的接受者爲目的，擴大文本在社會上的影響，加快文本的傳播速度。」②在這種情況下，甚至出現了僞託名人以編選評點的做法。學者已經指出：「明人編歷代名詩、名詞、名曲、名文選，與編科舉時文相似，有的只編不評，有的則加以名人的點評。當然，有的點評真出於名家之手，有的則是假冒。」③最經典的例子，如鍾惺（1581—1624）、譚元春（1586—1637）的《詩歸》的例子：「桐鄉錢麟翔仲遠友于友夏，恒言：『《詩歸》本非鍾、譚二子評選，乃景陵諸生某假託爲之。鍾初見之怒，將言

① 金奎生《明代唐詩選本研究》，第155頁。
② 聶付生《晚明文人的文化傳播研究》，北京：中國戲劇出版社2007年，第161頁。
③ 方志遠《明代城市與市民文學》，北京：中華書局2007年，第171—172頁。

於學使除其名，既而家傳户習，遂不復言。』」①鍾、譚二子的《詩歸》在出版流通中，混入了許多別人僞冒假託的評點，鍾惺剛開始看到還覺得憤怒，但考慮到此集已經流傳于世，也只好表示默認。由此可以看到晚明假僞風氣之一斑。《唐詩艷逸品》中一些假託名家的評點，亦當作如是觀。

第三，對原本訛謬之處加以訂正。如王昌齡《西宫秋怨》（「芙蓉不及美人妝」）一首，在《名媛集》題爲王昌齡《阿嬌怨》，而在《香奩集》又重收，題爲李白《美人怨》；又如《名媛集》所收《長信秋詞》二絶，當爲王昌齡詩，但被誤題崔國輔；白居易《詠關盼盼》一首，既見收於《名媛集》，又在《觀妓集》被繫於關盼盼名下，如此等等，閔一栻均未逕改原文，而是加批語以註明。此外，閔一栻直接改正了原書的一些謬誤，卻在凡例中未加説明的，如《名媛集》張祜《虢國夫人》，原刻云：「楊妃第二姨也。」閔一栻作「第三姨」，是；再如《名媛集》賈至《贈薛瑶英》，第三句「方知漢承帝」，閔一栻「承」作「成」，原刻顯誤，天啓本是；又如《香奩集》載袁暉《三月閨情》第一句，原刻作「一月時將盡」，閔一栻「一」作「三」，查《萬首唐人絶句》正作「三」，詩題既云「三月閨情」，顯然當以「三」爲是；再如《名花集》載《早梅》（知訪寒梅過野塘）一首，原刻作杜甫詩，其實當爲李商隱詩，天啓本已改。這些地方，筆者在整理的時候，均據閔一栻的天啓刻本加以改正。

閔一栻雖然已經改正了原刻的很多錯誤，但依然有很多訛謬未及更正。如《名媛集》載劉禹錫

① 朱彝尊《静志居詩話》卷一八《譚元春》，北京：人民文學出版社 1990 年，第 563 頁。

《泰娘歌》，原刻脱去了「風流太守韋尚書」一句，閔一栻並未補出，今據它本補。再如《觀妓集》所載杜甫《泛江有女樂在諸船戲馬艷曲》其一，第五句原刻作「玉袖臨風並」，閔刻同。按：「臨」當作「凌」，然二字皆通，故僅出校，而不擅改。更多的是原刻多有張冠李戴之處，閔一栻已經指出了一些，但是依然有很多未予指出。例如，《名媛集》收録王昌齡《長門妃怨》（春風日日閉長門），當爲皎然詩；《觀妓集》載王勃《觀妓》二首，均當爲王績詩；《香奩集》載張籍《春女》一首，當爲劉禹錫詩，等等。這些地方，閔一栻都未加以更正，筆者在整理的時候，均一一加以考辨。

特别需要討論的是，《唐詩名花集》除了萬曆和天啓兩個版本，在日本尚有一個元禄九年（1696）的和刻本《弄石庵唐詩名花集》（現藏静嘉堂文庫），選詩與萬曆、天啓二刻本實大相徑庭。《名花集》萬曆本、天啓本收詩僅有107首，而元禄本收詩有311首；除去102首爲幾個版本均收録者之外，有209首詩爲萬曆本、天啓本所未收。元禄本前有莆田黄鳴鸞、錢塘胡舉慶及疑爲楊肇祉自作之序文三篇，後有楊肇祉之從弟楊肇祲（字儀我）之跋文一篇，均爲萬曆、天啓二本所未見。而萬曆、天啓本所有之總序、凡例，則爲元禄本所未載。從所保留的楊肇祉其他親友的序跋來看，推測此本爲楊肇祉最初之稿。然尚未見此刻本有其他三集的流傳，故其與萬曆、天啓刻本之關係究竟若何，尚難以斷定。

2.《唐詩艷逸品》選入的非唐詩

本書雖然名爲《唐詩艷逸品》，卻溷入了不少非唐詩。其中一部分是六朝的詩作。這一點已經

被閔一栻注意到，其在總凡例中云：「集中所載梁簡文帝、陳後主諸歌，本非唐詩，似宜删去，然亦近唐詩。今姑仍原本，讀者幸勿以溷入罪我也。」所指乃《香奩集》載有梁簡文帝（503—551）《美人古歌》二首、陳後主（553—604）《美人歌》二首（其二實爲江總詩）。事實上，此書溷入的六朝詩人絕不止此，尚有庾信（513—581）（《名媛集》載《王昭君》《班婕妤》）、劉遵（梁人，《香奩集》載其《舞妓》，《觀妓集》重收）、王訓（梁人，《香奩集》載其《美人舞》三首，其二實爲梁楊皦詩，其三實爲陳徐陵（507—583）詩）、梁孝元帝（508—555）（《觀妓集》載其《夕出通波閣下觀妓》一首）、梁宣帝（《名花集》載其《蘭花》一首）、孔德紹（陳人，《名花集》載其《同心芙蓉》一首，《初學記》卷二十七作隋杜公瞻詩，《英華》卷三二二作梁朱超詩）凡十三首。

此外，書中孱入幾首明人詩作。如《觀妓集》所載無名氏《妓》八首，其實都是明人王穉登（字百穀，1535—1612）的作品，《名花集》將袁宏道（1568—1610）的《看梅》（「莫將香色論梅花」）、《水仙花》《十姊妹花》（「纈屏緣屋引成行」）等詩，妄題爲杜甫之作。白居易《木蘭花》、孟浩然《荼蘼花》、佚名《夜合花》、李白《海棠花》、裴度（965—839）《蘭花》等，均不見詩人本集和其他唐宋舊籍，亦不見清人所編《全唐詩》，當爲明人僞託。其魚目混珠之跡，昭然若揭。這都是本書選詩之不嚴謹之處。

3.《唐詩艷逸品》的流傳與晚明商業出版之關係

本書雖然有如上所云的種種謬誤和不嚴謹之處，卻是我們了解晚明商業出版和市民閱讀風尚

的一個很好的樣本。明代後期商業出版發達，一些商人爲了牟取暴利，不惜僞託冒名，竄亂舊籍，製造出許多「假古董」。其中有割裂舊版，以僞造唐詩之情形①。明人胡震亨（1569—1645）《唐音丁籤》卷六四《戴叔倫集敘録》即云：「今代雲間朱氏刻本二卷，但中雜元人丁鶴年、本朝劉崧詩數首，而他詩亦有引後代事者，訛僞不一。」可見明人在編纂唐詩集時，將本朝人詩作改頭換面，溷入其中，已非個例。今天的《全唐詩》中，戴叔倫（732—789）、殷堯藩（780—885）、唐彥謙（？—893？）等人名下便大量混入了明人的僞作，《牟融集》更全是出自明人僞造②。考慮到這種風氣，則《唐詩艷逸品》中這些冒名頂替的情況，也就容易理解了。另外，晚明的市民文學發達，不僅體現在通俗小說、戲曲等文學作品的大量產生上，同時體現在傳統雅文學範圍內的詩文詞曲也成爲市民消遣的重要讀物。據晚明人陸容（1436—1494）的《菽園雜記》記載，《唐詩品彙》《萬寶詩山》《雅音會編》《瀛奎律髓》等，都已成爲當時流行的消遣之物，乃至「上官多以饋送往來，動輒印至百部」。《唐詩艷逸品》本來就是晚明消費文化和商業出版的浪潮下催生的產物，只是爲了普通市民消閒散悶的讀本，因此其中的選詩和評點會出現很多真假難辨、魚目混珠的情況。即如其中所混入的明詩人中，王穉登本身便是一個亦士亦商的「山人」，其《無題詩》也是「徘徊宛轉」「情至語切」，袁宏道所領導的「公安

① 劉再華《明人僞造唐集與明代詩風》，《中國韻文學刊》1999年第2期，第49—55頁。

② 參見陶敏《〈全唐詩·殷堯藩集〉考辨》，《唐代文學研究》第五輯，第384—392頁。陶敏、劉再華《〈全唐詩·牟融集〉證僞》，《唐代文學研究》第七輯，第808—813頁。

派」之興盛更是與當時江南的消費文化密不可分①，其創作也以通俗纖穠見長，正合乎這些市民階層的口味。讀者在閱讀這類讀本時，不會真正去查考，甚至也不會在意自己讀的這些作品是不是真正出自唐人之手，他們所需要的，只是在茶餘飯後，「晴窗静几」之前，對着這墨文硃批中的旖旎春色，做一番温柔繾綣的春夢罷了！《唐詩艷逸品》在當時流傳應有一定影響力，康熙丁卯年（1687）由任祖天據天啓本重刻，而且已流傳至海外，今見有日本内閣文庫藏江户時代林氏大學頭家藏本②，可見早已傳入東洋。《唐詩艷逸品》正是靠它推舉艷逸的編纂宗旨和獨特編纂風格，獲得了後世讀者的喜愛。

---

① 邱江寧《明清江南消費文化與文體演變研究》，上海：上海三聯書店 2009 年，第 4—5 頁。
② 參見嚴紹璗《日藏漢籍善本書録》，北京：中華書局 2007 年，第 1895 頁。

整理凡例

一、《唐詩艷逸品》爲晚明楊肇祉編纂，萬曆四十六年（1618）初刻，天啓元年（1621）閔一栻勘正部分訛誤，并附以校勘、集評，重新刻印。今以萬曆刻本爲底本，以天啓刻本爲校本，并參考《初學記》《藝文類聚》《國秀集》《才調集》《文苑英華》《唐詩紀事》《全唐詩》及各家别集加以校正。

一、底本原無一定之排列順序，閔一栻斥之爲「詩次雜亂」，并重予分體編排。今仍依肇祉原本，僅于校記中標出其在天啓本之次序，以存編者之原意。

一、天啓刻本集有名家評語，今亦依次挪入，并略爲注明出處，以備參考。其未能查明出處者，則存疑待考。

一、底本訛誤較多，其已爲天啓刻本所改正者，皆據以改正，并在校記中加以説明。如《名媛集》載張祜《虢國夫人》，底本云：「楊妃第二姨也。」按：虢國夫人實爲楊妃第三姨，天啓本已

改正，今據改。同樣是《名媛集》載賈至《贈薛瑶英》，第三句「方知漢承帝」，「承」字顯誤，當作「成」，天啓本已改正，今亦據改。又如《香奩集》載袁暉《三月閨情》第一句，底本作「一月時將盡」，天啓本作「三」，按《萬首唐人絶句》正作「三」，底本誤，今據改。《名花集》載《早梅》（知訪寒梅過野塘）一首，底本作杜甫詩，其實當爲李商隱詩，天啓本已改，今亦據以改正。

一、底本之訛誤，尚多有天啓本所未及改正者。如《名媛集》載劉禹錫《泰娘歌》，底本脱去「風流太守韋尚書」一句，今據他集補。他如《觀妓集》所載杜甫《泛江有女樂在諸船戲馬艷曲》其一，第五句底本作「玉袖臨風並」，杜集「臨」均作「凌」，然二字皆通，故僅出校，而不擅改。

一、底本多有張冠李戴之處，部分已由天啓本指出，如《香奩集》載李白「芙蓉不及美人妝」一首，天啓本評云：「此乃王昌齡《阿嬌怨》，胡元瑞已評論之矣，今姑仍君錫原本。」再如《名花集》載李白《楊花》（「樓上江頭坐不歸」）一首，天啓本評云：「此乃少陵《曲江對酒》律也，太白竟絶前四句爲之。」按：李白集中并無此絶句，此爲濫入無疑。然尚有天啓本所未指出者，如《名媛集》載王昌齡《長門妃怨》（春風日日閉長門），當爲皎然詩；所載崔國輔《長信宫怨》二首，皆當爲王昌齡詩。《觀妓集》載王勃《觀妓》二首，均當爲王績詩。《香奩集》載張籍《春女》一首，當爲劉禹錫詩。如此之類，皆不勝改，姑依其原本，僅於校記中加以點明，讀者亦須注意。

一、此書雖名爲唐詩選本，然多有非唐詩溷入者。閔一栻即云：「集中所載梁簡文帝、陳後主諸歌，本非唐詩，似宜删去，然亦近唐詩。今姑仍原本，讀者幸勿以溷入罪我也。」今亦仍其

舊。另有明人詩作孱入者，如《觀妓集》載無名氏《妓》八首，實爲明人王稺登之作。《名花集》中，甚至將袁宏道《看梅》（「莫將香色論梅花」）、《十姊妹花》（「纈屏緣屋引成行」）等詩，妄題爲杜甫之作。此皆明人不學無術、濫竽充數之證。今亦仍其原貌，只于校記中加以考辨，以見一代之風氣云。

唐詩四種序

品唐詩者，類以初、盛、晚三變爲定品，三變之品，時也，非品也。作詩者不一人，諸品具標，品詩者不一人，隻眼各别。有如俎豆一陳，水陸畢備，滿前珍錯，下箸爲難。余椎魯無能，不解風人之旨，而晴窗静几，諷詠唐詩，於「名媛」、「香奩」、「觀妓」、「名花」諸篇，偶有所得，非獨鍾情於佳人佚女、麗草疏花也。以唐詩之艷逸者，首此四種。艷，如千芳絢綵，萬卉争妍，明滅雲華，飄摇枝露，青林鬱楚，丹巘葱蒨，而一段巧綴英蕤，姿態醒目；逸，如湖頭孤嶼，山上清泓，鶴立松陰，蟬翳蘿幌，碧柯翹秀，翠篠修纖，而一種天然意致，機趣動人。此余《艷逸品》所由刻也。若謂艷逸非所以品唐詩，余亦甘之矣！

楊肇祉君錫甫題

目録

前言……一
整理凡例……一
唐詩四種序……一
唐詩名媛集……一
凡例……三
虢國夫人……張祜　五
昭君……白居易　六
二……六
昭君怨……李白　七
昭君詞二首……東方虬　七
二……八
昭君怨……崔國輔　八
昭君……李商隱　九
明妃即昭君也。……楊凌　九
昭君二首……令狐楚　一〇
二……一〇
昭君怨二首……郭元振　一一
二……一一
昭君……儲光華　一二
二……一二
三……一三

四 …… 一三
昭君 …… 庾信 一四
昭君二首 …… 董思恭 一五
二 …… 一五
昭君怨 …… 張文琮 一六
王昭君 …… 駱賓王 一六
昭君怨 …… 宋之問 一七
二 …… 一八
昭君 …… 陳標 一八
明妃 …… 白居易 一九
明妃曲 …… 李白 二〇
昭君歌 …… 劉長卿 二一
楊妃剪髮 …… 王之渙 二一
貴妃宮中行樂詞四首 …… 李白 二二
二 …… 二三
三 …… 二三
四 …… 二四
阿嬌怨 …… 王昌齡 二四
二 …… 二五
長門怨 …… 劉皁 二六
長門怨 …… 裴交泰 二六
長門怨二首 …… 女郎劉媛 二七
二 …… 二七
長門妃怨 …… 王昌齡 二八
長門妃冬怨 …… 劉言史 二八
長門怨二首 …… 王貞白 二九
長門妃怨 …… 岑參 三〇
班婕妤 …… 王維 三〇
婕妤怨 …… 徐彥伯 三一
婕妤怨 …… 李咸用 三二
長信宮怨 …… 崔國輔 三二
二 …… 三三
長信妃怨四首 …… 王昌齡 三四
二 …… 三四

三……三四
四……三五
長信妃……錢起　三五
長信宮妃怨……李白　三六
長信宮妃……庾信　三七
西施……羅隱　三七
西施醉舞……李白　三八
西施……李白　三九
西施詠……王維　三九
湘妃怨……李白　四一
湘妃……劉長卿　四二
宋態宜湖州妓……李涉　四二
二……四二
薛瑶英……楊炎　四三
贈薛瑶英……賈至　四四
行雲南妓，後徙居北。……鄭史　四四
別段東美青州妓……薛宜僚　四五
王福娘……孫棨　四六
碧玉娘……于鵠　四六
薛濤一字薛校書，善書，名重洛陽。……胡曾　四七
段七娘……李白　四七
緑珠……李昌符　四八
去妾緑珠……崔郊　四八
寄非烟……趙象　四九
關盼盼……白居易　五〇
崔娘……楊巨源　五〇
息夫人……王維　五一
盧姬篇……崔顥　五二
談容娘……常非月　五三
蘇小小歌……温庭筠　五四
馮小憐……李賀　五四
比紅兒四首……羅虬　五五
二……五五

三……………………五五
四……………………五六
李雍容李波妹…………韓 偓 五六
洛姝真珠……………李 賀 五七
玉清歌………………畢 耀 五八
月夜重會宋華陽姊妹……李商隱 五八
泰娘歌………………劉禹錫 五九

唐詩香奩集……………………六一

凡例……………………六三
贈趙使君美人…………杜審言 六五
美人…………………盧 綸 六五
二……………………六六
鬆髻…………………韓 偓 六六
憶佳人………………駱賓王 六七
麗人曲………………崔國輔 六七
題美人………………于 鵠 六八
又……………………崔 澹 六八
又……………………鄭仁表 六九
奉敕贈康尚書美人……薛伯行 六九
陌上美人……………李 白 七〇
戲竇子美人…………岑 參 七〇
美人怨………………薛維翰 七一
又……………………李 白 七一
又……………………前 人 七二
浣紗女………………王昌齡 七二
又……………………李 白 七三
二……………………七三
越女五首……………前 人 七四
二……………………七四
三……………………七四
四……………………七五
五……………………七五
閨婦…………………白居易 七五

賦別佳人……崔膺 七六
鄰女……白居易 七六
貧女吟……鄭谷 七七
思婦眉……白居易 七七
怨婦……劉商 七八
二…… 七八
忍笑……韓偓 七九
再青春……前人 七九
新上頭…… 八〇
半睡…… 八一
負薪女……白居易 八一
偶見四首……韓偓 八二
二…… 八二
三…… 八二
四…… 八三
春女怨……薛維翰 八三
又……朱絳 八四
佳人春怨……劉方平 八四
舞女……楊師道 八五
三月閨情……袁暉 八五
閨情……李端 八六
春女……張籍 八七
春夜……韓偓 八七
繡婦……無名氏 八八
仙女……楊衡 八八
宮女（二首）……白居易 八九
二…… 八九
又……朱慶餘 九〇
舊宮人……劉得仁 九〇
佳人照鏡……張文恭 九一
美人繡幛……胡令能 九一
織女……戴叔倫 九二
採蓮女……戎昱 九三
又……王昌齡 九三

二 …… 九三
又 …… 白居易 九四
採蓮女 …… 張敬徽 九四
天津橋上美人 …… 駱賓王 九五
開府席上賦得美人名解愁 …… 盧綸 九六
巫山神女 …… 劉禹錫 九六
美人手 …… 韓偓 九七
裹娜 …… 前人 九七
贈美人三首 …… 方干 九八
二 …… 九九
三 …… 九九
杜丞相悰筵中贈美人 …… 李群玉 一〇〇
美人分香 …… 孟浩然 一〇〇
觀美人卧 …… 梁鍠 一〇一
美人騎馬 …… 盧綸 一〇二
烏江女 …… 屈同仙 一〇二
貧女 …… 秦韜玉 一〇三
舞 …… 李嶠 一〇四
新粧 …… 楊容華 一〇四
贈鄰女 …… 魚玄機 一〇五
王家少婦 …… 崔顥 一〇六
懶卸頭 …… 韓偓 一〇七
晝寢 …… 韓偓 一〇七
佳人春怨 …… 孟浩然 一〇八
孤寢 …… 崔珪 一〇九
春女行 …… 劉希夷 一〇九
洛陽女兒 …… 王維 一一〇
美人梳頭 …… 張碧 一一一
美人古歌 …… 簡文帝 一一二
二 …… 一一二
採蓮女 …… 李白 一一三
又 …… 閻朝隱 一一四
趙女 …… 王表 一一四

女郎採菱行……劉禹錫 一一五
麗人行……杜甫 一一六
賦得北方有佳人……徐賢妃 一一七
美人梳頭歌……李賀 一一八
倡女……張籍 一一八
美人歌三首……陳後主 一一九
二……一一九
畫美人……劉長卿 一二〇
美女篇……屈同仙 一二一
舞妓……劉遵 一二二
美人舞……王訓 一二三
二……一二三
三……一二四
美人拍箏歌……盧綸 一二五
唐詩觀妓集……一二七
凡例……一二九
觀妓……司空曙 一三一
觀蠻妓……王建 一三一
王郎中席歌妓……顧況 一三二
題北里妓人壁……孫棨 一三二
送零陵妓……戎昱 一三三
彭州蕭使君出妓夜宴見送……羊士諤 一三三
贈廣陵妓……張文新 一三四
贈歌妓二首……李商隱 一三四
二……一三五
出金陵妓呈盧六……李白 一三五
二……一三六
三……一三六
四……一三六
妓席……李商隱 一三七
送侄良攜二妓赴會稽戲有此贈……李白 一三七

夜出妓……沈君攸 一三八
觀妓……王勃 一三八
二…… 一三九
揚州雨中張十七宅中觀妓……張謂 一四〇
夜觀妓……儲光羲 一四〇
二…… 一四一
三…… 一四一
觀舞妓……温庭筠 一四二
贈柳氏之妓……鄭還古 一四三
陪辛大夫西亭宴觀妓……劉長卿 一四三
過李將軍南鄭林園觀妓……前人 一四四
攜妓納涼晚際遇雨……杜甫 一四四
二…… 一四五
泛江有女樂在諸船戲爲艷曲……杜甫 一四六
二…… 一四六
在永軍宴韋司馬樓船觀妓……李白 一四七
岐王席觀妓……崔顥 一四八
詠妓……王勣 一四八
得妓……陳子良 一四九
五日觀妓……萬楚 一五〇
同員外出舞柘枝妓……張祜 一五〇
金陵妓……李白 一五一
贈妓……孫棨 一五二
贈歌妓……崔仲容 一五二
舞妓……劉遵 一五三
又……王訓 一五四
宴崔明府宅夜觀妓……孟浩然 一五四
温泉馮劉二監客舍觀妓……張說 一五五
李員外秦援宅觀妓……沈佺期 一五五

邯鄲南亭觀妓……李白 一五六
小妓……白居易 一五七
燕子樓詩八首……關盼盼 一五七
二……一五八
三……一五八
四……一五九
五……一五九
六……一六〇
七……一六〇
八……一六〇
平康妓自詠……無名氏 一六一
妓八首……一六二
二……一六二
三……一六三
四……一六三
五……一六四
六……一六四
七……一六五
八……一六五
歌妓……李嶠 一六六
又……薛能 一六七
又……王貞白 一六七
夕出通波閣下觀妓……梁孝元帝 一六八
附：觀妓詩補輯三十三首……一六九
廣州朱長史座觀妓……宋之問 一六九
觀妓……李何 一六九
秋獵孟諸夜歸，置酒單父東樓觀妓……李白 一六九
夜宴觀妓……薛逢 一七〇
清明日觀妓舞聽客詩……白居易 一七〇
白沙宿竇常宅觀妓……劉商 一七〇
上巳日兩縣寮友會集，時主鄆不遂馳赴，輒題以寄方寸……一七一
一作上巳日縣寮會集，不遂馳赴。

觀妓人入道二首 …… 楊巨源 一七一
和趙王觀妓 …… 法宣 一七一
遺歌妓 …… 楊玢 一七二
題廣陵妓屏二首 …… 呂岩 一七二
獻李觀察 …… 舞柘枝女 一七二
潭州席上贈舞柘枝妓 …… 殷堯藩 一七二
贈妓命洛真 …… 鄭仁表 一七三
贈妓茂英 …… 洛中舉子 一七三
京口送朱晝之淮南 一作《寄贈妓人》。 …… 李涉 一七三
李户曹小妓天得善擊越器以成曲章 …… 方干 一七三
陪華林園試小妓羯鼓 …… 宋齊丘 一七四
過小妓英英墓 …… 楊虞卿 一七四
李夫人歌 …… 李賀 一七四
盧侍御小妓乞詩，座上留贈 …… 白居易 一七五
嘗酒聽歌招客 …… 白居易 一七五
寄明州于駙馬使君三絶句之三 …… 一七五
楊柳枝二十韻并序 …… 白居易 一七五
妓席暗記送同年獨孤雲之武昌 …… 李商隱 一七六
唐詩名花集 …… 一七七
凡例 …… 一七九
杏花 …… 温庭筠 一八一
石榴花 …… 孔昭 一八一
梨花 …… 丘爲 一八二
禁掖梨花 …… 皇甫冉 一八二
桃花 …… 元微之 一八三
石竹花 …… 皇甫冉 一八三
左掖海棠 …… 王維 一八四
木蘭花 …… 白居易 一八四
荼蘼花 …… 孟浩然 一八五

蘭花……梁宣帝 一八五
槿花……張文姬 一八六
紅牡丹……崔興宗 一八六
斑竹……劉長卿 一八七
夜合花…… 一八七
柳……雍裕之 一八八
庭竹……王適 一八八
紫藤樹……李白 一八九
水中蒲……韓愈 一八九
萍……庾肩吾 一九〇
又……王摩詰 一九一
葉……孔德紹 一九一
桂……盧僎 一九二
茱萸……王摩詰 一九二
秋池一株蓮……弘執泰 一九三
菊……賈島 一九三
牡丹……白居易 一九四
白牡丹……盧綸 一九四
又……張又新 一九五
紫牡丹……李益 一九六
賞牡丹……劉禹錫 一九六
水芙蓉……李嘉佑 一九六
海棠花……李白 一九七
又……鄭谷 一九八
又……花蕊夫人 一九八
蘭……裴度 一九九
菊……元稹 一九九
十月菊……鄭谷 二〇〇
十姊妹花……杜甫 二〇〇
水仙花……前人 二〇一
盤花紫薔薇……章孝標 二〇一
蜀葵……陳標 二〇二
黄蜀葵……薛能 二〇二
槿花……李商隱 二〇三

榴花……韓愈 二〇三
桃花……崔護 二〇四
桃花……王建 二〇五
百葉桃花……韓愈 二〇五
早梅……戎昱 二〇六
梅……杜甫 二〇六
又……元載妻 二〇七
又……薛濤 二〇八
楊花……李白 二〇八
杜鵑花……前人 二〇九
玉蕊花……李益 二一〇
櫻桃……陸龜蒙 二一〇
又……王建 二一一
又……楊貴妃 二一一
木蘭花……陸龜蒙 二一二
槐花……翁承贊 二一二
小桃……鄭谷 二一三
小松……杜荀鶴 二一三
雙桂……陳陶 二一四
冬青……趙嘏 二一四
蓮葉……鄭谷 二一五
柳……趙嘏 二一五
柳絮……薛濤 二一六
楊柳……王維 二一六
又……劉禹錫 二一七
又……花蕊夫人 二一七
又……李紳 二一八
曲江春草……鄭谷 二一八
殘花……張祜 二一九
落花……白居易 二一九
二……二二〇
獨步尋花……杜甫 二二〇
花……杜甫 二二一
二……二二一

梅……杜　牧　二三二
又……僧齊己　二三二
雪梅……盧照鄰　二三三
桃花……唐太宗　二三三
又……李　嶠　二三四
李花……唐太宗　二三四
杏花……鄭　谷　二三五
石榴花……魏彦深　二三六
菊花……駱賓王　二三六
又……釋無可　二三七
又……李商隱　二三七
白菊……許　棠　二三八
牡丹……温庭筠　二三九
白牡丹……王貞白　二三九
芙容……辛德源　二三〇
同心芙容……孔德紹　二三〇
水林檎花……鄭　谷　二三一
黄蜀葵……崔　涯　二三二
牡丹……韓　愈　二三二
又……温庭筠　二三三
又……薛　濤　二三四
海棠……楊　渾　二三四
杏花……温庭筠　二三五
早梅……李商隱　二三六
又……鄭　谷　二三六
紫薇花……李商隱　二三七
枇杷花……白居易　二三七
柳……温庭筠　二三八
又……薛　逢　二三九
賣殘牡丹……魚玄機　二三九
薔薇……方　干　二四〇

附録一：天啓本《唐詩艷逸品》

總凡例……二四一

附録二：天啓本《唐詩名花集》
後跋 …… 二四三
唐詩名花集（元禄本） …… 二四五
整理説明 …… 二四七
序 …… 二四九
名花詩集敘 …… 二五一
唐名花詩敘 …… 二五三
弄石菴唐詩名花集卷一 …… 二五五
五言絶句 …… 二五五
杏花 …… 温庭筠 二五五
禁掖梨花 …… 皇甫冉 二五六
梨花 …… 丘　爲 二五六
江濱梅 …… 王　適 二五六
石榴花 …… 孔　昭 二五七
瓊花 …… 韓　愈 二五七
梅谿 …… 張文昌 二五八
桃花 …… 元微之 二五八
辛夷花 …… 裴　迪 二五九
紫荆花 …… 釋無可 二五九
石竹花 …… 皇甫冉 二五九
山茶花椿木也。 …… 孟浩然 二六〇
左掖海棠 …… 二六〇
木蘭花 …… 白居易 二六一
荼蘼花 …… 孟浩然 二六一
蘭 …… 梁宣帝 二六一
槿花 …… 張文姬 二六二
紅牡丹 …… 崔興宗 二六二
飲酒看牡丹 …… 劉禹錫 二六三
牡丹 …… 鄭　谷 二六三
渾侍中牡丹 …… 劉禹錫 二六三
斑竹 …… 劉長卿 二六四
夜合花 …… 前　人 二六四
茱萸 …… 王摩詰 二六五

同前……裴度 二六五
秋池一株蓮……弘執泰 二六五
對菊……賈島 二六六
橘……范雲 二六六
梨……梁宣帝 二六七
紅柿子……劉禹錫 二六七
在蜀正朝摘梅……張説 二六七
應詔詠梨……沈約 二六八
石上苔……錢起 二六八
花樹……楊衡 二六九
岸花……張籍 二六九
採蓮……崔國輔 二六九
惜花……張文昌 二七〇
觀桃李花有感……薛濤 二七〇
其二……前人 二七〇
翫花與衛象同醉……司空曙 二七一
別落花……劉言史 二七一
共友人看花……羅鄴 二七二
入百丈澗見桃花晚開……劉長卿 二七二
長信草……崔國輔 二七二
樹中草……張祜 二七三
庭草……元微之 二七三
葵葉……李白 二七四
巴江柳……元微之 二七四
柳枝……前人 二七四
江邊柳……雍裕之 二七五
柳浪……裴迪 二七五
其二……前人 二七五
雨中題衰柳……白居易 二七六
桐……陸季覽 二七六
零落桐……虞世基 二七七
宮槐陌……王摩詰 二七七
山茱萸……皇甫冉 二七七

花塢……韓愈 二七八
庭竹……王適 二七八
竹……蕭放 二七九
斤竹嶺……王摩詰 二七九
紫藤樹……李白 二七九
槐……王維 二八〇
觀鄰栽松……李端 二八〇
桂……盧僎 二八一
元日恩賜柏葉……趙昭 二八一
同前……李義 二八二
又……武平一 二八二
辛夷塢……王維 二八三
蓮花塢……王摩詰 二八三
椒園……前人 二八三
水中蒲……韓愈 二八四
池萍……庾肩吾 二八四
萍池……王維 二八五
葉……孔德昭 二八五

弄石菴唐詩名花集卷二……二八六

七言絶句……二八六
牡丹……白居易 二八六
白牡丹……盧綸 二八七
同前……張又新 二八七
紫牡丹……李益 二八七
和令狐相公別牡丹……劉禹錫 二八八
賞牡丹……前人 二八八
惜牡丹……白居易 二八九
水芙蓉……李嘉佑 二八九
海棠花……李白 二八九
蜀中賞海棠……鄭谷 二九〇
海棠……花蕊夫人 二九〇
蘭花……裴度 二九一
菊花……元稹 二九一
十日菊……鄭谷 二九一

十姊妹花……杜　甫　二九二
水仙花……前　人　二九二
劉侍中宅盤花紫薔薇……章孝標　二九三
蜀葵……陳　標　二九三
黄蜀葵……薛　能　二九三
竹籬叢……薛　濤　二九四
槿花……李商隱　二九四
榴花……韓　愈　二九五
題韋潤州後庭海榴……李嘉佑　二九五
桃花……崔　護　二九五
大林寺桃花……白居易　二九六
蕭八明府處覓杜栽……杜　甫　二九六
桃花落……王　建　二九七
百葉桃花……韓　愈　二九七
玄都觀桃……蔣　防　二九七
早梅……戎　昱　二九八
看梅……杜　甫　二九八
早梅……元載妻　二九九
梅花……薛　濤　二九九
人日新安道中見梅花……羅　隱　二九九
楊花……李　白　三〇〇
宣城見杜鵑花……前　人　三〇〇
玉蕊花……李　益　三〇一
唐昌觀玉蕊花……武元衡　三〇一
又……楊巨源　三〇一
櫻桃……陸龜蒙　三〇二
宮中櫻桃……王　建　三〇二
櫻桃……楊貴妃　三〇三
木蘭花……陸龜蒙　三〇三
槐花……翁承贊　三〇三
贈僧院花……白居易　三〇四
泉州刺桐花兼呈趙

使君……陳陶　三〇四
小桃……鄭谷　三〇五
小松……杜荀鶴　三〇五
雙柱……陳陶　三〇五
蜀桐……李商隱　三〇六
冬青樹……趙嘏　三〇六
白胡桃……李白　三〇七
枸杞寄郭使君……白居易　三〇七
蓮葉……鄭谷　三〇七
杏葉……天寶宮人　三〇八
苔錢……鄭谷　三〇八
浮萍……陸龜蒙　三〇九
柳……趙嘏　三〇九
柳絮……薛濤　三〇九
楊柳……王維　三一〇
賦得灞岸柳留辭鄭員外……楊巨源　三一〇
楊柳……劉禹錫　三一一
和鍊師索秀才楊柳……楊巨源　三一一
楊枝……元微之　三一一
楊柳……花蕊夫人　三一二
又……李紳　三一二
又……韓琮　三一三
又……鄭谷　三一三
又……顧雲　三一四
竹……陳陶　三一四
昌谷新竹……李賀　三一五
曲江春草……鄭谷　三一五
殘花……張祜　三一五
獨步尋花……杜甫　三一六
落花……白居易　三一六
二……　三一六
翫殘花……楊發　三一七
看花……羅鄴　三一七

花……杜　甫　三一八
二……三一八
桃花曲……顧　況　三一八
憑何十一少府邕覓榿木……杜　甫　三一九
花下醉……李義山　三一九
花……嚴　惲　三一九
花……于　鵠　三二〇

弄石菴唐詩名花集卷三……三二一

五言律詩……三二一
梅……杜　牧　三二一
早梅……僧齊己　三二二
同前……柳宗元　三二二
雪梅……盧照鄰　三二三
雪裏覓梅花……梁簡文帝　三二三
官舍早梅……張　謂　三二四
江梅……鄭　谷　三二四
梅……李　嶠　三二五
庭梅……張九齡　三二五
桃花……唐太宗　三二六
桃花南枝已放北枝未開因寄杜副瑞……劉長卿　三二六
桃……李　嶠　三二七
李花……唐太宗　三二七
李……李　嶠　三二八
李花……鄭　谷　三二八
古苑杏花……張　籍　三二九
石榴花……魏彥深　三二九
同和詠樓前海榴花……孫　逖　三三〇
菊花……駱賓王　三三〇
同前……釋無可　三三一
又……李商隱　三三一
殘菊花……唐太宗　三三二
白菊……許　棠　三三二

觀菊……朱灣 三三三
菊……羅隱 三三三
牡丹……温庭筠 三三四
同前……羅鄴 三三四
白牡丹……王貞白 三三五
牡丹未開……韓琮 三三五
看牡丹……文益 三三六
芙容……辛德源 三三六
同心芙容……孔德紹 三三七
重臺芙容……李德裕 三三七
木芙容……韓愈 三三八
薔薇……朱慶餘 三三八
臨水薔薇……李群玉 三三九
蘇侍郎紫薇庭各賦一物得
芍藥……韓愈 三三九
黃蜀葵一名秋葵。……崔涯 三四〇
荷花……李商隱 三四〇
折荷有贈……李白 三四一
苦練花……温庭筠 三四一
石竹花……司空曙 三四二
題磁嶺海棠花……温庭筠 三四二
芳蘭……唐太宗 三四三
蘭此詩有落字。……釋無可 三四三
蓼花……鄭谷 三四四
水林檎花……前人 三四四
槿花……李白 三四五
階前萱草……魏彥深 三四五
同前……李嶠 三四六
芳樹……盧照鄰 三四六
同前……駱賓王 三四七
松樹……宋之問 三四七
同前……李德甫 三四八
又……許棠 三四八
移小松……張喬 三四九

柏……魏收　三四九
竹……劉孝先　三五〇
山中得翠竹……陰鑑　三五〇
柳……李商隱　三五一
柳……魚玄機　三五一
櫻桃……唐太宗　三五二
橘……范雲　三五二
梨……李嶠　三五三
茘枝……鄭谷　三五三
菱……李嶠　三五四
友人池上詠蘆……曹松　三五四
叢葦……張蠙　三五五
惜花……于鵠　三五五
惜落花……白居易　三五六
殘花……楊發　三五六
嘆花……崔塗　三五七
落葉……司空曙　三五七
紅葉……白居易　三五八
萍……吴均　三五八
竹逕……權德輿　三五九
班竹巖……劉長卿　三五九
山花……方干　三六〇
庭華……羅隱　三六〇
草……白居易　三六一

弄石庵唐詩名花集卷四……三六二

七言律詩……三六二
牡丹……韓愈　三六二
同前……温庭筠　三六三
又……韓琮　三六三
又……羅鄴　三六四
又……薛能　三六四
其二……三六五
觀江南牡丹……張璸　三六五
牡丹……李白　三六六

含笑花……唐德宗 三六六
重臺蓮……李紳 三六七
海棠……王維 三六七
擢第後入蜀經羅村溪路見海棠盛開偶有題詠……鄭谷 三六八
海棠……楊渾 三六八
朱秀才庭際薔薇……方干 三六九
野菊花……李商隱 三六九
南池嘉蓮……姚合 三七〇
杏花……温庭筠 三七〇
晚桃花……白居易 三七一
桃花……羅隱 三七一
反生桃發……温庭筠 三七二
早梅……杜甫 三七二
梅……鄭谷 三七三
山枇杷花……白居易 三七三
揚州法雲寺雙桂……張祜 三七四
敕賜百官櫻桃……王維 三七四
梅花……羅隱 三七五
紫薇花百日紅也……李商隱 三七五
石榴花……白居易 三七六
奉和揀貢橘……周元範 三七六
山花…… 三七七
對花……秦韜玉 三七七
石楠樹……白居易 三七八
同前……胡汾 三七八
焦桐樹……陳標 三七九
柳……庭筠 三七九
狂柳……薛逢 三八〇
柳……顧雲 三八〇
同前……杜牧 三八一
竹……韓溉 三八一
同前……羅鄴 三八二

南庭竹……李紳　三八二
松……韓喜　三八三
又……鄭谷　三八三
賣殘牡丹……魚玄機　三八四
嘆庭前甘菊花……杜甫　三八四
遊荔園……曹松　三八五
峽中嘗茶……鄭谷　三八五
尋梅同飲……白居易　三八六
五言排律……三八六
玫瑰花寄徐侍中……盧綸　三八六
詠夾逕菊……薛能　三八七
石榴……梁元帝　三八七
柰……褚雲　三八八
芍藥……柳宗元　三八八
花林園早梅……鄭述誠　三八九
松聲……劉得人　三八九
朱櫻……梁簡文帝　三九〇
龍池春草……宋迪　三九一
御溝新柳……陳羽　三九一
同前……李觀　三九二
竹……王維　三九二
雜體……三九三
惜花……鮑君徽　三九三
蜀葵花歌此歌有落字。……岑參　三九四
柳花歌……戴幼公　三九四
楊花送客往桂楊。……楊巨源　三九五
韋員外家花樹歌……岑參　三九六
薔薇……儲光義　三九六
東園玩菊此詩有落字。……白居易　三九七
花……楊發　三九七
惜花……陸龜蒙　三九八
梅花……吴筠　三九八
梧桐……戴叔倫　三九八
桐……陸龜蒙　三九九

早梅……孟浩然 三九九
石上藤……岑參 四〇〇
菖蒲……張籍 四〇〇
春桂問答……王績 四〇一
唐名花詩跋……四〇二
艷而逸：《唐詩艷逸品》與唐詩中的女性書寫…… 曲景毅 王治田著 四〇三
幽禁中之丰姿，落寞中之妖冶：《唐詩名媛集》述評……四〇五
紀閨中之事，發幽隱之情：《唐詩香奩集》述評……四三三
起人之幽懷，發人之玄賞：《唐詩觀妓集》述論……四六八
幽人之逸趣，花草之精神：《唐詩名花集》（萬曆、天啓本）述論……五〇二
「取花如取友」與「以人擬花」：元禄本《唐詩名花集》述論……五二八
論《唐詩艷逸品》之版本與文獻問題——兼談其作爲晚明商業出版物之特色……五四四

唐詩名媛集

凡例

一、所記名妃、淑姬、聲妓、孽妾，凡寫其志凛秋霜、心盟匪石、遞密傳悰者，咸載焉。

一、宫怨、閨情，多有以傳寂寞之情，寫見在之景，令讀之者不能起艷逸之思，適增離索之悲者，不載。

一、幽禁中自有一種丰姿，落寞中另有一種妖冶。所謂益悲憤而益堪憐者，斯載。

一、有泛咏美人，不紀其生平之蹤跡，但寫一身之丰韻者，自有《香奩集》可載，不入於此。

一、名妓列具行藏者載，傳青樓烟館之跡者不載。

虢國夫人

張　祜

楊妃第三姨也。封虢國，賜錢十萬爲脂粉資。然虢國不施粧粉，自衒美艷，常素面朝天。

虢國夫人承主恩，平明上馬入宫門。卻嫌脂粉污顔色，淡掃蛾眉朝至尊。

【附天啓本批】

眉批：淡淡敘述，自有無限意味。

三四句旁批：趣人，卻似畫水墨觀音。

【校】

此在天啓本七言絶句第二十八首。《全唐詩》卷五一一作張祜詩，一作杜甫詩，見《杜詩詳注》卷二，《杜詩鏡銓》則入「他集互見」中，并云：「詩自佳，然非杜作。」《全唐詩》卷二三四杜甫「補遺」下亦收，題下注：「一作張祜《集靈臺》二首之一。」序「第三姨」，底本作「第二姨」，誤，據天啓本改。「上」，天啓本注：「一作騎」，《全唐詩》正作「騎」，注「一作下馬」。「宫」，天啓本注：「一作金」，杜集正作「金門」。「污」，杜集作「涴」。

昭君

白居易

即王嬙也。元帝時，後宫既多，不得常見，乃使畫工圖其形，按圖召幸。宫人皆賂畫工。昭君自恃容貌，獨不與。工乃醜圖，遂不得見。匈奴入朝，求美人爲閼氏。帝按圖，以昭君行。及去，召見，貌爲後宫第一。善應對，舉止閑雅。帝悔之，而名籍已定。方重信於外國，故不復更人。乃窮其事。畫工等盡棄市。昭君至匈奴，單于大悦。昭君恨不見遇，乃作怨思之歌。後人因是以作《昭君怨》。

滿面胡沙滿面風，眉銷殘態臉銷紅。愁苦辛勤顦顇盡，如今卻似畫圖中。

【附天啓本批】

眉批：二詩情婉而調直。○蓋樂天淪落，不得還朝，托此自況，得風人之體。

四句旁批：想當然耳。

二

漢使卻回憑寄語，黄金何日贖蛾眉。君王若問妾顔色，莫道不如宫裏時。

【校】

此在天啓本七言絶句第十二、十三首。詩題，《白氏長慶集》卷一四、《樂府詩集》卷二一九作「王昭君」，《英華》卷二〇四作「昭君怨」，《白氏長慶集》《英華》題下注：「時年十七。」「滿面風」，《英華》同，《白氏長慶集》《樂府詩集》作「滿鬢風」。「殘態」，二本均作「殘黛」。「似」，《白氏長慶集》作「是」。

昭君怨

李　白

昭君拂玉鞍，上馬啼紅頬。今日漢宫人，明朝胡地妾。

【附天啓本批】

眉批：眼前景敘口頭語，便是詩家絶妙詞。

【校】

此在天啓本五言絶句第七首。

昭君詞 二首

東方虬

漢道方全盛，朝廷足武臣。何須薄命妾，辛苦遠和親。

【附天啓本批】

眉批：昭君意中之言，想是乃爾。

二

掩涕辭丹鳳，銜悲向白龍。單于浪驚喜，無復舊時容。

【附天啓本批】

三四句旁批：雋永，不忍釋手。

【校】

此在天啓本五言絶句第五、六首。「方」，《萬首唐人絶句》卷一一同，《英華》卷二〇四作「今」，《樂府詩集》卷二九作「初」。「須」，《樂府詩集》《萬首唐人絶句》同，《英華》作「煩」。「遠」，《萬首唐人絶句》作「事」。「涕」，《文苑英華》《萬首唐人絶句》《樂府詩集》同，楊士弘《唐音》卷六、《唐詩品彙》卷三八作「淚」。

昭君怨

崔國輔

漢使南還盡，胡中妾獨存。紫臺錦望絶，秋草不堪聞。

【附天啓本批】

一、二句旁批：味「盡」「獨」二字，有無限悲憐。

【校】

此在天啓本五言絶句第八首。詩題，《全唐詩》卷一一九題下注「一作《吟嘆曲》」。「錦」，《樂府詩集》卷二九、《全唐詩》作「綿」，是。聞，二書均作「論」。

昭君

李商隱

毛延壽畫欲通神，忍爲黄金不爲人。馬上琵琶行萬里，漢宮長有隔生春。

【校】

此在天啓本七言絶句第十四首。詩題，《李義山詩集注》卷二作「王昭君」。「爲」，《樂府詩集》卷二九同，《李義山詩集註》作「顧」。「隔生」，《李義山詩集註》注「一作隔山」。

明妃即昭君也。

楊凌

漢國明妃去不還，馬駝絃管向陰山。匣中縱有菱花鏡，羞對單于照舊顔。

【附天啓本批】

眉批：不曰「新顔」，而曰「舊顔」，語中真有無限委曲。

三句旁批：情事宛然。

【校】

此在天啓本七言絶句第十九首。詩題，《唐詩紀事》卷二八、《樂府詩集》卷五九作「明妃怨」。「對」，《樂府詩集》作「到」。

昭君 二首

令狐楚

錦車天外去，毳幕雪中開。魏闕蒼龍遠，蕭關赤雁來。

【附天啓本批】

眉批：鋪錦列繡，雕繢滿眼。

二

仙娥今下嫁，驕子自同和。劍戟歸田盡，牛羊繞塞多。

【附天啓本批】

三句旁批：不作怨語，然亦情在言外。

【校】

此在天啓本五言絶句第三、四首。詩題：《樂府詩集》卷二九、《萬首唐人絶句》卷一二作「王昭君」。「來」，《唐詩紀事》卷四二同，《樂府詩集》、《萬首唐人絶句》作「哀」。「驕子」，《唐詩紀事》、《萬首唐人絶句》同，《樂府詩集》作「嫡子」。

昭君怨二首

郭元振

自嫁單于國，長銜哭掖悲。容顔日憔悴，有甚畫圖時。

【附天啓本批】

眉批：二首各一意，都是説轉來。

三四句旁批：亦自可思。

二

聞有南河信，傳聞殺畫師。始知君惠重，更遣畫蛾眉。

【附天啓本批】

三四句旁批：厚道語，怨語。

【校】

此在天啓本五言絶句第九、十首。其一次句，《樂府詩集》卷二九、《全唐詩》卷六六均作「長銜漢掖悲」。其二首句下，《全唐詩》卷六六注「一作聞道河南使。」「惠」，《樂府詩集》同，天啓本注「一作念」，《全唐詩》作「念」。「遣畫」，《樂府詩集》同，天啓本注「一作肯惜」，《全唐詩》作「肯惜」。

昭君

儲光華

西行隴上泣胡天，南向雲中指渭川。毳幕夜來時宛轉，何由得似漢王邊。

【附天啓本批】

一句旁批：有筋骨。

四句旁批：忽起故鄉之思，凄極。

二

胡王知妾不勝悲，樂府皆傳漢國辭。朝來馬上箜篌引，稍似宫中閑夜時。

【附天啓本批】

眉批：斷腸語，有情人不堪多讀。

三四句旁批：强自消遣。

三

日暮驚沙亂雪飛，傍人相勸易羅衣。强來前殿看歌舞，共待單于夜獵歸。

【附天啓本批】

三句旁批：寫出不情願。

四

彩騎雙雙引寶車，羌笛兩兩奏胡笳。若爲别得横橋路，莫隱宫中玉樹花。

【附天啓本批】

眉批：閒曠。

【校】

此在天啓本七言絶句第十五至十八首。「儲光華」當作「儲光羲」。詩題，《儲光羲詩集》卷

五、《全唐詩》一三九作「明妃曲」，《萬首唐人絶句》卷四作「明妃詞」。其二，「宫」，《全唐詩》注「一作雲」。其三，「殿」，《萬首唐人絶句》作「帳」。其四，「莫隱」，《萬首唐人絶句》作「不憶」。

昭君

庾信

斂眉光禄塞，遥望夫人城。片片紅粧落，雙雙淚眼生。冰河牽馬度，雪路抱鞍行。朔風入骨冷，夜月照心明。方調琴上曲，變作胡笳聲。

【附天啓本批】

眉批：好鳥花外語，聲聲似笙簧。按：批語與内容不符。

【校】

此在天啓本排律第一首。詩題，《庾子山集》卷五作「昭君辭應」，《英華》卷二〇四作「昭君怨」，《樂府詩集》卷二九作「昭君詞」。「遥望」，《英華》《樂府詩集》同，《庾子山集》作「還望」。「紅粧」，《英華》同，《樂府詩集》《庾子山集》作「紅顔」。「度」，《英華》同，《樂府詩集》《庾子山集》作「渡」。「朔風」，《英華》同，《樂府詩集》《庾子山集》作「胡風」。「作」，《樂府詩集》作「入」。

昭君二首

董思恭

琵琶馬上彈，行路曲中難。漢月正南遠，燕山直北寒。髩鬟風拂亂，眉態雪沾殘。斟酌紅顔改，徒勞握鏡看。

【附天啓本批】

眉批：寫出苦楚情狀，千載之下，猶令人悲憐不已。

二

新年猶尚小，那堪遠聘秦。裾衫沾馬汗，眉態染胡塵。舉眼無相識，路逢皆異人。唯有梅將李，猶帶故鄉春。

【附天啓本批】

眉批：前詩「髩鬟」二句，此詩「裾衫」二句，俱悲慘，不忍多讀。

七句旁批：無聊之語。

【校】

此在天啓本五言律詩第四、五首。詩題，《國秀集》卷上作「奉試昭君」，《英華》卷二〇四作

「昭君怨」，《樂府詩集》卷二九作「王昭君」。其一，「直」，《英華》《樂府詩集》同，《國秀集》作「極」。「亂」，《樂府詩集》作「散」。「態」，各本作「黛」。「改」，《英華》同，《國秀集》作「趣」，《樂府詩集》作「盡」。末句，《樂府詩集》作「何勞鏡裏看」。其二，「沾」，《全唐詩》卷六三作「霑」。「眉態」，當作「眉黛」。詩末，《全唐詩》注：「此首一作董初詩。」

昭君怨

張文琮

戒途飛萬里，迴首望三秦。忽見天山雪，還疑上苑春。玉痕垂粉淚，羅袂拂胡塵。爲得胡中曲，還悲遠嫁人。

【校】

此在天啓本五言律詩第七首。「粉淚」，《英華》卷二〇四、《樂府詩集》卷二九作「淚粉」。

王昭君

駱賓王

斂容辭豹尾，緘怨渡龍鱗。金鈿明漢月，玉筯染胡塵。古鏡菱花暗，愁眉柳葉顰。唯有清笳曲，時聞芳樹春。

【附天啓本批】

眉批：唱到《竹枝》聲響處，斷猿晴鳥一時啼。

六句旁批：對工。

【校】

此在天啓本五言律詩第六首。「怨」，《駱丞集》卷一、《樂府詩集》卷二九同，《英華》卷二〇四作「恨」。「渡」，《英華》、《樂府詩集》作「度」。「古」，《駱丞集》同，《英華》《樂府詩集》作「妝」。

昭君怨

宋之問

非君惜鸞殿，非妾妬蛾眉。薄命由驕虜，無情是畫師。嫁來胡地日，不並漢官時。辛苦無聊賴，何堪馬上辭。

【附天啓本批】

眉批：句句醒露，字字藴藉，不事刻畫，偏饒感歎。正以輕倩勝人者。

【校】

「何堪」，原作「何看」，天啓本同，據《宋之問集》《樂府詩集》改。

二

圖畫失天真，容華坐誤人。君恩不可再，妾命在和親。淚點關山月，衣銷邊塞塵。一聞陽鳥至，思絶漢宫春。

【附天啓本批】

眉批：慘慟讀不得悲壯語，可歌可哭。

三四句旁批：似安命語，其實怨命。

【校】

此在天啓本五言律詩第八、九首。其一，《樂府詩集》卷二九作沈佺期詩，《全唐詩》卷九六同，題下注「一作宋之問詩」。詩題，《樂府詩集》作「王昭君」。「日」，《樂府詩集》作「惡」。「馬上」，《樂府詩集》作「上馬」。其二，《全唐詩》卷一九、卷七六九均作梁獻詩，此誤。

昭君

陳　標

掌上恩移玉帳空，香珠滿眼泣春風。飄零怨柳愁眉翠，狼藉愁桃墜臉紅。鳳輦

祇應三殿北，鸞聲不散五湖中。笙歌處處回天睠，獨自無情長信宮。

【附天啓本批】

眉批：讀此而不墮淚者，必非有情人。

二句旁批：淒然。

【校】

此在天啓本七言律詩第一首。詩題，《英華》卷二〇四作「班婕妤怨」，《全唐詩》卷五〇八作「婕妤怨」。「愁眉翠」，《英華》卷二〇四、《全唐詩》均作「凋眉翠」。

明妃

白居易

明妃風貌最娉婷，合在椒房應四星。只得當年備宮掖，何曾專夜奉幃屏。見疏從道迷圖畫，知屈那教配虜庭。自是君恩薄如紙，不須一向恨丹青。

【附天啓本批】

七句旁批：有分曉。

【校】

此在天啓本七言律詩第二首。詩題，《白氏長慶集》卷一六、《樂府詩集》卷五九作「昭君怨」。

「當」，《樂府詩集》同，《英華》作「長」。「幃」，《樂府詩集》同，《英華》作「帳」。「君恩薄如紙」，《英華》注「一作命卑如紙薄」。

明妃曲

李　白

漢家秦地月，流影送明妃。一上玉關道，天涯去不歸。漢月還從東海出，明妃西嫁無來日。臙脂長寒雪作花，蛾眉顦顇没胡沙。生乏黃金枉圖畫，死留青塚使人嗟。

【附天啓本批】

四句眉批：長歌足以當哭。

七句旁批：千古倡調。

【校】

此在天啓本雜體第一首。《英華》卷二〇四同此。詩題，《李太白集註》卷四、《樂府詩集》卷二九作「王昭君」，《英華》卷二〇四作「昭君怨」。「送」，《英華》同，《李太白集注》、《樂府詩集》作「照」。「海」，《李太白集注》《樂府詩集》同，《英華》作「方」。「臙脂」，《李太白集註》《樂府詩集》作「燕支」，《英華》作「焉支」。

昭君歌

劉長卿

自矜驕艷色，不顧丹青人。那知粉繢能相負，却使容華翻誤身。上馬辭君嫁驕虜，玉顔對人啼不語。北風雁急浮雲秋，萬里獨見黄河流。纖腰不復漢宫寵，雙蛾長向胡天愁。琵琶絃中苦調多，蕭蕭羌笛聲相和。誰憐一曲傳樂府，能使千秋傷綺羅。

【附天啓本批】

六句眉批：語語有哭泣之聲。

【校】

此在天啓本雜體第二首。詩題，《劉隨州集》卷一〇、《唐文萃》卷一二作「王昭君歌」。「驕艷」，《劉隨州集》作「嬌艷」，《唐文粹》《全唐詩》作「妖艷」。「雲」，《劉隨州集》《唐文萃》同，《樂府詩集》作「清」。

楊妃剪髮

王之涣

楊貴妃，小字玉環。開元二十二年歸於壽邸。二十八年，玄宗幸温泉宫，使高力士取楊氏

女。既見之日，奏《霓裳羽衣曲》。上喜甚，寵傾後宮。一夕竊寧王玉笛吹，忤旨放出。中使張韜光送妃至宅，妃泣謂光曰：「請奏：妾罪合萬死，衣服之外，皆聖恩所賜。唯膚髮是父母所生。今當即死，無以謝上。」乃剪髮一束，付光以獻。妃既出，上憮然。至是，光以髮搭於肩上以奏。上大驚，急使力士召歸。

青絲一縷淨雲鬟，金剪刀鳴不忍看。特問君王寄幽怨，可能從此住人間。

【附天啓本批】

眉批：寫得貴妃怨望之情出。

【校】

此在天啓本七言絶句第二十七首。作者當爲王渙此爲王渙《惆悵詞十二首》其八。「縷」，《才調集》卷七作「路」，《唐詩記事》卷八作「絡」，《全唐詩》卷六九〇作「絡」。「淨」，《才調集》、《唐詩紀事》、《全唐詩》均作「墮」。「特問」，各本均作「持謝」。

貴妃宮中行樂詞 四首

李　白

柳色黄金嫩，梨花白雪香。玉樓巢翡翠，金殿鎖鴛鴦。選妓隨雕輦，徵歌出洞房。宮中誰第一，飛燕在昭陽。

二

小小生金屋，盈盈在紫微。山花插寶髻，石竹繡羅衣。每出深宮裏，常隨步輦歸。只愁歌舞散，化作綵雲飛。

【附天啓本批】

眉批：太白《清平》三絶，一時高興耳。其詩殊未至也。此首雖流麗，而未免淺薄，然較三絶句差勝。今按：見《唐詩歸》卷六。

三

玉樹春歸日，金宮樂事多。後庭朝未入，輕輦夜相過。笑出花間語，嬌來竹下歌。莫教明月夜，留着伴嫦娥。

【附天啓本批】

五句旁批：意態飛揚。

四

今日明光裏，還須結伴遊。春風開紫殿，天樂下珠樓。艷舞全知巧，嬌歌欲半羞。更憐花月夜，宫女笑藏鉤。

【校】

此在天啓本五言律詩第十一至十四首。其一，《全唐詩》卷一六四，「巢」下注「一作關」，「金」下注「一作珠」，「雕」下注「一作朝」。其二，《全唐詩》卷一六四，「出」下注「一作上」，「散」下注「一作罷」。其三，《全唐詩》卷一六四，「夜」作「去」。「樹」下注「一作殿」，「日」下注「一作好」。「竹」下注「一作燭」，「伴」作「醉」。「嫦」，《全唐詩》作「姮」。其四，《全唐詩》卷一六四，「珠」作「朱」，「欲半」作「半欲」。

阿嬌怨

王昌齡

漢武帝爲膠東王時，長公主嫖有女，欲與王婚，景帝未許。後長主還宫，膠東王數歲，長公主抱置膝上，問曰：「兒欲得婦否？」長主指左右數百人，皆云：「不用。」指其女曰：「阿嬌好否？」笑對曰：「好！若得阿嬌，當作金屋貯之！」長主乃强帝，遂成婚焉。擅寵十餘年而無

子。元光五年，廢居長門宫。后退聞司馬相如工文章，奉黄金百斤，令爲解愁之詞，曰《長門賦》。帝見而傷之，復得親幸。後人因其賦而爲《長門怨》也。

芙蓉不及美人粧，水殿風來珠翠香。卻恨含啼掩秋扇，空懸明月待君王。

【附天啓本批】

題下批：《香奩集》李白《美人怨》同。

眉批：唐五言絶，多法齊梁，體製自别。如太白《横江詞》《少年行》等，尚是古詞，至少伯《宫詞》，雖樂府題，尚唐人絶句，不涉六朝，然亦前無六朝矣。

二

望見葳蕤舉翠華，試開金屋掃庭花。須臾宫女傳來信，言幸平陽公主家。

【校】

此在天啓本七言絶句第四、五首。其一詩題，《英華》卷二〇四作「長信宫」，《全唐詩》卷一四三作「西宫秋怨」。卻恨，《英華》作「誰問」，「問」下並註「一作分」，天啓本注「一作誰分」，《全唐詩》正作「誰分」，「分」下註「一作問」。「卻恨含啼」，天啓本作「卻恨含情」，《全唐詩》作「誰分含啼」。其二又見《劉賓客文集》卷二六、《樂府詩集》卷四二、《全唐詩》卷二〇正作劉禹錫詩，此誤。

長門怨

劉　皁

宮殿沈沈月色分，昭陽更漏不堪聞。珊瑚枕上千行淚，不是思君是恨君。

【附天啓本批】

眉批：悲悲切切，讀之覺淒風苦雨，一時而至。

【校】

此在天啓本七言絶句第六首。《樂府詩集》卷四二、《全唐詩》卷二〇同此。《英華》卷二〇四、《全唐詩》卷四九作齊澣詩，「月色」作「月欲」，末句下註「一作半是思君半恨君」，《全唐詩》卷四九題下並註「一作劉皁詩」。

長門怨

裴交泰

自閉長門經幾秋，羅衣濕盡淚空流。一種蛾眉明月夜，南宮歌管北宮愁。

【附天啓本批】

題下批：此交泰下第所作。

眉批：語語托喻，得詩人比體。

【校】

此在天啓本七言絶句第七首。《英華》卷二〇四「交泰」注「一作交太」。「空」，天啓本注「一作還」，《英華》正作「還」。「管」，《英華》作「吹」。

長門怨 二首

女郎劉媛

雨滴梧桐秋夜長，愁心和雨到昭陽。淚痕不學君恩斷，拭卻千行更萬行。

【附天啓本批】

三四句旁批：「君恩如水向東流」（今按：此句出自李商隱《宫詞》），意與此同。

二

學畫蛾眉獨出羣，當時人道便承恩。經年不見君王面，花落黄昏空掩門。

【附天啓本批】

眉批：淒淒楚楚，如聽月下笙篌，不禁淚下。

【校】

此在天啓本七言絶句第八、九首。劉媛，《英華》卷二〇四作「劉緩」。「梧桐」，《全唐詩》卷八〇一下注「一作長門」。「雨」，《英華》作「淚」，註「一作雨」。「學」，《才調集》卷〇作「與」，《全唐詩》卷八〇一註「一作共」。

長門妃怨

王昌齡

春風日日閉長門，揺蕩春心自夢魂。莫遣花開只問妾，不如桃李正無言。

【校】

此在天啓本七言絶句第十首。按：此當爲皎然詩，見《杼山集》卷七、《樂府詩集》卷四二，此誤。「自」，《杼山集》作「似」。「莫」，《樂府詩集》作「若」，《杼山集》作「誰」。「問」，《杼山集》、《樂府詩集》作「笑」。

長門妃冬怨

劉言史

獨坐爐邊結夜愁，暫時恩去亦難收。手持金筯垂紅淚，亂撥寒灰不舉頭。

【附天啓本批】

三句旁批：含情無限。

【校】

此在天啓本七言絶句第十一首。「收」，《樂府詩集》卷四二作「留」。

長門怨 二首

王貞白

寂寞故宫春，殘燈曉尚存。從來非妾過，偶爾失君恩。花落傷容鬢，鶯啼驚夢魂。翠華如可待，應免老長門。

【附天啓本批】

二句旁批：凄涼。四句旁批：忠厚語。

葉落長門静，苔生永巷幽。相思對明月，獨坐向空樓。鑾駕迷終轉，蛾眉老自愁。昭陽歌舞伴，此夕未知秋。

【附天啓本批】

眉批：悲怨幾聲，石仲翁應爲墮淚。

【校】

此在天啓本五言律詩第一、二首。其一，「過」，《英華》卷二〇四註「一作妬」。

長門妃怨

岑參

君王嫌妾妬，閉妾在長門。舞袖垂新寵，愁眉結舊恩。緑錢侵履跡，紅粉濕啼痕。羞被夭桃笑，看春獨不言。

【校】

此在天啓本五言律詩第三首。「在」，《全唐詩》卷二〇註「一作向」。「侵」，《樂府詩集》作「生」。「夭桃」，《岑參集》《樂府詩集》作「桃花」。

班婕妤

王維

婕妤，徐令彪之姑，况之女。美而能文。初爲帝所寵幸，後趙飛燕姊弟冠於後宮。自知見

薄，恐久見危，求供養太后於長信宮。帝許焉。乃退作《紈扇詩》，以自傷悼。後人傷之，爲《婕妤怨》，一作《長信宮怨》。

怪來妝閣閉，朝下不相迎。總向春園裏，花間笑語聲。

【附天啓本批】

眉批：語皆不刻而近。今按：語出劉辰翁《王孟詩評》。○詠婕妤而猶爲含嚬希寵之態，似非婕妤本相。二句旁批：婉。三四句旁批：丰骨内含，精芒外隱。

【校】

此在天啓本五言絶句第十一首。詩題，《王右丞集》卷一三作「金輿」，《國秀集》卷中作「扶南曲」。「向」，《國秀集》作「在」。「園」，《王右丞集》、《國秀集》、天啓本作「園」，天啓本注：「一作閨。」「笑語」，天啓本注「一作語笑」。

婕妤怨

徐彦伯

花枝出建章，鳳管發昭陽。借問承恩者，雙蛾幾許長。

【附天啓本批】

三句旁批：從冷處得之。

【校】

此在天啓本五言絶句第十二首，作皇甫冉詩。按：令狐楚編《御覽集》、《二皇甫集》卷六正作皇甫冉詩，此誤。詩題，《二皇甫集》同此，《御覽集》作「班婕妤」，元楊士弘《唐音》卷六作「婕妤春怨」。

婕妤怨

李咸用

莫恃芙容開滿面，更有身輕似飛燕。不得團圓長近君，珪月鈋時泣秋扇。

【校】

此在天啓本第二十首。

長信宫怨

崔國輔

奉箒平明秋殿開，且將團扇共徘徊。玉顔不及寒鴉色，猶帶昭陽日影來。

【附天啓本批】

眉批：此乃王昌齡《長信秋詞》，怨而不怒，有風人之致。今按：見《唐詩品彙》卷四十七。

○末二句與「朦朧樹色」同一法，皆不説向自家身上，情事幽細。

一二句旁批：「且將」字，「暫」字，皆從秋字生來。

三四句旁批：寒鴉、日影，尤覺悲怨之甚。今按：見《唐詩歸》卷一一。

二

西宫夜静百花香，欲捲珠簾春恨長。斜抱雲和深見月，朧朧樹色影昭陽。

【附天啓本批】

眉批：太白《長門怨》意盡語中，江寧此詩意在言外，然各有至處。

二三句旁批：以態則至媚，以情則至苦。

四句旁批：反淺一著。

【校】

此在天啓本七言絶句其二一、二二首。二首均當爲王昌齡詩，此誤。其一詩題，《河岳英靈集》卷中作「長信宫」，《才調集》卷八作「長信秋詞」。「秋殿」，《河岳英靈集》《才調集》作「金殿」。「共」，天啓本作「暫」。其二，「西」，《全唐詩》卷一四三註「一作空」。「深」，《全唐詩》註「一作渾」。「朧朧」，天啓本注「一作朦朧」，《唐音》卷七正作「朦朧」。「影」，各本均作「隱」，《全唐詩》註「一作隔」。

長信妃怨 四首

王昌齡

金井梧桐秋葉黄，珠簾不捲夜來霜。熏籠玉枕無顔色，卧聽南宫清漏長。

【附天啓本批】

四句旁批：情自脈脈。

二

高殿秋砧響夜闌，霜深猶憶御衣寒。銀燈青瑣裁縫歇，還向金城明主看。

【附天啓本批】

眉批：怨望都在言表。

三

真成薄命久尋思，夢見君王覺後疑。火照西宫知夜飲，分明複道奉恩時。

【附天啓本批】

眉批：宫詞細于毫髮，不推爲第一婉麗不可，惟「芙蓉不及美人粧」差弱耳。今按：出《唐詩

歸》卷一一。

三四句旁批：憂柔婉麗，意味無窮。今按：出《詩藪·内編》卷六。

四

長信宫中秋月明，昭陽殿下擣衣聲。白露堂前細草跡，紅羅帳裏不勝情。

【校】

此在天啓本七言絶句第二三至二六首。詩題，《英華》卷二〇四作「長信宫」，《樂府詩集》卷四三作「長信怨」。其一，「熏籠」，《英華》作「薰籠」，《樂府詩集》作「金爐」。「南宫」，《英華》《樂府詩集》註「一作宫中」。其二，「寒」，原作「黄」，天啓本同，據《英華》《樂府詩集》《萬首唐人絶句》改。其四，「堂前」，《萬首唐人絶句》卷十七作「堂中」。「細草」，天啓本作「衰草」。「紅羅帳」，原作「細羅帳」，天啓本同，據《全唐詩》改。

長信妃

錢　起

長信螢來一葉秋，蛾眉淚盡九重幽。鳷鵲觀前明月度，芙蓉闕下絳河流。鴛衾久别難爲夢，鳳管遥聞更起愁。誰分朝陽夜歌舞，君王玉輦正淹留。

【附天啓本批】

五句旁批：情真語真。

【校】

此在天啓本七言律詩第三首。「分」，《全唐詩》卷二二三九註「一作念」。「朝陽」，《全唐詩》卷二二三九作「昭陽」。

長信宮妃怨

李　白

月皎昭陽殿，霜清長信宮。天行乘玉輦，飛燕與君同。更有歡娱處，承恩樂未窮。誰憐團扇妾，獨坐怨秋風。

【附天啓本批】

眉批：月皎、霜清，此際誠難爲情。

【校】

此在天啓本五言律詩第十首。詩題，《李太白集》作「長信宮」，《樂府詩集》卷二二三作「長信怨」。「更有歡娱」，《李太白集》注「一作別有留情」，《樂府詩集》作「更有留情」。

長信宮妃

庾信

拭啼辭戚里，迴顧望昭陽。鏡失菱花影，釵除却月梁。腰圍無一尺，垂淚有千行。綠衫承馬汗，紅袖拂秋霜。別曲真多恨，哀絃須更長。

【附天啓本批】

眉批：淒慘光景，俱從筆端畫出，筆筆詩畫，筆筆是舌。

五句旁批：寫得慘。

【校】

此在天啓本五言排律第二首。詩題，《庾子山集》卷五、《樂府詩集》卷二九作「王昭君」，《英華》卷二〇四作「昭君怨」。「腰圍」，《庾子山集》、《英華》、《樂府詩集》作「圍腰」。「綠衫」，《樂府詩集》作「衫身」。「更長」，《英華》、《樂府詩集》作「更張」。

西施

羅隱

越人，初浣紗于苧蘿村。後越王役于會稽，歸，賣西施，獻于吳。吳王寵之，因以亡國。吳亡，大夫范蠡移舟潛載去，歸於五湖。

家國興亡自有時，吴人何苦進西施。西施若解傾吴國，越國亡時又是誰。

【附天啓本批】

三四句旁批：一轉有無限姿態。

【校】

此在天啓本七言絶句第二首。「吴人」，《全唐詩》卷六五六同，《羅昭諫集》卷四、《萬首唐人絶句》卷五一作「越人」。「進」，《全唐詩》作「怨」，并注「一作進」。「時」，《羅昭諫集》、《萬首唐人絶句》、《全唐詩》作「來」。

西施醉舞

李　白

風動荷花水殿香，姑蘇臺上宴吴王。西施醉舞嬌無力，笑倚東窗白玉牀。

【附天啓本批】

題下批：一作「吴王美人半醉口號」。

眉批：首句綴景，下三句賦事。今按：唐汝詢《唐詩解》卷二五：「首是敘景，次則敘事。」

四句旁批：自在。

【校】

此在天啓本七言絶句第三首。詩題，《李太白集注》卷二五作「口號吴王美人半醉」，「美」下注「繆本作舞」。「宴」，《李太白集注》作「見」，并注「繆本作宴」。

西施

李白

西施越溪女，出自苧蘿山。秀色掩今古，荷花羞玉顔。浣紗弄碧水，自與清波閑。皓齒信難開，沉凝碧雲間。勾踐徵絶艷，揚蛾入吴關。提携館娃宫，杳渺詎可攀。一破夫差國，千秋竟不還。

【附天啓本批】

眉批：語語自然。

【校】

此在天啓本古風第一首。「沉凝」，《李太白集》作「沉吟」。

西施詠

王維

艷色天下重，西施寧久微。朝爲越溪女，暮作吴宫妃。賤日豈殊衆，貴來方悟

稀。邀人傅脂粉，不自着羅衣。君寵益驕態，君憐無是非。當時浣紗伴，莫得同車歸。持謝隣家子，效顰安可希。

【附天啓本批】

題下批：時年十六作。

眉批：語有諷味，似淺似深。今按：見劉辰翁《王孟詩評》。○嬌情如畫。今按：《唐詩廣選》引蔣仲舒語。○情艷詩到極深細處，極委曲處，非幽静人，原不能理會。此右丞所以妙於情詩也。今按：見《唐詩歸》卷八。

一二句旁批：使高才淹滯者，讀之感奮。

五六句旁批：狀出肉眼如畫。今按：見《唐詩廣選》卷一。

七八句旁批：寫盡暴富人嬌態。

九十句旁批：冶情中入微之言。今按：見《唐詩歸》卷八。

十一、十二句旁批：説得榮衰變態，咄咄逼人。（今按：見《唐詩歸》卷八）

十四句旁批：諧。

【校】

此在天啓本古風第二首。詩題，《王右丞集箋注》同，《河岳英靈集》卷上、《唐文萃》卷一七、

《唐詩紀事》卷一六作「西施篇」。「寧」，《王右丞集箋注》卷五注「一作又」。「爲」，天啓本注「一作仍」，《唐詩紀事》正作「仍」。「暮作吴宫妃」，《王右丞集箋注》注「暮一作暝，宫妃一作王姬」。「邀」，《河岳英靈集》、《唐詩紀事》作「要」。「子」，《河岳英靈集》作「女」。

湘妃怨

李白

二妃愁處雲沉沉，二妃怨處湘江深。商人酒滴廟前草，蕭索風生斑竹林。

【附天啓本批】

眉批：沉痛。

【校】

此在天啓本七言絶句第一首。此詩不見《李太白集》，《英華》《唐文萃》等均作陳羽詩，此誤。「愁」，《英華》卷二〇四、《唐文萃》卷一二同，《樂府詩集》卷五七、《唐詩紀事》卷三五作「怨」。「怨」，《英華》《唐文萃》同，《樂府詩集》《唐詩紀事》作「哭」。「江」，《樂府詩集》作「水」。「索」，《英華》《唐文萃》同，《樂府詩集》《唐詩紀事》作「颯」。

湘妃　劉長卿

帝子不可見，秋風來暮思。嬋娟湘江月，千載空蛾眉。

【附天啓本批】

眉批：落落古意，似晉魏以前筆。

三句旁批：悠然。

【校】

此在天啓本五言絶句第一首。

宋態宜 湖州妓　李涉

長憶雲仙至小時，芙容頭上綰青絲。當時驚覺高唐夢，唯有如今宋玉知。

二

陵陽夜宴使君筵，解語花枝在眼前。自從明月西沉海，不見嫦娥二十年。

【附天啓本批】

二句旁批：點綴生情。

【校】

此在天啓本七言絶句第二十九、三十首。其一，詩題「宋態宜」，《雲溪友議》卷下、《唐詩紀事》卷四六作「宋態」，《全唐詩》卷四七七作「遇湖州妓宋態宜二首」。「長憶」，《唐詩紀事》同，《雲溪友議》作「嘗憶」，《全唐詩》作「曾識」。「如」，《唐詩紀事》作「而」。其二，「宴」，《全唐詩》作「會」，注「一作讌」。「在」，《全唐詩》作「出」。「自」，《全唐詩》作「一」。「媂」，《雲溪友議》作「姮」。

薛瑶英

楊　炎

雲面淡眉天上女，鳳簫鸞翅欲飛去。玉山翹翠步無塵，楚腰如柳不如春。

【附天啓本批】

四句旁批：尖冷。

【校】

此在天啓本七言絶句第三十一首。詩題，《萬首唐人絶句》卷五一作「贈薛瑶英」，《全唐詩》卷一二一作「贈元載歌妓」。「雲面」，《杜陽雜編》《太平廣記》《海録碎事》《萬首唐人絶句》《全唐

詩》皆作「雪面」。「淡眉」，《唐詩紀事》卷三二同，《杜陽雜編》作「蟾娥」，《太平廣記》卷二三七引作「淡娥」，《海録碎事》卷七引作「澹蛾」。「不如」，《杜陽雜編》、《全唐詩》作「不勝」。

贈薛瑶英　　賈至

舞怯銖衣重，笑疑桃臉開。方知漢成帝，虚築避風臺。

【附天啓本批】

三句旁批：題外引証。

【校】

此在天啓本五言絶句第十四首。「成」，原作「承」，今據天啓本改。按：《杜陽雜編》作「武」，或爲形訛，《類説》卷四四、卷五六引作「成」，是。據《三輔黄圖》卷四：「成帝常以秋日，與趙飛燕戲於太液池，……帝每憂輕蕩以驚飛燕，命佽飛之士以金鎖纜雲舟於波上。每輕風時至，飛燕殆欲隨風入水，帝以翠纓結飛燕之裾。……今太液池尚有避風臺，即飛燕結裾之處。」

行雲南妓，後徙居北。　　鄭史

最愛鉛華薄薄粧，更兼衣着又鵝黄。從來南國名佳麗，何事今朝在北行。

【校】

此在天啓本七言絶句第三十二首。詩題，《全唐詩》卷五四二作「贈妓行雲詩」。「名」，天啓本注「一作多」。

别段東美 青州妓

薛宜僚

阿母桃花方似錦，王孫草色亦如煙。不須更向滄溟望，惆悵歡情又一年。

【附天啓本批】

眉批：意象凄其，可與文通《别賦》并傳。

【校】

此在天啓本七言絶句第四十六首。詩題，《萬首唐人絶句》卷二九作「别青州妓段東美」。「亦」，《南部新書》卷七、《太平廣記》卷二七四引《杼情集》、《唐詩紀事》卷四八、《萬首唐人絶句》作「正」。「情」，《太平廣記》《萬首唐人絶句》《唐詩紀事》同，《南部新書》作「娱」。「又」，《唐詩紀事》同，《太平廣記》《南部新書》《萬首唐人絶句》作「恰」。

王福娘

孫棨

移壁迴窗廢幾朝，指環偷解博蘭椒。無端鬭草輸鄰女，更被捻將楊柳腰。

【附天啓本批】

三句旁批：字字生韻。

【校】

此在天啓本七言絶句第三十三首。《才調集》卷四作「題妓王福娘牆」，注「或混作題北里妓人壁三首」。「廢」，《才調集》作「費」。「蘭椒」，《才調集》作「紅椒」。「捻」，《才調集》作「拈」。「楊柳腰」，《才調集》作「玉步摇」。

碧玉娘

于鵠

新繡籠裙荳蔻花，路人笑上返金車。霓裳禁曲無人解，暗問梨園弟子家。

【校】

此在天啓本七言絶句第三十四首。詩題，《全唐詩》卷三一〇作「贈碧玉」。

薛濤 一字薛校書，善書，名重洛陽。

胡曾

萬里樓臺女校書，琵琶花下閉門居。掃眉才子知多少，管領春風總不如。

【附天啓本批】

眉批：爽朗。

【校】

此在天啓本七言絶句第三十五首。此詩又見王建《王司馬集》卷八，詩題作「寄蜀中薛濤校書」。《萬首唐人絶句》卷五八亦作王建詩，詩題作「寄薛濤校書」。《鑑戒録》卷一〇、《唐詩紀事》卷七九、《唐才子傳》卷八則作胡曾詩。「樓臺」，《鑑戒録》、《唐詩紀事》、《萬首唐人絶句》、《唐才子傳》作「橋邊」。「琵琶」，《鑑戒録》《萬首唐人絶句》同，《唐詩紀事》、《唐才子傳》作「枇杷」。「下」，《萬首唐人絶句》作「裏」。「知多少」，《萬首唐人絶句》作「無多少」，《王司馬集》作「于今少」。

段七娘

李白

羅韈凌波生網塵，那能得計訪親情。千杯緑酒何辭醉，一面紅粧惱殺人。

【附天啓本批】

四句旁批：怨恨在言外。

【校】

此在天啓本七言絶句第三六首。詩題，《李太白集註》卷二五作「贈段七娘」。「親情」，《李太白集註》作「情親」。「惱」，原作「腦」，誤，據天啓本、《李太白集》改。

緑珠

李昌符

洛陽佳麗與芳華，金谷園中見百花。誰遣當年墜樓死，無人巧笑破孫家。

【校】

此在天啓本七言絶句第三十七首。詩題，《萬首唐人絶句》卷七四作「緑珠詠」。

去妾緑珠

崔郊

公子王孫逐後塵，緑珠垂淚滿羅巾。侯門一入深如海，從此蕭郎是路人。

【附天啓本批】

眉批：一字一淚，一淚一珠。

【校】

此在天啓本七言絶句第三八首。詩題，《萬首唐人絶句》卷六八作「贈去妾」，《全唐詩》卷五〇五作「贈去婢」。滿，《萬首唐人絶句》同，《雲溪友議》卷上、《唐語林》卷四、《唐詩紀事》卷五六作「滴」，《紺珠集》卷五、《類説》卷二七作「裛」。

寄非烟

趙　象

武氏妾，象見之，作詩以寄。非烟亦作詩答焉。後遂有私。

一覩傾城貌，塵心只自猜。不隨蕭史去，擬學阿蘭來。

【附天啓本批】

眉批：非煙答詩曰：「畫簷春燕須同宿，蘭浦雙死肯獨飛。長恨桃源諸女伴，等閒花裏送郎歸。」二詩道出真情，如怨如慕，如泣如訴。

【校】

此在天啓本五言絶句第十三首。此出《太平廣記》卷四九一皇甫枚《非烟傳》，所謂「趙象

者」，蓋假託也。此處詩題、作者，同《萬首唐人絶句》卷二二。

關盼盼

白居易

黄金不惜買蛾眉，揀得如花四五枝。歌舞教成心力盡，一朝身去不相隨。

【附天啓本批】

題下批：《觀妓集·燕子樓》詩第七首同。

眉批：無限悲慨。

三句旁批：乃知世人營爲徒自碌碌。

【校】

此在天啓本七言絶句第三十九首。詩題，《白氏長慶集》卷一三作「感故張僕射諸妓」。「買」，原作「賣」，據天啓本改。「四五」，《萬首唐人絶句》卷一一作「三四」。

崔娘

楊巨源

清潤潘郎玉不如，中庭蕙草雪銷初。風流才子多春思，腸斷崔娘一劄書。

【附天啓本批】

眉批：一彈再三嘆，感慨有餘哀。

【校】

此在天啓本七言絶句第四十首。四句「崔娘」，元稹《鶯鶯傳》（《元鎮集》外集卷六）、《唐詩紀事》卷七九作「蕭娘」，是。「劄」，《唐詩紀事》同，《鶯鶯傳》作「紙」。

息夫人

王　維

蔡哀侯娶于陳，息侯亦娶焉。息嬀將歸，過蔡，蔡侯止而見之，弗賓。息侯怒，使謂楚王敗蔡。蔡侯爲莘故，繩息嬀以語楚子。如息，以食入享，滅息，以息嬀歸。生堵敖及成王，未言。楚子問之，對曰：「吾一婦人而事二夫，縱弗能死，其又奚言！」

莫以今時寵，能忘舊日恩。看花滿眼淚，不共楚王言。

【附天啓本批】

眉批：正爾憔悴得人。只發一「楚」字，便有無窮悲怨。今按：出劉辰翁《王孟詩評》。

三句旁批：此情此際，最可傷憐。

【校】

此在天啓本五言絶句第二首。此詩《樂府詩集》卷八〇爲《簇拍相府蓮》前半。「息嬀將歸」之「嬀」，原誤作「侯」，據天啓本、《左傳·莊公十年》改。「時」，《詩話總龜》卷二五作「朝」，天啓本注「一作朝」。「能忘」，《本事詩》、《詩話總龜》、《唐語林》卷六作「寧忘」，《唐詩紀事》卷一六、《萬首唐人絶句》卷四作「難忘」，《樂府詩集》作「寧無」，天啓本注「一作寧無，一作寧怨」。「舊」，《國秀集》卷中作「昔」，《唐詩紀事》作「異」。「眼」，《類説》卷五一作「目」，天啓本注「一作目」。

盧姬篇

崔顥

魏武帝時人，故將軍陰升之姊。七歲入漢宫，善鼓琴，至明帝崩，出嫁爲尹更生妻。

盧姬少小魏王家，緑鬢紅唇桃李花。魏王倚樓十二重，水精簾箔繡芙容。白玉欄杆金作柱，樓上朝朝學歌舞。前堂後堂羅袖人，南窻北牖花發春。翠幌珠簾鬭絲管，一彈一奏雲欲斷。君王日晚下朝歸，鳴環佩玉生光輝。人生今日得嬌貴，誰道盧姬身細微。

【附天啓本批】

十三句旁批：結語悠然可思。

【校】

此在天啓本古風第三首。「倚」，《英華》卷三四六、《全唐詩》卷一三〇作「綺」。「水精」，天啓本作「水晶」。「北牖」，《英華》同，《全唐詩》作「北窗」。「鳴環佩玉」下，《全唐詩》注「一作金環玉珮」。「嬌」下，《全唐詩》注「一作驕」。

談容娘

常非月

舉手整花鈿，翻身舞錦筵。馬圍行處匝，人壓看場圓。歌要齊聲和，情教細語傳。不知心大小，容得許多憐。

【附天啓本批】

眉批：園字寫盡看場之妙在目。

七八句旁批：真齊梁人心口。

【校】

此在天啓本五言律詩第十五首。詩題，《國秀集》卷下、《文苑英華》卷二一三作「詠談容娘」。「錦」，天啓本注「一作繡」。「壓」，《英華》作「簇」，天啓本注「一作簇」。「要」，《英華》作「索」，天啓本注「一作索」。

蘇小小歌

温庭筠

買蓮莫破券，買酒莫解金。酒裏春容抱離恨，水中蓮子懷芳心。吴宫女兒腰似束，家在錢塘小江曲。一自檀郎逐便風，門前春水年年緑。

【附天啓本批】

三句旁批：幽雅。

【校】

此在天啓本雜體第三首。「束」，原空字，據天啓本補。

馮小憐

李賀

灣頭見小憐，請上琵琶絃。破得春風恨，今朝直幾錢。裙垂竹葉帶，鬢濕杏花烟。玉冷紅絲重，齊宫妾駕鞍。

【校】

此在天啓本五言律詩第十六首。詩題「憐」字誤作「隣」，據天啓本改。詩文「憐」亦同據改。

「鞍」，《全唐詩》卷三九二作「鞭」。

比紅兒 四首

羅虬

一曲都緣張麗華，六宮齊唱後庭花。若交比並紅兒貌，枉破當時國與家。

二

青絲高綰石榴裙，腸斷當筵酒半醺。置向漢宮圖畫裏，入胡應不數昭君。

三

斜凭欄杆醉態新，斂眸微盻不勝春。當時若遇東昏主，金葉蓮花是此人。

【附天啓本批】

二句旁批：媚態可挹。

四

自隱新從夢裏來，嶺雲微步下陽臺。含情一向春風笑，羞殺凡花盡不開。

【附天啓本批】

眉批：韻甚。

【校】

此在天啓本七言絶句第四十一至四十四首。原凡一百首，此處選其四、其六、其七、其一十五。其一，「交」，《唐詩紀事》卷六九、《萬首唐人絶句》卷五二作「教」。「時」，《全唐詩》卷六六六作「年」。其三，「盻」，《唐詩紀事》作「眄」。

李雍容 李波妹

韓偓

李波小妹字雍容，窄衣短袖蠻錦紅。未解有情夢梁殿，何曾自媚妒吴宫。誰教牽引知酒味，因令悵望成春慵。海棠花下鞦韆畔，背人撩鬢道匆匆。

【附天啓本批】

眉批：丰致嫣然。

【校】

此在天啓本七言律詩第四首。詩題，《全唐詩》作「後魏時相州人作李波小妹歌疑其未備因補之。」「小妹」下注：「一作少妹。」誰，《全唐詩》作「難」。「悵」，原作「帳」，據天啓本改。

洛姝真珠

李　賀

真珠小娘下清郭，洛苑香風飛綽綽。寒鬢斜釵玉燕光，高樓唱月敲雲璫。蘭風桂露灑幽翠，絲絃裊雲咽深思。花袍白馬不歸來，濃蛾疊柳香脣醉。金鵝屏風蜀山夢，鸞裙鳳帶行煙重。八驄籠晃臉差移，日絲繁散曛羅洞。市南曲陌無秋涼，楚腰魏鬢四時芳。玉喉窱窱排空光，牽雲曳雪留陸郎。

【附天啓本批】

眉批：藻思綺令，覺煙霞生其筆端。

【校】

此在天啓本古風第四首。詩題「姝」字原作「妹」，天啓本同，據《李賀集》、《全唐詩》卷三九〇改。「郭」，《李賀集》作「廓」。「雲璫」，《昌谷集》作「懸璫」。「絲」，《李賀集》作「紅」。「魏」，《李賀

集》作「衛」。

玉清歌

畢　耀

洛陽城中有一人，名玉清，可憐玉清如其名。善踏斜柯能獨立，嬋娟花艷無人及。珠爲裙，玉爲纓。臨春風，吹玉笙。悠悠滿天星，黄金閣上粧成雲。和曲中，爲曼聲。玉梯不得踏，摇袂兩盈盈，城頭之日復何情。

【附天啓本批】

眉批：散散説來，自饒天趣。

【校】

此在天啓本雜體第四首。詩題，《英華》卷三四六、《樂府詩集》卷九一作「情人玉清歌」，《英華》作張南容詩。「洛陽城中有一人名玉清」，《英華》《樂府詩集》作「洛陽有人名玉清」。「黄」，《樂府詩集》作「萬」。「粧」上，《英華》有「曉」字，《樂府詩集》有「晚」字。「曼」，《樂府詩集》作「慢」。

月夜重會宋華陽姊妹

李商隱

偷桃竊藥事難兼，十二城中鎖彩蟾。應共三人同夜賞，玉樓仍是水晶簾。

【校】此在天啓本七言絶句第四五首。詩題「會」字，《李義山詩集》卷二作「寄」，「三人」作「三英」，「水晶」作「水精」。

泰娘歌

劉禹錫

泰娘，本韋尚書家主謳者。善琵琶歌舞，盡得之于樂工。居吴郡。二歲，攜之歸京師。京師多新聲善工，于是又捐去故技，以新聲教之，又盡其妙，而泰娘名字往往見稱于貴遊之間。元和初，尚書薨于東京，泰娘出居民間，久之，爲蘄州刺史張遜所得。其後，遜坐事謫居武陵郡。遜卒，泰娘無所歸。地荒且遠，無有能知其容與藝者，故日抱樂器而哭，其音噍殺以悲。雒客聞之，爲歌其事以足于樂府云。

泰娘家本閶門西，門前緑水繞金堤。有時粧成好天氣，走上高橋折花戲。【風流太守韋尚書】，路傍忽見停隼旟。斗量明珠鳥傳意，紺幰迎入專城居。長鬟如雲衣似霧，錦茵羅薦承輕步。舞學驚鴻水榭春，歌撩上客蘭堂暮。從郎西入帝城中，貴遊簪組香簾櫳。低鬟緩視看明月，纖指破撥生胡風。繁華一旦有消歇，題劍無光履聲絶。洛陽舊宅生草萊，杜陵蕭蕭松柏哀。粧奩蟲網厚如繭，博山爐側傾寒灰。蘄州刺史

張公子，白馬新到銅駝里。自言買笑擲黃金，月墜雲收從此始。安知鵬鳥座隅飛，寂寞旅魂招不歸。秦家鏡有前時結，韓壽香銷故篋衣。山城少人江水碧，斷鴈哀猿風雨多。朱絃已絶爲知音，雲鬢未秋私自惜。舉目風煙非舊時，夢尋歸路多參差。如何將此千行淚，更灑湘江斑竹枝。

【附天啓本批】

十五句旁批：態度宛然。

十七句眉批：忽起荒涼之感。

二十五句眉批：憂喜相尋，人非木石，不知何以遣此。

【校】

此在天啓本古風第五首。「緑水」，《樂府詩集》作「淥水」。「繞」，《劉賓客文集》作「環」。「高」，《劉賓客文集》、《樂府詩集》作「皋」。「風流太守韋尚書」一句，底本、天啓本俱無，據《劉賓客文集》、《樂府詩集》補。「夜似霧」，《劉賓客文集》、《樂府詩集》作「衣似霧」。「撩」，《劉賓客文集》、《樂府詩集》作「傳」，《樂府詩集》注「一作撩」。「看」，《劉賓客文集》、《樂府詩集》作「抱」。「雲收」，《劉賓客文集》、《樂府詩集》作「雲中」。「家」，《劉賓客文集》、《樂府詩集》作「嘉」。「風雨多」，《劉賓客文集》、《樂府詩集》作「風雨夕」。「夢尋」，《樂府詩集》作「夢歸」。

唐詩香奩集

凡例

一、《香奩》以紀閨閣中事，有事跡不傳而但咏其窈窕之姿以兼閨閣之用者載焉，非不入《名媛》之訛。

一、閨詩甚夥，多以摹寫時景，傳紀幽思。不悉閨婦之體態者不入。

一、《採蓮》等詩，以蓮上起興者不載。若太白《若邪溪畔》等詞，蓋傳女郎之態度者，咸載焉。

贈趙使君美人

杜審言

紅粉青娥映楚雲，桃花馬上石榴裙。羅敷獨向東方去，謾學他家作使君。

【校】

此在天啓本七言絕句第七首。詩題，《英華》卷二一三、《萬首唐人絕句》卷七五作「戲贈趙使君美人」。《萬首唐人絕句》作張謂詩，誤。

美人

盧綸

殘粧色淺髻鬟開，笑映朱簾覷客來。推醉唯知弄花鈿，潘郎不敢使人催。

【附天啓本批】

三句旁批：多態。

二

自拈裙帶結同心，暖處偏知香氣深。愛促狂夫問閒事，不知歌舞用黄金。

【附天啓本批】

眉批：便自流動。

【校】

此在天啓本七言絶句第一、二首。其一詩題，《才調集》卷二作「古艷歌」，《萬首唐人絶句》卷十七作「古絶詞」。「朱」，《才調集》《萬首唐人絶句》作「珠」。其二，「捉」、「用」、原作「促」、「問」，天啓本同，據《才調集》《萬首唐人絶句》改。

鬆髻

韓　偓

髻根鬆慢玉釵垂，指點花枝又過時。坐久暗生惆悵事，映人匀却映胭脂。

【校】

此在天啓本七言絶句第四十二首。「花枝」，《萬首唐人絶句》卷五〇作「庭花」。「映人」，《全

唐詩》卷六八三作「背人」。「映咽」，《萬首唐人絶句》作「淚燕」。

憶佳人

駱賓王

東西吴蜀關山遠，魚來鴈去兩難聞。莫怪常有千行淚，只爲陽臺一片雲。

【附天啓本批】

眉批：切。

【校】

此在天啓本七言絶句第三十六首。詩題，《駱丞集》卷二作「憶蜀地佳人」。「常」，《駱丞集》作「嘗」。

麗人曲

崔國輔

紅顔稱絶代，欲並真無侶。獨有鏡中人，由來自相許。

【附天啓本批】

眉批：鏡中人，何人也？一想便得，又想不得，妙！妙！

【校】

此在天啓本五言絶句第一首。「獨」，《萬首唐人絶句》卷一六同，《樂府詩集》卷六八作「惟」。

題美人

于鵠

秦女窺人不解羞，攀花趂蝶出牆頭。胸前空帶宜男草，嫁得蕭郎愛遠遊。

【校】

此在天啓本七言絶句第三首。

又

崔澹

怪得春風送異香，娉婷仙子曳霓裳。惟憂錯認偷桃客，曼倩曾爲漢侍郎。

【校】

此在天啓本七言絶句第四首。詩題，《全唐詩》卷五六六作「贈王福娘」，注「一作贈美人」。「春風」，《唐詩紀事》卷六〇作「輕風」，《全唐詩》作「清風」。「憂」，《全唐詩》作「應」。

又

鄭仁表

嚴吹如何下太清，玉肌無疹六銖輕。自知不是流霞酌，願聽雲和瑟一聲。

【校】此在天啓本七言絶句第五首。詩題，《唐詩紀事》卷六一作「贈美人」，《全唐詩》卷六〇七作「贈妓僊哥」。

奉敕贈康尚書美人

薛伯行

天門喜氣曉氛氳，聖主臨軒召冠軍。欲令從此行霖雨，先賜巫山一片雲。

【附天啓本批】眉批：淺言自可。

【校】此在天啓本七言絶句第八首。

陌上美人

李　白

駿馬驕行踏落花，垂鞭直拂五雲車。美人一笑褰珠箔，遥指紅樓是妾家。

【校】

此在天啓本七言絶句第九首。詩題，《李太白集註》卷二五作「陌上贈美人」，注「一云小放歌行，一首在第三，此是第二篇」。「紅」，《李太白集註》注「一作青」。

戲竇子美人

岑　參

朱脣一點桃花殷，宿粧嬌羞偏髻鬟。細看只似陽臺女，醉着莫許歸巫山。

【附天啓本批】

三四句旁批：諧謔之語，令人絶倒。

【校】

此在天啓本七言絶句第十首。詩題，《岑參集》作「醉戲竇子美人」。「桃」，《萬首唐人絶句》作「榴」。「似」，《岑嘉州集》作「是」，《萬首唐人絶句》作「在」。

美人怨

薛維翰

美人怨何深，含情倚金閣。不笑復不語，珠淚紛紛落。

【校】

此在天啓本五言絶句第二首。詩題，《樂府詩集》卷八六、《萬首唐人絶句》卷一五作「古歌」，《唐詩紀事》卷二〇作「閨怨」。「笑」，《唐詩紀事》同，《樂府詩集》《萬首唐人絶句》作「嚬」。「珠」，《唐詩紀事》同，《樂府詩集》《萬首唐人絶句》作「紅」。「紛紛」，《樂府詩集》《萬首唐人絶句》《唐詩紀事》作「雙雙」。

又

李　白

芙容不及美人粧，水殿風來珠翠香。卻恨含情掩秋扇，空懸明月待君王。

【附天啓本批】

眉批：此乃王昌齡《阿嬌怨》，胡元瑞已評論之矣，今姑仍君錫原本。

【校】

此在天啓本七言絶句第六首。此當爲王昌齡詩。詩題，《英華》卷二〇四作「長信宫」，《萬首

唐人絶句》卷一七作「西宫秋怨」。「卻恨」，《萬首唐人絶句》同，《英華》作「誰問」，《唐詩紀事》卷二四作「誰分」。「含情」，《唐詩紀事》作「含啼」。

又

前　人

美人捲珠簾，深坐嚬蛾眉。但見淚痕濕，不知心恨誰。

【附天啓本批】

眉批：末二語，有不敢前問之意，温存之極。今按：見《唐詩歸》卷一六。

四句旁批：恨恨無極。

【校】

此在天啓本五言絶句第三首。詩題，《李太白集注》卷二五作「怨情」。

浣紗女

王昌齡

錢塘江畔是誰家，江上女兒今勝花。吴王在時不肯出，今日公然來浣紗。

【附天啓本批】

眉批：味「公然」二字，似恨似幸。今按：見《唐詩歸》卷一一。

【校】

此在天啓本七言絶句第十一首。「今」，《萬首唐人絶句》作「金」，《全唐詩》作「全」。「肯」，《萬首唐人絶句》《全唐詩》作「得」。

又

李白

玉面耶溪女，青蛾紅粉粧。一雙金齒屐，兩足白如霜。

【附天啓本批】

眉批：形容艷質，令人色飛。

二

南陌春風早，東鄰去日斜。千花開瑞錦，香撲美人車。

【校】

此在天啓本五言絶句第四、五首。其一詩題，《李太白集註》卷二五作「浣紗石上女」。其二，《樂府詩集》卷八〇《浣紗女二首》其一，不著撰人姓名。

越女五首

前　人

長干吴兒女，眉目艷新月。屐上足如霜，不着鴉頭襪。

二

吴兒多白皙，好爲蕩舟劇。賣眼擲春心，折花調行客。

【附天啓本批】

眉批：似吴兒在此詩中，呼之或出。今按：《唐詩歸》卷一六譚云。

三四句旁批：填詞妙語，入詩不纖。今按：《唐詩歸》卷一六鍾云。

三

耶溪採蓮女，見客棹歌回。笑入荷花去，佯羞不出來。

【附天啓本批】

眉批：說情處，字字使人心宕。今按：《唐詩歸》卷一六譚云。

三四句旁批：非「佯羞」二字，説不出「笑入」之情。今按：《唐詩歸》卷一六鍾云。

四

東陽素足女，會稽素舸郎。相看月未墮，白地斷肝腸。

五

鏡湖水如月，耶溪女似雪。新粧蕩新波，光景兩奇絶。

【附天啓本批】

三句旁批：「蕩」字幽。

【校】

此在天啓本五言絶句第六至十首。

閨婦

白居易

斜憑繡牀愁不動，紅銷帶暖緑鬟低。遼陽春盡無消息，夜合花前日又西。

【附天啓本批】

四句旁批：忽下此句，幽極。

【校】

此在天啓本七言絶句第十二首。「銷」，《唐音統籤》作「綃」

賦别佳人　崔膺

壠上流泉壠下分，斷腸嗚咽不堪聞。嫦娥一入月中去，巫峽千秋空白雲。

【附天啓本批】

眉批：淋漓感慨。

【校】

此在天啓本七言絶句第三七首。「嫦」，《唐詩紀事》卷四三作「常」。詩末，《唐詩紀事》注云：「或云崔涯詩。」

鄰女　白居易

娉婷十五勝天仙，白日嫦娥旱地蓮。何處閒教鸚鵡語，碧紗窗下繡牀前。

【校】 此在天啓本七言絶句第十四首。「嫦」，《白氏長慶集》卷十九，《萬首唐人絶句》卷一三作「姮」。

貧女吟

鄭谷

塵壓鴛鴦廢錦機，滿頭空插麗春枝。東鄰舞妓多金翠，笑剪燈花學畫眉。

【校】 此在天啓本七言絶句第十五首。

思婦眉

白居易

春風搖蕩自東來，折盡櫻桃綻盡梅。惟餘思婦愁眉結，無限春風吹不開。

【校】 此在天啓本七言絶句第三九首。

怨婦

劉　商

連曙寢衣冷，開門霜露凝。風吹昨夜淚，一片枕邊冰。

【附天啓本批】

三句旁批：此恨對誰言。

二

浄掃黃金堦，飛霜皎如月。下簾彈箜篌，不忍見秋月。

【附天啓本批】

題下注：一作崔國輔《古意》。

眉批：一篇淒涼景況，隱躍筆端。

【校】

此在天啓本五言絶句第十一、十二首。其一詩題，《英華》卷二〇五、《唐詩紀事》卷三二均作「古意」。「連」，《英華》作「達」。「枕邊」，《英華》《唐詩紀事》作「枕前」。其二詩題，《國秀集》卷中

作「吳聲子夜歌」，爲薛奇章詩；《英華》卷二〇五、《唐詩紀事》卷一五、《唐詩品彙》卷三九作「古意」，爲崔國輔詩，《全唐詩》崔國輔、劉商詩下重出。「皎如月」，《國秀集》作「皓如雪」，《唐詩品彙》作「皎如雪」，《英華》、天啓本作「厚如雪」。

忍笑　　韓偓

宮樣衣裳淺畫眉，曉來梳洗更相宜。水精鸚鵡釵頭顫，舉袂佯羞忍笑時。

【附天啓本批】

眉批：語語有生趣，故是致堯本色。

【校】

此在天啓本七言絶句第四十四首。作者署名原闕，據天啓本、《萬首唐人絶句》補。「衣裳」，《萬首唐人絶句》卷五〇作「梳頭」。「曉」，《萬首唐人絶句》作「晚」。「梳洗」，《萬首唐人絶句》作「裝飾」。「舉」，《萬首唐人絶句》作「斂」。

再青春　　前人

兩重門裏玉堂前，寒食花枝月午天。想得那人垂手立，嬌羞不肯上鞦韆。

【附天啓本批】

眉批：態度妍美。

【校】

此在天啓本七言絶句第四十首。詩題，《萬首唐人絶句》卷五〇、《全唐詩》卷六八三作「想得」，《全唐詩》注「一作再青春」。

新上頭

學梳鬆鬢試新裙，消息佳期在此春。爲要好多心轉惑，遍將宜稱問傍人。

【附天啓本批】

眉批：「手持紫荆腥紅朵，欲插逢人問可宜。」唐六如《美人插花》詩也，意與此同。

三四句旁批：全是一片徘徊自賞之意。

【校】

此在天啓本七言絶句第四十一首。「鬆」，《萬首唐人絶句》卷七作「蟬」。「要」，《萬首唐人絶句》作「愛」。

半睡

擡照仍嫌瘦，更衣又怕寒。宵分未歸帳，半睡待郎看。

【附天啓本批】

眉批：媚態宛然。

【校】

此在天啓本五言絶句第十五首。「照」，《全唐詩》作「鏡」。「瘦」，《全唐詩》作「重」。

負薪女

白居易

亂蓬爲鬢布爲衣，暖踏寒山自負薪。一種錢塘江畔女，着紅騎馬是何人。

【附天啓本批】

眉批：指點如畫。

【校】

此在天啓本七言絶句第十六首。詩題，《白氏長慶集》卷二十、《萬首唐人絶句》卷一三作「代

賣薪女贈諸妓」。「衣」，《白氏長慶集》作「巾」，《萬首唐人絶句》作「裙」。「暖」，《白氏長慶集》《萬首唐人絶句》作「曉」。

偶見 四首　韓偓

鞦韆打困解羅裙，指點醍醐索一樽。見客入來和笑走，手搓梅子映中門。

【附天啓本批】

三句旁批：嬌情媚態，宛在目前。

二

霧爲襟袖玉爲冠，半是羞人半忍寒。別易會難長自歎，轉身應把淚珠彈。

【附天啓本批】

三句眉批：料想語，亦自入神。

三

桃花臉薄難藏淚，柳葉眉長易覺愁。密跡未成當面笑，幾迴擡眼又低頭。

【附天啓本批】

四句旁批：婉甚。

四

半身映竹輕聞雨，一手揭簾從轉頭。此意別人應未覺，不勝情緒兩風流。

【校】

此在天啓本七言絶句第二十九至三十三首。其一詩題，此首《歲時雜詠》卷一二作「鞦韆」。「索」，《萬首唐人絶句》作「酒」。其二，「是」，《萬首唐人絶句》作「似」。其三，「柳」，《萬首唐人絶句》作「桂」。「密」，《萬首唐人絶句》作「形」。其四，「雨」，《全唐詩》作「語」。

春女怨

薛維翰

白玉堂前一樹梅，今朝忽見數花開。兒家門户重重閉，春色因何入得來。

【附天啓本批】

題下批：《名花集》薛濤《梅詩》同。

眉批：「因何」妙于「何因」。「入得」妙于「得入」，用字之變，不可不知。

【校】

此在天啓本七言絶句第三十四首。「花」，《苕溪漁隱叢話》前集卷五九作「枝」。「重重」，《苕溪漁隱叢話》同，《唐詩紀事》卷二〇作「尋常」。「入得」，《海録碎事》卷七作「得到」，《錦繡萬花谷》前集卷七作「得入」。

又

朱絳

獨坐紗窗刺繡遲，紫荆枝上囀黄鸝。欲知無限傷春意，併在停鍼不語時。

【校】

此在天啓本七言絶句第三十四首。「枝上」，《才調集》卷七作「花下」。

佳人春怨

劉方平

紗窻落日漸黄昏，金屋無人見涙痕。寂寞空庭春又晚，梨花滿地不開門。

【附天啓本批】

眉批：末句讀者稍不檢，失足詩餘不難矣，格不可不拘，界亦不可不明。

二句旁批：「見」字悲。

【校】

此在天啓本七言絶句第三十五首。詩題，《御覽詩》、《唐詩紀事》卷二八、《萬首唐人絶句》卷二九作「春怨」。「又」，《御覽詩》《萬首唐人絶句》作「欲」。

舞女

楊師道

二八如回雪，三春類早花。分行向燭轉，一種逐風斜。

【校】

詩題：此在天啓本五言絶句第十三首。《唐詩紀事》卷四作「詠舞」。

三月閨情

袁暉

三月時將盡，空房妾獨居。蛾眉愁自結，鬢髮没情梳。

【附天啓本批】

眉批：何必絲與竹，山水有清音。今按：此兩句見左思《招隱士》，然與此詩情境不符。

【校】

此在天啓本五言絶句第十七首。詩題，《萬首唐人絶句》卷二一作「三月閨怨」。「三」，底本原作「二」，據天啓本、《萬首唐人絶句》改。「時」，《全唐詩》卷一一一作「春」。又，此詩《全唐詩》卷八九張説下重出。

閨情

李　端

月落星稀天欲明，孤燈未滅夢難成。披衣更向門前望，不忿朝來喜鵲聲。

【附天啓本批】

眉批：點綴光景成詩，自是可人。

【校】

此在天啓本七言絶句第三十八首。

春女

張籍

新粧面面下珠樓，深鎖春光一院愁。行到中庭數花朵，蜻蜓飛上玉搔頭。

【附天啓本批】

眉批：得趣于淺。

【校】

此在天啓本七言絶句第十七首。此當爲劉禹錫詩。詩題，《劉賓客文集》外集卷一作「和樂天春詞」，《萬首唐人絶句》卷五作「春詞」。「面面」，《劉賓客文集》作「粉面」，《萬首唐人絶句》作「宜面」。「珠」，《劉賓客文集》《萬首唐人絶句》作「朱」。

春夜

韓偓

氳氳帳裏香，薄薄睡時粧。長吁解羅帶，怯見上空牀。

【校】

此在天啓本五言絶句第十六首。詩題，《萬首唐人絶句》卷一九，《全唐詩》卷六八三作「春

閨」。「氳氳」，《全唐詩》作「氤氳」。

繡婦

無名氏

不洗殘粧並繡牀，却嫌鸚鵡繡衣裳。迴針刺到雙飛處，憶昔征夫淚數行。

【附天啓本批】

三四句旁批：觸景生情，語甚淒慘。

【校】

此在天啓本七言絶句第二十三首。詩題，《才調集》卷二作「雜詩」，《唐詩紀事》卷八〇作「雜調」。「並」，《才調集》《唐詩紀事》作「憑」。「衣裳」，《唐詩紀事》同，《才調集》作「鴛鴦」。「昔」，《才調集》作「着」。

仙女

楊衡

玉笄初侍紫皇君，金縷鴛鴦滿絳裙。仙宫一閉無消息，遥結芳心向碧雲。

【附天啓本批】

眉批：清曠。

【校】

此在天啓本七言絶句第二十四首。「笄」，《英華》卷二二五作「京」。

宫女二首

白居易

淚濕羅巾夢不成，夜深前殿按歌聲。紅顔未老恩先斷，斜倚薰籠坐到明。

【附天啓本批】

眉批：泣訴真情，語語酷肖。

二

雨露由來一點恩，争能遍布及千門。三千宫女臙脂面，幾箇春來無淚痕。

【校】

此在天啓本七言絶句第二十五、二十六首。其一詩題，《白氏長慶集》卷一八作「後宫詞」。

濕，天啓本注「一作滿」。其二詩題，《白氏長慶集》卷一九作「後宮詞」。

又

朱慶餘

寂寂花時閉院門，美人相並立瓊軒。含情欲説宫中事，鸚鵡前頭不敢言。

【附天啓本批】

三句眉批：纖而深。今按：《唐詩歸》卷三十三鍾云。

【校】

此在天啓本七言絶句第二十七首。「并」，《雲溪友議》卷下作「對」。「立」，《雲溪友議》作「泣」。

舊宫人

劉得仁

白髮宫娃不解悲，滿頭猶自插花枝。曾緣玉貌君王寵，準擬人看似舊時。

【附天啓本批】

眉批：此詩托喻，良有風刺。

二三句旁批：「猶自」「曾緣」，四字合題。

【校】

此在天啓本七言絕句第二十八首。詩題，《才調集》卷七作「悲老宮人」。

佳人照鏡

張文恭

倦採蘼蕪葉，貪憐照膽明。兩邊皆拭淚，一處有啼痕。

【附天啓本批】

三四句旁批：工巧，人所未道。

【校】

此在天啓本五言絕句第十四首。「皆」，《全唐詩》卷三九作「俱」。「痕」，《全唐詩》作「聲」，是。

美人繡幛

胡令能

日暮堂前花蕊嬌，手拈小筆上牀描。繡成安向春園裏，引得黄鸝下柳條。

【附天啓本批】

四句旁批：幽逸。

【校】

此在天啓本七言絶句第四十三首。詩題，《雲溪友議》作「觀鄭州崔郎中諸妓繡樣」，《唐詩紀事》卷二八作「詠繡幛」，《萬首唐人絶句》卷六八作「觀諸妓繡樣」。「手」，《雲溪友議》《唐詩紀事》作「争」。

織女

戴叔倫

鳳梭停織雀無音，夢憶仙郎夜夜情。難得相逢容易别，銀河深似妾愁深。

【附天啓本批】

眉批：語只平平，而意調秀媚，自是可人。

【校】

此在天啓本七言絶句第二十二首。「雀」，《全唐詩》卷二七四作「鵲」。「情」，《全唐詩》作「心」，是。「深似」，《全唐詩》作「争似」。

採蓮女

戎　昱

涔陽女兒花滿頭，毵毵同泛木蘭舟。秋風日暮南湖裏，争唱菱歌不肯休。

【校】

此在天啓本七言絶句第十八首。

又

王昌齡

吴姬越艷楚王妃，争弄蓮花水濕衣。來時浦口花迎入，採罷江頭月送歸。

【附天啓本批】

眉批：「花迎」「月送」，字字新巧。

四句旁批：句法流動。

二

荷葉羅裙一色裁，芙容向臉兩邊開。亂入池中看不見，聞歌始覺有人來。

【附天啓本批】

眉批：從「亂」字、「看」字、「聞」字、「覺」字，耳目心三處，參錯説出情來。若直作衣服容貌相誇示，則失之遠矣。今按：《唐詩歸》卷一一鍾云。

【校】

此在天啓本七言絶句第十九、二十首。

又

白居易

菱葉縈波荷颭風，荷花深處小船通。逢郎欲語低頭笑，碧玉搔頭落水中。

【附天啓本批】

三句旁批：詩中有畫數十軸。

【校】

此在天啓本七言絶句第二十一首。

採蓮女

張敬徽

遊女泛江晴，蓮紅水復清。競多愁日暮，争疾畏船傾。波動疑釵落，風生覺袖

輕。相看未得意，歸浦棹歌聲。

【附天啓本批】

三句旁批：的是乃爾。

五句旁批：妙。

【校】

此在天啓本五言律詩第八首。「得」，《全唐詩》卷七七七作「盡」。

天津橋上美人

駱賓王

美女出東鄰，容豫上天津。整衣香滿路，移步襪生塵。水下看粧影，眉頭畫月新。寄言曹子建，箇是洛川神。

【校】

此在天啓本五言律詩第一首。「豫上」，《駱丞集》卷一作「與上」，天啓本注「一作與在」。「整」，《駱丞集》作「動」，天啓本注「一作動」。

開府席上賦得美人名解愁

盧綸

不敢苦相留，明知不自由。嚬眉乍欲語，斂笑又低頭。舞態兼殘醉，歌聲似帶羞。今朝總見也，只守解人愁。

【附天啓本批】

三四句旁批：數語如畫。

【校】

此在天啓本五言律詩第二首。「殘」，天啓本注「一作皚」。「也」，《英華》卷二百十三作「地」，天啓本注「一作他」。

巫山神女

劉禹錫

巫山十二鬱蒼蒼，片石亭亭號女郎。曉霧乍開疑卷幔，山花欲謝似殘粧。星河好夜聞清佩，雲雨歸時帶異香。何事神仙九天上，人間來就楚襄王。

【附天啓本批】

眉批：淡薄高閑，有鶴步空庭之趣。

【校】

此在天啓本七言律詩第七首。詩題，《劉賓客文集》卷八作「巫山神女廟」。

美人手

韓偓

暖白膚紅玉笋芽，調琴抽線露尖斜。背人細撚垂煙鬢，向鏡輕勻襯臉霞。悵望昔逢褰繡幔，依稀曾見托金車。後園笑向同行道，摘得蘼蕪又一杈。

【校】

此在天啓本七言律詩第五首。詩題，《全唐詩》卷六八三作「詠手」。「暖」，《全唐詩》作「腕」。「煙」，《全唐詩》作「臙」。「臉」，《全唐詩》注：「一作眼。」「杈」，《全唐詩》作「花」。

裊娜

前人

裊娜腰肢淡薄粧，六朝宫様窄衣裳。著詞暫見櫻桃破，飛盞盈開荳蔻香。春惱

情懷身覺瘦，酒添顏色面生光。此時不敢分明道，風月應知暗斷腸。

【附天啓本批】

眉批：盡情。

【校】

此在天啓本七言律詩第八首。「暫」，《全唐詩》注「一作但」。「見」，《全唐詩》作「一作嗔」。「盈開」，《韓偓集》作「微聞」。「情」，《全唐詩》注「一作襟」。「面」，《韓偓集》作「粉」。「時」，《韓偓集》作「心」。

贈美人 三首

方干

諸侯帳下慣新妝，皆怯劉家薄媚娘。寶髻巧梳金翡翠，羅裙宜着繡鴛鴦。輕輕舞汗初沾袖，細細歌聲欲繞梁。何事不歸巫峽去，故來人世斷人腸。

【附天啓本批】

六句眉批：翻空立意。

二

直緣多藝用心勞，心路玲瓏格調高。舞袖低徊真蛺蝶，朱唇深淺假櫻桃。粉胸半掩疑晴雪，醉眼斜迴小樣刀。才會雨雲須别去，語慙不及琵琶槽。

【附天啓本批】

眉批：引喻處無不摹擬逼真。

六句旁批：對稍遜。

三

嚴冬忽作看花日，盛暑翻爲見雪時。坐上弄嬌聲不轉，樽前掩笑意難知。含歌媚盼如桃葉，醉舞輕盈似柳枝。年紀未多猶怯在，些些私語怕人疑。

【附天啓本批】

眉批：婉轉悠揚，令人玩味不盡。

【校】

此在天啓本七言律詩第一至三首。其一詩題，《全唐詩》卷五〇六作「貽美人」，爲章孝標詩，

《鑑戒録》同，此誤。「醉舞」，《全唐詩》作「妙舞」。

杜丞相悰筵中贈美人

李群玉

裙拖六幅瀟湘水，鬢聳巫山十朵雲。貌態祇應天上有，歌聲豈合世間聞。胸前瑞雪燈斜照，眼底桃花酒半醺。不是相如憐賦客，肯交容易見文君。

【附天啓本批】

眉批：起語奇特。

五句旁批：切「筵中」二字。

【校】

此在天啓本七言律詩第四首。「十朵」，《鑑戒録》卷八作「一片」。「貌態」，《鑑戒録》作「態貌」。「交」，《鑑戒録》、《唐詩紀事》卷五四作「教」。

美人分香

孟浩然

艷色本傾城，分香更有情。髻鬟垂欲解，眉態拂能輕。舞學平陽態，歌翻子夜

聲。春來狹斜道，含笑待逢迎。

【附天啓本批】

眉批：「解」字妙！輕者不暇更濃也。必欲其脂粉，亦不過如此，故是可觀。

【校】

此在天啓本五言律詩第三首。「眉態」，《孟浩然集》卷四作「眉黛」。「來」，《孟浩然集》作「風」。

觀美人卧

梁　鍠

妾家巫峽陽，羅帳寢銀牀。曉日臨窗久，春風引夢長。落釵猶罥鬢，微汗欲銷黄。縱使朦朧覺，魂猶逐楚王。

【附天啓本批】

眉批：結語逸宕而多風。

【校】

此在天啓本五言律詩第四首。

美人騎馬

盧綸

駿馬嬌仍穩，春風灞岸晴。促來金鐙短，扶上玉人輕。帽束雲鬟亂，鞭籠翠袖明。不知從此去，何處更傾城。

【校】

此在天啓本五言律詩第五首。詩題，《全唐詩》卷七八六作「詠美人騎馬」。《全唐詩》歸入「無名氏」作。「鐙」原作「蹬」，「扶」原作「抉」，據《全唐詩》改。

烏江女

屈同仙

越艷誰家女，朝遊江岸傍。青春猶未嫁，紅粉舊來倡。錦袖盛朱橘，銀鈎摘紫房。見人羞不語，回艇入溪藏。

【附天啓本批】

七八句旁批：真是烏江女遺像。

【校】

此在天啓本五言律詩第六首。

貧女

秦韜玉

蓬門未識綺羅香，擬托良媒益自傷。誰愛風流高格調，共憐時世儉梳粧。敢將十指偏誇巧，不把雙眉鬭畫長。苦恨年年壓金線，爲他人作嫁衣裳。

【附天啓本批】

眉批：句句向題，語意新奇，俱高人一着。

一句旁批：開口便切。

三句旁批：古今同歎。

五句旁批：更切。

八句旁批：有餘韻。

【校】

此在天啓本七言律詩第六首。「偏誇」，《才調集》卷五作「誇偏」，《鑑戒録》卷八作「誇纖」。「把」，《才調集》卷五作「抱」。「苦恨」，《鑑戒録》作「最恨」。

舞

李嶠

妙伎遊金谷，佳人滿石城。霞衣席上轉，花袖雪前明。儀鳳諧清曲，迴鸞應雅聲。非君一顧重，誰賞素腰輕。

【校】

此在天啓本五言律詩第十首。「袖」，《全唐詩》卷五九作「岫」。

新粧

楊容華

宿鳥驚眠罷，房櫳乘曉開。鳳釵金作縷，鸞鏡玉爲臺。妝似臨池出，人疑月下來。自憐終不見，欲去復徘徊。

【附天啓本批】

眉批：幽閨之女，作詩偏饒韻致。

四句旁批：佳句，不可多得。

【校】

此在天啓本五言律詩第十四首。「楊容華」下，天啓本注「烔女」。「月下」，《唐詩紀事》卷七八同，《朝野僉載》卷五作「向月」。「故」，《朝野僉載》《唐詩紀事》作「欲」。

贈鄰女

魚玄機

羞日遮羅袖，愁春懶起妝。易求無價寶，難得有情郎。枕上潛垂淚，花間暗斷腸。自能窺宋玉，何必恨王昌。

【附天啓本批】

三句旁批：是。

五句旁批：字字傷神。

【校】

此在天啓本五言律詩第九首。詩題，《全唐詩》卷八〇四注「一作寄憶李員外」。「遮」，《全唐詩》注「一作障」。

王家少婦

崔　顥

十五嫁王昌，盈盈出畫堂。自矜年最少，復倚婿爲郎。舞愛前溪緑，歌憐子夜長。閒來鬭百草，度日不成粧。

【附天啓本批】

眉批：此亦艷詩之常，而李邕大駡，何也？今按：《唐詩歸》卷一二鍾云。《唐國史補》：「崔顥有美名，李邕欲一見，開館待之。及顥至，獻文。首章曰：『十五嫁王昌。』邕斥起曰：『小子無禮！』乃不接之。」

四句旁批：「倚」字妙，得小女郎見識。

七句旁批：嬌甚。今按：《唐詩歸》卷一二鍾云。

【校】

此在天啓本五言律詩第七首。詩題，《英華》卷二〇五作「古意」，卷二一三又作「王家小婦」。「入」，《全唐詩》卷一三〇注「一作出」。「矜」，《全唐詩》注「一作憐」。「最少」，《英華》卷二〇五作「正小」，天啓本注「少一作小」。「來」，《英華》卷二〇五作「時」。「成」，《全唐詩》注「一作能」。

懶卸頭

韓偓

侍女動粧奩，故故驚人睡。那知本未眠，背面偷垂淚。懶卸鳳凰釵，羞入鴛鴦被。時復見殘燈，和煙墜金穗。

【附天啓本批】

眉批：語語神奇，吾不能名言其妙。

【校】

此在天啓本五言律詩第十一首。詩題，《全唐詩》卷八九一作「生查子」。

晝寢

韓偓

碧桐陰静隔簾櫳，扇拂金鵝玉簟烘。撲粉更添香體滑，解衣從見下裳紅。煩襟乍觸冰壺冷，倦枕徐欹寶髻鬆。何必苦勞魂與夢，王昌只在此牆東。

【附天啓本批】

眉批：結意灑脱。三句旁批：思致絶佳。

【校】

此在天啓本七言律詩第九首。「桐」，《全唐詩》卷六八三注「一作梧」。「静」，《全唐詩》作「盡」。「鵝」，《全唐詩》注「一作蛾」。「添」，《全唐詩》注「一作嫌」。「從」，《全唐詩》作「唯」，注「一作微」。「徐」，《全唐詩》注「一作斜」。「魂與」，《全唐詩》注「一作雲雨」。

佳人春怨

孟浩然

佳人能畫眉，粧罷出簾幃。照水空自愛，折花將遺誰。春情多艷逸，春意倍相思。愁心似楊柳，一種亂如絲。

【附天啓本批】

眉批：矜麗婉約。

【校】

此在天啓本五言律詩第十二首。詩題，《孟浩然集》《全唐詩》作「春意」。「似」，《孟浩然集》作「極」。「種」，《孟浩然集》作「動」。

孤寢

崔珪

征戍動經年，含情拂玳筵。花飛織錦處，月落擣衣邊。燈暗愁孤坐，牀空怨獨眠。自居遼海去，玉匣閉春絃。

【校】

此在天啓本五言律詩第十三首。詩題，《唐詩紀事》卷一三作「孤寢怨」。

春女行

劉希夷

春女顏如玉，怨歌陽春曲。巫山春樹紅，沅湘春草緑。自憐妖艷姿，粧成獨見時。愁心伴楊柳，春盡亂如絲。極目千餘里，悠悠春江水。頻想玉關人，愁卧金閨裏。尚言春花落，不知秋風起。嬌愛猶未終，悲凉從此始。憶昔楚王宫，玉樓粧粉紅。纖腰弄明月，長袖舞春風。容華委曲山，光陰不可還。桑林没東海，富貴今何在。寄言桃李容，胡爲閨閣重。但看楚王墓，唯見數株松。

【附天啓本批】

眉批：一句一轉，篇中得力在此。○唐人如此等作，不説到極没興不住，然亦不必反成套。

六句旁批：無限幽思。

七句旁批：「伴」字妙。

十六句旁批：可住。

【校】

此在天啓本古風第二首。「沅湘」，《樂府詩集》作「沅江」。「極目」，《樂府詩集》卷九〇作「目極」。「餘里」，《樂府詩集》作「里餘」。「頻想」，《樂府詩集》作「遥望」。「舞春風」，《樂府詩集》作「拂春風」。「没」，《樂府詩集》作「變」。「唯見」，《樂府詩集》作「唯有」。「可」，《全唐詩》注「一作再」。

洛陽女兒

王　維

洛陽女兒對門居，纔可容顔十五餘。良人玉勒乘驄馬，侍女金盤膾鯉魚。畫閣朱樓盡相望，桃紅柳緑垂簷向。羅帷送上七香車，寶扇迎歸九華帳。狂夫富貴在青春，意氣驕奢劇季倫。自憐碧玉親教舞，不惜珊瑚持與人。春窗曙滅九微火，九微片

片飛花朵。戲罷曾無理曲時，妝成祇自薰香坐。城中相識盡繁華，日夜經過趙李家。誰憐越女顔如玉，貧賤江頭自浣紗。

【附天啓本批】

題下批：時年十六作。

三句旁批：富貴語。

六句眉批：更麗。

【校】

此在天啓本古風第八首。

美人梳頭

張碧

玉堂花院小枝紅，緑牕一片春光曉。玉容驚覺濃睡醒，圓蟾挂出粧臺表。金盤解下叢鬟碎，三尺芙容綰朝翠。皓指高低翠態愁，水精梳滑參差墜。須臾攏掠蟬鬢生，玉釵冷透冬冰明。芙蓉折向新開臉，秋泉慢轉眸波横。鸚鵡偷來話心曲，屏風半倚遥山緑。

【附天啓本批】

六句眉批：貼切。

【校】

此在天啓本古風第十首。「翠態」，《唐詩紀事》卷四五作「寸黛」。「折」，《唐詩紀事》作「拆」。

美人古歌

簡文帝

翻階蛺蝶戀花情，容華飛燕相逢迎。誰家總角岐路陰，裁紅點翠愁人心。天窗綺井暖徘徊，珠簾玉篋明鏡臺。可憐年幾十三四，工歌巧舞入人意。白日西落楊柳垂，含情弄態兩心知。

【附天啓本批】

眉批：二詩肉勝于骨，應是六朝脂粉之遺習也。

二

西飛迷雀東羈雉，倡樓秦女乍相值。誰家夭麗憐中止，輕粧薄粉光閭里。網户

珠綴曲瓊鉤，芳茵翠被香氣流。少年年幾方三六，含嬌聚態傾人目。餘香落蘂坐相催，可憐絶世爲誰媒。

【校】

此在天啓本古風第四、五首。詩題，《英華》卷二〇三作「紹古歌」，《樂府詩集》卷六八作「東飛伯勞歌」。其二，「羈」，《英華》注「一作飛」。「網户」，《英華》注「一作洞房」。「憐」，《英華》作「鄰」。

採蓮女

李　白

若邪溪傍採蓮女，笑隔荷花共人語。日照紅粧水底明，風飄羅袖空中舉。岸上誰家遊冶郎，三三五五過垂楊。紫騮嘶入落花去，對此踟躕空斷腸。

【附天啓本批】

眉批：淺語盡情。

二句旁批：幽亮。

三句旁批：奇句。

六七句旁批：情景有響，聲調之響目之。

【校】

此在天啓本古風第九首。天啓本注：「過」一作「映」。

又

閻朝隱

採蓮女，採蓮舟。春日春江碧水流。蓮衣承玉釧，蓮刺罥銀鉤。薄暮斂容歌一曲，氛氲香氣滿汀洲。

【校】

此在天啓本雜體第一首。

趙女

王表

趙女乘春上畫樓，一聲歌發滿城秋。無端更唱關山曲，不是征人亦淚流。

【附天啓本批】

眉批：輕揚。

【校】

此在天啓本七言絶句第十三首。詩題，《才調集》卷九作「成德曲」。

女郎採菱行

劉禹錫

白馬平湖秋日光，紫菱如錦綵鴛翔。蕩舟遊女滿中央，採菱不顧馬上郎。争多逐勝紛相向，時轉蘭橈破輕浪。長鬟弱袂披參差，釵影釧文浮蕩漾。笑語哇咬顧晚暉，蓼花緣岸扣舷歸。歸來共到市橋步，野蔓繫船萍滿衣。家家竹樓臨廣陌，下有連檣多估客。攜觴薦支夜經過，醉踏大堤相應歌。屈平祠下沅江水，月照寒波白烟起。一曲南音此地聞，長安北望三千里。

【附天啓本批】

眉批：女郎採菱，原是一時勝景。此詩極力模寫，讀之者直當作採菱圖畫觀。

四句旁批：語語欲仙。

十二句旁批：語語有野趣，字字有野景。

【校】

此在天啓本古風第十三首。詩題，《英華》卷二〇八作「採菱女」，《樂府詩集》卷五一作「採菱

行」。首二句，《英華》作「白馬湖秋日紫光，菱如錦綵鴛鴦翔」。「平湖」，《樂府詩集》作「湖平」。「鴛」，《樂府詩集》作「鸞」。「披參差」，《英華》《樂府詩集》作「動參差」。「緣」，《英華》《樂府詩集》作「緑」。「舷」，《英華》作「船」。「滿」，《英華》作「惹」。「支」，《英華》《樂府詩集》作「芰」。

麗人行

杜　甫

明皇時，楊國忠與虢國夫人鄰居。每獨來，或並轡入朝。及夫人從車駕幸華清宫，會於國忠第。此《麗人行》之所以作也。

三月三日天氣清，長安水邊多麗人。態濃意遠淑且貞，肌理細膩骨肉匀。繡羅衣裳照暮春，蹙金孔雀銀麒麟。頭上何所有？翠爲㔩菜垂鬢脣。身後何所見？珠壓腰衱穩稱身。就中雲幕椒房親，賜名大國虢與秦。紫駝之峰出翠釜，水精之盤行素鱗。犀筯厭飫久未下，鸞刀縷切空紛綸。黄門飛鞚不動塵，御厨絡繹送八珍。簫鼓哀吟感鬼神，賓從雜遝實要津。後來鞍馬何逡巡，當軒下馬入錦茵。楊花雪落覆白蘋，青鳥飛去銜紅巾。炙手可熱勢絶倫，慎莫近前丞相嗔。

【附天啓本批】

眉批：本是風刺，而詩中直敘富麗，若深羡不容止者。妙！妙！如此富麗，一片清明之氣行

其中，標出以見富麗之不足爲詩累。今按：《唐詩歸》卷二〇鍾云。〇「當軒」句言其氣勢洋洋，旁若無人也。

三句旁批：明麗人，非俗艷也。

七、八句旁批：此語尤善看美人，俗人不肯如此看。

「穩稱身」旁批：三字妙，全不在衣服上看。

十五句旁批：寫驕奢暴殄入骨，只此數字。

【校】

此在天啓本雜體第二首。「貞」，《九家集注杜詩》《全唐詩》《樂府詩集》作「真」。「菜」，《九家集注杜詩》《全唐詩》《樂府詩集》作「葉」。「絡繹」，《英華》作「絲絡」。

賦得北方有佳人

徐賢妃

由來稱獨步，本是號傾城。柳氣眉間發，桃花臉上生。腕搖金釧響，步轉玉環鳴。纖腰宜寶襪，紅衫艷織成。懸知一顧重，別覺舞腰輕。

【校】

此在天啓本五言排律第五首。

美人梳頭歌

李賀

西施曉夢綃帳寒，香鬟墮髻半沈檀。轆轤咿呀轉鳴玉，驚起芙蓉睡新足。雙鸞開鏡秋水光，解鬟臨鏡立象牀。一偏香絲雲撒地，玉釵落處無聲膩。纖手却盤老鴉色，翠滑寶釵簪不得。春風爛漫飛嬌容，十八鬟多無氣力。妝成鬖鬌欹不斜，雲裾數步踏鴈沙。背人不語向何處，下階自折櫻桃花。

【附天啓本批】

首句眉批：懶凈而摇曳，美人妙手。今按：《唐詩歸》卷三三鍾云。

八句眉批：有情無語，更是可憐。今按：《唐詩品滙》卷三五引劉云。

十四句眉批：無語之語，更濃。

【校】

此在天啓本古風第十一首。「一偏」，《李長吉歌詩》作「一編」。

倡女

張籍

輕鬢叢梳闊掃眉，爲嫌風日下樓稀。畫羅金縷難相稱，故着尋常淡薄衣。

【附天啓本批】

四句旁批：「故」字，下得毒。

【校】

此在天啓本七言絶句第四五首。

美人歌 三首

陳後主

池側鴛鴦春日鶯，緑珠絳樹相逢迎。誰家佳麗過淇上，翠釵綺袖波中漾。雕軒繡户花恒發，珠簾玉砌移明月。年時二七猶未笄，轉顧流盼鬟鬟低。風飛蘂落將何故，可惜可憐空擲度。

【附天啓本批】

眉批：二詩摹情寫態，色色皆工。簡文帝詩，尚當遜一籌耳。

二

南飛烏鵲北飛鴻，弄玉蘭香時會同。誰家可憐出窓牖，春心萬媚勝楊柳。銀牀

金屋挂流蘇，寶鏡玉釵横珊瑚。今年二八紅新臉，宜笑宜歌羞更斂。風花一去春不歸，只爲無雙惜舞衣。

【附天啓本批】

四句旁批：美言可市。

【校】

此在天啓本古風第六、七首。其一，「漾」，原作「樣」，據天啓本改。其二，此是陳江總詩。

畫美人

劉長卿

愛爾含天姿，丹青有殊智。無問已得象，象外更生意。西子不可見，千載無重還。空令浣紗態，猶在含毫間。一笑豈易得，雙蛾如有情。窗風不舉袖，但覺羅衣輕。

【附天啓本批】

三句旁批：玄甚。

【校】

此在天啓本古風第一首。《劉隨州集》卷五此下尚有「華堂翠幕春風來，内閣金屏曙色開。此中一見亂人目，只疑行到雲陽臺」四句。

美女篇

屈同仙

東隣美女實名倡，絶代容華無比方。濃纖得中非短長，紅素天生誰飾粧。桂樓椒閣木蘭堂，繡户雕軒文杏梁。屈曲屏風繞象牀，萎蕤翠帳綴香囊。玉臺龍鏡洞徹光，金爐沉煙酷烈芳。遥聞行珮音鏘鏘，含嬌含笑出洞房。二八三五閨心切，褰簾捲幔迎春節。情歌始發詞怨咽，鳴琴一弄心斷絶。借問哀怨何所爲，盛年情多心自悲。須臾破顔倏歛態，一悲一喜併相宜。何能見此不注心，惜無媒氏爲道音。可憐盈盈直千金，誰家君子爲藁砧。

【附天啓本批】

十二句旁批：妙。

十九句眉批：轉折過度入神。

【校】

此在天啓本古風第三首。《英華》卷一九三、《全唐詩》卷九八作王琚詩。「搴」，《英華》《全唐詩》作「褰」。「情歌」，《英華》《全唐詩》作「清歌」。

舞妓

劉　遵

倡女多嬌色，入選盡華年。舉腕嫌衫重，迴腰覺態妍。情繞陽春吹，影逐相思絃。履度開裙襯，鬟轉匝花鈿。所愁餘曲罷，爲欲舞君前。

【附天啓本批】

題下批：再見《觀妓集》。

三句旁批：畫出嬌態。

【校】

此在天啓本五言排律第四首。劉遵是梁人。「襯」，《英華》注「一作襵」。「舞君前」，《英華》作「在君前」。

美人舞

王訓

新粧本絶世，妙舞亦如仙。傾腰逐韻管，斂色聽張筵。袖輕風易入，釵重步難前。笑態千金動，衣香十里傳。持此雙飛鷰，定當誰可憐。

【附天啓本批】

題下批：《觀妓集》《舞妓》詩同。

眉批：詞氣勁朗。

二

紅顔自燕趙，妙妓邁陽阿。就行齊逐唱，赴節闇相和。折腰送餘曲，斂袖待新歌。嚬容生翠羽，慢睇出横波。雖稱趙飛燕，比此詎成多。

【附天啓本批】

眉批：「折腰」「斂袖」「嚬容」「慢睇」八字，曲盡舞女態度。

三

十五屬平陽，因來入建章。主家能教舞，城中巧畫粧。低鬟向綺席，舉袖拂花黃。燭送空邊影，衫傳鈴裹香。堂筵好留客，故作舞衣長。

【附天啓本批】

眉批：愈靈愈巧。

末批：鈴一作「鈴」，「堂」一作「當」。

【校】

此在天啓本五言排律第一至三首。其一，王訓爲梁人。詩題，《藝文類聚》卷四三作「應令詠舞詩」。「筵」，《藝文類聚》《英華》卷二〇三作「絃」。「持此」，《英華》同，《藝文類聚》作「將持」。其二，此是梁楊皦詩。詩題，《藝文類聚》卷四三作「詠舞」。「阿」，天啓本作「河」，注「一作阿」。「慢」，天啓本注「一作曼」。其三，此是陳徐陵詩。詩題，《藝文類聚》卷四三作「詠舞」，《徐陵集》卷一作「奉和詠舞」。「畫」，《藝文類聚》作「且」。「空邊」，《徐陵集》卷一、《藝文類聚》作「空回」，注「一作窗邊」。「鈴」，《藝文類聚》作「袷」，《徐陵集》作「篋」。「筵」，《藝文類聚》作「由」，《徐陵集》作「繇」。

美人拍箏歌

盧綸

出簾仍有鈿箏隨，見罷翻令恨識遲。微收皓腕纏紅袖，深遏朱絃低翠眉。忽然高張應繁節，玉指迴旋若飛雪。鳳簫韶管寂不喧，繡幕紗窻儼秋月。有時輕弄和郎歌，慢處聲遲情更多。已愁紅臉能佯醉，又恐朱門難再過。昭陽伴裏最聰明，出到人間纔長成。遥知禁曲難翻處，猶是君王説小名。

【校】

此在天啓本古風第十二首。詩題，《全唐詩》卷二七七作「宴席賦得姚美人拍箏歌」，注「美人曾在禁中」。「秋月」以下，原脱，今據天啓本、《全唐詩》補。

唐詩觀妓集

凡例

一、觀者，以我觀之也。若徒列妓之品題，則於觀者何裨也？故必嬌歌艷舞，足以起人之幽懷，發人之玄賞者，斯載。

一、古宦宅妓，非青樓比也。故贊美者則載，傳情者不入。

一、高朋滿座，羣妓笙簧，亦足以暢其胸次者載。

一、不必例妓之臧否，而觀之者有艷逸之思者亦載。

【校】

「玄賞」，天啓本作「贊賞」。「傳情」，天啓本作「談情」。「例妓之臧否」，天啓本作「評妓之臧否」。

觀妓

司空曙

翠蛾紅臉不勝情，管絶絃餘發一聲。銀燭摇摇塵暗下，却愁紅粉淚痕生。

【附天啓本批】

眉批：含情無限。

二句旁批：字字奇乃。

【校】

此在天啓本七言絶句第一首。

觀蠻妓

王　建

欲説昭君斂翠蛾，清聲委曲怨于歌。誰家年少春風裏，抛與金錢唱好多。

【校】

此在天啓本七言絶句第二首。

王郎中席歌妓

顧況

袖拂青樓花滿衣，能歌宛轉世應稀。空中幾處聞清響，欲遶行雲不遣飛。

【附天啓本批】

眉批：宫中形容特肖。

末句旁批：逸態横生。

【校】

此在天啓本七言絶句第三首。詩題，《萬首唐人絶句》卷二九爲「王郎中妓席五詠」其三，題曰「歌」，《全唐詩》卷二六七同。「袖」，《萬首唐人絶句》《全唐詩》作「柳」。

題北里妓人壁

孫棨

寒繡衣裳餉阿嬌，新圖香獸不曾燒。東隣起樣裙腰濶，剩蹙金錢唱好多。

【校】

此在天啓本七言絶句第四首。「餉」，天啓本作「饗」。「曾」，《唐詩紀事》作「禁」。「金錢唱好

多」，《唐詩紀事》作「黄金一兩條」，此疑涉《觀蠻妓》詩而訛。

送零陵妓

戎昱

寶鈿香蛾翡翠裙，粧成掩泣欲行雲。殷勤好取襄王意，莫向陽臺夢使君。

【附天啓本批】

三句旁批：宛轉多致。

【校】

此在天啓本七言絶句第五首。詩題，《全唐詩》卷二七〇注：「一作送妓赴于公召。」

彭州蕭使君出妓夜宴見送

羊士諤

玉顔紅燭忽驚春，微步淩波暗拂塵。自是當歌斂眉黛，不應惆悵爲行人。

【附天啓本批】

眉批：意致蹁躚。

三句旁批：又出新意，妙。

【校】

此在天啓本七言絶句第六首。詩題，《唐詩紀事》卷四三作「酬蕭使君出妓夜讌見送」，《萬首唐人絶句》卷三六作「蕭彭州出妓夜宴見送」。「暗拂」，《唐詩紀事》《萬首唐人絶句》作「拂暗」。

贈廣陵妓

張文新

雲雨分飛二十年，當年求夢不曾眠。今朝頭白重相見，還上襄王玳瑁筵。

【附天啓本批】

眉批：久别重相見，覺黯然之情更深。

【校】

此在天啓本七言絶句第九首。「朝」，《本事詩》作「來」。

贈歌妓 二首

李商隱

水精如意玉連環，下蔡城危莫破顔。紅綻櫻桃含白雪，斷腸聲裏唱陽關。

【附天啓本批】

眉批：二詩殷勤別意，情見乎詞。

二

白日相思不奈何，嚴城清夜斷經過。只知解道春來瘦，不道春來獨自多。

【附天啓本批】

眉批：情思懇至。

四句旁批：爲他想出凄其。

【校】

此在天啓本七言絶句第十、十一首。其一，「水精」，天啓本作「水晶」。

出金陵妓呈盧六

李白

安石東山三十春，傲然攜妓出風塵。樓中見我金陵子，何似陽臺雲雨人。

【附天啓本批】

眉批：自有雋骨。

二

南國新豐酒，東山小妓歌。對君君不樂，花月奈愁何。

【附天啓本批】

眉批：二詩超逸。

三

東道烟霞主，西江詩酒筵。相逢不覺醉，日墮歷陽川。

四

小妓金陵歌楚聲，家僮丹砂學鳳鳴。我亦爲君飲清酒，君心不肯向人傾。

【校】

此四首詩在底本缺頁中，據天啓本補。其一、其四在天啓本七言絶句第七、八首，其二、其三在天啓本五言絶句第三、四首。「南國」下，天啓本注：「國一作園。」第四首，「傾」，天啓本作

「心」，誤。

妓席

李商隱

樂府聞桃葉，人前道得無。勸君書小字，慎勿喚官奴。

【附天啓本批】

眉批：句有小媚。

【校】

此詩亦在底本缺頁中，據天啓本補。此在天啓本五言絶句第一首。

送侄良攜二妓赴會稽戲有此贈

李白

攜妓東山去，春光半道催。遥看二桃李，雙入鏡中開。

【附天啓本批】

眉批：清老。

【校】

此詩亦在底本缺頁中，據天啓本補。此在天啓本五言絶句第二首。

夜出妓

沈君攸

簾間月色度，燭定妓成行。迴身釧玉動，頓履佩珠鳴。低衫拂鬟影，舉扇起歌聲。匣中曲猶奏，掌上體應輕。

【附天啓本批】

眉批：三、四善寫情態。

【校】

此詩亦在底本缺頁中，據天啓本補。此在天啓本五言律詩第十五首。「匣」，天啓本注：「一作匝」。

觀妓

王勃

落日明歌席，行雲逐舞人。江前飛暮雨，梁上下輕塵。冶服看疑畫，粧臺望似

春。高車勿遽返，長袖欲相親。

【附天啓本批】

首句眉批：好句。

四句眉批：風流雅麗。

二

南國佳人至，北堂羅薦開。長裙隨鳳管，促柱送鸞杯。雲光身後落，雪態掌中回。到愁金谷晚，不怪玉山頹。

【附天啓本批】

五六句眉批：奇句。

【校】

此兩首亦在底本缺頁中，據天啓本補。此在天啓本五言律詩第一、二首。按：二首又作王績詩，俱見《東皋子集》卷中，又據見《英華》卷二一三，二首又俱見《盧照鄰集》卷二，然未見有作王勃詩者。其一詩題，《東皋子集》作「益州城西張超亭觀妓」。其二詩題，《東皋子集》原作「辛司法宅觀妓」。

揚州雨中張十七宅中觀妓

張謂

夜色帶春煙，燈花拂更燃。殘粧添石黛，絶舞落金鈿。掩笑頻欹扇，迎歌乍動絃。不知巫峽雨，何事海西邊。

【附天啓本批】

眉批：畫出媚態。三句旁批：麗。

【校】

詩題原在底本缺頁中，據天啓本補。此在天啓本五言律詩第七首。此多作劉長卿詩，《文苑英華》卷二一三作張謂詩。詩題，《劉隨州集》卷三、《才調集》卷一作「揚州雨中張十宅觀妓」。「帶」，《劉隨州集》注「一作對」，《才調集》作「滯」。「絶」，天啓本、《才調集》均作「艷」，《英華》作「絶」，注：「一作艷。」

夜觀妓

儲光義

白日宜新舞，清宵召楚妃。嬌童携錦薦，侍女整羅衣。花映垂鬟轉，香迎步履

飛。徐徐斂長袖，雙燭送將歸。

【附天啓本批】

五六句眉批：輕艷襲人。

二

歌聲扇後出，粧影鏡中輕。未能含掩笑，何處欲障聲。知音自不惑，得念是分明。莫見雙嚬斂，疑人含笑情。

【附天啓本批】

七句旁批：有情。

三

佳人靚晚粧，清曲動蘭房。影入含風扇，聲飛照日梁。嬌嚬眉際斂，逸韻口中香。自有橫陳分，應憐秋夜長。

【附天啓本批】

五六句眉批：有美韻。

【校】

此在天啓本五言律詩第三至五首。其一，「日」，《儲光義詩集》卷五作「雪」。其二、其三俱爲李百藥詩，見《樂府詩集》卷八〇，《全唐詩》卷四三。詩題，《樂府詩集》《全唐詩》作「火鳳詞」。「後」，《樂府詩集》作「裏」。「鏡」，《樂府詩集》作「扇」。「含」，《樂府詩集》《全唐詩》作「令」。其三，「入」，《樂府詩集》同，《全唐詩》作「出」。頻，天啓本作「嚬」。「分」，《樂府詩集》同，《全唐詩》作「會」。

觀舞妓

温庭筠

朔音悲嘒管，瑶踏動芳塵。總袖時增怨，聽破復含嚬。凝腰倚風軟，花題照錦春。朱絃固淒緊，瓊樹亦迷人。

【校】

此在天啓本五言律詩第六首。

贈柳氏之妓

鄭還古

冶艷出神仙，歌聲勝管絃。詞輕白苧曲，歌遏碧雲天。未擬生裴秀，如何知鄭玄。不堪金谷水，橫過墮樓前。

【校】

此天啓本五言律詩第二十首。「勝」，《唐詩紀事》卷四八同，《詩話總龜》卷二三作「雜」。「詞輕」，《唐詩紀事》同，《太平廣記》卷一六八引《盧氏雜記》、《詩話總龜》作「眼看」。「歌遏」，《唐詩紀事》同，《太平廣記》《詩話總龜》作「欲上」。「知」，《太平廣記》《唐詩紀事》作「乞」。「不堪」，《太平廣記》作「莫教」。「墮」，《太平廣記》《詩話總龜》《唐詩紀事》《全唐詩》作「墜」。

陪辛大夫西亭宴觀妓

劉長卿

歌舞憐遲日，旄麾映早春。鶯窺隴西將，花對洛陽人。醉罷知何事，恩深忘此身。任他行雨去，歸路裛香塵。

【附天啓本批】

眉批：明媚。

【校】

此在天啓本五言律詩第九首。天啓本注：「憐」一作「連」。「麾」一作「旗」。「香」一作「輕」。

過李將軍南鄭林園觀妓

前　人

郊原風日好，百舌弄何頻。小婦秦家女，將軍天上人。鴉歸長郭暮，草映大堤春。客散垂楊下，通橋車馬塵。

【附天啓本批】

四句旁批：俚詩。

五六句眉批：好句。

【校】

此在天啓本五言律詩第十首。

攜妓納涼晚際遇雨

杜　甫

落日放船好，輕風生浪遲。竹深留客處，荷净納涼時。公子調冰水，佳人雪藕

絲。片雲頭上黑，應是雨催詩。

【附天啓本批】

眉批：此乃陪諸貴公子於丈八溝也。○擺脱新異，古無人道，雨至詩成，遂爲嘉話。

一、二句旁批：工在「好」「遲」二字。

三四句旁批：工在「深」「浄」（按：原誤作「静」，據詩文改）二字。

二

雨來沾席上，風急打船頭。越女紅裙濕，燕姬翠態愁。纜侵堤柳繫，幔卷浪花浮。歸路翻蕭颯，陂塘五月秋。

【附天啓本批】

眉批：結意超脱。

【校】

此在天啓本五言律詩第十六、十七首。詩題，杜集作「陪諸貴公子丈八溝攜妓納涼晚際遇雨二首」。其二，「急」，杜集注「一作惡」。「翠態」，杜集作「翠黛」。「卷」，杜集注「一作宛」。

泛江有女樂在諸船戲爲艷曲

杜　甫

上客迴空騎，佳人滿近船。江清歌扇底，野曠舞衣前。玉袖臨風並，金壺隱浪偏。競將明媚色，偷眼艷陽天。

【附天啓本批】

眉批：此乃陪李梓州泛江也。〇李義甫有「鏤月成歌扇，裁雲作舞衣」。劉希夷有「池月憐歌扇，山雲愛舞衣」。唐人好以歌扇對舞衣。今按：《能改齋漫録》卷八：「以『歌』對『舞』者七，以『歌扇』對『舞衣』者亦七。雖相沿以起，然詳味之，自有工拙也。杜子美取以爲艷曲云：『江清歌扇底，野曠舞衣前。』」

二

白日移歌袖，清霄近笛牀。翠眉縈度曲，雲鬢儼分行。立馬千山暮，迴舟一水香。使君自有婦，莫學野鴛鴦。

【附天啓本批】

眉批：前詩寫出觸目琳瑯之景，此詩形出舉眼銷魂之狀。

【校】

此在天啓本五言律詩第十八、十九首。詩題，杜集作「數陪李梓州泛江有女樂在諸舫戲爲艷曲」。

在永軍宴韋司馬樓船觀妓

李白

摇曳帆在空，清流歸順風。詩因鼓吹發，酒爲劍歌雄。對舞青樓妓，雙鬟白玉童。行雲且莫去，留醉楚王宫。

【附天啓本批】

眉批：詩有逸氣，所以不群。

七句旁批：有餘意。

【校】

此在天啓本五言律詩第十首。詩題：「永軍」，《李太白集》作「水軍」。「流」，《李太白集》注「一作川」。「歸順」，《李太白集》作「順歸」。

岐王席觀妓

崔　顥

二月春來半，王家日正長。柳垂金屋暖，花發玉樓香。拂匣先臨鏡，調笙更炙簧。還將歌舞態，只擬奉君王。

【附天啓本批】

三句旁批：語語富麗。

【校】

此在天啓本五言律詩第十一首。詩題，《樂府詩集》卷七三作「盧女曲」。「正」，天啓本注「一作漸」。「先」天啓本作「光」，注「一作先」。「還」，《國秀集》卷中，《英華》卷二一三作「長」，天啓本注「一作長」。「歌舞」，《英華》作「欲舞」。

詠妓

王　勣

妖姬掃净粧，窈窕出蘭房。日照當軒影，風吹滿路香。早時歌扇薄，今日舞衫長。不應令曲誤，持此試周郎。

【校】此在天啓本五言律詩第二十一首。王勣，通作「王績」。「掃」，《東皐子集》卷中、《英華》卷二一三作「飾」。

得妓

陳子良

微雨散芳菲，中原照落暉。絳樹摇歌扇，緑珠飄舞衣。繁絃調對酒，雜引動思歸。愁人當此夕，羞見落花飛。

【附天啓本批】

眉批：綺麗。

【校】

「見落花飛」四字原在底本缺頁中，據天啓本補。此在天啓本五言律詩第十二首。詩題，《英華》卷二一三作「酬蕭侍中春園聽妓」，且作李元操詩；《唐詩紀事》卷四作「得妓」，作陳子良詩。「原」，天啓本注「一作園」。「絳」，天啓本注「一作紅」。「飄」，天啓本注「一作佩」。「竹」，天啓本注「一作引」。

五日觀妓

萬楚

西施謾道浣春紗，碧玉今時鬬麗華。眉黛奪將萱草色，紅裙妬殺石榴花。新歌一曲令人艷，醉舞雙眸斂鬢斜。誰道五絲能續命，却知今日死君家。

【附天啓本批】

眉批：「西施」句與五日無干，「碧玉今時聞麗華」，又不相比。○中聯真婉麗，有梁陳韻全。結語，宋人所不能作，然亦不肯作。

【校】

此詩在底本缺頁中，據天啓本補。此在天啓本七言律詩第九首。「續命」，《全唐詩》作「續命」。「知」，天啓本注「一作令」。

同員外出舞柘枝妓

張祜

畫鼓環繞錦臂攘，小娥雙換舞衣裳。金絲蹙霧紅衫薄，銀蔓垂花紫帶長。鸞影乍迴頭並舉，鳳聲初歇翅齊張。一時折腕招殘指，斜斂輕身拜玉郎。

【附天啓本批】

眉批：繁艷絶人。

【校】

此詩原在缺頁中，據天啓本補。此在天啓本七言律詩第十首。詩題，《才調集》卷七作「周員外席上觀柘枝」，《英華》卷二一三「同」作「周」，「舞」上有「雙」字。「環繞」，《才調集》《英華》作「拖環」。「蔕」，《才調集》作「帶」。

金陵妓

李白

金陵城東誰家子，竊聽琴聲碧牕裏。落花一片天上來，隨人直度西江水。楚歌吴語嬌不成，似能未能最有情。謝公正要東山妓，攜手林泉處處行。

【附天啓本批】

眉批：「似能未能」四字，閃得妙。味此，知詩歌不貴熟調。

【校】

此詩原在缺頁中，據天啓本補。此在天啓本古風第四首。

贈妓

孫　棨

綵翠鮮衣紅玉膚，輕盈年在破瓜初。霞杯醉喚劉郎賭，雲髻慵邀阿母梳。不怕寒侵緣帶寶，每憂風舉倩持裾。謾圖西子爲粧樣，西子原來未得如。

【附天啓本批】

眉批：畫出嬌態，令人魂蕩。

【校】

此詩原在缺頁中，據天啓本補。此在天啓本七言律詩第十二首。詩題，《才調集》卷四、《唐詩紀事》卷六五作「贈妓人」。「鮮」，《才調集》《唐詩紀事》作「仙」。「原」，《才調集》作「元」。

贈歌妓

崔仲容

水剪雙眸霧剪衣，當筵一曲媚春輝。瀟湘夜色怨猶在，巫峽曉雲愁不稀。皓齒乍分寒玉細，黛眉輕蹙遠山微。渭陽朝雨休重唱，滿眼陽關客未歸。

【附天啓本批】

眉批：欹容冶態，一一寫出。

【校】

此詩原在缺頁中，據天啓本補。此在天啓本七言律詩第十三首。「輝」，《唐詩紀事》卷七九同，《才調集》卷一〇作「暉」。「夜色」，《唐詩紀事》同，《才調集》作「夜瑟」。「玉鈿」，《才調集》《唐詩紀事》作「玉細」。「稀」，《唐詩紀事》同，《才調集》作「晞」。

舞妓

劉　遵

倡女多嬌色，入選盡華年。舉腕嫌衫重，迴腰覺態妍。情繞陽春吹，影逐相思絃。履度開裙襵，鬟轉匝花鈿。所愁餘曲罷，爲欲在君前。

【附天啓本批】

眉批：排律有雋逸之趣，得之最難。

三句旁批：畫出嬌態。

【校】

此詩原在缺頁中，據天啓本補。此在天啓本五言排律第二首，又見《香奩集》。按：劉遵是

梁人。「䙰」，天啓本注「一作襵」。

又

王　訓

新粧本絶世，妙妓亦如仙。傾腰逐韻管，斂色聽張絃。袖輕風易入，釵重步難前。笑態千金動，衣香十里傳。持此雙飛燕，定當誰可憐。

【附天啓本批】

眉批：詞氣勁朗。

【校】

此詩「張絃」以上原屬缺頁，據天啓本補。此在天啓本五言排律第三首，又見《香奩集》。「妙妓」，他本作「妙舞」。

宴崔明府宅夜觀妓

孟浩然

畫堂觀妙妓，長夜正留賓。燭吐蓮花艶，粧成桃李春。髻鬟低舞席，衫袖掩歌脣。汗濕偏宜粉，羅輕詎着身。調移箏柱促，歡會酒杯傾。倘使曹王見，應嫌洛浦神。

【校】

此在天啓本五言排律第一首。「堂」，《全唐詩》卷一六〇注「一作室」。「傾」，《全唐詩》作「頻」。

温泉馮劉二監客舍觀妓

張説

温谷寒林暮，羣遊樂事多。佳人蹀駿馬，乘月夜相過。秀色燃紅黛，嬌春發綺羅。鏡前鸞對舞，琴裏鳳傳歌。妬寵傾新意，銜恩奈老何。爲君留上客，歡笑斂雙蛾。

【附天啓本批】

眉批：風流宛轉，情致無限。

【校】

此在天啓本五言排律第五首。「駿」，《張燕公集》作「駿」。

李員外秦援宅觀妓

沈佺期

盈盈粉署郎，五日宴春光。選客虚前館，徵歌偏後堂。玉釵翠羽飾，羅袖鬱金

香。拂黛隨時廣，挑鬟出意長。囀歌遥合態，度舞暗成行。巧落梅庭裏，斜光映曉妝。

【校】

此在天啓本古風第一首。

邯鄲南亭觀妓

李　白

歌鼓燕趙兒，魏姝弄鳴絲。粉色艷日彩，舞袖拂花枝。把酒顧美人，請歌邯鄲詞。清筝何繚繞，度曲緑雲垂。平原君安在，科斗生古池。座客三千人，於今知有誰。我輩不作樂，但爲後代悲。

【附天啓本批】

末二句眉批：感慨有餘情。

【校】

此在天啓本古風第二首。「鼓」，《李太白集》卷一七注「一作妓」。「魏姝」，原作「魏妹」，據《李太白集》改。「袖」，《李太白集》注、天啓本注「一作衫」。「顧」，《李太白集》作「領」。

小妓

白居易

雙鬟垂未合，三十纔過半。本是綺羅人，今爲山水伴。春泉共揮弄，好樹同攀翫。笑容花底迷，酒思風前亂。紅凝舞袖急，黛慘歌聲緩。莫唱楊柳枝，無腸與君斷。

【附天啓本批】

眉批：秀媚可人。

【校】

此在天啓本古風第三首。詩題，《白氏長慶集》卷二九作「山遊示小妓」。「春泉」，原作「春前」，據《白氏長慶集》改。

燕子樓詩八首

關盼盼

樓上殘燈伴曉霜，獨眠人起合歡牀。相思一夜情多少，地角天涯不是長。

【附天啓本批】

眉批：以下八絶，係盼盼與樂天酬和之詩，君錫乃概屬之盼盼，吾所不解。按：盼盼，張建封妾也。張死，獨處燕子樓中，不嫁，作詩自識。樂天喜而和之。後又贈一絶，諷以不死。盼盼見而泣曰：「妾非不死，恐後人誤我公重色，故有從死之妾也。」答詩一絶，不食而死。

一、二句旁批：一字一淚，一淚一血。

三句旁批：情至語，不堪多讀。

二

適看鴻雁岳陽回，又覩玄禽逼社來。瑶瑟玉簫無意緒，任他蛛網任從灰。

【附天啓本批】

一、二句旁批：無限感慨，字字堪憐堪涕。

三

北邙松柏鎖愁煙，燕子樓中思悄然。自埋劍履歌聲絶，紅袖香銷二十年。

【附天啓本批】

題下批：以上三首，俱盼盼自詠。

三句旁批：愈淡愈佳。

四

滿窗明月滿簾霜，被冷香銷拂卧牀。燕子樓中霜月夜，秋來衹爲一人長。

【附天啓本批】

二句旁批：妙。

四句眉批：意自冷落。

四句旁批：妙甚。

五

今春有客洛陽回，曾到尚書墓上來。見説白楊堪作柱，争教紅粉不成灰。

【附天啓本批】

三句旁批：意來得遠，妙甚。

六

細帶羅衫色似烟，幾回欲起即潸然。自從不舞《霓裳曲》，疊在空箱二十年。

【附天啓本批】

題下批：以上三首，俱樂天和盼盼。

七

黄金不惜買娥眉，揀得如花四五枝。歌舞教成心力盡，一朝身去不相隨。

【附天啓本批】

題下批：此樂天贈盼盼之作。

眉批：語意淒黯，令人世念頓盡。

八

自守空房歛恨眉，形同秋後牡丹枝。舍人不會人深意，訝道泉臺不去隨。

【附天啓本批】

題下批：此盼盼答樂天之作。

眉批：語殊婉曲，意頗激烈。

【校】

此八首，在天啓本七言絶句第十三至二十首。前三首爲關盼盼詩，四到七首爲白居易詩，四、五、六首見《白氏長慶集》卷一五，七首見《白氏長慶集》卷一三，八首爲關盼盼和詩。關詩及其事具見《類説》卷二九，《唐詩紀事》卷七八。其二，「他」，《類説》《唐詩紀事》作「從」，《萬首唐人絶句》卷六五作「教」。其三，「聲絶」，《類説》《唐詩紀事》《萬首唐人絶句》作「塵散」。「二十」，《類説》《唐詩紀事》《萬首唐人絶句》作「十一」。其四，「香銷」，《白氏長慶集》作「燈殘」。此原爲白居易《燕子樓詩三首》其一。其五，爲白居易《燕子樓詩三首》其三。其六，此爲白居易《燕子樓詩三首》其二。「帶」，《白氏長慶集》作「暈」。「起即」，《白氏長慶集》作「著即」。「二十」，「白氏長慶集」作「十一」。其七，此爲白居易《感故張僕射故妓》，「四五」白集作「三四」。其八，「眉」。原作「看」，據《白氏長慶集》改。「秋」，《萬首唐人絶句》《唐詩紀事》作「春」。「訝」，天啓本注「一作謾」。

平康妓自詠

無名氏

紅缸斜背解鳴璫，小語偷聲賀玉郎。從此不知蘭麝貴，夜來新惹桂枝香。

【附天啓本批】

眉批：裴思謙及第，作紅箋十數幅，詣平康宿焉，妓取以賦詩，有「柱枝」之句。

【校】

此在天啓本七言絶句第十二首。詩題，天啓本作「自詠」，注：一作「書紅箋」。《唐摭言》卷三爲裴思謙平康里留宿詩，《萬首唐人絶句》卷五十四正作「及第後宿平康里」，《全唐詩》卷八〇二則題「贈裴思謙」，作平康妓詩。「紅缸」，《唐摭言》作「銀缸」。

妓 八首

十七梳頭緑鬠斜，生來宋玉是鄰家。短墻不礙黄鸝過，疏箔難將粉蝶遮。牡丹重束看結子，劉郎前度見栽花。何人得似江州客，白髮青衫聽琵琶。

【附天啓本批】

眉批：八律徘徊宛轉，曲盡感念之情。

二

芙容江上露淒淒，楊柳樓前月影低。燕入朱門藏不見，馬過花巷憶還嘶。藕絲

無力終愁斷，萍葉隨流不肯齊。信有銀河千萬里，人間隔斷路東西。

三

玉釵中斷兩鴛鴦，繡枕平明半海棠。戲擲櫻桃奩尚在，學吹楊柳笛還藏。紅顔夢裏將爲石，青鬢愁中易作霜。錦字消磨鴻雁絶，門前咫尺是衡陽。

【附天啓本批】

眉批：真是回想前情，恍然如夢。

四

昔日吹簫鳳下來，如今鳳去只荒臺。劍分安得重歸匣，水覆難教再上杯。倩酒禁愁何日醉，待花消恨幾時開。無情最是窗前雨，吹入藤牀長緑苔。

【附天啓本批】

眉批：情至語切，句句斷腸。

五

舊時門巷草蕭蕭，月色江聲共寂寥。眉黛盡從啼處損，鬢霜留待見時消。形骸太瘦同山竹，信誓無端異海潮。望盡江船渾怕問，一回無信一無聊。

【附天啓本批】

眉批：一副相思圖畫。

七八句眉批：妙絶。

六

河邊七夕會牽牛，一點紅粧不奈秋。日日題書俱是淚，重重見面只含羞。虬髯傳裏尋紅拂，鳳曲聲中嘆白頭。一自斷雲無處覓，十年王粲不登樓。

【附天啓本批】

眉批：曲盡無聊況。

七

自從抱瑟入朱門，新寵安能入舊恩。明裏開顔暗流淚，面前行樂背消魂。梅花見説渾無色，鸚鵡傳來不肯言。知在闌干第幾曲，青天何處覓崑崙。

【附天啓本批】

三句旁批：儘多佳句。

八

一朵千金泣露斜，簾櫳難護幕難遮。吴王城上同看月，伍相江邊獨浣紗。楊柳名爲離别樹，芙容號作斷腸花。舊時鄰舍俱新主，莫認東鄰是宋家。

【附天啓本批】

眉批：句句説得可憐，能令讀者唏嘘，閲者涕淚。

【校】

此在天啓本七言律詩第一至八首。八首俱爲明人王穉登詩，一至三首，取自《無題》，四至八

首取自《後無題十首》其一、三、四、六、七，見其《金昌集》卷三。按穉登，字百穀，吴縣人，嘉靖中布衣。事迹具《明史・文苑傳》。《明史・藝文志》著録其詩集十二卷，有《王百穀全集》，又見《千頃堂書目》。其一，「牡丹重束」，天啓本作「牡丹重來」。《金昌集》作「杜牧重來」。其三，「平明」，《金昌集》《列朝詩集》作「平分」。其四，「藤牀」，《列朝詩集》《御選明詩》作「空牀」。其七，「入舊恩」，《金昌集》《列朝詩集》作「易舊恩」。其八，「莫認」，《列朝詩集》丁集卷八、《御選明詩》卷八五作「莫辨」。

歌妓

李嶠

漢帝臨汾水，周郎去洛濱。郢中吟白雪，梁上繞飛塵。響發行雲駐，聲隨子夜新。顧君聽扣角，當自識賢臣。

【附天啓本批】

五六句眉批：治宕。

【校】

此在天啓本五言律詩第十三首。詩題，《英華》卷二一三作「歌」。「郎」，《英華》作「仙」。「隨」，《英華》注「一作嬌」。

又

薛　能

一字新聲一顆珠，轉喉疑是擊珊瑚。聽時坐部音中有，唱後瓔花葉裏無。漢浦蔑聞虛解珮，臨卬焉用枉當壚。誰人得向青溪宿，便是仙郎不是虛。

【校】

此在天啓本七言律詩第十一首。詩題，《才調集》卷一、《英華》卷二一三作「贈歌者」。「虛」，《才調集》作「夫」。

又

王貞白

誰唱關西曲，寂寞夜景深。一聲長在耳，萬恨重經心。調古清風起，曲終涼月沉。却應絃上客，未必是知音。

【附天啓本批】

四至六句眉批：語氣壯烈。

七句旁批：忽著白眼。

【校】

此天啓本五言律詩第十四首。詩題，《英華》卷二一三作「歌」，《全唐詩》卷七〇一注「一作涼州行」。「寂寞」，《英華》注「一作寥寥」，天啓本注「一作寥寥」。「絃」，《英華》《全唐詩》作「筵」。

夕出通波閣下觀妓

梁孝元帝

娥月漸成光，燕姬戲小堂。胡舞間齊閣，鈴盤出步廊。起龍調節鼓，却鳳點笙簧。樹交臨舞席，荷生夾妓航。竹密無分影，花疏有異香。提盃時笑語，歡茲樂未央。

【附天啓本批】

眉批：駢麗輕盈。

【校】

此在天啓本五言排律第四首。三句，「間齊閣」，天啓本作「開春閣」，《英華》卷二一三注「類聚作湖舞開春閣」。「提」，《英華》注「初學記作投」，天啓本注：「一作投」。

附：觀妓詩補輯三十三首

廣州朱長史座觀妓

宋之問

歌舞須連夜，神仙莫放歸。參差隨暮雨，前路濕人衣。

觀妓

李何

向晚小乘遊，朝來新上頭。從來許長袖，未有客難留。

秋獵孟諸夜歸，置酒單父東樓觀妓

李白

傾暉速短炬，走海無停川。冀餐圓丘草，欲以還頹年。此事不可得，微生若浮煙。駿發跨名駒，雕弓控鳴弦。鷹豪魯草白，狐兔多肥鮮。邀遮相馳逐，遂出城東田。一掃四野空，喧呼鞍馬前。歸來獻所獲，炮炙宜霜天。出舞兩美人，飄搖若雲仙。留歡不知疲，清曉方來旋。

夜宴觀妓

薛　逢

燈火熒煌醉客豪，捲簾羅綺艷仙桃。纖腰怕束金蟬斷，鬢髮宜簪白燕高。愁傍翠蛾深八字，笑回丹臉利雙刀。無因得薦陽臺夢，願拂餘香到緼袍。

清明日觀妓舞聽客詩

白居易

看舞顏如玉，聽詩韻似金。綺羅從許笑，弦管不妨吟。可惜春風老，無嫌酒盞深。辭花送寒食，並在此時心。

白沙宿竇常宅觀妓

劉　商

揚子澄江映晚霞，柳條垂岸一千家。主人留客江邊宿，十月繁霜見杏花。

上巳日兩縣寮友會集，時主郵不遂馳赴，輒題以寄方寸

一作上巳日縣寮會集，不遂馳赴。

踏青看竹共佳期，春水晴山祓禊詞。獨坐郵亭心欲醉，櫻桃落盡暮愁時。

觀妓人入道二首

楊巨源

荀令歌鐘北里亭，翠娥紅粉敞雲屏。舞衣施盡餘香在，今日花前學誦經。

碧玉芳年事冠軍，清歌空得隔花聞。春來削髮芙蓉寺，蟬鬢臨風墮綠雲。

和趙王觀妓

法宣

桂山留上客，蘭室命妖饒。城中畫廣黛，宮裏束纖腰。舞袖風前舉，歌聲扇後嬌。周郎不須顧，今日管弦調。

遣歌妓

楊玢

垂老無端用意乖，誰知道侶厭清齋。如今又采蘼蕪去，辜負張君繡靸鞋。

題廣陵妓屏二首

呂岩

嫫母西施共此身，可憐老少隔千春。他年鶴髮雞皮媼，今日玉顏花貌人。

花開花落兩悲歡，花與人還事一般。開在枝間妨客折，落來地上請誰看。

獻李觀察

舞柘枝女

湘江舞罷忽成悲，便脱蠻靴出絳帷。誰是蔡邕琴酒客，魏公懷舊嫁文姬。

潭州席上贈舞柘枝妓

殷堯藩

姑蘇太守青娥女，流落長沙舞柘枝。坐滿繡衣皆不識，可憐紅臉淚雙垂。

贈妓命洛真

鄭仁表

巧制新章拍拍新，金罍巡舉助精神。時時欲得横波眄，又怕回籌錯指人。

贈妓茂英

洛中舉子

憶昔當初過柳樓，茂英年小尚嬌羞。隔窗未省聞高語，對鏡曾窺學上頭。一别中原俱老大，再來南國見風流。彈弦酌酒話前事，零落碧雲生暮愁。

京口送朱晝之淮南

一作《寄贈妓人》。

李涉

兩行客淚愁中落，萬樹山花雨後殘。君到揚州見桃葉，爲傳風水渡江難。

李户曹小妓天得善擊越器以成曲章

方干

越器敲來曲調成，腕頭勻滑自輕清。隨風摇曳有餘韻，測水淺深多泛聲。晝漏丁當相續滴，寒蟬計會一時鳴。若教進上梨園去，衆樂無由更擅名。

陪華林園試小妓羯鼓

宋齊丘

切斷牙牀鏤紫金，最宜平穩玉槽深。因逢淑景開佳宴，爲出花奴奏雅音。掌底輕璁孤鵲噪，枝頭乾快亂蟬吟。開元天子曾如此，今日將軍好用心。

過小妓英英墓楊

虞　卿

蕭晨騎馬出皇都，聞説埋冤在路隅。別我已爲泉下土，思君猶似掌中珠。四弦品柱聲初絶，三尺孤墳草已枯。蘭質蕙心何所在，焉知過者是狂夫。

李夫人歌

李　賀

紫皇宫殿重重開，夫人飛入瓊瑶臺。緑香繡帳何時歇，青雲無光宫水咽。翩聯桂花墜秋月，孤鸞驚啼商絲發。紅壁闌珊懸佩璫，歌臺小妓遥相望。玉蟾滴水雞人唱，露華蘭葉參差光。

盧侍御小妓乞詩，座上留贈

白居易

鬱金香汗裛歌巾，山石榴花染舞裙。好似文君還對酒，勝於神女不歸雲。夢中那及覺時見，宋玉荊王應羨君。

嘗酒聽歌招客

白居易

一甕香醪新插芻，雙鬟小妓薄能謳。管弦漸好新教得，羅綺雖貧免外求。世上貪忙不覺苦，人間除醉即須愁。不知此事君知否，君若知時從我遊。

寄明州于駙馬使君三絕句之三

何郎小妓歌喉好，嚴老呼爲一串珠。海味腥鹹損聲氣，聽看猶得斷腸無。

楊柳枝二十韻并序

白居易

楊柳枝，洛下新聲也。洛之小妓，有善歌之者，詞章音韻，聽可動人，故賦之。

小妓攜桃葉，新聲蹋柳枝。妝成剪燭後，醉起拂衫時。繡履嬌行緩，花筵笑上遲。身輕委回雪，羅薄透凝脂。笙引簧頻暖，筝催柱數移。樂童翻怨調，才子與妍詞。便想人如樹，先將髮比絲。風條摇兩帶，煙葉貼雙眉。口動櫻桃破，鬟低翡翠垂。枝柔腰裊娜，荑嫩手葳蕤。唳鶴晴呼侶，哀猿夜叫兒。玉敲音歷歷，珠貫字累累。袖爲收聲點，釵因赴節遺。重重遍頭別，一一拍心知。塞北愁攀折，江南苦別離。黄遮金谷岸，緑映杏園池。春惜芳華好，秋憐顔色衰。取來歌裏唱，勝向笛中吹。曲罷那能別，情多不自持。纏頭無別物，一首斷腸詩。

妓席暗記送同年獨孤雲之武昌

李商隱

疊嶂千重叫恨猿，長江萬里洗離魂。武昌若有山頭石，爲拂蒼苔檢淚痕。

唐詩名花集

凡例

一、詠花者，多以花之代謝寫意。於人事之浮沉，則於花無當也，不入。

一、花有以艷名者，有以逸名者，有香與色名者，則載。無一于此，不入。

一、觀花有感，與攜觴共賞者，皆具一時之樂事，非以言花之精神也，不入。

杏花

温庭筠

細雨長安道，鶯花正及時。莫教風便起，滿地濕胭脂。

【附天啓本批】

眉批：有徘徊顧戀之意。

【校】

此在天啓本五言絶句第一首。此詩不見温庭筠集，亦不見《全唐詩》及唐宋舊籍，待考。

石榴花

孔　昭

可惜庭中樹，移根逐漢臣。只爲來時晚，開花不及春。

【附天啓本批】

二句旁批：句奇健。

【校】

此在天啓本五言絶句第十一首。詩題，《英華》卷三二二作「石榴」，《全唐詩》卷三八作「侍宴詠石榴」，作者爲孔紹安。

梨花

丘爲

冷艷全欺雪，餘香乍入衣。春風且莫定，吹向玉階飛。

【附天啓本批】

眉批：寓意在彼。

三四句旁批：只是要説得有情。

【校】

此在天啓本五言絶句第三首。此詩見《王右丞集》卷一三《左掖梨花》詩後附丘爲和詩。詩題，《萬首唐人絶句》卷一二、《全唐詩》卷一二九正作「左掖梨花」。「且莫」，《萬首唐人絶句》作「渾不」。

禁掖梨花

皇甫冉

巧解迎人笑，偏能亂蝶飛。春風時入户，幾片落朝衣。

【附天啓本批】

眉批：末句切禁掖，韻不俗。

【校】

此在天啓本五言絶句第四首。此詩見《王右丞集》卷一三《左掖梨花》詩後附皇甫冉和詩。詩題，《御覽詩》作「禁省梨花詠」，《萬首唐人絶句》卷一三作「禁省梨花」。

桃花

元徽之

桃花淺深處，似匀深淺粧。春風助腸斷，吹落白衣裳。

【校】

此在天啓本五言絶句第二首。首句「淺深」，天啓本作「深淺」。「白」，天啓本作「拍」。

石竹花

皇甫冉

數點空堦下，閒凝細雨中。那能久相伴，嗟爾殢秋風。

【校】

此在天啓本五言絶句第十三首。詩題，《二皇甫集》卷六、《萬首唐人絶句》卷一三、《全唐詩》卷二五〇作「病中對石竹花」。

左掖海棠

王　維

閒灑階邊草，輕隨箔外風。黄鶯弄不足，銜向未央宫。

【附天啓本批】

四句旁批：無限憐惜。

【校】

此在天啓本五言絶句第六首。詩題，《王右丞集》卷一三、《萬首唐人絶句》卷一、《唐詩紀事》卷一七作「左掖梨花」，《英華》卷三二二作「左掖海棠詠」。「銜向」，《英華》同，《王右丞集》作「嗛入」，《萬首唐人絶句》作「銜入」，《唐詩紀事》作「銜入」，天啓本注「向，一作入」。

木蘭花

白居易

嬈妖輕盈態，興在楚宫詞。紫房常自斂，日出拆臙脂。

【校】

此在天啓本五言絶句第五首。此詩不見白居易集，亦不見《全唐詩》及唐宋舊籍，待考。

荼蘼花

孟浩然

一入荼蘼架，無瑕色可挹。金風當面來，吹過香猶襲。

【附天啓本批】

四句旁批：極意摹寫。

【校】

此在天啓本五言絶句第十首。孟浩然，原作「孟皓然」，據天啓本改。此詩不見孟浩然集，亦不見《全唐詩》及唐宋舊籍，待考。

蘭花

梁宣帝

折莖聊可佩，入室自成芳。開花不競節，含秀委微霜。

【附天啓本批】

眉批：字字不泥。

【校】

此在天啓本五言絶句第九首。詩題，《英華》卷三二七作「蘭」，爲後梁宣帝詩。

槿花

張文姬

緑樹競扶疏，紅姿相照灼。不學桃李花，亂向春風落。

【校】

此在天啓本五言絶句第十五首。詩題，《全唐詩》卷七九九作「雙槿樹」，乾隆《佩文齋詠舞詩選》卷二九五、《佩文齋廣群芳譜》卷三九作楊凌詩。「緑樹」，《全唐詩》作「緑影」。

紅牡丹

崔興宗

緑艷閒且静，紅衣淺復深。花心愁欲斷，春色豈知心。

【校】此在天啓本五言絶句第八首。此詩又見《王右丞集》卷一三。《萬首唐人絶句》卷四、《全唐詩》卷一二八均作王維詩。

斑竹

劉長卿

蒼梧千載後，斑竹對湘沅。欲識湘妃怨，枝枝滿淚痕。

【校】此在天啓本五言絶句第二十一首。「沅」，原作「流」，天啓本同，據《劉隨州集》《萬首唐人絶句》改。

夜合花

庭外生夜合，含露垂頭泣。芳容朝已舒，夜來人不識。

【附天啓本批】

眉批：焟視合二字生情。今按：此批語不知所謂，疑有誤字。

【校】

此在天啓本五言絶句第十二首。《全唐詩》未見，亦不見唐宋舊籍，待考。

柳　雍裕之

嫋嫋古堤邊，青青一樹煙。若爲絲不斷，留取繫郎船。

【附天啓本批】

眉批：折柳贈别，此詩乃翻歌留别，更覺婉曲。

【校】

此在天啓本五言絶句第七首。詩題，元楊士弘《唐音》卷〇，《全唐詩》卷四七一作「江邊柳」。

庭竹　王適

露滌鉛華節，風摇青玉枝。依依似君子，無地不相宜。

【附天啓本批】

眉批：語近腐，況不難辨。

【校】

此在天啓本五言絶句第二十首。此爲劉禹錫詩。見《劉賓客文集》卷二五、《文苑英華》卷三二五、《全唐詩》卷三六四。

紫藤樹

李白

紫藤雲木花，引蔓宜陽春。密葉隱歌鳥，香風留美人。

【附天啓本批】

眉批：《選》語，可入小賦。

【校】

此在天啓本五言絶句第十九首。《李太白文集》卷二二，「雲木」上有「掛」字，「引」字無。

水中蒲

韓愈

青青水中蒲，長在水中居。寄與浮萍草，相隨我不如。

【附天啓本批】

三四句旁批：寓意自遠。

【校】

此在天啓本五言絶句第二十二首。詩題，本爲韓愈《青青水中蒲三首》之二，見《東雅堂昌黎文集》卷四。「與」，《東雅堂昌黎文集》作「語」，天啓本注「一作語」。

萍

庾肩吾

風翻暫青紫，浪起時疏密。本欲歎無根，還驚能有實。

【附天啓本批】

眉批：此詩「疏密」，後詩「開合」，四字是爲浮萍寫照。

【校】

此在天啓本五言絶句第二十三首。詩題，《藝文類聚》卷八二、《英華》卷三二七作「賦得池萍詩」。

又

王摩詰

春池深且廣，會待輕舟迴。靡靡緑萍合，垂楊掃復開。

【附天啓本批】

眉批：曰清曰遠，詩之最美者也。唐唯王、孟爲得其解。

【校】

此在天啓本五言絶句第二十四首。詩題，《王右丞集》卷一三作「萍池」。

葉

孔德紹

早秋驚葉落，飄零似客心。翻飛未肯下，猶言惜故林。

【附天啓本批】

眉批：似一首客情詩。

【校】

此在天啓本五言絶句第二十五首。詩題，《英華》卷三二七作「落葉」，爲孔紹安詩，《全唐詩》

作孔德紹詩，注「一作孔紹安詩」。

桂

盧　僎

桂樹生南海，芳香隔遠山。今朝天上見，疑是月中攀。

【校】

此在天啓本五言絶句第十七首。詩題，《國秀集》卷上作「題殿前柱」，《萬首唐人絶句》卷一九作「題殿前桂葉」。「遠」，《萬首唐人絶句》同，《國秀集》作「楚」。

茱萸

王摩詰

結實紅且緑，復如花更開。山中儻留客，置此芙容杯。

【附天啓本批】

二句旁批：好想。

【校】

此在天啓本五言絶句第十六首。詩題，《王右丞集》卷一三作「茱萸沜」。「芙容」，《王右丞

集》作「茱萸」，注「顧元緯本、凌本俱作芙蓉」。

秋池一株蓮

弘執泰

秋至皆虛落，凌波獨吐紅。託根方得所，未肯即隨風。

【附天啓本批】

眉批：似有寓意。

【校】

此在天啓本五言絶句第十四首。《全唐詩》卷七六九作郭恭詩。天啓本注「隨一作從」。

菊

賈島

九日不出門，十日見黄菊。灼灼尚繁英，美人無消息。

【校】

此在天啓本五言絶句第十八首。詩題，《長江集》卷二作「對菊」。

牡丹

白居易

惆悵階前紅牡丹，晚來唯有兩枝殘。明朝風起應吹盡，夜惜衰紅把火看。

【附天啓本批】

眉批：古人秉燭夜遊，正是此意。

【校】

此在天啓本七言絶句第二十七首。詩題，此首本爲白居易《惜牡丹花二首》之一，見《白氏長慶集》卷四。天啓本注「枝一作花」。

白牡丹

盧綸

長安豪富惜春殘，争翫街西紫牡丹。别有玉盤承露冷，無人起就月中看。

【附天啓本批】

詩人名下批：一作裴隣。

眉批：此詩涵蓄而有味。

【校】

此在天啓本七言絶句第二十八首。詩題，《能改齋漫録》卷七作《題青龍寺白牡丹》，《紺珠集》卷一〇、《類説》卷六作「白牡丹」，均爲裴潾詩；《英華》卷三二一則作「裴給事宅白牡丹」，爲盧綸詩。按：此詩最早見於《酉陽雜俎》卷九，但云詩開元時名公所作，《萬首唐人絶句》卷六九、《唐詩品彙》卷五五從之。《全唐詩》卷一二四裴實淹下，卷二八〇盧綸下，卷五〇七裴潾下均收，疑未能明也。天啓本注「争玩街西，一作争賞新開」。

又

張又新

牡丹一朵值千金，將謂從來色宕深。今日滿闌開似雪，一生辜負看花心。

【附天啓本批】

末句眉批：别有獨賞。

【校】

此在天啓本七言絶句第二十九首。詩題，《全唐詩》卷四九九作「牡丹」，注「一作成婚」。

紫牡丹

李　益

紫蕊藂開未到家，却教遊客賞繁華。始知年少求名處，滿眼空中別有花。

【校】

此在天啓本七言絶句第三十首。詩題，《御覽詩》作「詠牡丹贈從兄正封」，《英華》卷三二一作「牡丹」。

賞牡丹

劉禹錫

庭前芍藥妖無格，池上芙蓉浄少情。唯有牡丹真國色，花開時節動京城。

【校】

此在天啓本七言絶句第三十一首。「蓉」，《劉賓客集》作「蕖」。

水芙蓉

李嘉佑

水面芙容秋已衰，繁條倒是看花時。平明露滴垂紅臉，似有朝愁暮落悲。

【附天啓本批】

眉批：語意悽惋，似一首宫怨。

【校】

此在天啓本七言絶句第四十六首。詩題，《萬首唐人絶句》卷一〇作「木芙蓉」，《英華》卷三二二、《萬首唐人絶句》卷七三作作「秋朝木芙蓉」，《萬首唐人絶句》卷七三作趙彦昭詩。「愁」，《英華》注「集作開」，天啓本注「一作開」。

海棠花

李　白

細雨菲菲弄曉寒，海棠無力倚欄干。想應昨夜東風惡，零落殘紅不耐看。

【附天啓本批】

眉批：真是紅顔無主任東風。

【校】

此在天啓本七言絶句第十七首。此詩不見李白集，亦不見《全唐詩》。按：其詩風不似太白，疑僞待考。

又

鄭　谷

濃澹芳叢滿蜀鄉，半隨風雨斷鶯腸。浣紗溪上堪惆悵，子美無心爲發揚。

【附天啓本批】

眉批：播弄生姿。

【校】

此在天啓本七言絶句第十八首。詩題，《英華》卷三二二作「蜀中賞海棠」。「叢」《英華》作「春」，天啓本注「一作春」。「鶯」，天啓本注「一作人」。「紗」，天啓本注「一作花」。

又

花蕊夫人

海棠花發盛春天，游賞無時引御筵。遶岸結成紅錦帳，暖枝猶拂畫樓船。

【附天啓本批】

眉批：淫侈光景，宛然在目。

【校】

此在天啓本七言絶句第十九首。此詩，《蜀中廣記》卷四作花蕊夫人《宫詞一百首》之八十

六。《全唐詩》卷七九八附列在花蕊夫人百首《宫詞》之後，并注云「以下四十一首，一作王珪詩」。

蘭

裴度

天産奇葩在空谷，佳人作佩有餘香。自是淡粧人不識，任他紅紫鬥芬芳。

【附天啓本批】

四句旁批：寫出幽淡之色。

【校】

此在天啓本七言絶句第三十二首。此首不見《全唐詩》，亦不見唐宋舊籍記載，待考。

菊

元稹

秋叢繞舍是陶家，遍繞籬邊日漸斜。不是花中偏愛菊，此花開盡更無花。

【附天啓本批】

四句旁批：未必然。

【校】

此在天啓本七言絶句第四十八首。詩題，《元氏長慶集》卷一六作「菊花」。上「是」字，《元氏長慶集》作「似」。

十月菊

鄭　谷

節去蜂愁蝶不知，曉來還繞折花枝。自緣今日人心别，未必秋來一夜衰。

【附天啓本批】

眉批：切題有情。

【校】

此在天啓本七言絶句第四十九首。上「來」字，《才調集》卷五注「集作庭」。「花」，《才調集》作「殘」，天啓本注「一作殘」。下「來」字，《英華》卷三二二作「香」。

十姊妹花

杜　甫

纈屏緣屋引成行，淺白深紅别樣粧。卻笑姑娘無意緒，只將紅粉鬧兒郎。

【附天啓本批】
三四句眉批：就題生情。
【校】
此在天啓本七言絶句第三十四首。按：當爲袁宏道《戲題十姊妹花》詩，見《袁中郎集》卷三三。

水仙花

前　人

琢盡扶桑水作肌，冷光真與雪相宜。但從姑射皆仙種，莫道梁家是侍兒。

【校】
此在天啓本七言絶句第五十二首。按：此爲袁宏道詩，見《袁中郎集》卷三三。

盤花紫薔薇

章孝標

真宰偏饒麗景家，當春盤出帶根霞。從聞一朵朝衣色，免踏塵埃看雜花。

【校】

此在天啓本七言絕句第三十三首。詩題，《英華》卷三二二作「劉侍中宅盤花紫薔薇」，《全唐詩》卷五〇六同。

蜀葵

陳 標

眼前無奈蜀花何，淺紫深紅數百窠。能共牡丹爭幾許，得人輕處祇緣多。

【校】

此在天啓本七言絕句第四十二首。「花」，《英華》卷三二二作「葵」。

黄蜀葵

薛 能

嬌黄新嫩欲題詩，盡日含毫有所思。記得玉人初病惢，道家妝束厭禳時。

【校】

此在天啓本七言絕句第四十三首。詩題，《才調集》四部叢刊本作「蜀黄葵」，汲古閣本作「黄蜀葵」，注「一作蜀黄葵」。「妝束」，《才調集》《文苑英華》《萬首唐人絕句》作「裝束」。「新嫩」，《才

調集》卷一作「初綻」。「嫩」下，《英華》卷三二二注「類詩作蘂」，天啓本注「一作蕊」。「蕊」，《才調集》作「後」，《英華》作「較」，并注「類詩作蘂」，《萬首唐人絶句》卷四八作「起」。

槿花

李商隱

風雨凄凄秋景繁，可憐榮落在朝昏。未央宫裏三千里，但保紅顔莫保恩。

【附天啓本批】

眉批：風刺悠遠。

【校】

此在天啓本七言絶句第四十五首。「雨」，《李義山詩集》卷中作「露」。「凄凄」，《萬首唐人絶句》卷四一作「淒涼」。

榴花

韓愈

五月榴花照眼明，枝間時見子初成。可憐此地無車馬，顛倒青苔落絳英。

【附天啓本批】

眉批：因物感己，意在言外。

【校】

此在天啓本七言絶句第四十一首。本爲韓愈《題張十一旅舍三詠》之一。

桃花

崔　護

去年今日此門中，人面桃花相暎紅。人面祇今何處在？桃花依舊笑春風。

【附天啓本批】

眉批：低徊懷故，詞意淒然。

【校】

此在天啓本七言絶句第九首。三句，《本事詩》、《類説》卷五一作「人面祇今何處去」，《太平廣記》卷二七四引《本事詩》、《夢溪筆談》卷一四、《紺珠集》卷九、《詩話總龜》卷五、《唐詩紀事》卷四〇、《詩人玉屑》卷八均作「人面不知何處去」。

桃花

王　建

樹頭樹底覓殘紅，一片西飛一片東。自是桃花貪結子，卻教人恨五更風。

【附天啓本批】

題下批：一作宫詞。

眉批：此篇蓋比而興也。恒自咎其初心，不以怨君，厚之至也。荆公甚愛此詩。

三四句旁批：翻得奇，又是至理。

【校】

此在天啓本七言絶句第十首。此王建《宫詞百首》之九十五首。「卻教」，《萬首唐人絶句》作「錯教」。

百葉桃花

韓　愈

百葉雙桃晚更紅，窺窻映竹見玲瓏。應知侍史歸天上，故伴仙郎宿禁中。

【附天啓本批】

眉批：無情翻出有情。

【校】

此在天啓本七言絕句第十一首。

早梅

戎昱

一樹寒梅白玉條，迫臨村路傍溪橋。不知近水花先發，疑是經冬雪未消。

【附天啓本批】

眉批：字對意散，始是絕句。

四句旁批：到作遲想，妙妙。

【校】

此在天啓本七言絕句第四首。「迫」，天啓本注「一作迴」。「不知」，《英華》卷三二二注「《絕句時選》作應緣」，天啓本注「一作應緣」。「冬」，《英華》作「春」，并注「一作冬」，天啓本注「一作春」。

梅

杜甫

莫將香色論梅花，毛女而今已出家。老幹瘦枝蒼幾許，總無花萼也輸他。

【附天啓本批】

三四句眉批：蒼老。

【校】

此在天啓本七言絶句第五首。此首是明袁宏道《看梅》詩，見《袁中郎集》卷三二。「已」，原作「巳」，據天啓本、《袁中郎集》改。

又

元載妻

南枝向暖北枝寒，一種春風有兩般。憑仗高樓莫吹笛，大家留取倚闌干。

【附天啓本批】

四句眉批：翩翩逸調。

【校】

此在天啓本七言絶句第六首。《詩話總龜》卷一〇：「天聖中，禮部郎中孫冕刻《三英詩》。劉元載妻、詹茂光妻、趙晟之母《早梅》《寄遠》《惜別》三詩，劉妻哀子無立，詹妻留夫侍母病，趙母懼子遠遊。孫公愛其才，以取之《早梅》詩云。」正爲此詩。按：據此則爲宋人劉元載妻詩。又見《宋詩紀事》卷七八。《全唐詩》卷八〇一誤收，但正作劉元載妻詩。又，宋人曾慥《類説》卷三

四：「蜀州有紅梅數本，郡侯建閣扃鑰，遊人莫得見。一日，有兩婦人，高髻大袖，憑欄語笑。郡侯啓鑰，閒不見人。惟東壁有詩曰」云云，亦爲此詩。《全唐詩》卷八六三據此重收，作觀梅女仙詩，誤甚。

又

薛濤

白玉堂前一樹梅，今朝忽見數花開。兒家門户重重閉，春色因何入得來。

【校】

此在天啓本七言絶句第七首。詩題，《唐詩紀事》卷二〇作「春女怨」，爲薛維翰詩，《全唐詩》卷一四五爲蔣維翰詩，并注「蔣一作薛」。「花」，《全唐詩》注「一作枝」。「重重」，《全唐詩》作「尋常」。「因何入得」，《全唐詩》注「一作緣何入得」。

楊花

李白

樓上江頭坐不歸，水晶宫殿展霏微。楊花細逐桃花落，黄鳥時兼白鳥飛。

【附天啓本批】

題下批：此乃少陵《曲江對酒》律也，太白竟絶前四句爲之。

【校】

此在天啓本七言絶句第二十六首。此爲杜甫《曲江對酒》詩前半，未見太白集中有此絶。「樓上」，天啓本注「一作苑外」，《杜詩詳注》卷六作「苑外」。「晶」，原作「精」。「宫」，天啓本注「一作春」。「展」，原作「轉」。第三句，杜詩本作「桃花細逐梨花落」，「梨」下注「一作楊」。

杜鵑花

前　人

蜀國曾聞子規鳥，宣城還見杜鵑花。一叫一迴腸一斷，三春三月憶三巴。

【附天啓本批】

題下批：此太白寓宣州懷西蜀故鄉之詩也。

眉批：有古意。

【校】

此在天啓本七言絶句第四十首。詩題，《李太白集》卷二三作「宣城見杜鵑花」。

玉蕊花

李　益

一樹籠蔥玉刻成，飄廊點地色輕輕。女冠夜覓香來處，惟見階前碎月明。

【校】

此在天啓本七言絶句第三十九首。此當爲王建詩，見《王司馬集》卷八，題作「唐昌觀玉蘂花」。「蔥」，《王司馬集》作「鬆」。

櫻桃

陸龜蒙

佳人芳樹雜春蹊，花外煙濛月漸低。幾度艷歌清欲絶，流鸎驚起不成棲。

【附天啓本批】

眉批：情色媚絶。

【校】

此在天啓本七言絶句第十三首。詩題，《甫里集》卷一一作「和襲美春夕陪崔諫議櫻桃園宴」。「絶」，《甫里集》作「轉」。

又

王　建

宮花不與外花同，正月長先一半紅。供御櫻桃看守别，直無鴉鵲入園中。

【附天啓本批】

眉批：妙處正在不深。

【校】

此天啓本七言絶句第十四首。此爲王建《宫詞百首》之七十首。詩題，天啓本作「宫中櫻桃」。「與」，《全唐詩》卷三〇二作「共」。「外花」，注「一作外邊」。「先」，《全唐詩》作「生」，注「一作先」。「半」，《全唐詩》注「一作朵」。

又

楊貴妃

二月櫻桃乍熟時，内人相引看紅枝。回頭索取黄金彈，遶樹藏身打雀兒。

【附天啓本批】

眉批：意態自媚。

【校】

此天啓本七言絶句第十五首。此係花蕊夫人《宫詞百首》之八十二首，見《全唐詩》卷七九八。按：《蜀中廣記》卷四則引作王建《宫詞百首》之四十一首。「二月」，《全唐詩》作「三月」。

木蘭花

陸龜蒙

洞庭西望眇無津，日日征帆送遠人。幾度木蘭船上望，不知元是此花身。

【校】

此在天啓本七言絶句第十六首。詩題，《甫里集》卷一一作「木蘭堂」。「西望」，天啓本、《甫里集》作「波浪」。「眇」，《甫里集》作「渺」。《西溪叢語》卷上引首句作「洞庭春水緑於雲」。「幾度」，《西溪叢語》作「曾向」。「船上」，《甫里集》作「舟上」。

槐花

翁承贊

雨中粧點望中黄，勾引蟬聲送夕陽。憶昔當年隨計吏，馬蹄終日爲君忙。

【校】

此在天啓本七言絕句第八首。詩題，《全唐詩》卷七〇三作「題槐」。

小桃

鄭谷

和煙和雨遮敷水，映竹映村連灞橋。撩弄春風奈寒冷，到頭贏得杏花嬌。

【附天啓本批】

四句旁批：是。

【校】

此在天啓本七言絕句第十二首。天啓本注「橋一作陵，嬌一作憎」。

小松

杜荀鶴

自小刺頭深草裏，而今漸覺出蓬蒿。時人不識凌雲木，直待凌雲始道高。

【附天啓本批】

四句眉批：語意激昂。

【校】

此在天啓本七言絶句第五十一首。「待」，天啓本作「到」，并注「一作待」。

雙桂

陳陶

青冥結根易傾倒，沃州山中雙樹好。琉璃宫殿無斧聲，石上蕭蕭伴僧老。

【附天啓本批】

眉批：丰神清曠。

【校】

此在天啓本七言絶句第四十六首。

冬青

趙嘏

碧樹如煙覆晚波，清秋欲盡客重過。故園亦有如煙樹，鴻鴈不來風雨多。

【校】

此在天啓本七言絶句第五十首。詩題，《英華》卷三二六作「漢陰亭樹」。「故」，《英華》作「家」。

蓮葉

鄭谷

移舟水濺差差緑，倚檻風斜柄柄香。多謝浣紗人莫折，雨中留得蓋鴛鴦。

【附天啓本批】

三四句眉批：殷勤道意。

【校】

此在天啓本七言絶句第四十四首。天啓本注「斜一作摇，沙一作溪，莫一作不」。

柳

趙嘏

拂水煙斜一萬條，幾隨春色醉河橋。不知别後誰攀折，猶自風流勝舞腰。

【校】

此在天啓本七言絶句第二十首。詩題，《萬首唐人絶句》卷三七作「東亭柳」。「煙斜」，《萬首唐人絶句》作「斜煙」。「醉」，《萬首唐人絶句》作「倚」。

柳絮

薛　濤

二月楊花輕復微，春風摇蕩惹人衣。他家本是無情物，一向南飛又北飛。

【附天啓本批】

眉批：多情怕逐楊花絮，與此詞異而情同。

三句旁批：是自況語。

【校】

此在天啓本七言絶句第二十一首。「摇蕩」，《英華》卷三二三作「飄蕩」，注「一作蕩漾」，天啓本注「一作飄蕩，一作蕩漾」。

楊柳

王　維

華清高樹出離宫，南陌桑條帶晚風。誰見輕陰是良夜，瀑泉聲畔月明中。

【校】

此在天啓本七言絶句第二十二首。此首不見《王右丞集》，據《樂府詩集》卷八一，當是薛能詩。

又

劉禹錫

輕盈嫋娜占年華，舞榭粧樓處處遮。春盡絮飛留不得，隨風好去落誰家。

【附天啓本批】

眉批：綽約近人。

四句旁批：猶有餘情。

【校】

此在天啓本七言絶句第二十三首。

又

花蕊夫人

蚕春楊柳引長條，倚岸沿堤一面高。稱與畫船索錦纜，暖風搓出綵絲縧。

【校】

此在天啓本七言絶句第二十四首。此係花蕊夫人《宫詞百首》之二七首，見《全唐詩》卷七九八。

又

李紳

千條楊柳拂金絲，日暖牽風葉學眉。愁見花狂飛不定，還同輕薄五陵兒。

【附天啓本批】

眉批：有逸韻。

【校】

此在天啓本七言絶句第二十五首。詩題，《英華》卷三二三爲「柳二首」其一。天啓本注「楊一作垂，狂飛一作飛狂」。

曲江春草

鄭谷

花落江堤簇煖煙，雨餘草色遠相連。香輪莫輾青青破，留與遊人一醉眠。

【附天啓本批】

眉批：語切曲江，又出自然。

【校】

此在天啓本七言絶句第三十五首。天啓本注「草一作江，一作山」。

殘花

張祜

雲暗山横日欲斜，郵亭下馬看殘花。自從身逐征西府，每到花時不在家。

【附天啓本批】

四句眉批：言下黯然。

【校】

此在天啓本七言絶句第三十六首。詩題，《全唐詩》卷五一一作「郵亭殘花」，注「一作平原路上題郵亭殘花」。

落花

白居易

漠漠紛紛不奈何，狂風急雨兩相和。晚來悵望君知否，枝上稀疏地上多。

【附天啓本批】

眉批：似淺似深，人人能道，人人不能道。

四句旁批：輕婉有味。

二

可憐夭艷正當時，剛被狂風一夜吹。今日流鶯來盡處，百般言語呢空枝。

【校】

此在天啓本七言絶句第三十七、三十八首。其一詩題，《白氏長慶集》卷一六作「惜落花贈崔二十四」。其二詩題，《白氏長慶集》作「惜花」。天啓本注「夭一作妍，盡一作舊」。「呢」，《白氏長慶集》作「泥」，天啓本注「一作泥，又作啼」。

獨步尋花

杜　甫

黄四娘家花滿蹊，千朵萬朵壓枝低。留連戲蝶時時舞，自在嬌鶯哈哈啼。

【附天啓本批】

三句旁批：隱含獨步光景。

【校】

此在天啓本七言絶句第三首。本係杜甫《江畔獨步尋花七首》之第六首。「哈哈」，杜集作「恰恰」。

花

杜甫

不是見花即欲死，只恐花盡老相催。繁枝容易紛紛落，嫩蘂商量細細開。

【附天啓本批】

眉批：古意黯然，風格矯然。

首句旁批：此二語即是□□□□意。

二

東望少城花滿煙，百尺高樓更可憐。誰能載酒開金盞，喚取佳人舞繡筵。

【附天啓本批】

眉批：此首又生轉一意。

【校】

此在天啓本七言絶句第一、二首。本係杜甫《江畔獨步尋花七首》其七、其四。其一，「見」，杜集作「愛」。其二，「尺」，杜集作「花」。

梅

杜　牧

輕盈照野水，掩斂下瑶臺。妬雪聊相比，欺春不逐來。偶同佳客見，似爲凍醪開。若在秦樓畔，堪爲弄玉媒。

【校】

此在天啓本五言律詩第二首。「野水」，《英華》卷三二二同，《樊川文集》作「溪水」。「玉媒」，原作「玉梅」，據天啓本及《樊川文集》改。

又

僧齊己

萬木凋欲折，孤根暖獨回。前村深雪裏，昨夜一枝開。風遞幽香出，禽銜素艷來。明年如應律，先發望春臺。

【附天啓本批】

眉批：有孤凌之趣。

【校】
「昨夜」下原缺頁，據天啓本補。此在天啓本五言律詩第一首。

雪梅

盧照鄰

梅嶺花初發，天山雪未開。雪處疑花滿，花邊似雪迴。因風入舞袖，雜粉向妝臺。匈奴幾萬里，春至不知來。

【附天啓本批】
眉批：妝點有情。

【校】
此詩原屬缺頁，據天啓本補。此在天啓本五言律詩第三首。詩題，盧集作「梅花落」。

桃花

唐太宗

禁苑春暉麗，花蹊綺樹裝。綴條深淺色，點露參差光。向日分千笑，迎風共一香。如何仙嶺側，獨秀隱遥芳。

【附天啓本批】

眉批：軒軒霞舉。

六句旁批：「一」字幻。

【校】

此詩原屬缺頁，據天啓本補。此在天啓本五言律詩第五首。「蹊」，天啓本注「一作溪」。

又

李嶠

獨有成蹊處，紅桃發井傍。含風如笑臉，裛露似啼妝。隱士顔應改，仙人路漸長。還欣上林苑，千歲奉君王。

【校】

此詩原屬缺頁，據天啓本補。此在天啓本五言律詩第六首。天啓本注「紅桃，一作穠華」。

李花

唐太宗

玉衡流桂圃，成蹊正可尋。鸚啼密葉外，蝶戲脆花心。麗景光朝彩，輕烟散夕

陰。暫顧暉章側，還眺靈樹林。

【附天啓本批】

眉批：停勻。

【校】

「花心」以上原缺頁，據天啓本補。此在天啓本五言律詩第七首。

杏花

鄭谷

不學梅欺雪，輕紅照碧池。小桃新謝後，雙燕恰來時。香屬登龍客，煙籠宿蝶枝。臨軒須貌取，風雨易離披。

【附天啓本批】

四句旁批：入畫。

【校】

此在天啓本五言律詩第四首。「欺」，《英華》卷三二一注「一作欹」。「恰」，注「集作卻」。「客」，天啓本注「一作室」。

石榴花

魏彦深

分根金谷裏，移植廣庭中。新枝含淺緑，晚萼散輕紅。影入環階水，香隨度隙風。路遠無由寄，徒然春閨空。

【校】

此在天啓本五言律詩第十一首。魏彦深爲隋人。「然」，《初學記》卷二八作「念」。

菊花

駱賓王

擢秀三秋晚，開芳十步中。分香俱笑日，含翠共摇風。醉影涵流動，浮香隔岸通。金卮徒可泛，玉斝竟誰同。

【附天啓本批】

眉批：字字閒雅。

【校】

此在天啓本五言律詩第十五首。詩題，《英華》卷三二二作「秋菊」。天啓本注「卮，一作翹」。

又

釋無可

東籬摇落後，密葉被寒催。夾雨驚新折，經霜忽盡開。野香盈客袖，禁蘂泛天杯。不共春蘭並，悠揚遠蝶來。

【附天啓本批】

眉批：不作軟媚語，可謂如願。

【校】

此在天啓本五言律詩第十六首。詩題，《英華》卷三二二作「菊」。「葉」，《英華》作「艷」，天啓本注「一作艷」。

又

李商隱

暗暗澹澹紫，融融冶冶黄。陶令籬邊色，羅含宅裏香。幾時禁重露，實是怯斜陽。願泛金鸚鵡，昇君白玉堂。

【附天啓本批】

眉批：新奇。

【校】

此在天啓本五言律詩第十七首。詩題，《李商隱詩集》卷上作「菊」。「斜」，《英華》卷三二二同，《李商隱詩集》作「殘」，天啓本注「一作殘」。

白菊

許　棠

所向雪霜姿，非關落帽期。香飄風外別，影到月中疑。發在林凋後，繁當露冷時。人間稀有此，自古乃無詩。

【附天啓本批】

眉批：有塵外丰姿。

三句旁批：幽甚。

【校】

此在天啓本五言律詩第十八首。天啓本注「向一作尚，移一作疑，繁一作開」。

牡丹

温庭筠

輕陰隔翠幃，宿雨泣晴暉。醉後佳期在，歌餘舊意非。蝶繁輕粉住，蜂秉抱香歸。莫惜薰爐夜，因風到舞衣。

【附天啓本批】

五句旁批：繁艷語。

【校】

此在天啓本五言律詩第九首。「秉」，《温庭筠詩集》卷九作「重」。「薰」，天啓本作「熏」。

白牡丹

王貞白

穀雨洗纖素，裁爲白牡丹。異香開玉合，輕粉泥銀盤。時貯露華濕，宵傾月魄寒。佳人淡妝罷，無語倚朱欄。

【附天啓本批】

眉批：寫神寫態，色色皆絶。

【校】

此在天啓本五言律詩第十首。「時」，《全唐詩》卷七〇一作「曉」。「佳」，《全唐詩》作「家」，注「一作佳」。

芙容

辛德源

洛神挺凝素，文君拂艷紅。麗質徒相比，鮮姿難兩同。光照臨波日，香隨出岸風。涉江良自遠，託意在無窮。

【校】

此在天啓本五言律詩第十三首。「姿」，《樂府詩集》卷七七作「彩」，天啓本注「一作彩」。照臨，天啓本注「一作臨照」。「岸」，天啓本注「一作崖」。

同心芙容

孔德紹

灼灼荷花艷，亭亭出水中。一莖孤引緑，雙影共分紅。色奪歌人臉，香亂舞衣風。名蓮自可念，况復兩心同。

【附天啓本批】

眉批：流麗工致。

五句旁批：艷句。

【校】

此在天啓本五言律詩第十四首。此詩，《初學記》卷二七作隋杜公瞻詩，《英華》卷三二二爲梁朱超詩。「艷」，《初學記》《英華》作「瑞」，天啓本注「一作瑞」。

水林檎花

鄭谷

一露一朝新，簾櫳曉景分。艷和蜂蝶動，香帶管絃聞。笑擬春無力，粧濃酒漸醺。直疑風雨夜，飛去替行雲。

【附天啓本批】

眉批：亦自到家。

【校】

此在天啓本五言律詩第八首。「濃」，《英華》卷三二三作「穠」，注「集作濃」。「雨」，《英華》注「集作起」，天啓本注「一作起」。

黄蜀葵

崔涯

野欄秋景晚，疏散兩三枝。嫩蘖淺輕態，幽香閒淡姿。露傾金盞小，風引道冠欹。獨立悄無語，清愁人詎知。

【附天啓本批】

五六句旁批：二語如畫。

【校】

此在天啓本五言律詩第十二首。「蘖」，《英華》卷三二二注「《類詩》作碧」，天啓本注「一作碧」。「詎」，《英華》注「《類詩》作不」，天啓本注「一作不」。

牡丹

韓愈

幸自同開俱隱約，何須相倚鬭輕盈。凌晨併作新粧面，對客偏含不語情。雙燕無機來拂掠，遊蜂多思正經營。長年自是皆拋盡，今日欄邊暫眼明。

【附天啓本批】

七句旁批：言外有牢落之況。

【校】

此在天啓本七言律詩第八首。詩題，韓愈集作「戲題牡丹」。「來」，天啓本注「來一作還」。「掠」，天啓本注「一作略」。「自是」，天啓本注「一作是事」。

又

温庭筠

水樣晴紅壓疊波，曉來金粉覆庭莎。裁成艷思偏應巧，分得春光最數多。欲綻似含雙靨笑，正繁疑有一聲歌。華堂客散簾垂地，想凭欄干斂翠蛾。

【附天啓本批】

眉批：形出繁艷氣色。

六句旁批：幻想至此。

【校】

此在天啓本七言律詩第九首。「樣」，《温庭筠詩集》卷九作「漾」。

又

薛濤

去春零落暮春時，淚濕紅牋怨別離。常恐便同巫峽散，因何重有武林期。傳情每向馨香得，不語還應彼此知。只欲欄邊安枕席，夜深閑共説相思。

【附天啓本批】

七句旁批：冷語，含無限情態。

【校】

此在天啓本七言律詩第十首。天啓本注「離一作詩，同一作如」。「林」，《全唐詩》卷八〇三作「陵」。

海棠

楊渾

春風用意勻顏色，銷得攜觴與賦詩。艷麗最宜雙著雨，嬌嬈全在欲開時。莫愁粉態臨窗懶，梁廣丹青點筆遲。朝醉暮吟看不足，羨他蝴蝶宿深枝。

【校】

此在天啓本七言律詩第五首，題下注「一作鄭谷」。《英華》卷三二二、《瀛奎律髓》卷二七、《全唐詩》卷六七五作鄭谷詩。「雙」，天啓本作「新」。「粉」，《英華》注「雜詠作淺」，天啓本注「一作淺」。「態」，《英華》作「黛」。

杏花

温庭筠

杏花初綻雪花繁，重疊高低滿小園。正見盛時猶悵望，豈堪開處已繽翻。情爲世累詩千首，醉是吾鄉酒一罇。杳杳艷歌春日午，出牆何處隔朱門。

【附天啓本批】

眉批：「詩千首」，「酒一樽」，是古今愛花公案。

【校】

此在天啓本七言律詩第三首。「杏」，《温庭筠詩集》卷九作「紅」，天啓本注「一作紅」。「罇」，天啓本作「樽」，注「一作罇」。

早梅

李商隱

知訪寒梅過野塘，久留金勒爲迴腸。謝郎衣袖初翻雪，荀令薰鑪更换香。何處拂胸資蝶粉，幾時塗額藉蜂黄。維摩一室雖多病，要舞天花作道場。

【校】

此在天啓本七言律詩第一首。底本原作杜甫詩，誤，據天啓本改。詩題，《李義山詩集》卷上作「酬崔八早梅有贈兼示之作」。「薰」，天啓本作「熏」。「要舞」，《李商隱詩集》作「亦要」，天啓本注「一作亦要」。

又

鄭谷

江國正寒春信穩，嶺頭枝上雪飄飄。何言落處堪惆悵，直是開時也寂寥。素艷照罇桃莫比，孤香粘袖李須饒。離人南去腸應斷，片片隨鞭過楚橋。

【附天啓本批】

眉批：孤情絶照。

八句旁批：有情致。

【校】此在天啓本七言律詩第二首。詩題，《英華》卷三二二作「梅」。

紫薇花

李商隱

一樹濃姿獨看來，秋庭暮雨類塵埃。不先摇落應有待，已欲别離休更開。桃綬含情依露井，柳綿相憶隔章臺。天涯地角同榮謝，豈要移根上苑栽。

【校】此在天啓本七言律詩第十三首。詩題，《李義山詩集》卷中作「臨發崇讓宅紫薇」。「塵」，《李義山詩集》作「輕」。

枇杷花

白居易

深山老去惜年華，况對春溪野枇杷。火樹風來翻絳焰，瓊枝日出曬紅紗。迴看桃李都無色，映得芙蓉不是花。争奈結根深石底，無因移得到人家。

【附天啓本批】

眉批：詞語健朗。

【校】

此在天啓本七言律詩第四首。詩題，天啓本、《白氏長慶集》卷一七作「山枇杷」。「春」，《白氏長慶集》作「東」。

柳

温庭筠

楊柳千條拂面絲，綠煙金縷不勝移。香隨静婉歌塵起，影伴嬌嬈舞袖垂。羌管一聲何處曲，流鶯百囀最高枝。千門九陌花如雪，飛過宫牆兩不知。

【附天啓本批】

三句旁批：巧倩。

【校】

此在天啓本七言律詩第六首。「縷」，《温庭筠詩集》卷四作「穗」。天啓本注「移一作吹，不一作自」。

又

薛逢

弱植驚風急自傷，暮來翻遣思悠揚。曾飄綺陌隨高下，敢拂朱欄競短長。縈砌乍飛還乍舞，撲池如雪又如霜。莫令岐路誰攀折，漸擬垂陰到畫堂。

【附天啓本批】

眉批：摹寫弱植態度如畫。

【校】

此在天啓本七言律詩第七首。「誰」，《英華》卷三二三作「頻」，天啓本注「一作頻」。「揚」，天啓本注「一作陰」。

賣殘牡丹

魚玄機

臨風興歎落花頻，芳意潛消又一春。應爲價高人不問，却緣香甚蝶難親。紅英只稱生宫裏，翠葉那堪染路塵。及至移根上林苑，王孫方恨買無因。

【校】

此在天啓本七言律詩第十一首。

薔薇

方干

繡難相似畫難成，明媚鮮妍絶比倫。露壓盤條方到地，風吹艷色欲燒春。斷霞轉影侵西壁，濃麝分香入四鄰。看取後時歸故里，爛花須讓錦衣新。

【校】

此在天啓本七言律詩第十二首。詩題，《英華》卷三二二作「朱秀才庭際薔薇」。「成」，《全唐詩》卷六五二作「真」。「爛花須讓」，《英華》卷三二二注「一作庭花應謝」。

附録一：天啓本《唐詩艷逸品》總凡例

一、是集也，出自君錫選定，極其精矣。不佞實深愛之，可謂千里同心，故略為次先後，加批評，而無棄取。

一、原刻詩次雜亂，今特以五言絶、七言絶、五言律、七言律、排律、古風、雜體諸項分編，而各項之中，或以朝代之先後序，或以四時之早晚序，庶覺類聚群分。若謂如此，恐觀者反厭，則非所以論唐詩之妙矣。

一、原本衹有圈點，而無評語。今特廣搜名家，如釋無可、周伯弜、釋天隱、國成德、劉會孟、秦少游、王介甫、梅聖俞、蘇東坡、黄山谷、米元章、朱晦庵、謝疊山、虞伯生、薩天錫、趙子常、楊用修、唐六如、焦弱侯、李崆峒、敖清江、李于鱗、王元美、宗方城、徐子與、胡元瑞、李本寧、蔣仲舒、顧華玉、李卓吾、湯若士、袁中郎、王百穀、鍾伯敬、譚友夏等，表表在人耳目，無論已。又如我先莊懿暨宗伯午塘公，有《二尚書詩集》行於世。又如故兄景倩、侄以平、故友莊若谷等，皆以

詩名於三吳者。其評語，大都悉當博採擇焉，雖有一二與君錫圈點相矛盾，而議論可採者亦録，唯浮泛不切者不録。

一、集中所載梁簡文帝、陳後主諸歌，本非唐詩，似宜删去，然亦近唐詩。今姑仍原本，讀者幸勿以溷入罪我也。

一、原本訛謬，其的差者，悉已改正，其兩可者悉已註明。他如同一詩也而前後兩載，同一人也而名字迭書，同一人之詩也而句字略異，此其關係猶小，故不復改。若夫《名媛集》王昌齡《阿嬌怨》第一絶，復於《香奩集》刻「李白《美人怨》」；《香奩集》薛維翰《春女怨》，復於《名花集》刻「薛濤《梅》詩」。又《名媛集》《長信秋詞》二絶，的係王昌齡，而誤刻崔國輔；《觀妓集》《燕子樓詩》第七絶，已於《名媛集》刻樂天《詠關盼盼》者矣，乃其後又總繫之關盼盼。《香奩集》劉商《怨婦》第二絶，有刻崔國輔《古意》者；《名花集》盧綸《白牡丹》絶，《萬首詩》中原作「開元名公」，不著姓氏，而他本有刻裴鄰（按：當作「潾」）者；楊渾《海棠》律，有刻鄭谷者。諸如此項，姑仍原本，各各註明。而觀者玩其詩，不必辨其人矣。

一、各集凡例係君錫所著，今仍分刻於前，使君錫選輯之意不至埋没云。

天啓元年巧日烏程後學閔一栻謹識

附録二：天啓本《唐詩名花集》後跋

閔家鋟見珍于海内久矣。丁卯年，余於武源中表家，得其閔刻《文致》并《唐詩艷逸品》書板二架。余為拂拭檢視之，猶喜墨刻俱全，而硃批已缺。急呼剞劂氏遵照原本，補而完之，剔而新之，印而布之。出諸鼠跡蛛絲，而登諸牙籤錦帙，不亦快人心目乎？客誚余曰：「昔斲輪之論，謂書者，古人之糟粕也。子乃求之硃墨剞劂間，抑又下矣！」余曰：「不然。讀者不期古人之復生，而期吾心之不死。今夫殘編斷幅，讀者每不能終篇。書非加劣也，其神沮也，赤文緑字，觀者莫不慫慂。書非加優也，其神興也，神興則吾心不死，我心不死，而古人遂可以復生。則謂鏤刻之工，校讐之善，無補于讀書者，豈其然乎？」

時康熙丁卯嘉平月朔日古吴任祖天卧雲甫跋

唐詩名花集（元禄本）

整理説明

明人楊肇祉編輯《唐詩艷逸品》共四種，即《唐詩名媛集》《唐詩觀妓集》《唐詩香奩集》《唐詩名花集》。就筆者目力所及，《唐詩名媛集》與《唐詩觀妓集》均有單行本存世，《唐詩名媛集》日本内閣文庫有藏，《唐詩觀妓集》北京大學圖書館古籍部有藏，以上兩種與天啓本目次存詩均一致。惟日本静嘉堂文庫檢得《唐詩名花集》刻本一種，按詩體編排，體例與天啓刻本相近，然選詩與萬曆、天啓二刻本實大相徑庭。此書卷末題云：「元禄九歳（1696）於涼秋吉日，小山半氣板行。」可知這是和刻本，故名曰元禄本。

《唐詩名花集》的萬曆本、天啓本收詩僅有 107 首，而元禄本收詩有 311 首；除去 102 首爲幾個版本均收録者之外，元禄本中有 209 首詩爲萬曆本、天啓本所未收。此書又分爲四卷，分體編排，卷一五言絶句，卷二七言絶句，卷三五言律詩，卷四七言律詩、五言排律、雜體。又，元禄本前有莆田黄鳴鸞、錢塘胡舉慶及疑爲楊肇祉自作之序文三篇，後有楊肇祉之從弟楊肇禨

（字儀我）之跋文一篇，均爲萬曆、天啓二本所未見。而萬曆、天啓本所有之總序、凡例，則爲元禄本所未載。如是，元禄本實爲與萬曆、天啓二本迥異之一種版本，對於我們了解《唐詩名花集》乃至整個《唐詩艷逸品》之早期編纂和流傳狀況，具有十分重要的價值。

由於元禄本與萬曆、天啓二本差異較大，故將其獨立整理，以便進一步之研究。元禄本中，在萬曆、天啓二本中已見者，僅指出其在二本中之位置，并校其與二本文字之異同，而不復作他校之工作。其在萬曆、天啓二本中未見者，則以《河嶽英靈集》《才調集》《文苑英華》《唐百家詩選》《萬首唐人絶句》《唐詩品彙》《全唐詩》等校勘之，俾爲讀者提供一個可靠而方便之讀本。

序

自唐以詩賦取士也，于是士爭以詩賦相高。古風樂府，格調攸分；絶句律詩，體裁有別。豈非一時盛典，千古絶唱哉！第經宫緯羽，情多寓於倡酬；刻徵流商，詞僅占於節序。孰若倚雲之紅杏，日邊迴出奇芳；和露之碧桃，天公偏舒異色。一枝帶雨，春來恰如貴妃粧；數榦凌雲，秋去獨主君子操。爲王爲嬪爲世婦，種種堪描；爲屏爲孌爲隱逸，枝枝可挹。軒亭環繞，紫翠欲流；臺榭芬敷，殷紅成咄。至於春回臘破，夕縮晨芳，枝暖枝寒，葉舒葉卷，艷若珊瑚之墜，燦如金粟之握。寓目寄思，抒心洞臆，詎不足射鵰快賞，破的稱雄也乎！故武林楊子君錫蒐輯唐詩，付彼剞劂。流覽鄴侯之架，胸富五車；播傳都邑之中，價高百鎰。嗣是春色滿庭階，舉目盡綺羅疊沓；英華布几案，回眸見錦繡紛紜。韜金自爾，八紘振藻。

莆田黃鳴鶯啓融甫撰

名花詩集敘

造物菁英，遍爲有象。於人爲充澤，於草木爲葩萼。而竅於靈心爲律呂，爲歌詠篇什。方淳樸未雕，人人傳真於情，咸可誦可弦，可舞可蹈。康衢鼓腹，非風雅之鼻祖乎？嗣《三百》遞降，雖漢魏質陋，然起宣尼删述，猶可爲丰人當户也。六朝厭爲卑近，琢彩鬥芳，統幾墜矣。迄唐以詩選士，士童而習之，家操隋璧，人握靈蛇，詩日盛而緒益紛。貞觀永【徽】，盧駱執耳登壇，卓哉尚矣！神龍以還，分數似爲稍減。大曆、貞元，已不及開元、天寶，況元和、開成又可夫已？五季而後，更可知已！余嘗謂：《三百》其花之萼乎？漢魏正花之欲吐者也。六朝而烘春暴日矣。初唐、盛唐，則華之爛漫者矣。下此而啜人之殘瀋，學步邯鄲，縱盡態極研，何異剪綵爲華，而生生之機安在？夫池塘春草，語自天成；筆底生花，夢繇神授。心靈無限，取之自如，安在李、杜之後，遂無李、杜耶？顧作者爲何耳。昔人謂，畫神鬼易，畫狗馬難，以人所日習，不容稍假。矧名花在人耳目，非藉有名筆闡發，一段秀色天成，恐草木亦將笑人，不必俟後來之指摘

也。嘗聞古今紀花者，若錢思《牡丹譜》，王觀《芍藥譜》、陳思《海棠》，范石【湖】之《梅花》，史正志之《菊》，非不燦然明備，第專一不他，局而不弘。賈耽廣之爲百矣，而有傳無詩，猶爲缺典。兹君錫楊甫集諸凡名花，採古今名筆爲一帙。較之整峰胡無《百花詩編》，更爲勝之。集成，索予顔其前。夫予非能詩者，何以知詩。然爲玄爲白，有目共見；爲清爲濁，有耳共聞。矧此霞章綵句，炳然可觀，若五作摩户，雖暗摸索，亦當自識其異寶也。千載下，令瓊枝琪樹，所不寂寂無韻者，謂非此之一藉哉！

錢塘胡舉慶吉一父撰

唐名花詩敘

蓋聞乘槎海遥，分域外奇葩；指石問津，暗擘雲端異卉。種漸蕃於東土，香時惹於御衣。詠豈無因？詩誠駿賞。第春榮秋蔚，奚論屑玉糜金；夏曄冬蒨，不數剪綺散綵。或徽稱王國，名標上苑之尊；或品列公卿，目醒太真之醉。或嬌姿欲睡，高燒銀燭以輝煌；或媚色堪憐，遠布錦圍而遮暎。或絲惹旅魂驚旅夢，夢魂摇曳櫓聲中；或英飛宫額作宫妝，妝額旖旎踽齒外。或情鍾君子，軒前哦詠自陶情；或興寄幽人，籬畔栽培問鼓興。陰條陽葉，翠滴碧鮮；日及霜葩，晨芳夕秀。故英華播於裔夏，翫賞不問古今。然篇章散見，詞藻繽紛，涉獵無門，徒資充棟。余用是不辭椎魯，博彙名詩。採自唐人，浸及前代。雖宋元名筆，我明鉅章，概不蒐羅，恐滋觴濫。是誠五芝含秀，湌秀色於芸窗；八桂挺奇，沐奇英於玉案也。殺青斯竟，紙價當貴。

弄石菴唐詩名花集卷一

五言絶句

杏花

温庭筠

細雨長安道，鶯花正及時。莫教風便起，滿地濕胭脂。

【校】此首見萬曆本第一首，天啓本五言絶句第一首。

禁掖梨花

皇甫冉

巧解迎人笑，偏能亂蝶飛。春風時入户，幾片落朝衣。

【校】此首見萬曆本第四首，天啓本五言絶句第四首。

梨花

丘爲

冷艷全欺雪，餘香乍入衣。春風且莫定，吹向玉階飛。

【校】此首見萬曆本第三首，天啓本五言絶句第三首

江濱梅

王適

忽見寒梅樹，花開漢水濱。不知春色早，疑是弄珠人。

【校】《唐百家詩選》卷一，《萬首唐人絶句》卷一八，《瀛奎律髓》卷二〇僧齊己《早梅》方回評語亦引。詩題，《唐詩百家選》作「詠江濱梅」。「花開」，《唐百家詩選》《萬首唐人絶句》《唐詩拾遺》皆作「開花」。

石榴花

孔　昭

可惜庭中樹，移根逐漢臣。只爲來時晚，開花不及春。

【校】此首見萬曆本第二首，天啓本五言絶句第十一首。

瓊花

韓　愈

維楊一枝花，四海無同類。介而常獨立，無瑕姿自媚。

【校】此詩前二句出宋人韓琦《瓊花》詩，見《安陽集》卷一。後二句未詳所出，當爲明人僞造，非唐

人韓愈詩也。「枝」，原作「株」。

梅谿

張文昌

自愛新梅好，行尋一逕斜。不教人掃石，恐損落來花。

【校】張籍，字文昌。此詩見《張司業集》卷六。

桃花

元微之

桃花深淺處，似勻深淺粧。春風助腸斷，吹落拍衣裳。

【校】此首見萬曆本第五首，天啓本五言絶句第二首。首句「深淺處」，天啓本同，萬曆本作「淺深處」。「拍」，大啓本同，萬曆本作「白」。

辛夷花

裴　迪

緑堤春草合，王孫自留翫。況有辛夷花，色與芙蓉亂。

【校】

見《王右丞集箋注》卷一三所附裴迪和詩。

紫荆花

釋無可

朵朵攢如簇，輕盈數緑苔。田家兄弟在，宛似别新栽。

【校】

不見唐人著述，當是明人僞作。

石竹花

皇甫冉

數點空堦下，閒凝細雨中。那能久相伴，嗟爾帶秋風。

【校】

見《萬首唐人絶句》卷一三，原題作「病中對石竹花」。「帶」，作「滯」。

山茶花椿木也。

孟浩然

趙昌畫山茶，誰憐兒女花。散火冰雪中，晻映曉天霞。

【校】

不見《孟浩然集》。「誰憐兒女花，散火冰雪中」二句，出蘇軾《山茶》詩，見《東坡全集》卷一五。當爲明人僞作。

左掖海棠

閒灑堦邊草，輕隨箔外風。黄鶯弄不足，銜向未央宫。

【校】

此爲王維詩。見萬曆本第七首、天啓本五言絶句第六首。

木蘭花

白居易

嬈妖輕盈態，興在楚宮詞。紫房常自斂，日出拆臙脂。

【校】

此首見萬曆本第八首，天啓本五言絶句第五首。

荼蘼花

孟浩然

一入荼蘼架，無瑕色可挹。金風當面來，吹過香猶襲。

【校】

此首見萬曆本第九首，天啓本五言絶句第十首。孟浩然，底本作「孟皓然」，萬曆本同，據天啓本改，下同。

蘭

梁宣帝

折莖聊可佩，入室自成芳。開花不競節，含秀委微霜。

【校】此首見萬曆本第十首、天啓本五言絶句第九首，詩題作「蘭花」。

槿花

張文姬

綠樹競扶疏，紅姿相照灼。不學桃李花，亂向春風落。

【校】此首見萬曆本第十一首，天啓本五言絶句第十五首。

紅牡丹

崔興宗

綠艷閒且静，紅衣淺復深。花心愁欲斷，春色豈知心。

【校】此首見萬曆本第十二首，天啓本五言絶句第八首。

飲酒看牡丹

劉禹錫

今日花前飲，甘心醉數杯。但愁花有語，不爲老人開。

【校】

《劉賓客集》卷二五，原題作「唐郎中宅與諸公同飲酒看牡丹」。

牡丹

鄭谷

亂前看不足，亂後眼偏明。卻將蓬蒿力，遮藏見太平。

【校】

《雲臺編》卷一。「卻將」，集作「卻得」。

渾侍中牡丹

劉禹錫

徑尺千餘朵，人間有此花。今朝見顔色，更不向諸家。

【校】

《劉賓客集》卷二五。詩題作「渾侍中宅牡丹」。

斑竹

劉長卿

蒼梧千載後，斑竹對湘沅。欲識湘妃怨，枝枝滿淚痕。

【校】

此首見萬曆本第十三首，天啓本五言絶句第二十一首。「湘沅」，底本作「湘流」，出韻，萬曆、天啓本同誤。據《劉長卿集》改。

夜合花

前人

庭外生夜合，含露垂頭泣。芳容朝已舒，夜來人不識。

【校】

此首見萬曆本第十四首，天啓本五言絶句第十二首。

茱萸

王摩詰

結實紅且緑，復如花更開。山中儻留客，置此芙蓉杯。

【校】此首見萬曆本第二十三首，天啓本五言絶句第十六首。

同前

裴　度

飄香亂椒桂，布葉間檀欒。雲日雖迴照，森沉猶自寒。

【校】此爲裴迪和王維詩，見《王右丞集》卷一三。

秋池一株蓮

弘執泰

秋至皆虚落，凌波獨吐紅。託根方得所，未肯即隨風。

【校】此首見萬曆本第二十四首，天啓本五言絶句第十四首。

對菊

賈島

九日不出門，十日見黄菊。灼灼尚繁英，美人無消息。

【校】此首見萬曆本第二十五首，天啓本五言絶句第十八首。詩題，萬曆本、天啓本作「菊」。

橘

范雲

芳條結寒翠，圓實變霜朱。徙根楚淵上，來覆廣庭隅。

【校】見《文苑英華》卷三二六。范雲爲南朝梁人。詩題，原作「園橘」。「楚淵」，《文苑英華》作「楚洲」。

梨

梁宣帝

大谷常流旃，南荒本足珍。緑葉已承露，紫實復含津。

【校】

見《文苑英華》卷三二六。「旃」，《文苑英華》作「稱」。

紅柿子

劉禹錫

曉連星影出，晚帶日光懸。本因遺採摘，翻自保天年。

【校】

見《劉賓客文集》卷二五，《文苑英華》卷三二六。詩題，《劉賓客集》作「詠樹紅柿子」，《英華》作「詠紅柿子」。「採摘」，《英華》同，《劉賓客集》作「采掇」。

在蜀正朝摘梅

張　説

蜀地寒猶暖，正朝發早梅。偏驚萬里客，已復一年來。

【校】

《張燕公集》卷八、《文苑英華》卷三二二。詩題，《張燕公集》無「在蜀」二字。

應詔詠梨

沈約

大谷來既重，泯山道又難。摧折非所恡，但令入玉盤。

【校】

《文苑英華》卷三二六。「泯」作「岷」。

石上苔

錢起

淨與溪色連，幽宜松雨滴。誰知古石上，不染世人跡。

【校】

《錢仲文集》卷一〇。「淨」，作「静」。

花樹

楊衡

都無看花意，偶到樹邊來。可憐枝上色，一一爲愁開。

【校】

《文苑英華》卷三二三，《唐文粹》卷一八，《唐百家詩選》卷六。詩題原作「題花樹」。又見《對牀夜語》引，《萬首唐人絶句》卷九。

岸花

張籍

可憐岸邊樹，紅蕊發青條。東風吹渡水，衝著木蘭橈。

【校】

《張司業集》卷六。

採蓮

崔國輔

玉淑花争發，金塘水亂流。相逢畏相失，並看採蓮舟。

【校】《唐音》卷六，《唐詩品彙》卷三九。「淑」，《唐音》《品彙》作「淑」。「看」，《唐音》《品彙》作「着」。

惜花

張文昌

山中春已晚，處處見花稀。明日來無盡，林間宿不皈。

【校】《張司業集》卷六。「無」作「應」，「皈」作「歸」。

觀桃李花有感

薛濤

花開不同賞，花落不同悲。欲問相思處，花開花落時。

其二　前人

年年桃李月，獨望使心悲。況復東風惡，翻憐花落時。

【校】

其一，見《薛濤詩集》，原爲「春望詩四首」之二。其二，未見唐宋舊籍，待考。

翫花與衛象同醉

司空曙

衰鬢千莖雪，他鄉一樹花。今朝與君醉，忘却在長沙。

【校】

《御覽詩》，《文苑英華》卷二一五。詩題，《御覽詩》作「翫花」，「衛象」，《英華》作「衛長林」，注「二字集作象字」。

別落花

劉言史

風艷霏霏去，羈人處處游。明年總相見，不在此枝頭。

【校】

《全唐詩》卷四六八。劉言史生平，略見《唐才子傳》卷四。「總」，《全唐詩》作「縱」。

共友人看花

羅鄴

愁將百里身，來伴看花人。何事獨惆悵，故園還又春。

【校】

《文苑英華》卷三二二三。

入百丈澗見桃花晚開

劉長卿

百丈深澗裏，過時花欲妍。應緣地勢下，遂使春風偏。

【校】

《文苑英華》卷三二二一，《萬首唐人絕句》卷六。

長信草

崔國輔

長信宮中草，年年愁處生。時侵珠履迹，不使玉階行。

【校】《河嶽英靈集》卷中、《文苑英華》卷二〇四。詩題，《英華》作「長信宮」。「時侵」，《英華》作「爲侵」。

樹中草

張祜

青青樹中草，託根非不危。草生樹却死，榮枯君可知。

【校】《樂府詩集》卷七七、《萬首唐人絶句》卷一六。

庭草

元微之

庭草根自淺，造化無遺功。低回一寸心，不敢怨春風。

【校】此是曹鄴詩，見《曹祠部集》卷二、《文苑英華》卷三二七。

葵葉

李　白

慙君能衛足，歎我遠移根。白日如分照，還歸守故園。

【校】

《李太白集》卷二三。詩題，原作「流夜郎題葵葉」。

巴江柳

元微之

巴江可惜柳，柳色緑侵江。好向金鑾殿，移陰入綺窗。

【校】

此是李商隱詩，見《李義山詩集》卷中。

柳枝

前　人

本是丁香樹，春條結始生。玉作彈棋局，中心亦不平。

【校】

此亦是李商隱詩，見《李義山詩集》卷下。

江邊柳

雍裕之

嫋嫋古堤邊，青青一樹煙。若爲絲不斷，留取繫郎船。

【校】

此首見萬曆本第十五首，天啓本五言絶句第七首。詩題，萬曆本、天啓本作「柳」。

柳浪

裴迪

分前接綺樹，倒影入清漪。不與御溝上，春風傷別離。

其二

前人

映池同一色，逐吹散如絲。結陰既得地，何謝陶家時。

【校】《王右丞集》卷一三録裴迪和作，「分前」作「分行」，「不與」作「不學」。

雨中題衰柳

白居易

濕屈青條折，寒飄黄葉多。不知秋雨意，更過欲如何。

【校】《白氏長慶集》卷一五，「更過欲如何」作「更遣欲何如」。

桐

陸季覽

摇落依空井，生死尚餘心。不辭先入爨，惟恨少知音。

【校】《文苑英華》卷三二四。詩題原作「詠桐」。

零落桐

虞世基

零落三秋幹，摧殘百尺柯。空餘半心在，生意漸無多。

【校】

《文苑英華》卷三二四。

宮槐陌

王摩詰

仄徑蔭宮槐，幽陰多緑苔。應門即迎掃，畏有山僧來。

【校】

《王右丞集箋注》卷一三。「即」，集作「但」。

山茱萸

皇甫冉

朱實山下開，清香寒更發。幸有叢桂花，牕前向秋月。

【校】

此是王維詩，《王右丞集》卷一三。

花塢

韓愈

蜂蝶粉粉去，香風隔岸聞。欲知花塢處，水上覓紅塵。

【校】

《韓昌黎集》卷九。詩題，集作「花島」。「粉粉去」作「去紛紛」，「花塢」作「花島」，「紅塵」作「紅雲」。

庭竹

王適

露滌鉛華節，風摇青玉枝。依依似君子，無地不相宜。

【校】

此是劉禹錫詩，見《劉賓客集》卷二五、《文苑英華》卷三二五。「鉛華」作「鉛粉」。

竹

蕭放

懷風枝轉弱，防露影逾濃。既來丹穴鳳，還作葛陂龍。

【校】

《初學記》卷二八，《文苑英華》卷三二五。蕭放，北齊人。

斤竹嶺

王摩詰

檀欒映青曲，青翠漾漣漪。暗入商山路，樵人不可知。

【校】

《王右丞集》卷一三。

紫藤樹

李白

紫藤雲木花，引曼宜陽春。密葉隱歌鳥，香風留美人。

【校】

此首見萬曆本第十七首，天啓本五言絶句第十九首。「曼」，萬曆、天啓本作「蔓」。

槐

王　維

門前宫槐陌，是向欹湖道，秋來風雨多，落葉無人掃。

【校】

此是裴迪和王維《宫槐陌》詩，見《唐詩紀事》卷一六。

觀鄰栽松

李　端

雖過老人宅，不解老人心。何事殘陽裏，栽松欲待陰。

【校】

《文苑英華》卷三二四，《萬首唐人絶句》卷一一，《唐詩拾遺》卷四。詩題，《英華》《萬首唐人絶句》《唐詩拾遺》作「觀鄰老栽松」。

桂

盧僎

桂樹生南海，芳香隔遠山。今朝天上見，疑是月中攀。

【校】此首在萬曆本第二十二首，天啓本五言絶句第十七首。

元日恩賜柏葉

趙昭

器乏雕梁器，材非搆厦材。但將千載葉，常奉萬年杯。

【校】《文苑英華》卷一七二，《萬首唐人絶句》卷二一，《歲時雜詠》卷一。《英華》詩題末有「應詔」二字，《萬首唐人絶句》《歲時雜詠》題作「奉和元日賜羣臣栢葉」，詩人名「趙彦昭」。「搆」，《萬首唐人絶句》作「造」。

同前

李義

勁節凌冬勁，芳心待歲芳。偏令人益壽，非止麝含香。

【校】

《文苑英華》卷一七二，《唐詩紀事》卷一〇，《歲時雜詠》卷一。詩人名「李乂」。詩題，《唐詩紀事》作「正旦賦柏樹詩」。「凌冬」，《歲時雜詠》作「凌霜」。「偏令」，《唐詩紀事》《歲時雜詠》作「能令」。「止」，底本作「山」，據《英華》《唐詩紀事》《歲時雜詠》改。

又

武平一

緑葉迎春緑，寒枝歷歲寒。願持柏葉壽，常奉萬年歡。

【校】

《文苑英華》卷一七二，《唐詩紀事》卷一一，《歲時雜詠》卷一。詩題，《唐詩紀事》作「正旦賦柏樹詩」。「柏葉」，《唐詩紀事》作「百葉」。「常」，《文苑英華》作「永」，《唐詩紀事》《歲時雜詠》作「長」。

辛夷塢

王維

木末芙容花，山中發紅蕚。澗户寂無人，紛紛開且落。

【校】

《王右丞集》卷一三。「芙容」，集作「芙蓉」。

蓮花塢

王摩詰

日日採蓮去，洲長多暮歸。弄篙莫濺水，畏濕紅蓮衣。

【校】

《王右丞集》卷一三。

椒園

前人

桂尊迎帝子，杜若贈佳人。椒漿奠瑤席，欲下雲中君。

【校】

《王右丞集》卷一三。

水中蒲

韓　愈

青青水中蒲，長在水中居。寄與浮萍草，相隨我不如。

【校】

此首見萬曆本第十八首，天啓本五言絶句第二十二首。

池萍

庚肩吾

風翻暫青紫，浪起時疏密。本欲歎無根，遠驚能有實。

【校】

此首見萬曆本第十九首，天啓本五言絶句第二十三首。萬曆本、天啓本題作「萍」。「遠」，萬曆本、天啓本作「還」。

萍池

王維

春池深且廣，會待輕舟迴。靡靡緑萍合，垂楊掃復開。

【校】

此首見萬曆本第二十首，天啓本五言絶句第二十四首。萬曆本、天啓本題作「萍」。

葉

孔德昭

早秋驚葉落，飄零似客心。翻飛未肯下，猶言惜故林。

【校】

此首見萬曆本第二十一首，天啓本五言絶句第二十五首。

弄石菴唐詩名花集卷二

七言絶句

牡丹

白居易

惆悵堦前紅牡丹，晚來唯有兩枝殘。明朝風起應吹盡，夜惜衰紅把火看。

【校】

此首見萬曆本第二十六首，天啓本七言絶句第二十七首。

白牡丹

盧綸

長安豪富惜春殘，争翫街西紫牡丹。別有玉盤承露冷，無人起就月中看。

【校】

此首見萬曆本第二十七首，天啓本七言絶句第二十八首。

同前

張又新

牡丹一朵值千金，將謂從來色宕深。今日滿闌開似雪，一生辜負看花心。

【校】

此首見萬曆本第二十八首，天啓本七言絶句第二十九首。

紫牡丹

李益

紫蕊藂開未到家，却教遊客賞繁華。始知年少求名處，滿眼空中別有花。

【校】

此首見萬曆本第二十九首，天啓本七言絶句第三十首。

和令狐相公别牡丹

劉禹錫

平章宅裏一闌花，臨到開時不在家。莫道兩京非遠别，春明門外即天涯。

【校】

《劉賓客集》外集卷三。「闌」作「欄」。

賞牡丹

前　人

庭前芍藥妖無格，池上芙蓉净少情。唯有牡丹真國色，花開時節動京城。

【校】

此首在萬曆本第三十首，天啓本七言絶句第三十一首。

惜牡丹

白居易

寂寞萎紅低向雨，離披破艷散隨風。晴天落地猶惆悵，何況飄零泥土中。

【校】

《白氏長慶集》卷一四。「晴天」，作「晴明」。

水芙蓉

李嘉佑

水面芙蓉秋已衰，繁條倒是看花時。平明露滴垂紅臉，似有朝愁暮落悲。

【校】

此首見萬曆本第三十一首，天啓本七言絶句第四十六首。

海棠花

李白

細雨霏霏弄曉寒，海棠無力倚欄干。想應昨夜東風惡，零落殘紅不耐看。

【校】此首見萬曆本第三十二首，天啓本七言絶句第十七首。「霏霏」，萬曆、天啓本作「菲菲」。

蜀中賞海棠

鄭谷

濃澹芳叢滿蜀鄉，半隨風雨斷鶯腸。浣紗溪上堪惆悵，子美無情爲發揚。

【校】此首見萬曆本第三十三首，天啓本七言絶句第十八首。萬曆本、天啓本題作「海棠花」。

海棠

花蕊夫人

海棠花發盛春天，游賞無時引御筵。遶岸結成紅錦帳，暖枝猶拂畫樓船。

【校】此首見萬曆本第三十四首，天啓本七言絶句第十九首。

蘭花

裴　度

天産奇葩在空谷，佳人作佩有餘香。自是淡粧人不識，任他紅紫鬥芬芳。

【校】此首見萬曆本第三十五首，天啓本七言絶句第三十二首。

菊花

元　稹

秋叢繞舍是陶家，遍繞籬邊日漸斜。不是花中偏愛菊，此花開盡更無花。

【校】此首見萬曆本第三十六首，天啓本七言絶句第四十八首。萬曆本、天啓本題作「菊」。

十日菊

鄭　谷

節去蜂愁蝶不知，曉來還繞折殘枝。自緣今日人心別，未必秋香一夜衰。

【校】
此首見萬曆本第三十七首，天啓本七言絶句第四十九首。

十姊妹花

杜甫

纈屏緣屋引成行，淺白深紅別様粧。卻笑姑娘無意緒，只將紅粉鬧兒郎。

【校】
此首見萬曆本第三十八首，天啓本七言絶句第三十四首。

水仙花

前人

琢盡扶桑水作肌，冷光真與雪相宜。但從姑射皆仙種，莫道梁家是侍兒。

【校】
此首見萬曆本第三十九首，天啓本七言絶句第五十二首。

劉侍中宅盤花紫薔薇

章孝標

真宰偏饒麗景家，當春盤出帶根霞。從聞一朵朝衣色，免踏塵埃看雜花。

【校】

此首見萬曆本第四十首，天啓本七言絶句第三十三首。

蜀葵

陳標

眼前無奈蜀葵何，淺紫深紅數百窠。能共牡丹爭幾許，得人輕處衹緣多。

【校】

此首見萬曆本第四十一首，天啓本七言絶句第四十二首。首句「蜀葵」，萬曆、天啓本作「蜀花」。「人」，底本作「入」，據萬曆、天啓本改。

黄蜀葵

薛能

嬌黄新嫩欲題詩，盡日含毫有所思。記得玉人初病惢，道家裝束厭禳時。

【校】
此首見萬曆本第四十二首，天啓本七言絶句第四十三首。

竹離叢

薛濤

蓊鬱栽成四五行，常持堅節待秋霜。近來春笋鑽堦破，不得垂枝對畫堂。

【校】
見《詩話總龜》卷二三、《薛濤詩集》。「持」，集作「將」。

槿花

李商隱

風露凄凄秋景繁，可憐榮落在朝昏。未央宫裏三千女，但保紅顔莫保恩。

【校】
此首見萬曆本第四十三首，天啓本七言絶句第四十五首。「風露」，萬曆、天啓本作「風雨」。

榴花

韓愈

五月榴花照眼明，枝間時見子初成。可憐此地無車馬，顛倒青苔落絳英。

【校】此首見萬曆本第四十四首，天啓本七言絶句第四十一首。

題韋潤州後庭海榴

李嘉佑

江上年年小雪遲，年光獨報海榴知。寂寂山城風日曉，謝公含笑向南枝。

【校】《文苑英華》卷三二三，《萬首唐人絶句》卷一〇。詩題，《萬首唐人絶句》無「題」字，「庭」作「亭」。「獨報」，《全芳備祖》前集卷二四作「獨教」。「曉」，《英華》《萬首唐人絶句》作「暖」。

桃花

崔護

去年今日此門中，人面桃花相映紅。人面衹今何處在？桃花依舊笑春風。

【校】

此首見萬曆本第四十五首，天啓本七言絶句第九首。

大林寺桃花

白居易

人間四月芳菲盡，山寺桃花始盛開。長恨春皈無覓處，不知轉入此中來。

【校】

《白氏長慶集》卷一六。「皈」作「歸」。

蕭八明府處覓杜栽

杜甫

奉乞桃栽一百根，春前爲送浣花村。河陽縣裏雖無數，濯錦江邊未滿園。

【校】

《杜詩詳注》卷九。詩題，「杜」當作「桃」。

桃花落

王　建

樹頭樹底覓殘紅，一片西飛一片東。自是桃花貪結子，卻教人恨五更風。

【校】

此首見萬曆本第四十六首，天啓本七言絶句第十首。

百葉桃花

韓　愈

百葉雙桃晚更紅，窺窻映竹見玲瓏。應知侍史歸天上，故伴仙郎宿禁中。

【校】

此首見萬曆本第四十七首，天啓本七言絶句第十一首。

玄都觀桃

蔣　防

舊傳天上千年熟，今日人間五日香。紅軟滿枝須作意，莫教方朔去偷將。

【校】

《文苑英華》卷三二六。「教」，《英華》作「交」。「去」，《英華》作「施」。

早梅

戎昱

一樹寒梅白玉條，迫臨村路傍溪橋。不知近水花先發，疑是經冬雪未銷。

【校】

此首見萬曆本第四十八首，天啓本七言絶句第四首。

看梅

杜甫

莫將香色論梅花，毛女而今已出家。老幹瘦枝蒼幾許，總無花萼也輸他。

【校】

此首見萬曆本第四十九首，天啓本七言絶句第五首。詩題，萬曆本、天啓本作「梅」。

早梅

元載妻

南枝向暖北枝寒，一種春風有兩般。憑伏高樓莫吹笛，大家留取倚闌干。

【校】此首見萬曆本第五十首，天啓本七言絶句第六首。「憑伏」作「憑仗」。

梅花

薛濤

白玉堂前一樹梅，今朝忽見數花開。兒家門户重重閉，春色因何得入來。

【校】此首見萬曆本第五十一首，天啓本七言絶句第七首。萬曆、天啓本作「入得」。

人日新安道中見梅花

羅隱

長途酒醒臘天寒，嫩蕊香英撲馬鞍。不上壽陽公主面，憐君開得却無端。

【校】《羅昭諫集》卷五，《文苑英華》卷三二二。

楊花

李白

樓外江頭坐不歸，水晶宮殿展霏微。楊花細逐桃花落，黄鳥時兼白鳥飛。

【校】此首見萬曆本第五十二首，天啓本七言絶句第二十六首。「外」，萬曆本、天啓本作「上」。

宣城見杜鵑花

前人

蜀國曾聞子規鳥，宣城還見杜鵑花。一叫一迴腸一斷，三春三月憶三巴。

【校】此首見萬曆本第五十三首，天啓本七言絶句第四十首。

玉蕊花

李　益

一樹籠葱玉刻成，飄廊點地色輕輕。女冠夜覓香來處，惟見階前碎月明。

【校】此首見萬曆本第五十四首，天啓本七言絶句第三十九首。

唐昌觀玉蕊花

武元衡

琪樹年年玉蘂新，洞宮長閉彩霞春。日暮落英鋪地雪，獻花無復九天人。

【校】見《文苑英華》卷三二二，《萬首唐人絶句》卷三二。

又

楊巨源

晴空素艷照霞門，香洒天風不到塵。持贈昔聞將白雪，蕊珠宮上玉花春。

【校】《文苑英華》卷三二二，《萬首唐人絶句》卷八。「門」，《萬首唐人絶句》作「新」。

櫻桃

陸龜蒙

佳人芳樹雜春蹊，花外煙濛月漸低。幾度艷歌清欲絶，流鶯驚起不成棲。

【校】此首見萬曆本第五十五首，天啓本七言絶句第十三首。

宫中櫻桃

王建

宫花不與外花同，正月長先一半紅。供御櫻桃看守别，直無鵶鵲入園中。

【校】此首見萬曆本第五十六首，天啓本七言絶句第十四首。

櫻桃

楊貴妃

二月櫻桃乍熟時，内人相引看紅枝。回頭索取黄金彈，遶樹藏身打雀兒。

【校】此首見萬曆本第五十七首，天啓本七言絶句第十五首。

木蘭花

陸龜蒙

洞庭波浪眇無津，日日征帆送遠人。幾度木蘭船上望，不知元是此花身。

【校】此首見萬曆本第五十八首，天啓本七言絶句第十六首。「波浪」，天啓本同，萬曆本作「西望」。「幾度」，萬曆本、天啓本作「曾向」。

槐花

翁承贊

雨中粧點望中黄，勾引蟬聲送夕陽。憶昔當年隨計吏，馬蹄終日爲君忙。

【校】

此首見萬曆本第五十九首，天啓本七言絶句第八首。

贈僧院花

白居易

欲悟色空爲佛事，故栽芳樹在僧家。細看便是華嚴偈，方便風開智慧花。

【校】

《白氏長慶集》卷二六。

泉州刺桐花兼呈趙使君

陳陶

海曲春深滿群霞，越人多種刺桐花。可憐虎竹西樓色，錦帳三千阿母家。

【校】

《文苑英華》卷三二三，《唐詩拾遺》卷四。原有三首，此其一。「群」，《英華》《唐詩拾遺》作「郡」。

小桃　鄭谷

和煙和雨遮敷水，映竹映村連灞橋。撩弄春風奈寒冷，到頭贏得杏花嬌。

【校】此首見萬曆本第六十首，天啓本七言絶句第十二首。

小松　杜荀鶴

自小刺頭深草裹，而今漸覺出蓬蒿。時人不識凌雲木，直到凌雲始道高。

【校】此首見萬曆本第六十一首，天啓本七言絶句第五十一首。「直到」，天啓本同，萬曆本作「直待」。

雙桂　陳陶

青冥結根易傾倒，沃州山中雙樹好。琉璃宫殿無斧聲，石上蕭蕭伴僧老。

【校】

此首見萬曆本第六十二首，天啓本七言絶句第四十六首。

蜀桐

李商隱

玉壘高梧拂玉繩，上含霏霧下含冰。枉教紫鳳無棲處，斷作秋琴彈壞陵。

【校】

《李義山詩集》卷上、《文苑英華》卷三三一四。

冬青樹

趙嘏

碧樹如煙覆晚波，清秋欲盡客重過。故園亦有如煙樹，鴻鴈不來風雨多。

【校】

此首見萬曆本第六十三首，天啓本七言絶句第五十首。

白胡桃

李白

紅羅袖裏分明見，白玉盤中看却無。疑是老僧休念誦，腕前推下水晶珠。

【校】

見《李太白文集》卷二三。「晶」，宋蜀本《李太白集》作「精」。

枸杞寄郭使君

白居易

山陰太守政嚴明，吏静民安無犬驚。不知靈藥根成狗，怪得時聞吠夜聲。

【校】

見《白氏長慶集》卷二五、《文苑英華》卷三二七。

蓮葉

鄭谷

移舟水濺差差緑，倚檻風斜柄柄香。多謝浣紗人莫折，雨中留得蓋鴛鴦。

【校】

此首見萬曆本第六十四首，天啓本七言絶句第四十四首。詩題，萬曆本，天啓本作「蓮蕊」。

杏葉

天寶宫人

一葉題詩出禁城，誰人酬和獨含情。自嗟不及波中葉，蕩漾乘春取次行。

【校】

《本事詩·情感》《苕溪漁隱叢話》後集卷一六。「蕩漾」，底本作「蕩様」，據《本事詩》《苕溪漁隱叢話》改。

苔錢

鄭　谷

春青秋紫繞池臺，箇箇圓如濟世財。雨後無端滿窮巷，買花不得買愁來。

【校】

見《文苑英華》卷三二七。

浮萍

陸龜蒙

曉來風約半池明，重疊侵沙緑罽成。不用臨池重相笑，最無根蒂是浮名。

【校】

見《甫里集》卷一〇，「曉」，集作「晚」，「重相笑」，集作「更相笑」。

柳

趙瑕

拂水煙斜一萬條，幾隨春色醉河橋。不知別後誰攀折，猶自風流勝舞腰。

【校】

此首見萬曆本第六十五首，天啓本七言絶句第二十首。此是趙嘏詩。

柳絮

薛濤

二月楊花輕復微，春風搖蕩惹人衣。他家本是無情物，一任南飛又北飛。

【校】

此首見萬曆本第六十六首，天啓本七言絶句第二十一首。

楊柳

王　維

花清高樹出離宮，南陌桑條帶晚風。誰見輕陰是良夜，瀑泉聲畔月明中。

【校】

此首在萬曆本第六十七首，天啓本七言絶句第二十二首。「花清」，萬曆、天啓本作「華清」。

賦得灞岸柳留辭鄭員外

楊巨源

楊柳含烟灞岸春，年年攀折爲行人。好風倘借低枝便，莫遣青絲掃路塵。

【校】

見《御覽詩》，《文苑英華》卷三二三，《萬首唐人絶句》卷八。「倘」，《英華》作「儻」。

楊柳

劉禹錫

輕盈嫋娜占年華，舞榭粧樓處處遮。春盡絮飛留不得，隨風好去落誰家。

【校】

此首見萬曆本第六十八首，天啓本七言絶句第二十三首。

和鍊師索秀才楊柳

楊巨源

水邊楊柳緑煙絲，立馬煩君折一枝。惟有春風最相惜，殷勤更向手中吹。

【校】

見《唐百家詩選》卷一二、《鶴林玉露》卷五。

楊枝

元微之

枝鬬腰肢葉鬬眉，春來無處不成絲。灞陵原上多離別，少有長條拂地垂。

【校】

此是韓琮詩。見《雲溪友議》卷下、《萬首唐人絶句》卷八。「纖腰」，「腰肢」，《雲溪友議》作「芳腰」。《萬首唐人絶句》作「纖腰」。「不成」，《雲溪友議》《萬首唐人絶句》作「不如」。「灞陵」，《萬首唐人絶句》作「霸陵」。

楊柳

花蕊夫人

蚤春楊柳引長條，倚岸沿堤一面高。稱與畫船索錦纜，暖風搓出綵絲絛。

【校】

此見萬曆本第六十九首，天啓本七言絶句第二十四首。

又

李紳

千條楊柳拂金絲，日暖牽風葉學眉。愁見花狂飛不定，還同輕薄五陵兒。

【校】

此見萬曆本第七十首，天啓本七言絶句第二十五首。

又

韓琮

折柳歌中得翠條，遠移金殿種青霄。上陽宮女吞聲送，不忍先皈學舞腰。

【校】見《文苑英華》卷三二三、《萬首唐人絶句》卷一〇。「吞聲」，《萬首唐人絶句》作「含聲」。「忍」，《英華》作「忿」。「皈」，《英華》《萬首唐人絶句》作「歸」。

又

鄭谷

半烟半雨溪橋畔，映杏映桃山路中。會得離人無限意，千絲萬絮惹春風。

【校】《雲臺編》卷中，《文苑英華》卷三二三，《苕溪漁隱叢話》前集卷五五，《萬首唐人絶句》卷五四。「溪橋」，《雲臺編》《萬首唐人絶句》作「江橋」。「映杏映桃」，《漁隱叢話》作「間杏間桃」。

又

顧雲

閒花野草總爭新，眉皺絲乾獨不勻。乞取東風殘氣力，莫教虚度一年春。

【校】見《文苑英華》卷三二三，《唐詩紀事》卷六七，《萬首唐人絶句》卷七二。「絲乾」，《唐詩紀事》作「絃乾」。「乞取」，《唐詩紀事》《萬首唐人絶句》作「乞與」。

竹

陳陶

不厭東溪碧玉君，天壇雙鳳有時聞。一峰曉似朝仙處，青節森森寄絳雲。

【校】見《文苑英華》卷三二五，《萬首唐人絶句》卷三五。「碧玉」，《萬首唐人絶句》作「緑玉」。「寄」，《英華》同，《萬首唐人絶句》作「倚」。原有十首，此其一。

昌谷新竹

李賀

籜落長竿削玉開，君看母笋是龍材。更容一夜抽千尺，别却池園數寸埃。

【校】

見《昌谷集》卷二。

曲江春草

鄭谷

花落江堤簇煖煙，雨餘草色遠相連。香輪莫輾青青破，留與遊人一醉眠。

【校】

此首見萬曆本第七十一首，天啓本七言絶句第三十五首。

殘花

張祜

雪暗山横日欲斜，郵亭下馬看殘花。自從身逐征西府，每到花時不在家。

【校】

此首見萬曆本第七十二首，天啓本七言絶句第三十六首。

獨步尋花

杜　甫

黄四娘家花滿溪，千朶萬朶壓枝低。留連戲蝶時時舞，自在嬌鶯哈哈啼。

【校】

此首見萬曆本第七十五首，天啓本七言絶句第三首。「溪」，集作「蹊」。

落花

白居易

漠漠紛紛不柰何，狂風急雨兩相和。晚來惆望君知否，枝上稀疏地上多。

二

可憐夭艷正當時，剛被狂風一夜吹。今日流鶯來盡處，百般言語呢空枝。

【校】此見萬曆本第七十三、七十四首，天啓本七言絶句第三十七、三十八首。其一，「惆望」，萬曆本、天啓本作「悵望」。

翫殘花

楊　發

十月濃芳一歲程，東風初急眼偏明。低枝似泥幽人醉，莫道無情是有情。

【校】見《文苑英華》卷三二三。「是」作「似」。

看花

羅　鄴

花開只恐看來遲，看了愁多未看時。家在楚鄉身在蜀，一年春色負歸期。

【校】見《文苑英華》卷三二三，《萬首唐人絶句》卷五一。「看了愁多」，《萬首唐人絶句》作「及到愁如」。

花　杜　甫

不是見花即欲死，只恐花盡老相催。繁枝容易紛紛落，嫩蕊商量細細開。

二

東望少城花滿煙，百花高樓更可憐。誰能載酒開金盞，喚取佳人舞繡筵。

【校】 此二首見萬曆本第七十六、七十七首，天啓本七言絶句第一、二首。「百花」，萬曆、天啓本作「百尺」。

桃花曲　顧　況

魏帝宫人舞鳳樓，隋家天子泛龍舟。君王夜醉春眠宴，不覺桃花逐水流。

【校】 見《樂府詩集》卷七十七，《萬首唐人絶句》卷二十九。

憑何十一少府邕覓榿木

杜　甫

草堂塹西無樹木，非子誰復見幽心。飽聞榿木三年大，與致溪邊十畝陰。

【校】見《九家注杜詩》卷二二，《杜詩詳注》卷九。「樹木」作「樹林」。

花下醉

李義山

尋芳不覺醉流霞，倚樹沉眠日已斜。客散酒醒深夜後，更持紅燭照殘花。

【校】見《李義山詩集》卷中。「照」作「賞」。

花

嚴　惲

春光冉冉歸何處，更向花前把一杯。盡日問花花不語，爲誰零落爲誰開。

【校】

見《松陵集》卷八、《南部新書》卷四。

花

于鵠

老大看花長不足，沿江尋得一枝紅。黄昏人散東風起，吹落誰閒明月中。

【校】

見《文苑英華》卷三百二十三，詩題原作「荆南陪楚尚書惜落花」。「閒」，《英華》作「家」。

弄石庵唐詩名花集卷三

五言律詩

梅

杜　牧

輕盈照野水，掩斂下瑤臺。妬雪聊相比，欺春不逐來。偶同佳客見，似爲凍醪開。若在秦樓畔，堪爲弄玉媒。

【校】此首見萬曆本第七十八首，天啓本五言律詩第一首。

早梅

僧齊己

萬木凋欲折，孤根暖獨回。前村深雪裏，昨夜一枝開。風遞幽香出，禽𣊫素艷來。明年如應律，先發望春臺。

【校】

此首見萬曆本第七十九首，天啓本五言律詩第一首。

同前

柳宗元

早梅發高樹，迥映楚天碧。朔風飄夜香，繁霜滋曉白。欲爲萬里贈，杳杳山水隔。寒英坐銷落，何用慰遠客。

【校】

見《柳河東集》卷四三。「寒冷」作「夜香」。

雪梅

盧照鄰

梅嶺花初發，天山雪未開。雪處疑花滿，花邊似雪迴。因風入舞袖，雜粉向妝臺。匈奴幾萬里，春至不知來。

【校】

此首在萬曆本第八十首，天啓本五言律詩第三首。

雪裏覓梅花

梁簡文帝

絕訝梅花晚，争來雪裏窺。下枝低可見，高處應難知。俱羞惜腕露，相讓道腰羸。定須還剪綵，學作兩三枝。

【校】

《初學記》卷二八、《藝文類聚》卷八六、《文苑英華》卷三二二。「應難知」，《初學記》《類聚》《英華》作「遠難知」。第三聯，《藝文類聚》無。「定須」，底本作「定酒」，顯爲形訛，今據《初學記》《類聚》《英華》改。

官舍早梅

張　謂

堦下雙梅樹，春來盡不成。晚時花未落，陰處葉難生。摘子防人到，攀枝晨鳥驚。風光先占得，桃李莫相輕。

【校】

《文苑英華》卷三二二。「盡」，《英華》作「晝」。「晨鳥」，作「畏鳥」，據上聯對仗，當作「畏鳥」是。

江梅

鄭　谷

江梅且緩飛，前輩有歌詞。莫惜黄金縷，難忘白雪枝。吟看歸不得，醉鼰立如痴。和雨和烟折，含情寄所思。

【校】

《雲臺編》卷上，《文苑英華》卷三二二，《瀛奎律髓》卷二〇，《全芳備祖》前集卷一。「醉鼰」，《全芳備祖》作「醉唤」。

梅

李嶠

大庾歛寒光，南枝獨早芳。雪含朝暝色，風引去來香。舞袖迴青徑，歌塵起畫梁。若能遥止渴，何假泛瓊漿。

【校】

此詩本屬《百詠》之一，見《文苑英華》卷三二六。「止渴」，底本作「指渴」，今據《英華》改。

庭梅

張九齡

芳意何能早，孤榮亦自危。更憐花蕊弱，不受歲寒移。朔雪那相妬，陰風已屢吹。馨香雖尚爾，飄蕩復誰知。

【校】

見《曲江集》卷五。詩題前，集有「詠」字。「蘂」，集作「蒂」。「屢吹」，底本作「屬吹」，顯誤，《曲江集》據改。

桃花

唐太宗

禁苑春暉麗，花蹊綺樹裝。綴條深淺色，點露參差光。向日分千笑，迎風共一香。如何仙嶺側，獨秀隱遥芳。

【校】

此首見萬曆本第八十一首，天啓本五言律詩第五首。

桃花南枝已放北枝未開因寄杜副瑞

劉長卿

何意同根本，開花每後時。應緣去日遠，獨自發春遲。結實恩難望，無言恨豈知。年光不可待，空自向南枝。

【校】

《劉隨州集》卷二。詩題前原有「廨中見」三字。「望」，作「忘」。「空自」，作「空羨」。

桃

李嶠

獨有成蹊處，紅桃發井傍。含風如笑臉，裛露似啼粧。隱士顔應改，仙人路漸長。還欣上林苑，千歲奉君王。

【校】

此首見萬曆本第八十二首，天啓本五言律詩第五首。

李花

唐太宗

玉衡流桂圃，成蹊正可尋。鸎啼密葉外，蝶戲脆花心。麗景光朝彩，輕烟散夕陰。暫顧暉章側，還眺靈樹林。

【校】

此首見萬曆本第八十三首，天啓本五言律詩第七首。

李

李嶠

潘岳閒居暇，王戎戲陌辰。蝶遊芳徑馥，鶯囀令枝新。葉暗青房晚，花明玉井春。方知有靈幹，持用表真人。

【校】

見《文苑英華》卷三二六。「陌辰」，底本作「陷辰」，據《文苑英華》改。

李花

鄭谷

不學梅欺雪，輕紅照碧池。小桃新謝後，雙燕恰來時。香屬登龍客，煙籠宿蝶枝。臨軒須貌取，風雨易離披。

【校】

此首見萬曆本第八十四首，天啓本五言律詩第四首。萬曆本、天啓本題作「杏花」。

古苑杏花

張　籍

廢苑杏花在，行人愁過時。獨開新塹底，半露舊燒枝。晚色連荒轍，低陰覆折碑。濛濛古陵路，春盡又誰知。

【校】《張司業集》卷三。「愁過」，集作「愁到」。「濛濛」，集作「茫茫」。「路」，集作「下」。

石榴花

魏彥深

分根金谷裏，移植廣庭中。新枝含淺緑，晚蕚散輕紅。影入環階水，香隨度隙風。路遠無由寄，徒然春閨空。

【校】此首見萬曆本第八十五首，天啓本五言律詩第十一首。

同和詠樓前海榴花

孫逖

客自新亭郡，朝來數物花。傳居妓樓好，初落海榴花。露色珠簾映，香風粉壁遮。更宜林下雨，日晚逐行車。

【校】

《文苑英華》卷三二二。「物花」，作「物華」。

菊花

駱賓王

擢秀三秋晚，開芳十步中。分香俱笑日，含翠共摇風。醉影涵流動，浮香隔岸通。金卮徒可泛，玉斝竟誰同。

【校】

此首見萬曆本第八十六首，天啓本五言律詩第十五首。

同前

釋無可

東籬摇落後，密葉被寒催。夾雨驚新折，經霜忽盡開。野香盈客袖，禁蘂泛天杯。不共春蘭並，悠揚遠蝶來。

【校】

此首見萬曆本第八十七首，天啓本五言律詩第十六首。

又

李商隱

暗暗澹澹紫，融融冶冶黄。陶令籬邊色，羅含宅裏香。幾時禁重露，實是怯斜陽。願泛金鸚鵡，昇君白玉堂。

【校】

此首見萬曆本第八十八首，天啓本五言律詩第十七首。

殘菊花

唐太宗

階蘭凝曙霜，岸菊照晨光。露濃晞曉笑，風勁摇殘香。細葉雕輕翠，圓花飛碎黄。還待今歲色，復結後年芳。

【校】

《初學記》卷二七，《文苑英華》卷三二二。「曉笑」，《初學記》作「晚笑」。「摇」，《初學記》《英華》作「淺」。

白菊

許　棠

所向雪霜姿，非關落帽期。香飄風外别，影到月中移。發在林凋後，繁當露冷時。人間稀有此，自古乃無詩。

【校】

此首見萬曆本第八十九首，天啓本五言律詩第十八首。

觀菊

朱灣

衆芳春盡發，寒菊露偏滋。受氣何曾異，開花獨自遲。晚成猶有分，欲采未過時。忍棄東籬下，看隨秋草衰。

【校】

此是劉灣詩。見《唐詩紀事》卷二五。詩題，《唐詩紀事》作「即席賦露中菊」。「盡」作「競」。「忍」作「勿」。

菊

羅隱

籬落歲云暮，數枝聊自芳。雪裁纖蘂密，金拆小苞香。千載白衣酒，一生青女霜。春叢莫輕蕩，彼此有行藏。

【校】

《羅詔諫集》卷二。「輕蕩」作「輕薄」。

牡丹

温庭筠

輕陰隔翠幃，宿雨泣晴暉。醉後佳期在，歌餘舊意非。蝶繁輕粉住，蜂秉抱香皈。莫惜薰爐夜，因風到舞衣。

【校】

此首見萬曆本第九十首，天啓本五言律詩第九首。「皈」，萬曆本、天啓本作「歸」。

同前

羅鄴

數朵欲傾城，安同桃李榮。未嘗貧處見，不似地中生。此物疑無價，當春獨有名。遊蜂與浪蝶，來往自多情。

【校】

此是裴説詩，見《文苑英華》卷三二一，《古今合璧事類備要》别集卷二四，《古今事文類聚》後集卷三〇。「不似」，《古今事文類聚》作「不比」。「浪蝶」，《英華》《古今事文類聚》作「蝴蝶」，《古今合璧事類備要》作「戲蝶」。

白牡丹

王貞白

轂雨洗纖素，裁爲白牡丹。異香開玉合，輕粉泥銀盤。時貯露花濕，宵傾月魄寒。佳人淡妝罷，無語倚朱欄。

【校】此見萬曆本第九十一首，天啓本五言律詩第十首。「露花」，萬曆本、天啓本作「露華」。

牡丹未開

韓琮

殘花何處藏，盡在牡丹房。嫩蘂包金粉，重葩結綉囊。雲擬巫山夢，簾開景陽粧。應恨年花促，遲遲待日長。

【校】《文苑英華》卷三二一。「擬」作「凝」，「巫山」作「巫峽」，「簾開」作「簾閉」，「年花」作「年華」。

看牡丹

文益

擁毳對芳叢，由來趣不同。髮從今日白，花是去年紅。艷色隨朝露，馨香逐晚風。何須待零落，然後始知空。

【校】

此詩出惠洪《冷齋夜話》「李後主亡國偈」條，《詩話總龜》卷一、《苕溪漁隱叢話》前集卷五七均引，又見《唐僧弘秀集》卷五，《唐詩紀事》卷七六。「艷色」，《冷齋夜話》《唐僧弘秀集》作「艷曳」，《詩話總龜》《苕溪漁隱叢話》引作「艷冶」。據《冷齋夜話》記載，文益爲南唐僧，此詩爲南唐亡國之讖。

芙容

辛德源

洛神挺凝素，文君拂艷紅。麗質徒相比，鮮姿難兩同。光照臨波日，香隨出岸風。涉江良自遠，託意在無窮。

【校】

此首在萬曆本第九十二首，天啓本五言律詩第十三首。

同心芙容

孔德紹

灼灼荷花瑞，亭亭出水中。一莖孤引緑，雙影共分紅。色奪歌人臉，香亂舞衣風。名蓮自可念，況復兩心同。

【校】

此首在萬曆本第九十三首，天啓本五言律詩第十四首。「瑞」，萬曆本、天啓本作「艷」。

重臺芙容

李德裕

芙容含露時，秀色波中溢。玉女褎朱裳，重重映皓質。晨露耀丹紫，片片明秋日。蘭澤多衆芳，妍姿不相匹。

【校】

見《文苑英華》卷三二二，《會昌一品集》别集卷一〇。詩題，首句之「芙容」，《英華》《會昌一品集》作「芙蓉」。「褎」，《英華》作「攏」，集作「襲」。「晨露」，《英華》、集俱作「晨霞」。「丹紫」，《英華》、集俱作「丹景」。

木芙容

韓　愈

新開寒露叢，遠比水間紅。艷色寧相妒，嘉名偶自同。採江秋節晚，搴木古祠空。須勸勤來看，無令便逐風。

【校】

《韓昌黎集》卷九。

薔薇

朱慶餘

遶架垂條密，浮陰入夏清。緑攢傷手刺，紅墮斷腸英。粉著蜂鬚膩，光凝蝶翅明。雨來看亦好，況復值初晴。

【校】

見《文苑英華》卷三二二，《唐百家詩選》卷一五，《唐詩紀事》卷四六。「遶架」，《唐百家詩選》《唐詩紀事》作「四面」。「浮陰」，《唐詩紀事》作「浮雲」。「雨來」，《唐百家詩選》《唐詩紀事》作「雨中」。

臨水薔薇

李群玉

堪愛復堪傷，無情不久長。浪摇千臉淚，風舞一身香。似濯文君錦，如啼漢女粧。所思雲雨外，何處寄馨香。

【校】

見《文苑英華》卷三二二。

蘇侍郎紫薇庭各賦一物得芍藥

韓　愈

仙禁生紅藥，微芳不自持。幸因親切地，還遇艷陽時。名見桐君録，香聞鄭國詩。孤根自可用，非直愛花滋。

【校】

此是張九齡詩，見《曲江集》卷一。詩題「紫薇」，集作「紫微」。「親切」，集作「清切」。「桐君録」，底本作「桐君緣」，據《曲江集》改。「自」，集作「若」。「花滋」，集作「華滋」。

黃蜀葵 一名秋葵。

崔　涯

野欄秋景晚，疏散兩三枝。嫩蕊淺輕態，幽香閒澹姿。露傾金盞小，風引道冠欹。獨立悄無語，清愁人詎知。

【校】

此在萬曆本第九十五首，天啓本五言律詩第十二首。題後注，萬曆本、天啓本無。「嫩蕊」，萬曆本、天啓本作「嫩蘂」。

荷花

李商隱

都無色可並，不奈此香何。瑶席乘涼設，金羈落曉過。覆衾燈照綺，渡水襪沾羅。預想秋期別，離居夢櫂歌。

【校】

見《李義山詩集》卷上。「曉過」作「晚過」，「覆衾」作「迴衾」，「秋期」作「前秋」。

折荷有贈

李　白

涉江翫秋水，愛此紅蕖鮮。攀荷弄其珠，蕩漾不成圓。佳人綵雲裏，欲贈隔遠天。相思無由見，悵悵涼風前。

【校】

見《李太白文集》卷二三。「由」作「因」，「悵悵」作「悵望」。

苦練花

温庭筠

院裏鶯歌歇，墻頭舞蝶孤。天香薰羽葆，宫紫暈流蘇。晻曖迷青瑣，氤氳向畫圖。只應春惜別，留與博山爐。

【校】

見《温飛卿詩集》卷九。

石竹花

司空曙

一自幽山別，相逢此寺中。高低俱出葉，深淺不分叢。野蝶難争白，庭榴暗讓紅。誰憐花最久，春露到秋風。

【校】

見《文苑英華》卷三二三。詩題，《英華》作「雲陽寺詠石竹花」。「花最久」作「芳最久」。

題磁嶺海棠花

温庭筠

幽態竟誰賞，歲花空與期。島迴香盡處，泉照艷濃時。蜀彩澹摇曳，吴粧低怨思。王孫又誰恨，惆悵下山時。

【校】

見《温飛卿詩集》卷九。「時」，集作「遲」。

芳蘭

唐太宗

春暉開禁花，淑景媚蘭場。映庭含淺色，凝霜泫浮光。日麗參差影，風傳輕重香。會須君子折，佩裏作芬芳。

【校】

見《初學記》卷二七、《文苑英華》卷三二七。「禁花」，《初學記》作「紫苑」，《英華》作「禁苑」。「蘭場」，《初學記》作「蘭湯」。「凝霜」，《初學記》《英華》作「凝露」。「風傳」，《初學記》作「風和」。

蘭 此詩有落字。

釋無可

蘭色結春光，氤氳掩衆芳。閉門階覆葉，尋澤逕連香。畹静風吹亂，亭秋雨引長。靈均曾搴擷，紉珮桂荷裳。

【校】

見《文苑英華》卷三二七。「氤氳」，《英華》作「氛氳」。「静風吹」原缺，據《英華》補。

蓼花

鄭谷

紅紅復悠悠，年年拂漫流。差池伴黄菊，冷淡過清秋。冷帶鳴蛩急，寒藏宿鳥愁。故溪皈不得，憑伏繫漁舟。

【校】見《雲臺編》卷上，《文苑英華》卷三二三。「紅紅」，《雲臺編》《英華》作「簇簇」。「冷帶」，《雲臺編》《英華》作「晚帶」。「鳴蛩」，《雲臺編》作「鳴蟲」。「宿鳥」，《雲臺編》《英華》作「宿鷺」，「皈」，《雲臺編》《英華》作「歸」，「伏」，《雲臺編》《英華》作「仗」。

水林檎花

前人

一露一朝新，簾櫳曉景分。艷和蜂蝶動，香帶管絃聞。笑擬春無力，粧濃酒漸醺。直疑風雨夜，飛去替行雲。

【校】此首在萬曆本第九十四首，天啓本五言律詩第八首。

槿花

李白

園花笑芳年，池草艷春色。猶不如槿花，嬋娟玉階側。芳榮自夭促，零落在瞬息。豈若瓊樹枝，終歲長翕赩。

【校】

見宋蜀本《李太白文集》卷二二，元、明本卷二四。詩題，宋本作「詠桂二首」其一，元、明本作「詠槿二首」。「嬋娟」，元、明本同，宋本作「嬋娟」。「芳」，「自」，集本均作「何」。

階前萱草

魏彦深

緑草正含芳，靃靡映前堂。帶心花欲發，依籠葉已長。雲度時無影，風來乍有香。横得忘憂號，余憂遂不忘。

【校】

見《初學記》卷二十七，《文苑英華》卷三二七。魏澹，字彦深，歷北魏、北齊，入隋人。詩題前，《英華》有「詠」字。

同前

李　嶠

屣步尋芳草，忘憂自結叢。葉舒春夏緑，花發淺深紅。色湛仙人露，香傳少女風。含貞北堂下，曹植動文雄。

【校】

見《文苑英華》卷三二七。「花發」，《英華》作「花吐」。

芳樹

盧照鄰

芳樹本多奇，年花復在斯。結翠成新幄，開紅滿故枝。風皈花歷亂，日度影參差。容色朝朝落，思君君不知。

【校】

見《盧昇之集》卷二。「年花」作「年華」。「皈」作「歸」。

同前

駱賓王

迢迢芳園樹，列映清池曲。對此傷人心，還如故時緑。氣條洒餘靄，露葉承新旭。佳人不再攀，下有往來躅。

【校】此是韋應物詩，見《韋蘇州集》卷六。詩題，集作「對芳樹」。「氣條」，作「風條」。

松樹

宋之問

歲晚東巖下，周顧何悽惻。日落西山陰，衆草起寒色。中有喬松樹，使我常歎息。百尺無寸枝，一生自孤直。

【校】見《宋之問集》卷四。詩題，作「題張老松樹」。「常」作「長」。

同前

李德甫

結根生上苑，擢秀邇花池。歲寒無改色，年長有倒枝。露自金盤灑，風從玉樹吹。寄言謝霜雪，貞心自不移。

【校】見《初學記》卷二八，《文苑英華》卷三二四。此是李德林詩。李德林，北齊入隋人。「花池」作「華池」。

又

許棠

何年斸到城，滿國響高名。半寺陰常匝，隣芳景亦清。代多無巧勢，風定有餘聲。自得天然狀，非同澗底生。

【校】見《文苑英華》卷三二四。詩題，作「松」。

移小松

張　喬

松子落何年，纖枝長水邊。斫開新磵雪，移出遠林煙。帶月棲幽鳥，兼花灌冷泉。微風動清韵，閒聽罷琴眠。

【校】

《文苑英華》卷三二四。

柏

魏　收

古松圖偃蓋，新柏寫爐峰。凌寒翠不奪，迎暄緑更濃。茹葉輕沉體，咀實化衰容。將使中臺麝，違山能見從。

【校】

見《初學記》卷二八，《文苑英華》卷三二四。詩題作「庭柏」。魏收，字伯起，北齊詩人。

「爐」，《初學記》作「鑪」。

竹

劉孝先

竹生荒野外，稍雲起百尋。無人重高節，徒自抱貞心。恥染湘妃淚，羞入上宮琴。誰能製長笛，當爲作龍吟。

【校】

《文苑英華》卷三二五。劉孝先，南朝梁詩人。

山中得翠竹

陰鏗

脩竹映巖隈，乘風異夾池。複澗藏高節，重林隱勁枝。雲生龍未止，花落鳳將移。莫言棲嶰谷，伶倫不復吹。

【校】

此詩《初學記》卷二八、《文苑英華》卷三二五均佚作者名。據《錦繡萬花谷》後集卷三八，當是張正見詩。張正見，南朝梁、陳詩人。

柳

李商隱

已帶黄金縷，仍飛白玉花。長時須拂馬，密處少藏鴉。眉細從他斂，腰輕莫自斜。琦梁誰道好，偏擬映盧家。

【校】

見《李義山詩集》卷上。詩題作「謔柳」。

柳

魚玄機

翠色連荒岸，煙姿入遠樓。影鋪秋水面，花落釣人頭。根老藏魚窟，枝低繫客舟。瀟瀟風雨夜，驚夢復添愁。

【校】

詩題，集作「賦得江邊柳」。

櫻桃

唐太宗

花林滿芳景，洛陽偏宜春。朱顔含遠日，翠色影長津。喬柯囀嬌鳥，低枝映美人。昔作園中實，今來席上珍。

【校】

見《文苑英華》卷三二六。詩題，作「賦得櫻桃春字韻」。「花林」，作「華林」。

橘

范雲

嘉樹出巫陰，分根徙上林。白花如霰雪，朱實似懸金。布影臨丹地，飛香度玉岑。自有陵冬質，能守歲寒心。

【校】

見《文苑英華》卷三二六。當爲李元操詩。李元操，歷仕北齊、北周，入隋，爲馮翊郡太守、蒙州刺史，遷内史侍郎。詩題作「橘樹」。

梨

李嶠

擅美玄光側，傳芳瀚海中。鳳文疏象郡，花影麗新豐。春暮條應紫，秋來葉早紅。若能逢漢主，還冀識張公。

【校】

《文苑英華》卷三二六。「若能」，作「若令」。

荔枝

鄭谷

平昔最相愛，驪山遇貴妃。在教生處遠，愁見摘來稀。曉奪紅霞色，晴欺瘴日威。南荒何所戀，爲爾即忘皈。

【校】

見《雲臺編》卷上，《文苑英華》卷三二六。「最」，《雲臺編》《英華》作「誰」。「在教」，《雲臺編》作「枉教」。「曉奪」，《雲臺編》作「晚奪」。「皈」，《雲臺編》《英華》作「歸」。

菱

李嶠

鉅野韶光暮，東平春溜通。影摇江浦月，香引棹歌風。日色翻池上，潭花發鏡中。五湖多賞樂，千里望難窮。

【校】

見《文苑英華》卷三二六。

友人池上詠蘆

曹松

秋聲因種得，蕭瑟在池欄。葉澀栖蟬穩，叢疏宿鷺難。歛烟宜早下，颯吹省先寒。此物生蒼島，令人憶釣竿。

【校】

見《文苑英華》卷三二七。「因種」作「昌種」。

叢葦

張蠙

叢叢寒水邊，曾折掃漁船。忽與亭臺近，翻兼島嶼偏。花明無月後，聲急正秋天。遥憶巴陵渡，殘陽一望烟。

【校】

見《文苑英華》卷三二七，《唐詩紀事》卷七〇。「叢叢」，《唐詩紀事》作「葦叢」。「掃漁船」，《英華》作「掃魚船」，《唐詩紀事》作「釣魚舡」。「忽與」，《唐詩紀事》作「咸喜」。「兼」，《英華》《唐詩紀事》作「嫌」。「後」，《英華》《唐詩紀事》作「夜」。

惜花

于鵠

夜來花落盡，偏惜兩三枝。早起尋稀處，閒眠記落時。蕊焦蜂自散，蔕折蝶還稀。攀看殷勤別，明年更有期。

【校】

見《文苑英華》卷三二三。

惜落花

白居易

夜來風雨急，無復舊花林。枝上三分落，園中一寸深。日斜啼鳥思，春盡老人心。莫怪添杯飲，情多酒不禁。

【校】

見《白氏長慶集》卷二六。

殘花

楊發

已嘆良時晚，仍悲別酒催。暖芳隨人薄，殘片逐風迴。黛斂愁歌扇，粧紅泣鏡臺。繁陰莫矜衒，終是共塵埃。

【校】

見《文苑英華》卷三二三。羅隱《羅昭諫集》卷二亦收。《全唐詩》卷六九五收入羅隱名下，題下注云：「一作楊發詩。」

嘆花

崔塗

遲遲傍曉陰，昨夜色猶深。畢竟榮須落，堪悲古與今。明年何處見，盡日此時心。蜂蝶無情極，殘香更不尋。

【校】

見《文苑英華》卷三二三。

落葉

司空曙

霜葉催危葉，今朝半樹空。蕭條故國異，零落旅人同。颯岸浮寒水，依堦擁夜蟲。隨風偏可羡，得到洛陽宮。

【校】

見《文苑英華》卷三二七。詩題，《英華》作「題落葉」。「霜葉」，《英華》作「霜景」。

紅葉

白居易

寒山十月旦，霜葉一時新。似燒非因火，如花不及春。連行排絳帳，亂落剪紅巾。解駐籃舁看，風前唯兩人。

【校】

見《白氏長慶集》卷二七，詩題作「和杜録事題紅葉」。「不及」作「不待」。「舁」作「輿」。

萍

吴　均

可憐池裏萍，葐蒀紫復青。工隨浪開合，能逐水低平。微根無所綴，細葉詎須莖。飄蕩終難測，流連如有情。

【校】

見《初學記》卷二七，《文苑英華》卷三二七。「池裏」，《初學記》作「池内」。「工隨」，《初學記》作「巧隨」。「飄蕩」，《初學記》作「漂泊」。「流連」，《初學記》作「留連」。吴均，南朝梁代人。

竹逕

權德輿

退朝此休休，閉户無塵氛。支策入幽逕，清風隨此君。琴觴恣偃傲，蘭蕙相蒀蒀。幽賞方自適，林西煙景曛。

【校】見《權文公集》卷一。「休休」作「休沐」。「支策」作「杖策」。

班竹巖

劉長卿

倉梧在何處，班竹自成林。點點流殘淚，枝枝寄在心。寒山響易滿，秋水影偏深。欲覓樵人路，朦朧不可尋。

【校】見《劉長卿集》卷五。「班」作「斑」，「倉」作「蒼」。

山花　方干

平明方盡所，爲得好風吹。不見遺來日，先愁花去時。濃香薰疊葉，繁朵壓卑枝。來看皆終夕，遊蜂似有期。

【校】見《文苑英華》卷三二三，詩題作「題友人山花」。「所」作「坼」，「遺」作「移」。

庭華　羅隱

昨日芳艷濃，開樽幾同醉。今朝風雨惡，惆悵人生事。南威病不起，西子老兼至。向晚寂無人，相偎墮紅淚。

【校】見《羅詔諫集》卷一，《文苑英華》卷三二三。

草

白居易

離離原上草，一歲一枯榮。野火燒不盡，春風吹又生。遠芳侵古道，晴翠接荒城。又送王孫去，萋萋滿別情。

弄石菴唐詩名花集卷四

七言律詩

牡丹

韓　愈

本自同開俱隱約，何須相倚鬬輕盈。凌晨併作新粧面，對客偏含不語情。雙燕無機來拂掠，遊蜂多思正經營。長年自是皆拋盡，今日欄邊暫眼明。

【校】

此首見萬曆本第九十六首，天啓本七言律詩第八首。「本自」，萬曆本、天啓本作「幸自」。「自是」，天啓本同，萬曆本作「是事」。

同前

温庭筠

水樣晴紅壓疊波，曉來金粉覆庭莎。裁成艷思偏應巧，分得春光最數多。欲綻似含雙靨笑，正繁疑有一聲歌。華堂客散簾垂地，相凭闌干斂翠蛾。

【校】此首見萬曆本第九十七首，天啓本七言律詩第九首。「相」，萬曆本、天啓本作「想」。

又

韓琮

桃時杏日不争濃，葉長陰成始放紅。曉艷遠分金掌露，暮香深惹玉堂風。名移蘭杜千年後，貴擅笙歌百醉中。如夢如仙忽零落，暮霞何處緑屏空。

【校】見《文苑英華》卷三二一。「葉長」作「葉帳」。

又　羅鄴

似共東風别有因，絳羅高捲不勝春。若教解語應傾國，任是無情亦動人。芍藥與君爲近侍，芙蓉何處避芳塵。可憐韓令功名後，辜負濃花過此身。

【校】見《文苑英華》卷三二一，《唐詩紀事》卷六九。「東風」，《唐詩紀事》作「東君」。「亦」，《唐詩紀事》作「也」。「功名」，《英華》《唐詩紀事》作「功成」，「濃花」，《英華》《唐詩紀事》作「穠華」。

又　薛能

去年零落暮春時，淚濕紅箋怨别離。常恐便同巫峽散，因何重有武陵期。傳情每向馨香得，不語還應彼此知。只欲欄邊安枕席，夜深閒共説相思。

【校】見《才調集》卷一、《文苑英華》卷三二一。此爲《薛濤詩集》所誤收。

其二

牡丹愁爲牡丹饑，自惜多情欲瘦羸。濃艷冷香初盡後，好風乾雨正開時。冷蜂遍坐無間蕊，醉客曾偷有折枝。京國別來誰占翫，此花光景屬吾詩。

【校】

見《文苑英華》卷三二一。「冷蜂」作「吟蜂」。

觀江南牡丹

張 璸

北地花開南地風，寄情還與客心同。群芳盡怯千般態，幾醉能銷一番紅。舉世祇將華勝實，真禪無喻色爲空。近年明主思王道，不許新栽滿六宮。

【校】

見《文苑英華》卷三二一。「寄情」作「寄恨」，「無喻」作「元喻」。

牡丹

李　白

落盡春紅始見花，花時比屋事豪奢。買栽池館恐無地，看到兒孫能幾家。門倚長衢攢繡轂，幄籠輕日護香霞。歌鍾滿座争觀賞，首信流年鬢有花。

【校】

此是羅鄴詩，見《文苑英華》卷三二一。「兒孫」作「子孫」，「首信」作「肯信」。「鬢有花」，《英華》作「鬢有華」。

含笑花

唐德宗

天與胭脂點絳唇，東風滿面笑津津。芳心自是歡情動，醉臉長含喜氣新。傾國有情偏惱客，向陽欲語似撩人。紅塵多少愁眉者，好似花鄰近結鄰。

【校】

此詩見王士禎《艷逸編》第十八卷《海月樓記》，妓女含笑所作。又見《金瓶梅》第五十回之開場詩。乃是明人作品，非唐人之作甚明。

重臺蓮

李紳

緑荷舒卷凉風曉，紅蕚開縈紫的重。游女漢皋争笑臉，二妃湘浦並愁容。自含秋露貞姿潔，不曉春妖冶態穠。終恐玉京仙子識，却持皈種碧池中。

【校】

見《文苑英華》卷三二二。「縈」作「縈」，「皈」作「歸」。

海棠

王維

海邊佳樹生奇彩，知是仙山取得栽。瓊蕊籍中聞閬苑，紫芝圖上見蓬萊。淺深芳蕚通宵换，委積紅英報晚開。寄語春園百花道，莫争顔色泛金杯。

【校】

此當爲李紳詩，見李紳《追惜遊集》卷中。此從《文苑英華》卷三二二作王維詩者，誤。

擢第後入蜀經羅村溪路見海棠盛開偶有題詠

鄭　谷

上國休誇紅杏花，深溪自照緑苔磯。一枝低帶流鶯睡，數片狂隨舞蝶飛。堪恨路長移不得，可無人與畫將飯。手中已有新春桂，多謝煙香更惹衣。

【校】見《雲臺編》卷中，《文苑英華》卷三二二。「紅杏花」，集作「紅杏艷」。「狂隨」，集作「狂和」。「畫將飯」，集、《英華》作「畫將歸」。「惹衣」，集作「入衣」。

海棠

楊　渾

春風用意匀顔色，銷得携觴與賦詩。艷麗最宜新着雨，嬌嬈全在欲開時。莫愁粉黛臨窗懶，梁廣丹青點筆遲。朝醉暮吟看不足，羨他蝴蝶宿深枝。

【校】此是鄭谷詩，見《雲臺編》卷中，《文苑英華》卷三二二。

朱秀才庭際薔薇

方干

綉難相似畫難成，明媚鮮妍絶比倫。露壓盤條方到地，風吹艷色欲燒春。斷霞轉影侵西壁，濃麝分香入四鄰。看取後時歸故里，爛光須讓錦衣新。

【校】

此首見萬曆本第一零八首，天啓本七言律詩第十二首。詩題，萬曆本、天啓本作「薔薇」。

野菊花

李商隱

苦竹南園椒塢邊，微香冉冉淚涓涓。已悲節物同寒雁，忍委芳心與暮蟬。細路獨來當此日，清罇相伴省他年。紫雲新花移花處，不取霜栽近御筵。

【校】

《李義山詩集》卷中。「南園」一作「園南」。「椒塢」作「椒屋」。「此日」作「此夕」。「新花」作「新苑」。

南池嘉蓮

姚合

芙蓉池裹葉田田，一本雙枝照碧泉。濃麗共妍香各散，東西分艷葉相連。自知政術無他異，縱是禎祥亦偶然。四野人聞皆盡喜，争來入谷看嘉蓮。

【校】

見《姚少監詩集》卷一〇。「雙枝照」作「雙花出」。「濃麗」作「濃淡」。「葉相連」作「蔕相連」。「入谷」作「入郭」。

杏花

温庭筠

杏花初綻雪花繁，重疊高低滿小園。正見盛時猶悵望，豈堪開處已繽翻。情爲世累詩千首，醉是吾鄉酒一罇。杳杳艷歌春日午，出牆何處隔朱門。

【校】

此首見萬曆本第一百首，天啓本七言律詩第三首。

晚桃花

白居易

一樹紅桃亞拂池，竹遮松蔭晚開時。非因斜日無由見，不是閑人豈得知。寒地生材移較易，貧家養女嫁常遲。春風欲落誰爲惜，白侍郎來折一枝。

【校】

見《白氏長慶集》卷二八。「移」作「遺」，「春風」作「春深」，「誰爲」作「誰憐」。「白侍郎」，底本作「自侍郎」，據集改。

桃花

羅隱

暖觸衣襟漠漠香，間梅遮柳不勝芳。數枝艷拂文君酒，半里紅欹宋玉牆。盡日無人疑怨望，有時驚雨乍凄凉。舊山山下還如此，回首東風一斷腸。

【校】

見《羅詔諫集》卷三。「驚雨」作「經雨」。

反生桃發

温庭筠

病眼逢春四壁空，夜來山雪破東風。未知王母千年熟，且共劉郎一笑同。已落又開横晚翠，似無如有帶朝紅。僧處臘炬高三尺，莫惜連宵照露叢。

【校】

見《温飛卿詩集》卷九。詩題作「反生桃花發因題」。「臘炬」，集作「蠟炬」。

早梅

杜甫

知訪寒梅過野塘，久留金勒爲迴腸。謝郎衣袖初翻雪，荀令薰鑪更换香。何處拂胸資蝶粉，幾時塗額藉蜂黄。維摩一室雖多病，要舞天花作道場。

【校】

此首見萬曆本第一百零一首，天啓本七言律詩第一首。當爲李商隱詩，天啓本是。

梅

鄭谷

江國正寒春信穩，嶺頭枝上雪飄飄。何言落處堪惆悵，直是開時也寂寥。素艷照罇桃莫比，孤香粘袖李須饒。離人南去腸應斷，片片隨鞭過楚橋。

【校】

此首見萬曆本第一百零二首，天啓本七言律詩第二首。

山枇杷花

白居易

深山老去惜年華，况對春溪野枇杷。大樹風來翻絳焰，瓊枝日出曬紅紗。迴看桃李都無色，映得芙蓉不是花。争奈結根深石底，無因移得到人家。

【校】

此首見萬曆本一百零四首，天啓本七言律詩第四首。詩題，萬曆本作「枇杷花」。「大樹」萬曆本、天啓本作「火樹」。

揚州法雲寺雙桂

張祜

謝家雙桂本南榮，樹老人亡地變更。朱頂鶴知深蓋偃，白眉僧見小枝生。高臨月户秋雲影，静入風簷夜雨聲。縱使百年爲上壽，緑陰終惜暫時行。

【校】

見《文苑英華》卷三二四。「雙桂」作「雙植」。「惜」作「借」。

敕賜百官櫻桃

王維

芙容殿下會千官，紫禁朱櫻出上闌。纔是寢園春薦後，非關御苑鳥銜殘。皈鞍競帶青絲籠，中使頻傾赤玉盤。飽食不須憂内熱，大官還有柘漿寒。

【校】

見《王右丞集箋注》卷一〇。「芙容殿」，集作「芙蓉闕」。「闌」，集作「蘭」。「纔是」，集作「總是」。「鳥銜」底本作「鳥御」，形訛，今據《王右丞集》改。「皈」，作「歸」。「憂」作「愁」。

梅花

羅隱

吴王醉處十餘里，照野拂衣今正繁。經雨不隨山鳥散，倚風疑共路人言。愁憐粉艷飄歌席，静愛寒香撲酒罇。欲寄相思無好信，爲君惆悵又黄昏。

【校】

見《羅詔諫集》卷三。「相思」，集作「所思」。

紫薇花 百日紅也

李商隱

一樹穠姿獨看來，秋庭暮雨類輕埃。不先摇落應有待，已欲别離休更開。桃綬含情依露井，柳綿相憶隔章臺。天涯地角同榮謝，豈要移根上苑栽。

【校】

此首見萬曆本第一百零三首，天啓本七言律詩第十三首。題下注，萬曆本、天啓本無。「輕埃」，萬曆本、天啓本作「塵埃」。

石榴花

白居易

一叢千朵壓欄干，剪碎紅綃却作團。風嫋舞腰香不盡，露銷粧臉淚初乾。薔薇帶刺攀常懶，菡萏生泥翫亦難。不及此花簷户下，任人採弄盡人看。

【校】

見《白氏長慶集》卷十六。「初」作「新」。「常」作「應」。「不及」作「争及」。

奉和揀貢橘

周元範

離離朱實緑叢中，似火燒山處處紅。影下寒林沉緑水，火摇高樹照晴空。銀章自竭人臣力，玉液誰知造化功。看取明朝船發後，餘香猶尚逐仁風。

【校】

見《文苑英華》卷三二六。「火」，底本訛作「大」，今據《英華》改。「竭」作「竭」。

山花

山花照塢復燒溪，樹樹枝枝盡可迷。野客未來枝畔立，流鶯已向樹邊啼。從容只爲愁風起，眷戀常須向日西。別有妖妍勝桃李，攀來折去亦成蹊。

【校】

見《文苑英華》卷三二三，錢起詩。

對花

秦韜玉

長與韶光暗有期，可憐蜂蝶即先知。誰家促席臨低樹，何處横釵帶小枝。麗日多情宜曲照，和風得露合偏吹。向人雖道渾無語，幾勸王孫到醉皈。

【校】

見《才調集》卷五，《文苑英華》卷三二三。與，一作「共」。「即」作「卻」。「帶」作「戴」。「宜」作「疑」。「露」作「路」。「皈」作「時」。

石楠樹

白居易

可憐顔色好陰涼，葉剪紅牋花撲霜。傘蓋低垂金翡翠，薰籠亂搭繡衣裳。春芽細炷千燈焰，夏蘂濃聞百和香。見説上林無此樹，只教梅柳占年芳。

【校】

見《白氏長慶集》卷一六。「聞」作「焚」。「梅柳」作「桃柳」。

同前

胡汾

本自清陰在上生，移栽此處稱閒情。青雲事盡識珍木，白髮人多喚俗名。重布綠陰滋蘚色，深藏好鳥引雛聲。予今一日千迴看，幾度看來眼益明。

【校】

見《文苑英華》卷三二六。「陰在」作「溪石」。「白髮」作「白屋」。「予」作「余」。「幾度」作「每度」。

焦桐樹

陳　標

江上烹魚採野樵，鸞枝摧折半曾燒。未經良匠材雖散，待得知音尾已焦。若使琢磨徽白玉，便來風律軫青瑶。還能萬里傳山水，三峽泉聲豈寂寥。

【校】

見《文苑英華》卷三百二十六。

柳

庭　筠

楊柳千條拂面絲，緑煙金縷不勝移。香隨静婉歌塵起，影伴嬌嬈舞袖垂。羌管一聲何處曲，流鶯百囀最高枝。千門九陌花如雪，飛過宫牆兩不知。

【校】

温庭筠詩，見《温飛卿詩集》卷四。「金縷」作「金纏」。「移」作「吹」。

狂柳

薛逢

弱植驚風急自傷，暮來翻遺思悠揚。曾飄綺陌隨高下，敢拂朱欄競短長。縈砌乍飛還乍舞，撲池如雪又如霜。莫令岐路頻攀折，漸擬垂楊到畫堂。

【校】此首見萬曆本第一百零六首，天啓本七言律詩第七首。「頻」，萬曆本、天啓本作「誰」。

柳

顧雲

帶露含煙處處垂，綻黄摇緑嫩參差。長堤未見風飄絮，廣陌初憐日映絲。斜傍畫筵偷舞態，低臨妝閣學愁眉。離亭不放到春暮，折盡拂簷千萬枝。

【校】見《文苑英華》卷三百二十三。

同前

杜牧

日暮水流西復東，春光不盡柳何窮。巫娥廟裏低含雨，宋玉宅前斜帶風。不嫌榆莢共爭翠，深感杏花相映紅。灞上漢南千萬樹，幾人遊宦別離中。

【校】

見《才調集》卷四，《文苑英華》卷三二三。「日暮」作「日落」。「不嫌」作「不將」。

竹

韓溉

緑竹連雲萬葉開，王孫不厭滿庭栽。凌霜盡節無人見，終日虛心待鳳來。誰許風流添興詠，自憐瀟洒出塵埃。朱門處處多閒地，正好移陰覆翠苔。

【校】

見《文苑英華》卷三二五，「緑竹」作「緑色」。

同前

羅　鄴

翠葉纔分細細枝，清陰猶未上堦墀。蕙蘭雖許相依日，桃李還應笑後時。抱節不爲霜霰改，成林終與鳳凰期。渭濱若更徵賢相，好作漁竿繫釣絲。

【校】

見《文苑英華》卷三二五。

南庭竹

李　紳

東南舊東凌霜操，五月凝陰入座寒。煙惹翠梢含玉露，粉開春籜聳琅玕。莫令戲馬童兒見，試引爲龍道士看。須信結根香實在，鳳凰終擬下雲端。

【校】

見《追昔游集》卷中。「舊東」作「舊美」。「童兒」作「兒童」。「須信」作「知爾」。「翠梢」原作「翠稍」，「春籜」原作「奉籜」，據《全唐詩》改。

松

韓喜

倚空高檻冷無塵，往事問微夢欲分。翠色本宜霜後見，寒聲偏向月中聞。啼猿想帶蒼山雨，歸鶴遥知紫府雲。莫向東園競桃李，春光還是不容君。

【校】見《文苑英華》卷三二四，《唐詩拾遺》卷一〇。「高檻」，《唐詩拾遺》作「高樹」。「問微」，《唐詩拾遺》作「閒徵」。「遥知」，《唐詩拾遺》作「應知」。

又

鄭谷

下視垂楊拂路塵，雙峰石上覆苔文。濃霜滿逕無紅葉，晚日高枝有白雲。春砌花飄僧旋掃，寒溪子落鶴先聞。那堪寂寞悲風起，千樹深藏李白墳。

【校】見《文苑英華》卷三二四。

賣殘牡丹

魚玄機

臨風興歎落花頻，芳意潛消又一春。應爲價高人不問，却緣香甚蝶難親。紅英只稱生宫裏，翠葉那堪染露塵。及至移根上林苑，王孫方恨買無因。

【校】

此首見萬曆本第一百零七首，天啓本七言律詩第十一首。「露塵」，萬曆本、天啓本作「路塵」。

嘆庭前甘菊花

杜甫

簷前甘菊移時晚，青蕊重陽不堪摘。明日蕭條盡醉醒，殘花爛漫開何益。籬邊野外多衆芳，采擷細瑣升中堂。念兹空長大枝葉，結根失所纏風霜。

【校】

見《杜詩詳注》卷三。「盡醉」，作「醉盡」。「細瑣」作「瑣細」。「升」，底本作「外」，今據杜詩集改。

遊荔園

曹松

荔枝時節出旌旌，南國名園盡興遊。亂結羅紋照襟袖，别含瓊露爽咽喉。葉中新火欺寒食，樹上丹砂勝錦州。他日爲霖不將去，也須圖畫取風流。

【校】

見《文苑英華》卷三二六。詩題原作「南海陪鄭司空遊荔園」。

峽中嘗茶

鄭谷

蔟蔟新英摘露光，小江園裏火前嘗。吴僧謾説鴉山好，蜀叟休誇鳥嘴香。入座半甌輕泛緑，開緘數片淺含黄。鹿門病客不皈去，酒渴更知春味長。

【校】

見《雲臺編》卷下，《文苑英華》卷三二七。「謾」，《雲臺編》作「漫」。「鳥」，《英華》作「烏」。「皈」，《雲臺編》《文苑英華》作「歸」。

尋梅同飲

白居易

勿驚林下發寒梅，便試花前飲冷盃。白馬走迎詩客去，紅筵鋪待舞人來。歌聲怨處微微落，酒氣薰時漸漸開。若到歲來無雨雪，猶應醉得兩三迴。

【校】

見《白氏長慶集》卷二〇，詩題作「和薛秀才尋梅花同飲見贈」，「勿」作「忽」。

五言排律

玫瑰花寄徐侍中

盧綸

獨鶴寄烟霜，雙鸞思晚芳。舊陰依謝宅，新艷出丘墻。蝶起摇輕露，鶯啣入夕陽。雨朝勝濯錦，風夜劇焚香。斷燒千重焰，孤霞一片光。密來驚葉少，動處覺枝長。布影期高賞，留春爲遠芳。嘗聞贈瓊玖，叨和愧登堂。

【校】見《文苑英華》卷三二二，詩題作「奉和中書李舍人昆季詠玫瑰花寄徐郎中」。「焚香」作「聞香」。

詠夾逕菊

薛能

夾逕盡黃英，不通人並行。幾曾相對綻，元自兩行生。叢比高低等，香連左右并。畔摇風勢斷，中夾日華明。間隔蛩吟隔，交横蝶亂横。頻應泛桑落，摘處近前楹。

【校】見《文苑英華》卷三二二。

石榴

梁元帝

塗林未應發，春暮轉相催。然燈疑夜火，連珠勝早梅。西域移根至，南方釀酒來。葉翠如新剪，花紅似故裁。還憶河陽縣，映水珊瑚開。

【校】

見《藝文類聚》卷八六，《文苑英華》卷三二六。「裁」，《類聚》作「裁」。

柰

褚雲

成都貴素質，酒泉稱白麗。紅紫奪夏藻，芬芳掩春蕙。映日照新芳，叢林抽晚帶。誰謂重三珠，終焉競八桂。不讓圜丘中，粲潔華庭際。

【校】

見《藝文類聚》卷八六，無末二句。又見《文苑英華》卷三二六、《初學記》卷二八。詩人名當作「褚澐」，南朝梁人。「三珠」，底本、《英華》作「三株」，誤，據《類聚》《英華》《初學記》改。按：「三珠」爲「三珠樹」之略，《山海經·海外南經》：「三株樹在厭火北，生赤水上。其爲樹如柏，葉皆爲珠。」

芍藥

柳宗元

凡卉與時謝，妍華麗茲晨。欹紅醉濃露，窈窕有餘春。孤賞白日暮，暄風動搖

頻。夜窗靄芳氣，幽卧知相親。願致溱洧贈，悠悠南國人。

【校】

見《柳河東集》卷四三，「有」作「留」。

花林園早梅

鄭述誠

曉日東樓路，林端見早梅。獨凌寒氣發，不逐衆花開。素彩風前艷，韶光雪後催。蕊香霑紫陌，枝亞拂青苔。止渴曾爲用，和羹舊有才。含情欲攀折，瞻望幾徘徊。

【校】

見《文苑英華》卷一八八。「止渴」，底本作「上渴」，據《英華》改。

松聲

劉得人

庭際微風動，高松韻自生。聽時無物亂，盡日覺神清。强與幽泉並，翻嫌細雨

并。拂空增鶴唳，過牖合琴聲。况復當秋暮，偏宜在月明。不知深澗底，蕭瑟有誰驚。

【校】

見《文苑英華》卷三二四，《唐詩紀事》卷五三，詩人名作「劉得仁」。「微風動」，《唐詩紀事》作「微風暖」。「强與」，《唐詩紀事》作「强以」。「秋暮」，《唐詩紀事》作「秋杪」。「月明」，底本作「日明」，據《英華》《唐詩紀事》改。「深澗」，《唐詩紀事》作「幽澗」。

朱櫻

梁簡文帝

倒流映碧叢，點露擎朱實。花茂蝶争飛，枝濃鳥相失。已麗金釵瓜，仍美玉盤橘。寧異梅似丸，不羡萍如日。永植平臺垂，長與雲桂密。徒然奉推甘，終似愧操筆。

【校】

見《藝文類聚》卷八六，《初學記》卷二八，《文苑英華》卷三二六，詩題作「奉答南平王康賚朱櫻」。「照露」，《英華》同，《類聚》《初學記》作「點露」。「飛」作「來」。「仍美」作「兼美」。「寧異」，

《初學記》《英華》同，《類聚》作「寧以」。

龍池春草

宋　迪

鳳闕韶光遍，龍池草色勻。煙波金讓緑，堤柳不争新。翻葉迎紅日，飄香借白蘋。幽姿偏占暮，芳意欲留春。已勝生金埒，長思藉玉輪。翠華如見幸，正好及兹辰。

【校】

見《文苑英華》卷一八八，《唐詩品彙》卷八〇。「金」，《英華》《唐詩品彙》作「全」。

御溝新柳

陳　羽

宛宛如絲柳，含黄一望新。未成溝上暗，且向日邊春。嫋娜方遮水，低迷欲醉人。託空芳鬱鬱，逐溜影鱗鱗。弄色滋宵露，垂枝染夕塵。夾堤連太液，還似映天津。

【校】

見《文苑英華》卷一百八十八。

同前

李觀

御溝迴廣陌，芳樹對行人。翠色枝枝滿，年光樹樹新。畏逢攀折客，愁見別離辰。近映章臺騎，遥分禁苑春。嫩陰初覆水，高影漸離塵。莫入胡兒笛，還令淚濕巾。

【校】

見《文苑英華》卷一八八，「芳樹」作「芳柳」。

竹

王維

閒居日清净，修竹自檀欒。嫩節留餘籜，新叢出舊欄。細枝風響亂，疏影月光寒。樂府裁籠笛，漁家伐釣竿。何如道門裏，青翠拂山壇。

【校】

見《王右丞集箋注》卷一一，詩題作「沈十四拾遺新竹生讀經處同諸公之作」。「欄」作「闌」，「籠」作「龍」，「山」作「仙」。

雜體

惜花

鮑君徽

枝上花，花下人，可憐顔色俱青春。昨日看華華灼灼，今朝看花花欲落。不如盡此花下歡，莫待春風總吹却。鶯歌蝶舞韶光長，紅鑪煮茗松花香。粧成吟罷恣遊後，獨把花枝皈洞房。

【校】

見《才調集》卷一〇，《又玄集》卷下，《文苑英華》卷三二三。「今朝」，《英華》同，《才調集》《又玄集》作「今日」。「韶光長」，《才調集》《又玄集》作「韶景長」。「紅鑪」，《才調集》作「□煙」，《又玄集》作「紅煙」，《英華》作「紅爐」。「粧成」，《又玄集》作「粧臺」。「吟罷」，《才調集》《又玄集》作「曲

罷」，《英華》作「罷吟」。「後」，《又玄集》《才調集》作「樂」，「皈」，《才調集》《又玄集》作「歸」。

蜀葵花歌此歌有落字。

岑　參

昨日一花開，今日一花開。昨日花正好，今日花已老。人生不得恒少年，莫惜牀頭沽酒錢。請君有錢向酒家，君不見，蜀葵花。

【校】

《河嶽英靈集》卷中作岑參詩，《岑嘉州集》卷二亦見。《文苑英華》卷三百二十三作劉眘虛詩，注：「附見岑參集。」「蜀葵」，《河岳英靈集》作「戎葵」，《英華》作「茙葵」。「昨日花正好，今日花已老」，此句「昨日」集作「今日」，「今日」作「昨日」。此句下，《河岳英靈集》尚有「始知人老不如花，可惜落花君莫掃」二句。「恒少年」，《河岳英靈集》《英華》作「長少年」。

柳花歌

戴幼公

滄浪渡頭柳花發，斷續因風飛不絕。搖煙拂水積翠間，綴雪含霜誰忍攀。夾岸紛紛送君去，鳴棹孤尋在何處。移家深入桂水源，種柳新成色更繁。定知別後消散

盡，却憶今朝傷旅魂。

【校】

見《唐百家詩選》卷七，《唐音》卷一一，詩題作「柳花歌送客往桂陽」。戴叔倫，字幼公。「在」，《唐百家詩選》《唐音》作「到」。「色」，《唐百家詩選》《唐音》作「花」。

楊花 送客往桂楊。

楊巨源

北斗南迴春物老，紅莫落盡緑尚早。韶風澹蕩無所依，偏惜垂楊作春好。此時可憐楊柳花，縈盈艶曳滿人家。人家女兒出羅幕，静坐玉庭待花落。寶環纖手捧更飛，翠羽輕裙承不著。歷歷垂瑟舞瑶陳，菲紅拂黛憐玉人。東園桃李芳已歇，獨有楊花嬌暮春。

【校】

《才調集》卷九作張喬詩，注「一刻楊巨源」。「紅莫落盡」作「紅英落花」。「静坐玉庭待」作「浄埽玉除看」。「垂瑟舞瑶」作「瑶琴舞袖」。「菲紅」作「飛紅」。「獨有」作「猶有」。

韋員外家花樹歌

岑參

今年花似去年好，去年人到今年老。始知人老不如花，可惜落花君莫掃。君家兄弟不可當，列卿御史尚書郎。朝回花底恒會客，花撲玉缸春酒香。

【校】

見《岑嘉州詩集》卷二。「君家兄弟」，原脱「君」字，今據岑集補。

薔薇

儲光義

裊裊長數尋，青青不作林。一莖獨秀當庭心，數枝分作滿庭陰。春風遲遲欲將半，庭影離離正堪玩。枝上嬌鶯不畏人，葉底飛蛾自相亂。秦家女兒愛芳菲，曲眉相伴採葳蕤。高處紅鬚欲刺手，低邊緑刺已牽衣。蒲萄架上朝光滿，楊柳園中暝鳥飛。連袂踏歌從此去，風吹香氣逐人皈。

【校】

見《儲光羲詩集》卷四，「春風」作「春日」，「曲眉」作「畫眉」，「刺手」作「就手」，「皈」作「歸」。

東園玩菊此詩有落字。

白居易

少年昨已去，芳歲今又闌。如何寂寞意，復此荒涼園。園中獨立久，日淡風露寒。秋蔬盡蕪没，好樹亦凋殘。唯有數叢菊，新開籬落間。携觴聊自酌，爲爾一流連。憶我少小日，易爲興所牽。見酒無時節，未飲已欣然。近從年長來，漸覺取樂難。常恐更衰老，彊飲亦無歡。顧謂爾菊花，後時何獨鮮。誠知不爲我，借爾暫開顔。

【校】

見《白氏長慶集》卷六，「自酌」作「就酌」，「流連」作「留連」。「彊飲」，底本脱「飲」字，據白集補。

花

楊發

花發炎景中，芳春獨能久。因風任開落，向日無先後。若待秋霜來，蘭蓀共何有。

【校】

此是戴叔倫詩，見《文苑英華》卷三二三。

惜花

陸龜蒙

人壽期滿百，華開唯一春。其間風雨至，旦夕旋爲塵。若使花解愁，愁於看花人。

【校】見《甫里集》卷一三，「華開」作「花開」。

梅花

吴筠

梅性本輕蕩，世人相凌賤。故作負霜花，欲使綺羅見。但願深相知，千摧非所戀。

【校】見《文苑英華》卷三二二。吴筠，南朝梁代人。「凌賤」，《英華》作「陵踐」。

梧桐

戴叔倫

亭亭南軒外，貞幹脩且直。廣葉結青陰，繁花連素色。天資韶雅性，不愧知音識。

【校】見《文苑英華》卷三二四。

桐

陸龜蒙

美人傷别離，汲井常待曉。愁因轆轤轉，驚起雙棲鳥。獨立傍銀牀，碧桐風嫋嫋。

【校】見《甫里集》卷一三，詩題作「井上桐」。「碧桐」，集作「碧梧」。

早梅

孟浩然

園中有早梅，年例犯寒開。少婦争攀折，將皈插鏡臺。猶言看不足，更欲剪刀裁。

【校】見《孟浩然集》卷一。詩人名，底本作「孟皓然」，徑改。「皈」，集作「歸」。

石上藤

岑參

石上生孤藤，弱蔓依在石。不逢高枝引，未得淩空上。何處堪託身，爲君長萬丈。

【校】

見《岑嘉州集》卷一，《文苑英华》卷三二六。「在石」，集、《英华》作「石長」。「堪託身」，《英华》作「可堪托」。

菖蒲

張籍

石上生菖蒲，一寸十二節。仙人勸我食，令我頭青面如雪。逢人寄君一絳囊，病中不得傳此方。君能來作煙霞侶，與君同入丹玄鄉。

【校】

見《張司業集》卷二，「病中」作「書中」，「煙霞」作「棲霞」。

春桂問答

王績

問春桂：桃李正芬芳，年光隨處滿。何事獨無花？
春桂答：春華詎能久！風霜摇落時，獨秀君知否？

【校】

見《王無功集》卷三。

元禄九歲于涼秋吉日
洛陽書肆婦賦
小山半氣板行

唐名花詩跋

袁石公云：「幽人韻士，屏絶聲色，其嗜好不得不鐘於山水花竹。」又云：「南中名花，率爲巨璫大畹所有，儒生寒子無因得發其幕。」是情雖獨鐘，而快賞最艱得也。余生平於栽花種竹一事，每每不欲讓人，而四壁蕭然，無貲以購，庭（客）〔容〕旋馬，無地可栽，真無以破岑寂之苦。偶於從兄君錫齋頭檢得《唐名花》一集，不覺撫掌稱快，曰：「昔東萊作《卧游録》，大人倣之，輯《海内奇觀》，遂令幽人韻士，指顧皆山。吾兄是集，詎不令名園佳圃，左右成行，異卉奇葩，朝夕在目也乎？無扞剔澆頓之勞，而有味賞之樂，誠幽人韻士之大快也。」是宜付之剞劂，以廣同志，藉令石公而在，可無扼腕歎息矣！

楊肇祲儀我甫題

艷而逸：《唐詩艷逸品》與唐詩中的女性書寫

曲景毅　王治田　撰

幽禁中之丰姿，落寞中之妖冶：《唐詩名媛集》述評

一、《唐詩名媛集》的選詩旨趣

《唐詩名媛集》爲晚明楊肇祉所編選《唐詩艷逸品》之第一種，選詩凡九十一首，專門選録唐詩中描寫名媛的詩篇（而非唐代女性詩人的創作選集）。「名媛」，顧名思義，即謂社會名流中的女性。一些讀者看到「名媛」二字，會聯想到被稱爲「中國古代四大美女」的西施（春秋時人）、王昭君（前51—前15）、貂蟬、楊貴妃（719—756）。其中，貂蟬其實是宋元通俗文藝中虚構出來的人物形象①，唐朝詩人自然不會寫到。唐詩中描寫其他三位美人的詩篇，都受到了編者的注意。但《名媛集》中之「名媛」并非僅限於此，凡例一云：「所記名妃、淑姬、聲妓、孽妾，凡寫其志凜秋霜、心盟匪石、遞密傳悰

① 李偉實《貂蟬故事的來源與演變》，《文史知識》2002年第10期，第66頁。沈伯俊《從〈三國志〉到〈三國演義〉》，《西華大學學報》（哲學社會科學版）2010年第4期，第2頁。

者，咸載焉。」如此看來，本集收録唐詩所描寫的「名媛」，可大致分爲名妃、淑姬、聲妓、孽妾這四種。這四個類别基本涵括了唐代詩人所描寫到的名媛的類别，通過選録的這些詩篇，楊肇祉爲我們呈現了一幅姿態萬千的唐代名媛圖卷。

楊肇祉看重所選女子的「名媛」身份，更重視其氣節風度，所謂「志凜秋霜、心盟匪石、遞密傳悰」（《唐詩名媛集》凡例之一）。「志凜秋霜」，指女子志行高潔，「心盟匪石」①指女子對愛情堅貞，而「遞密傳悰」則較爲費解。「遞密」或同「密遞」，指私相傳遞之意，宋人王國器《金錢卜歡詞》云：「花房羞化彩蛾飛，銀橋密遞仙娥信。」②「悰」，心緒也，元稹（779—831）《夢遊春七十韻》：「悰緒竟何如，絲棼不成絇。」則「傳悰」爲傳遞内心之思緒，天啓本作「傳蹤」，則爲暗通蹤跡之意了。這樣看來，所謂「遞密傳悰」者，蓋寫幽期暗通之事，看似與前兩者之重在志氣節操有天壤之别。事實上，楊肇祉所講的風度氣節，並不在對所寫女子的道德品行進行評價，而是强調對女子獨立人格、鮮明個性的刻畫與描繪。今查本集所載，有楊巨源描寫崔鶯鶯的《崔娘》詩，蓋敘元稹《鶯鶯傳》所敘張生、鶯鶯幽會暗許之事③；趙象《非煙》詩，出自皇甫枚《非煙傳》，蓋寫趙象見到本爲武氏妾的步非煙，暗相

① 語出《詩經・邶風・柏舟》：「我心匪石，不可轉也。」
② 引自唐圭璋：《全金元詞》（北京：中華書局1979年），頁1036。
③ 元稹《鶯鶯傳》，《元稹集》外集卷第六，北京：中華書局1982年，第671—680頁。

心許之事①。蓋雖寫幽會之情，但詩人們著重要表現的是這些女子追求愛情的熱烈與忠貞。這些可以看出楊肇祉獨特的選詩旨趣和眼光。爲了論述的方便，我們大致將《唐詩名媛集》中所描寫的歷代美人三十人，分類列表，并依次論述如下：

名妃	淑姬	聲妓	孽妾
湘妃、阿嬌、王昭君、班婕妤、馮小憐、虢國夫人、楊貴妃	息夫人、西施、李雍容、崔娘	蘇小小、宋態宜、行雲、段東美、王福娘、碧玉娘、薛濤、段七娘、談容娘、比紅兒、真珠、玉清、宋華陽、泰娘	緑珠、薛瑶英、關盼盼、盧姬、非煙

1. 名妃：名盛而姿豐

所謂名妃者，即歷史上有名的妃子，多爲帝王的寵姬。如湘妃爲傳説中舜的妻子娥皇和女英。劉向《列女傳》載：「舜陟方，死於蒼梧，號曰重華。二妃死於江湘之間，俗謂之湘君。」陳阿嬌本爲漢武帝（前 157—前 87）皇后，但其後失寵，被幽禁於長門宮，後世文人多有諷詠。② 王昭君本爲漢元帝宮人，後被選作公主，代表漢朝出嫁匈奴，被稱爲「明妃」。班婕妤（？·前 48—2）的經歷與阿嬌相

① 《太平廣記》卷四九一，文淵閣《四庫全書》本。

② 劉向《列女傳·母儀·有虞二妃》卷一，四部叢刊本。

似，本爲漢成帝（前51—前7）妃子，但因趙飛燕姐妹入宮而失寵。馮小憐爲北齊後主高緯（557—577）的妃子，楊貴妃是唐玄宗（685—762）的妃子，虢國夫人爲楊貴妃的三姐，後亦爲玄宗妃子。這些名妃大多出自名門，其遺風懿行，爲後人稱道。

這裏需要解釋的是，《名媛集》中似乎也收録了一些在歷史的記載中不太光彩的女性形象。此處舉兩例：第一，楊氏姊妹，如果説楊貴妃在唐後期及後世已經得到很多詩人的同情的話（關於《名媛集》中描寫楊貴妃的詩篇，將在後文詳細介紹。），虢國夫人及其姊秦國夫人則更多地被認爲是驕奢淫逸的典型。但《名媛集》第一首就選取了張祜（約785—849？）的《虢國夫人》詩：「虢國夫人承主恩，平明上馬入宮門。卻嫌脂粉污顔色，淡掃蛾眉朝至尊。」這首詩並没有對虢國夫人展開批判，從中讀不到杜甫在《麗人行》中對楊氏姊妹「炙手可熱勢絶倫」的諷刺語氣。詩人只是單純地讚揚虢國夫人那不施藻繪的天然之美。由此可見，楊肇祉在選詩時，並不看重那些借女性的描寫來進行政治諷喻的作品，反而對那些讚揚女性之美的詩篇情有獨鍾，正可以看出楊肇祉獨特的選詩旨趣。

第二，馮小憐作爲亡國之君北齊後主之妃，很少得到世人的同情。史稱其「慧黠能彈琵琶，工歌舞」①。當北周軍隊攻打過來時，晉陽被圍甚急，後主想要回去處理政事，小憐卻要後主陪她繼續打獵遊玩。因此晚唐詩人李商隱（813—858？）寫詩諷刺他們：「巧笑知堪敵萬機，傾城最在着戎衣。

---

① 《北史》卷七六，北京：中華書局1974年，第526頁。

晉陽已陷休回顧，更請君王獵一圍。」(《北齊二首》其一)似乎這樣的女子没有什麽值得稱道處。但《名媛集》卻單單選取了李賀(790—816)的《馮小憐》詩：「灣頭見小憐，請上琵琶絃。破得春風恨，今朝直幾錢。裙垂竹葉帶，鬢濕杏花烟。玉冷紅絲重，齊宫妾駕鞍。」對小憐投去同情的目光。王琦注云：「玩詩意，似是女伶將入宫供奉，擁琵琶騎馬而行。長吉見之，而借小憐以喻者。」①然則此詩當並非直接吟詠小憐，而是借小憐來表達對入宫供奉的女伶的同情。由此可見楊肇祉獨到的選詩眼光，他並不是完全以書寫對象的品行作爲選録的標準，而是更加看重詩人對女性的書寫角度。他没有選取「紅顔禍水」論調的詩作，而對那些站在同情和讚揚角度去書寫女性的作品加以關注。

2. 淑姬：志潔而行高

淑姬，語出《詩經·陳風·東門之池》：「彼美淑姬，可與晤言。」本指品行高尚之女子，典籍中常以此句來形容北郭先生之夫人、黔婁之妻這樣的女性②，可見「淑姬」通常作爲具有品行的女子的代名詞。這裏把息夫人、西施、李雍容、崔娘都歸於這一類。

---

① 《三家評注李長吉歌詩》，上海：上海古籍出版社1998年，第111頁。

② 《韓詩外傳》卷九：「楚莊王使使賫金百斤，聘北郭先生。先生曰：『臣有箕帚之使，願入計之。』……於是遂不應聘，與婦去之。《詩》曰：『彼美淑姬，可與晤言。』」《列女傳·賢明》：「君子謂黔婁妻爲樂貧行道。《詩》曰：『彼美淑姬，可與寤言。』」此之謂也。」

息夫人，傳説本爲春秋時陳國人，先事息侯，後息國被滅，楚王將息夫人虜來，息夫人以爲「女不事二夫」，終日不言。王維（701？—761）《息夫人》：「莫以今時寵，能忘舊日恩。看花滿眼淚，不共楚王言。」寫息夫人的貞烈，卻楚楚動人，其情可感。

西施是春秋時期越國的美女，被越王勾踐送到吴國來迷惑吴王，最後導致吴國敗亡。在正統的史學家看來，西施只能算作「亡國之尤」。但在詩人們的筆下，西施一直是備受同情的對象。《名媛集》所收的王維、李白（701—762）、羅隱（833—910）的詩，都從正面對西施的遭遇表示了深切的同情。尤其是羅隱《西施》末二句云：「西施若解傾吴國，越國亡時又是誰。」直接對那些「女性禍水」論者予以堅決的反擊。

李雍容，生平不詳。《北史·李安世傳》載雍容本爲相州豪右李波之妹：「初，廣平人李波宗族强盛，殘掠不已，前刺史薛道擲親往討之，大爲波敗，遂爲逋逃之藪，公私成患。百姓語曰：『李波小妹字雍容，褰裙逐馬如卷蓬。左射右射必疊雙，婦女尚如此，男子那可逢！』安世設方略，誘波及諸子姪三十餘人，斬于鄴市，州内肅然。」①這樣看來，李雍容不過是一個豪强的妹妹，並無太多值得稱道之處。然而《名媛集》所載韓偓的《李波小妹歌》卻將其塑造爲一個自由灑脱的女子：「未解有情夢梁殿，何曾自媚妒吴宮。」梁殿，當爲西漢梁孝王的宮殿；吴宮，指春秋時吴國的宮殿。這裏是説，

① 《北史》卷三三，第1224頁。

與那些宮闈之中的女子相比，李雍容不與人争寵招妒，多了一些灑脱和自在。「海棠花下鞦韆畔，背人撩鬢道匆匆。」她站在海棠花樹下的鞦韆邊，背人而立，纖手撩鬢，與人道别，和北朝民歌中逐馬射箭、巾幗氣十足的形象相比，韓偓筆下的李雍容又多了一絲少女的清純氣息。

崔娘，即元稹《鶯鶯傳》的主角崔鶯鶯。《名媛集》所收楊巨源《崔娘》詩云：「清潤潘郎玉不如，中庭蕙草雪銷初。風流才子多春思，腸斷崔娘一劄書。」雖然寫的是幽期暗通之事，但寫出了鶯鶯對情郎之情深意篤，與元稹的傳記相得益彰。如 Manling Luo 所指出的，元稹的傳記即通過寓言式的筆調，爲整個故事增添了一份「亦真亦幻」的敘事效果①。而楊巨源的題詩，與元稹之傳記相呼應，頗類似後世話本小説的「詩證」，升華了這一傳記的主題。

總之，《唐詩名媛集》所選録的這些描寫「淑姬」之作，重在風度氣節，并非道德上的説教，讓人覺得鮮活、親切。

3. 聲妓：悦之而不狎

聲妓是指那些以聲色技藝悦人的妓女。中國的聲妓文化，最早要追溯到殷周時期的「巫娼」之

---

① Manling Luo: "By constructing a problematic 'authentic' romance and its public, the story succeeds in turning romance into a 'reality.' Signifying the symbolic entry of romance into the domestic space, the story reveals sophisticated strategies for adapting, validating, and expanding the Tang literati discourse on romance.' See *The Seduction of Authenticity: "The Story of Yingying". NAN NÜ*, Vol. 7(1), 2005, pp. 40—70.

風。春秋時期，齊國管仲設置「女閭」「女市」，通過政府舉辦妓院來增加税收，當爲官妓之始。漢魏六朝時期，供軍隊娱樂的「營妓」和供貴族享樂的「家妓」成爲主流①。唐代的妓女有宮妓、官妓（包括營妓）、家妓、職業娼妓、女冠式娼妓幾種②。所謂宮妓，是爲娱樂皇室而設，包括教坊妓女和梨園樂妓。上文所提到的李賀《馮小憐》詩，借小憐來表達對入宮女伶的同情，這樣的女伶即屬於宮妓。于鵠（747—？）《碧玉娘》云：「霓裳禁曲無人解，暗問梨園弟子家。」所寫亦當是一位梨園樂妓。《名媛集》也收有唐人吟詠營妓之作。如羅虬有《比紅兒》詩一百首，《名媛集》選録了四首。據詩人自序，杜紅兒爲「雕營官妓」，當爲營妓。羅虬見其穎慧，遂取古之美色以比之，題《比紅兒》百首。所選四首，分别以張麗華、王昭君、趙飛燕、巫臺神女比擬紅兒之才貌，寫出了紅兒既美且慧之態。《名媛集》中收録了諸多描寫家妓的作品，如段東美爲節度使烏漢貞的家妓③，宋態宜則爲李涉故友劉員外（劉全白）的家妓，劉泰娘是尚書韋夏卿家的歌妓。在這些詩篇中，家妓成爲士子與高官之間交際的媒介。

① 參考武舟《中國妓女文化史》，上海：東方出版中心 2006 年。

② 參看廖美雲《唐伎研究》，臺北：臺灣學生書局 1995 年，第 129—212 頁。

③ 《南部新書》卷七：「薛宜僚，會昌中爲左庶子，充新羅册贈使。由青州泛海，船頻阻惡風雨，至登州，卻漂回青州。郵傳一年，節度烏漢貞加待遇。有籍中飲妓段東美者，薛頗屬情，連帥置於驛中。是春薛發日，祖筵嗚咽流涕，東美亦然。」云云。北京：中華書局 2002 年，第 110—111 頁。

值得討論的是，《名媛集》凡例中説：「名妓列具行藏者，載傳青樓煙館之跡者，不載。」但此集依然收録了許多描寫青樓楚館妓女的作品。如何看待這種矛盾？其實這也可視作楊肇祉選詩獨特的用心所在。如孫棨的《王福娘》詩：「移壁迴窗廢幾朝，指鐶偷解博蘭椒。無端鬥草輸鄰女，更被捻將楊柳腰。」①據《北里志》「王團兒」條，孫棨寫給王福娘的絶句凡三首，但楊肇祉獨取此首，或許是因爲其描繪了天真爛漫的少女之間鬥草博戲的場景，富有情趣。再如鄭史《行雲》詩：「最愛鉛華薄薄妝，更兼衣著又鵝黄。從來南國名佳麗，何事今朝在北行。」寫行雲淡妝素衣之容，末二句則貼合了行雲本爲南妓、後徙居北里的經歷。這些詩都没有採取狎褻的眼光，而是在真心地讚揚女性之美，因此得到了楊肇祉特别的青睞。還需要指出，《唐詩艷逸品》四卷中，《名媛集》所收之妓女詩，與《香奩集》《觀妓集》所收妓女詩不同，這些「聲妓」及下文中的「孽妾」，多有姓名流傳，志行或有過人之處，即《凡例》一中的「志凜秋霜」。

4. 孽妾：位卑而情篤

孽妾，語出賈誼（前 200—前 168）《孽産子》：「而衆庶得以衣孽妾。」②爲地位卑下之妾。《名媛

---

① 《才調集》卷四作「題妓王福娘牆」，注「或作題北里妓人壁三首」。《唐人選唐詩（十種）》，上海：上海古籍出版社 1978 年，第 722 頁。

② 《新書校注》卷三，北京：中華書局 2000 年，第 107 頁。

集》所收，有李昌符的《緑珠》：「洛陽佳麗與芳華，金谷園中見百花。誰遣當年墜樓死，無人巧笑破孫家。」緑珠本爲西晉權臣石崇(249—300)的婢女，依附於趙王司馬倫(?—301)的孫秀很喜歡他，便向石崇討要，石崇説：「緑珠，吾所愛，不可得也。」遂拒絶之，孫秀因此記恨在心。後趙王倫叛亂，孫秀便派兵殺石崇。石崇對緑珠歎道：「我今爲爾得罪。」緑珠便因此墜樓，效死在石崇面前①。李昌符《緑珠》此詩，正詠此事。崔郊的《去妾緑珠》雖然也以「緑珠」爲題，但並非真寫緑珠。據《雲溪友議》卷上，崔郊與姑婢通，但因姑貧，只好鬻婢于連帥。後其婢因寒食歸家，二人相見，崔郊遂贈詩云：「公子王孫逐後塵，緑珠垂淚滿羅巾。侯門一入深如海，從此蕭郎是路人。」②其實是以緑珠爲喻，既表達了對姑婢的同情，又抒發了自己對對方的思念之篤。

《名媛集》收録白居易(772—864)贈張愔(張建封之子)妾關盼盼的《感故張僕射諸妓》③，頗爲值得討論。關盼盼與緑珠身世經歷相類，她出生於書香門第，精通詩文，歌舞清絶，容貌殊異，後家道中落，爲徐州守帥張愔娶爲妾，寵愛有加。張死後幽居燕子樓，十五年不嫁，守節至死。《唐詩艷逸品》之《觀妓集》收録了關盼盼與白居易往來贈答之詩共八首，此集只選取了其第七首。楊肇祉爲何單單將這一首收入《名媛集》？值得深究。事實上，這八首詩並非是一時一地所作：前六首爲一

---

① 《晉書》卷三十三，北京：中華書局 1974 年，第 1008 頁。

② 《雲溪友議》卷上，上海：古典文學出版社 1958 年，第 7 頁。

③ 關盼盼當爲張愔之妓，舊傳云張建封者，誤。見《白居易詩集校注》卷一五，第 1209—1210 頁。

組作品，白居易的三首答詩題爲《燕子樓》，收録於《白氏文集》卷一五，據白居易自序，白居易爲校書郎時游於張愔幕下，得識盼盼，其後絶不相聞，後得好友張仲素詠其《燕子樓》詩三首，白居易感喟，遂答詩以三首，學者將其繫於元和十年（815），此即《觀妓集》所收前六首詩。後兩首爲另一組作品，一首爲白居易贈關盼盼詩，一首爲關盼盼答詩，白詩題爲《感故張僕射諸妓》，並未明言是贈盼盼之作，收録於《白氏文集》卷十三，朱金城以爲，當作於元和元年（806）以後，然據其詩意，似乎亦當作於《燕子樓詩》之後。據宋人曾慥《類説》卷二九引《麗情集》①，白居易在作了三首答《燕子樓》詩後，意猶未盡，「又一絶」云云，即《名媛集》所收此詩。從詩意來看，白居易的《燕子樓》三首，主要是對盼盼的經歷表示同情，而《感故張僕射故妓》則云：「歌舞教成心力盡，一朝身去不相隨。」從張愔的立場出發，其意謂：可憐張僕射白白耗費多年精力，培養了盼盼這樣優秀的婢女，一旦身亡，竟不能將之同去。歎息之情，溢於言表。言下之意，關盼盼應該像緑珠那樣以身殉主，方不負張愔的栽培之恩。此詩表達了對於盼盼經歷的哀歎和惋惜之情。楊肇祉之所以將此首選入《名媛集》，當出於此考慮。

此外，楊炎和賈至各有贈薛瑶英詩一首，傳説薛瑶英爲權相元載之妾。楊炎詩云：「雪面淡眉

---

① 曾慥《類説》卷二九，文淵閣《四庫全書》本。

天上女，鳳蕭鸞翅欲飛去。玉山翹翠步無塵，楚腰如柳不如春。」①極贊其面容之嬌美和體態之柔和。賈至詩云：「舞怯銖衣重，笑疑桃臉開。方知漢承帝，虛築避風臺。」②借漢成帝爲趙飛燕築避風臺之典，寫出了薛瑶英身姿的輕盈。

趙象贈步非煙之作，出自皇甫枚的《非煙傳》③。據云，非煙爲武氏妾，鄰家有冠纓之子趙象，見而悦之，遂贈此詩。其詩云：「一覩傾城貌，塵心只自猜。不隨蕭史去，擬學阿蘭來。」寫出了趙象對非煙傾城之貌的讚美。

崔顥《盧姬篇》則借歷史人物盧姬，來表達個人的出處觀念。據其詩序，盧姬爲曹魏將軍陰升之姊，七歲入宫爲婢，及魏明帝薨，又出宫嫁與尹更生。其詩云：「魏王倚樓十二重，水精簾箔繡芙蓉。白玉欄杆金作柱，樓上朝朝學歌舞。」極寫盧姬入宫後的奢靡生活。但末二句筆鋒一轉，寫道：「人生今日得嬌貴，誰道盧姬身細微。」像盧姬這樣身份卑微的女子，誰能想到她今天可以得到這樣的榮華富貴呢？其艷羡之情，溢於言表。評語云：「結語悠然可思。」初盛唐人往往不吝於表達自己的功名利禄之念，崔顥此詩也借對出身卑微的盧姬最後能身享富貴的艷羡，表達了自己對功利名望的追求。

① 蕭，當作「簫」，天啓本即作「簫」。「不如春」，一作「不勝春」。
② 「承」，當作「成」，天啓本即作「成」。
③ 《太平廣記》卷四九一引，文淵閣《四庫全書》本。

二、《唐詩名媛集》呈現的歷代名媛圖卷

從《詩經》和楚辭開始，對女性的描寫已經成爲中國文學中的一大母題。至六朝時，更形成了專門以描寫女性美貌與姿態爲能的「宫體詩」。徐陵的《玉臺新詠》可謂是第一部女性描寫文學的專集。唐代詩人們對女性的書寫，在繼承前人的基礎上，在題材和寫法上，又有創新與開拓。這在《唐詩名媛集》中，可見一斑。

1. 對前代名媛的書寫

（1）家國情懷與現實批判之間：唐人的昭君書寫

最爲突出的是，《唐詩名媛集》選了34首描寫王昭君的詩歌，位居諸名媛之冠①。王昭君出塞的故事，始見於《漢書》的《元帝紀》與《匈奴傳》，以及《後漢書・南匈奴傳》，至於流傳甚廣的「黄金

---

① 底本目録小字注有昭君詩35首，但陳標的一首實爲寫班婕妤的詩，詩中有云：「笙歌處處回天瞻，獨自無情長信宫。」《文苑英華》卷二百四詩題作「班婕好怨」，《全唐詩》卷五百八作「婕好怨」。因此，《名媛集》所收唐詩，真正寫昭君的有34首。

買畫工」等故事則見於《西京雜記》①。然昭君的事跡最早見詠於詩歌，則主要集中在樂府詩②。《樂府詩集》卷二九《相和歌詞》有「王昭君」「明君辭」「明君嘆」等曲名，卷五九《琴曲歌辭》又有「昭君怨」曲名。《古今樂録》云：「張永《元嘉技録》有吟嘆四曲：一曰《大雅吟》，二曰《王明君》，三曰《楚妃嘆》，四曰《王子喬》。《大雅吟》《王明君》《楚妃嘆》，並石崇辭。《王子喬》，古辭。《王明君》一曲，今有歌。《大雅吟》《楚妃嘆》二曲，今無能歌者。古有八曲，其《小雅吟》《蜀琴頭》《楚王吟》《東武吟》四曲闕。」③其中收録唐前作品二十餘首。總體看來，唐前的昭君題材詩，主要是就昭君的經歷，平平敘述，視角較爲單一。如鮑照（414—466）《王昭君》云：「既事轉蓬遠，心隨雁路絶。霜鞞旦夕驚，邊笳中夜咽。」寫昭君不得歸漢的幽怨之情。再如梁代施榮泰同題詩云：「垂羅下椒閣，舉袖拂胡塵。唧唧撫心歎，蛾眉誤殺人。」這裏當用了《離騷》的典故：「衆女嫉余之蛾眉兮，謠諑謂予以善淫。」對自己遭受蛾眉之妒感到憤慨。

與前代相比，唐代詩人的昭君題材寫作在抒情方式上要更加多樣化，感情也更加細膩動人。詩

① 參見山田勝久《王昭君に於ける史実と虚構性の系譜について》，語學文學（27），1989年，第41—51頁。張高評《王昭君形象之轉化與創新：史傳、小説、詩歌、雜劇之流變》，臺北：里仁書局2010年。

② 劉潔《論先唐咏昭君詩的主題傾向與表述方式》，《西北民族大學學報》（哲學社會科學版）2013年第5期，第163—168頁。

③ 郭茂倩《樂府詩集》卷二十九，北京：中華書局1979年，第424頁。

人們多使用側面的描寫，來烘托昭君的幽怨之情。如崔國輔（678—755）《昭君怨》：「漢使南還盡，胡中妾獨存。紫臺綿望絶，秋草不堪聞。」①借漢使南還、塞草連綿的景色來烘托出昭君獨獨不得南歸的怨望之情。李白的《明妃曲》借月起興：「漢家秦地月，流影送明妃。一上玉關道，天涯去不歸。漢月還從東海出，明妃西嫁無來日。臙脂長寒雪作花，蛾眉顦顇沒胡沙。生乏黄金枉圖畫，死留青塚使人嗟。」②出塞之時，正是此月送昭君以往；出塞之後，仍是此月夜夜當空，遠照離人。此月雖未嘗變，然昭君已落得容顏憔悴、枉死胡沙了。物是人非之慨，隱然筆端。眉批云：「長歌足以當哭。」正道出了此詩的悲慨之情。也有一些詩歌，則直抒胸臆，表達了對昭君悲慘經歷的强烈控訴。同爲李白的《昭君怨》云：「昭君拂玉鞍，上馬啼紅頰。今日漢宫人，明朝胡地妾。」通過一個「拂玉鞍」的動作，寫出了昭君對漢庭的絶望，和遠赴匈奴和親的决絶③。東方虬《昭君詞》云：「漢道方全盛，朝廷足武臣。何須薄命妾，辛苦遠和親。」漢朝這麼强盛，邊庭又有這麼多武將，爲何要辛苦一個弱女子來换取和平呢？這首詩仿佛是借昭君之口道出，埋怨不滿之氣溢於紙上。批語云：「昭君意中之言，想是乃爾。」可謂得之。

---

① 「綿」，《唐詩艶逸品》作「錦」，據《樂府詩集》卷二九改。「聞」，《樂府詩集》作「論」。

② 此詩詩題，《李太白集註》卷四、《樂府詩集》卷二十九作「王昭君」，《英華》卷二百四作「昭君怨」。「媚」一作「蛾」。

③ 參見山内春夫《李白「王昭君」詩における「払玉鞍」について》，東方學(58)，1979-07，pp.71—79。

昭君之所以得到後來詩人的廣泛同情，還有一個原因是昭君被讒的經歷容易引起士人們的共鳴。據《西京雜記》，昭君本爲漢元帝（前75—前33）宫女，因爲不肯賄賂畫師毛延壽，所以被「醜圖其形」，不被召見。這種行爲本身就容易引起遭受排擠而不被重用的文人們的共鳴。如Paul Rouzer所分析，宫廷畫師毛延壽在這裏充當了一個嫉賢害能的佞臣角色，而皇帝通過圖畫來擇妃的行爲，與士人通過選拔以入仕之流程頗爲相應。後來匈奴來求和親，昭君主動要求出征的行爲，又契合了士人們的家國情懷①。而漢元帝見到昭君美貌，後悔不已的結局，又與昭君之前不被召見的經歷形成了對照和反差，頗具戲劇性。正如論者所云，前人歌詠昭君的詩作，多以哀歎爲主。唐人的昭君詩，淡化了昭君故事的悲劇色調，在突顯昭君爲國犧牲的精神、宣揚異域情深的筆調等方面，做出了

① Paul Rouzer: "Here, the emperor must depend on an intermediary — the court painter — to supply him with information about his ladies. The painter thus holds the important role of flatter/slanderer so central to post — *Li sao* rhetoric: on the one hand, he is the matchmaker needed for any true congress between husband and wife, ruler and minister; on the other, he is the obstructer, the one who conceals true ministerial worth from the ruler or who promotes worthlessness for the sake of profit. The emperor's book of paintings is a form of selection just as the examination system will become in later ages, and tampering with such a system threatens the well-being of the entire state. Zhaojun is wilful in this version as well, although her wilfulness incorporates a strong sense of virtue in her refusal to join the other court ladies in offering a bribe." See *Articulated Ladies: Gender and the Male Community in Early Chinese Texts*. Cambridge, Mass: Harvard University Asia Center, 2001, pp. 184—185.

一些開拓①。

相比於前人，唐人更善於發掘昭君故事中的矛盾和悖謬之處，來增强其敘事的張力。如在《名媛集》所選儲光羲的《昭君》四首中②，昭君不再是被胡沙吹拂的蓬頭垢面的形象，相反，昭君在匈奴受到了很好的禮遇：「胡王知妾不勝悲，樂府皆傳漢國辭」；「彩騎雙雙引寶車，羌笛兩兩奏胡笳。」匈奴一心討好昭君，與漢皇對昭君的忽視形成了對比；而昭君雖然在匈奴備受寵幸，卻依然無法適應荒蠻的環境，想要回到漢朝：「毳幕夜來時婉轉，何由得似漢王邊。」如 Paul Rouzer 所云，這樣的反差更突出了昭君對漢朝的忠心和漢朝對其冷漠的對比，强調了昭君不屈的品格和倔强的個性，昭君自身作爲悲劇主角的主體意識得到更加强烈的彰顯。③

另一些唐代詩人，則選擇從毛延壽這一畫師入手，來揭示昭君悲劇本身的荒誕性。如《名媛集》

① 王前程《唐人昭君題材作品的藝術開拓之功及其影響》，《中國文化研究》2012 年冬之卷，第 90—101 頁。

② 儲光羲之「羲」，《唐詩名媛集》訛爲「華」。詩題，《儲光羲詩集》卷五、《全唐詩》卷一三九作「明妃曲」，《萬首唐人絶句》卷四作「明妃詞」。

③ Paul Rouzer: "Life with the Xiongnu is not primarily one of suffering (in spite of the snow and the cold); rather, it is a life she refuses to adopt just as she refuses to trade her gauze robes for more suitable furs. Chu no doubt wishes to make Wang a figure of pity, as previous poets have done, but he also suggests a strong wilfulness in refusing to surrender her old role as imperial consort." See *Articulated Ladies: Gender and the Male Community in Early Chinese Texts*. pp. 192—193.

所選宋之問（656？—712）的《昭君怨》其一云：「薄命由驕虜，無情是畫師。」①指出昭君的悲劇命運，乃是由匈奴和毛延壽等共同造成，具有深刻的批判意義。其二其實是梁獻詩，劈頭兩句說：「圖畫失天真，容蕭坐誤人。」②從畫論來説，畫皮容易畫骨難，圖畫本來就難以真正展現一個人的精神氣質，如此看來，昭君之所以得不到元帝的召見，似乎也不能完全怪毛延壽。白居易更將此意推進一層，其詩云：「自是君恩薄如紙，不須一向恨丹青。」明確指出昭君之所以不受重用，乃是因爲漢元帝的薄情，毛延壽只是替罪羊而已。批語云：「有分曉。」正是指出了此句見解的高明。宋人王安石（1021—1086）《明妃曲》云：「意態由來畫不成，當時枉殺毛延壽。」「漢恩自淺胡自深，人生樂在相知心。」應當是從梁獻、白居易等的作品中化出，而更進一層。從翻案詩的傳統來説，三位詩人的作品層層遞進，可以看出其間的演進關係。

(2)「不是思君是恨君」：唐人的陳阿嬌書寫

唐人對於前代女子的書寫中，陳阿嬌和班婕妤也是頗受歡迎的人物。《名媛集》中收録書寫陳阿嬌的詩有10首，寫班婕妤的詩有13首，大致相當③。二人的經歷，也十分相似。陳阿嬌是因爲

---

① 此詩，《樂府詩集》卷二九作沈佺期詩，《全唐詩》卷九六同，題下注「一作宋之問詩」。詩題，《樂府詩集》作「王昭君」。

② 「蕭」，當作「華」。

③ 《名媛集》目録標班婕妤詩12首。但所收《阿嬌怨》二首，第一首其實爲《西宮秋詞》，乃寫班婕妤之詩。所以《名媛集》寫班婕妤的詩當爲13首。

衛子夫進宮而失寵，被幽禁在長門宮；班婕妤則是因爲趙飛燕姐妹入宮而失寵，被打入長信宮。詩歌中關於二人的書寫，最早均集中出現於樂府詩。這種抒發宮怨的詩，可謂是唐人最鍾情的題材之一。《樂府詩集》卷四二「相和歌詞」有「長門怨」「阿嬌怨」等曲名，《樂府解題》曰：「《長門怨》者，爲陳皇后作也。后退居長門宮，愁悶悲思，聞司馬相如工文章，奉黄金百斤，令爲解愁之辭。相如爲作《長門賦》，帝見而傷之，復得親幸。後人因其賦而爲《長門怨》也。」①書寫陳阿嬌的樂府詩，據《樂府詩集》的記載，唐前只有梁代柳惲、費昶的幾首作品。他們的詩作只是單純地書寫阿嬌的悲痛哀怨之情，如柳惲(465—517)詩云：「綺簷清露溽，網户思蟲吟。嘆息下蘭閣，含愁奏雅琴。」寫阿嬌歎息撫琴之狀；再如費昶(約510年前後)詩云：「向夕千愁起，自悔何嗟及。愁思且歸牀，羅襦方掩泣。」寫阿嬌愁思掩泣之態。

相較而言，唐代書寫阿嬌的作品，要更爲豐富一些。如劉皂《長門怨》詩云：「宮殿沈沈月色分，昭陽更漏不堪聞。珊瑚枕上千行淚，不是思君是恨君。」②明白如話，卻寫出了阿嬌對武帝愛恨交織的情感，更爲婉轉細膩。皎然《長門妃怨》云：「春風日日閉長門，搖蕩春心自夢魂。莫遣花開只問

---

① 《樂府詩集》卷四二，第621頁。

② 此詩，《英華》卷二〇四、《全唐詩》卷四九作齊澣詩，「月色」作「月欲」，末句下註「一作半是思君半恨君」，《全唐詩》卷四九題下並註「一作劉皂詩」。

妾，不如桃李正無言。」①人有口而難言，倒不如花之無口無言，正寫出了無盡的哀怨和悵惘。劉言史的《長門妃冬怨》：「獨坐爐邊結夜愁，暫時恩去亦難收。手持金箸垂紅淚，亂撥寒灰不舉頭。」抓住一個寒夜撥火的畫面，寫出了阿嬌百般寂寥之狀，鏡頭感十足。

(3) 昭陽月色：唐人的班婕妤書寫

關於書寫班婕妤的詩篇，《樂府詩集》卷四三有「班婕妤」「婕妤怨」「長信怨」等曲名。《樂府解題》曰：「《婕妤怨》者，爲漢成帝班婕妤作也。婕妤，徐令彪之姑，況之女，美而能文。初爲帝所寵愛。後幸趙飛燕姊弟，冠於後宮。婕妤自知見薄，乃退居東宮，作賦及紈扇詩以自傷悼。後人傷之而爲《婕妤怨》也。」②最早以此題寫詩的爲晉代的陸機(261—303)，其詩云：「婕妤去辭寵，淹留終不見。寄情在玉階，託意唯團扇。」另一首云：「春苔暗階除，秋草蕪高殿。黄昏履綦絶，愁來空雨面。」出現的「玉階」「團扇」等，成爲後世班婕妤題材詩歌的重要意象。梁陳時期進入了班婕妤題材寫作的第一個高峰期，梁元帝(508—555)、劉孝綽(481—539)、陰鏗(511—563)、何楫等，都有此題的作品。和陸機的作品比起來，梁陳詩人的筆觸更加濃艷，和當時流行的「宮體詩」詩風相近。

---

① 此詩，《唐詩艷逸品》誤作王昌齡詩。「自」，《杼山集》作「似」。「莫」，《樂府詩集》作「若」，《杼山集》作「誰」。「問」，《杼山集》、《樂府詩集》作「笑」。

② 《樂府詩集》卷四三，第626頁。

到了唐代，班婕妤題材的詩歌創作繼續受到詩人們的鍾愛，大詩人如王維、李白、王昌齡等都有歌詠班婕妤的作品，並且在藝術上更爲成熟。《唐詩名媛集》的選録情況，也很好地體現了這一點。如王維《婕妤怨》云：「怪來妝閣閉，朝下不相迎。總在春園裏，花間笑語聲。」①雖然没有一字一句正面提到婕妤之怨，但通過春閨間的笑語，反襯了班婕妤的孤獨哀怨之情，以樂景寫哀，而其情益哀。李白的《長信妃怨》云：「月皎昭陽殿，霜清長信宫。天行乘玉輦，飛燕與君同。更有歡娱處，承恩樂未窮。誰憐團扇妾，獨坐怨秋風。」②詩篇同樣採取側面烘托的手法，先是寫到昭陽殿的月色，長信宫的秋霜，一派淒清荒凉；接著寫到天子與趙飛燕正乘坐在玉輦之中，歡愉非常。兩相比照，更襯托出了班婕妤的孤獨寂寞。最後方點明主題：「誰憐團扇妾，獨坐怨秋風。」層次分明，章法井然，抒情效果極爲强烈。

2. 當代名媛的書寫

(1) 别樣的貴妃

除了書寫前代美女，唐代詩人用了更加大量的筆墨來書寫當代的名媛，爲我們展現了唐代女性生活色彩斑斕的畫卷。這在《唐詩名媛集》中也有很好的體現。其中既有帝妃貴戚，又有宫妾婢女，

① 此詩詩題，《王右丞集》卷十三作「金輿」，《國秀集》卷中作「扶南曲」。
② 此詩詩題，《李太白集》作「長信宫」，《樂府詩集》卷二十三作「長信怨」。

也有優伶聲妓。其中，楊貴妃這一形象受到了唐代詩人較多的關注。有趣的是，《名媛集》將安史之亂後，那些從追憶的角度來書寫楊貴妃形象的詩歌排除在外，只收録了在安史之亂前描寫楊貴妃的作品：李白的《宫中行樂詞》四首和訛爲王之渙的《貴妃剪髮》。從中可看出楊肇祉獨特的用意：安史之亂之後的作品，無論是從「紅顏禍水」的角度去批評楊貴妃（如杜甫《麗人行》《北征》）①，抑或是從同情憐憫的角度去敘述「李楊」的愛情悲劇（如白居易《長恨歌》）②，都已是隔了一段距離的觀望，而並不能貼近地把楊貴妃的形象呈現出來。

李白的《宫中行樂詞》原有八首，《名媛集》特選取了其中四首。有意思的是，楊肇祉没有選擇李白頗負盛名的《清平調》三首。天啓本引《唐詩歸》批語云：「太白《清平》三絶，一時高興耳。其詩殊未至也。此首雖流麗，而未免淺薄，然較三絶句差勝。」這裏採納了鍾惺（1581—1624）、譚元春（1586—1637）的意見，認爲《清平調》只是一時興致所到的作品，並非佳作；《宫中行樂詞》描寫貴妃在宫中遊樂的情形，雖有淺薄之嫌，但仍然比《清平調》要好。事實上，《宫中行樂詞》所表達的情感，確實要比《清平調》更加細膩，如：「小小生金屋，盈盈在紫微。山花插寶髻，石竹繡羅衣。每出

① 參見重松詠子《杜甫の詩における楊貴妃像》，中國文學論集（33），2004年，第76—90頁。

② 參見成瀨哲生《楊貴妃伝説の誕生——「長恨歌」と「長恨歌伝」（特集中國古典小説入門2——唐代伝奇小説の世界）》，Sinica 8（10），1997—10，第61—64頁。静永健《白居易「新楽府五十首」における楊貴妃像》，中國中世文學研究（32），1997：pp.18—30。

深宮裏，常隨步輦歸。只愁歌舞散，化作綵雲飛。」寫貴妃在宴樂之後，獨自乘步輦回宮，突然想到人生短暫，擔心今日的歡愉也將隨彩雲飛散。觥籌交錯之後的寂靜，最容易讓人感到人走茶涼的況味①。李白抓住了貴妃此時細膩的心理變化，可謂體貼入微。

此外，《名媛集》還收録了題名爲王之渙的《貴妃剪髮》一詩。此詩其實是晚唐詩人王涣（859—901）的《惆悵詩十二首》其八，並非盛唐詩人王之渙的作品。詩人所記乃楊貴妃剪髮以謝唐玄宗的故事。據《舊唐書》卷五一《后妃傳》及宋人樂史（930—1007）《楊太真外傳》卷上記載，楊貴妃忤旨放出外第，剪髮一束以謝玄宗，再次得到玄宗召還，寵幸更甚。此詩很早就已訛爲王之渙作②，《名媛集》更題爲《貴妃剪髮》，或是借盛唐詩人聲名突顯此詩而有意爲之。其詩云：「青絲一縷浄雲鬟，金翦刀鳴不忍看。特問君王寄幽怨，可能從此住人間。」③從剪髮這一細節道出貴妃失寵後的怨望與擔憂。

(2) 士子與名妓的交游

隨著唐代科舉制度的發展，進士成爲唐代取士的主要科目，尤其是武后以詩賦取士，造成了進

① 參見户崎哲彦《同時代人の見た楊貴妃——李白・杜甫の詩歌における比擬表現を中心にして》，中國文學報(43)，1991－04，第52—85頁。

② 清・王士禛《古夫于亭雜録》卷四云：「王涣字群吉，唐末人。嘗作《惆悵詩》者，載在《唐詩紀事》。而《才調集》訛作王之渙，洪容齋（邁）亦仍之。」（文淵閣《四庫全書》本）

③ 此詩最早見於《才調集》卷七，「浄」作「墮」，「特問」作「持謝」，意義有別。《唐人選唐詩（十種）》，第860頁。

士的浮薄之風，歐陽修（1007—1072）評唐代士風云：「皆狎猥佻佞，忘君臣禮法，惟以文章取幸。」①而由於唐代省試在京師舉行，士子不得不離家遠赴京城來求取功名，長期地漂流在外也爲其徜徉妓館提供了機會，於是唐代的贈妓詩成爲一個重要詩歌題材。《名媛集》中記録了士子與這些有名有姓的名妓的交往，而非「泛詠美人」（《唐詩名媛集》凡例）。如鄭史《行雲》詩：「最愛鉛華薄薄妝，更兼衣著又鵝黄。從來南國名佳麗，何事今朝在北行。」②題下小注云：「南妓，後徙居北。」鄭史，字惟直，宜春人，開成元年進士及第，此當爲其在京師應試期間贈妓之作。再如李白《段七娘詩》，學者考云：「魏顥《李翰林集序》云：間攜昭陽、金陵之妓，跡類謝康樂，世號李東山。疑昭陽妓與段七娘有關。」③然則段七娘當亦爲昭陽之妓女。李賀《洛姝真珠》，王琦注云：「洛姝，洛陽之美人，真珠其名也。」④當是李賀在洛陽遇到的一位聲妓。這些詩歌都展現出唐代士人的狎妓之風。

另外，唐代尚有一種特殊的娼妓，即女冠式的娼妓。唐代女子除了公主、嬪妃出家爲女冠的情況，或有因夫死守寡，或因家人坐罪等等原因，被迫出家者；甚至有妓女、姬妾等因年老色衰而出家，以了餘生者。因此，道觀在唐代也成爲狎妓活動的場所⑤。《名媛集》中收有李商隱《月夜重會

① 《新唐書》卷二〇二，北京：中華書局1975年，第5748頁。
② 此詩詩題，《全唐詩》卷五四二作「贈妓行雲詩」。
③ 瞿蜕園、朱金城《李白集校注》上海：上海古籍出版社1980年，第1488頁。
④ 王琦：《李賀詩歌集注》卷一，上海：上海人民出版社1977年，第80頁。
⑤ 《唐伎研究》，第197—200頁。

宋華陽姊妹》詩一首①，據考，宋華陽姊妹即爲女冠②。詩云：「偷桃竊藥事難兼。」偷桃，謂東方朔事；竊藥，謂嫦娥事，均爲道教用語。另外，薛濤亦是唐代有名的女冠詩人，《名媛集》收有胡曾贈薛濤詩一首：「萬里樓臺女校書，琵琶花下閉門居。掃眉才子知多少，管領春風總不如。」③薛濤與很多唐代士子，如劉長卿（709—780）、李益（746—829）等均有交往，此詩也寫出了薛濤名重士流的風范。

唐代士人在游宦之時，也經常會和不同官員打交道，觥籌宴飲之際，難免會和這些官員的私妓產生交往，乃至發生情愫，或藉此抒發人生感慨。如集中有李涉贈宋態宜詩二首，小字注云：「潮州妓。」④李涉與劉員外（劉全白）本有舊交，故得識宋態宜；多年後，李涉遊歷揚州，又見到寄居寺院的宋態宜，遂有此篇，并歎曰：「不見豪首，而逢宋態。成終身之喜，恨無言於知舊歟！」可見今昔對比之慨。劉禹錫的《泰娘歌》則敘述了歌女泰娘的悲慘經歷。據云，泰娘本是尚書韋夏卿家的歌妓，夏卿殁

---

① 此詩詩題，「會」《李義山詩集》卷二作「寄」。

② 劉學鍇、余恕誠《李商隱詩歌集解》，北京：中華書局 2004 年。第 2144—2145 頁。

③ 此詩又見王建《王司馬集》卷八，詩題作「寄蜀中薛濤校書」。《萬首唐人絕句》卷五八亦作王建詩，詩題作「寄薛濤校書」。《鑑戒録》卷一〇、《唐詩紀事》卷七九、《唐才子傳》卷八則作胡曾詩。

④ 據《雲溪友議》卷下「江客仁」條，宋態宜（一作「宋態」）本爲吳興劉員外愛姬，然則「潮州」當作「湖州」，《全唐詩》卷四七七題作「遇湖州妓宋態宜二首」，是。見《雲溪友議》，上海：古典文學出版社 1958 年，第 61—63 頁；《全唐詩》，上海：上海古籍出版社 1986 年，第 1211 頁。

後，流落民間。據學者考證，此詩作於元和八年（813）左右，劉禹錫任朗州司馬後期①，借泰娘的悲慘經歷，也抒發了對自己長期流落荒蠻經歷的感慨。薛宜僚贈段東美之詩，據《南部新書》卷七，薛宜僚「會昌中爲左庶子，充新羅册贈使」，遇海難，漂流至青州，於節度使烏漢貞的席上見到其私妓段東美，有意屬焉，及別，遂留詩以贈。

（3）戲劇演出中的名媛

除了上述所舉諸例外，《名媛集》還收録了一些能夠反映唐代戲劇演出狀況的作品，可作爲研究唐代戲劇之史料。如常非月所作《談容娘》詩：「舉手整花鈿，翻身舞錦筵。馬圍行處匝，人壓看場圓。歌要齊聲和，情教細語傳。不知心大小，容得許多憐。」②《談容娘》應爲唐代戲劇《踏摇娘》的訛傳。崔令欽《教坊記》云：「《踏謡娘》，北齊有人姓蘇，鮑鼻，實不仕，而自號爲郎中。嗜飲酗酒，每醉輒毆其妻，妻銜悲，訴於鄰里。時人弄之：丈夫著婦人衣，徐步入場行歌。每一疊，旁人齊聲和之云：『踏謡，和來！踏謡娘苦，和來！』以其且步且歌，故謂之『踏謡』；以其稱冤，故言苦。及其夫至，則作毆鬥之狀，以爲笑樂。今則婦人爲之，遂不呼『郎中』，但云『阿叔子』。調弄又加典庫，全失

① 陶敏、陶紅雨《劉禹錫全集編年校注》，長沙：岳麓書社 2003 年，第 137 頁。蔣維崧等以爲作於元和九年（814），見《劉禹錫詩集編年箋注》，濟南：山東大學出版社 1997 年，第 159 頁。

② 詩題，《國秀集》卷下、《文苑英華》卷二一三作「詠談容娘」。

舊旨，或呼爲『談容娘』，又非。」①關於《踏摇娘》劇的演出情形，任半塘已經有詳細的研究，并稱之爲「唐代全能之戲劇，在今日所得見之資料中，堪稱中國戲劇已經具體，而時代有最早者」②。這裏所寫的，當爲詩人觀看《踏摇娘》戲劇表演的情形。「馬圍行處匝，人壓看場圓。」寫出了衆人觀劇的熱鬧情狀；「不知心大小，容得許多憐」，又寫出了詩人對劇中女主角悲慘命運的深切同情。《名媛集》另有畢耀所作《玉清歌》一首曰：「洛陽城中有一人，名玉清。可憐玉清如其名，善踏斜柯能獨立，嬋娟花艷無人及。」可知玉清當爲洛陽有名的歌姬。「珠爲裙，玉爲纓，臨春風，吹玉笙。悠悠滿天星，黄金閣上粧成雲。」生動地描繪了玉清歌舞之狀，藉此可見唐代歌女表演之情態。

小結

楊肇祉編選的《唐詩名媛集》爲我們呈現了一幅姿態萬千的歷代美人圖卷。楊肇祉對「名媛」的界定，在外延上，劃定爲名妃、淑姬、聲妓、孽妾四種類型，在内涵上，認爲名媛要有風度氣節。他對女子志行的評定，并非簡單地從道德評判的角度出發，而是表達了對女子的美好容貌的讚揚、艷

① 崔令欽《教坊記》，北京：中華書局 2012 年，第 24 頁。
② 任半塘《唐戲弄》，上海：上海古籍出版社 1984 年，第 497 頁。

羡和不幸遭遇的同情、嘆息，「幽禁中自有一種丰姿，落寞中另有一種妖冶，所謂益悲憤而益堪憐者」（《唐詩名媛集》凡例三）。雖然這樣的標準也許未必貫穿整部選集，但這顯示出楊肇祉選詩獨特的眼光和品位。選録諸篇强調對女子獨立人格、鮮明個性的刻畫與描繪。他固然看重詩中女子的「名媛」身份，但更重視其氣節風度，即《唐詩凡例集》凡例一中所説「志凜秋霜、心盟匪石、遞密傳悰」者，凡符合這三條中之一條者，大抵即爲編者選録的對象。本集所描寫的「名媛」，既收録了昭君、陳阿嬌、班婕妤等前代名媛，也收録了楊貴妃、崔鶯鶯、關盼盼等唐代名媛，全面地反映了唐人對歷代名媛的書寫風貌。值得注意的是，《名媛集》還收録了一些能夠反映唐代劇場演出狀況的詩歌，可作爲研究唐代戲劇的史料。

當然，這部選集也有不足，主要表現在一些張冠李戴的錯誤上。如所載徐彦伯《婕妤怨》一首，據令狐楚編《御覽集》《二皇甫集》卷六均作皇甫冉詩，天啓刻本已改正。但尚多有天啓本未及改正者，凡四處（六首詩）：王昌齡《長門妃怨》一詩，其實當爲皎然詩；崔國輔《長信宫怨》二首，當爲王昌齡詩；王之涣《貴妃剪髮》，當爲晚唐詩人王涣《惆悵詩十二首》其八；王昌齡《阿嬌怨》二首，第一首當爲《西宫秋怨》，第二首則當爲劉禹錫詩。另外，本集爲唐詩人選本，卻選入了一些非唐代詩人的作品，如庾信的《王昭君》《班婕妤》二首，其他正文中所存在的訛誤，兹不備舉。但瑕不掩瑜，《唐詩名媛集》作爲一部有獨特選詩意識的關於唐代詩人書寫前代和當代名媛的詩歌選集，值得予以重視并研究。

紀閨中之事，發幽隱之情：《唐詩香奩集》述評

《唐詩香奩集》爲晚明楊肇祉所編《唐詩艷逸品》之第二種，選詩凡一百零五首，專門選載唐詩中描寫女子閨閣中事的詩篇。「香奩」的字面意思，是婦女用的化妝箱，藉以指稱與女性相關的事物。據凡例所云：「以紀閨中事，有事跡不傳，而但詠其窈窕之姿、以兼閨閣之用者載焉，非不入《名媛》之訛。」以與第一種《唐詩名媛集》相區别。《名媛集》凡例云：「有泛詠美人，不紀其生平之蹤跡，但寫一身之丰韻者，自有《香奩集》可載，不入於此。」正可與此相呼應。《香奩集》凡例又云：「閨詩甚夥，亦摹寫時景，傳紀幽思，不悉閨婦之體態者，不入。《採蓮》等詩，以蓮上起興者，不載。若太白《若邪溪畔》等詞，蓋傳女郎之態度者，咸載焉。」那些抒發閨中幽思，對於美人體態没有細緻刻畫的，反而不在此集收録的範圍。以《採蓮》詩爲例，只選李白《若邪溪畔》這樣摹寫女郎體態的詩篇，那些以蓮起興，有所寄託者，反而不入。從此集的實際編選情況來看，也的確是選擇那些著重描摹美人體態的詩。由此，則《香奩集》所載，只是那些單純地描寫美人體態風韻者，而那些諷喻寄託之作，並不屬於楊肇祉關注的範圍。以下將從幾個方面，對《香奩集》所收著作進行評析，并擬從閨閣詩角度

觀察唐代男性詩人書寫女子之一斑。

唐詩中雖然多有女性題材和女性視角的書寫，但其作者卻大多爲男性。松浦友久（まつうらともひさ，1935—2002）在分析唐詩中的女性形象和女性觀時指出，唐詩中在寫到「宮怨」「思婦」「美女」「嬌女」等非特定的女性形象時，多採用第三人稱角度的客觀手法來寫作。這些詩作雖然描寫對象爲女性，但多採用的是男性的旁觀者的視角。松浦氏進一步指出，即使是女性作家，「它們大多數與男作者的情形一樣，也利用第三人稱的、客體化的描寫。」①這就意味著，由於男性寫作意識的主導，爲數不多的女性詩人們在進行寫作時，也會不自覺地以男性的視角來寫女性，流露出了强烈的男性意識。用這種觀點來看唐詩中的女性書寫，頗具有啓發性。唐代詩歌中形形色色的女性形象，其實多爲男性借來表達自我意識的工具。楊肇祉所選《唐詩香奩集》收詩凡一百零五首，其中收録最多的，便是「宮怨、閨怨」題材的作品，這些作品明顯地體現了「男子作閨音」的特點，其中透露出的，是女性書寫視角（「閨中之事」）和男性表達意識（「幽隱之情」）的交織。然而，楊肇祉在《唐詩香奩集》序中説道，集中所選諸詩，重在那些摹寫「閨婦體態」，傳寫「女郎之態度」者，而那些借女子的口吻來「傳紀幽思」的，反而不載。這可以看出楊肇祉在選詩時獨特的品味和旨趣。如何看待《唐詩香奩集》所選諸詩中的女性視角和女性書寫，也可以作爲我們進入此集的一個切入口。

---

① 松浦友久著，孫昌武、鄭天剛譯《中國詩歌理論》，瀋陽：遼寧教育出版社1990年，第51、52頁。

一、「棄婦」心態：「男子作閨音」中的權力隱喻

在中國文學的女性書寫中，「男子作閨音」是一個源遠流長的傳統。這種現象在詞中更爲普遍，葉嘉瑩即云，「以女性的口吻，用女性的語言，寫女性的情思」，乃是詞之爲體的一大特點①。關於宋代詞體中，女性形象與聲音(feminist image and voice)的體現，Pauline Yu 亦有所討論②。事實上，這一傳統在詩歌中來源已久。松浦友久在《中國詩歌理論》一書中即指出：「由男性詩人以女性觀點進行愛情描寫，又被確立爲中國愛情詩的主要方法。」③屈原《離騷》的「惟草木之零落兮，恐美人之遲暮」，以美人自比，已開創了這樣的文學傳統。到漢魏六朝，曹丕《雜詩》、曹植《美女篇》等，多有以女性口吻書寫之作。這種現象在唐詩中更爲普遍。Paul Rouzer 即指出男性意識的主導在女性書

---

① 葉嘉瑩《迦陵説詞講稿》，北京：北京大學出版社 2007 年，第 6 頁。

② Pauline Yu: "In the song lyric genre, a conceptual 'feminine' occupies a paradoxical position of centrality and alterity. There has always been within its poetics a nexus of the 'feminine' around which complex issues of voice, representation, stylistics, and critical debate have revolved. Yet the song lyric as literary discourse was fashioned almost exclusively by male poets and critics." See *Voices of the Song Lyric in China*. Berkeley, Los Angeles, Oxford. University of California Press, 1994. pp. 108—145.

③ 松浦友久《中國詩歌理論》，第 44 頁。

寫中的表現，甚至一些女性詩人如薛濤、魚玄機在寫作時，亦不自覺地有男性意識的滲透，這對認識唐代女性生活的真實面貌帶來障礙①，女性只有通過男子眼光之審視，方才得以進入文學書寫之視野②。

學者在總結中國古典詩歌中「男子作閨音」表達方式時，認爲有三种類型：代替（男代女言）、模擬（男擬女言）和假託（女代男言）。所謂「代替」，即男性詩人「代」詩中的抒情女主人公「言」，如駱賓王《艷情代郭氏贈盧照鄰》《代女道士王靈飛贈送士李榮》，等等。「模擬」，多見於樂府詩，指詩人擬古樂府題而作的女性題材詩作，如陸機《班婕妤》、李白《涉江采芙蓉》等。而「假託」，即「寫怨夫

---

① Paul Rouzer: "A problem also emerges when we attempt to link male writing about women with the literary outputof women themselves . . . In the poetry of the female authors Xue Tao 薛濤(768—831) and Yu Xuanji 魚玄機(ca. 844—68), for example, class, social context, and literary conventions are arguably more significant than any effort on the part of these poets to write as women; if we demand a female voice for them, we fall victim to process whereby the differences between men and women are essentialized and rendered ahistorical." See *Articulated Ladies: Gender and the Male Community in Early Chinese Texts*. Cambridge, Mass: Harvard University Asia Center, 2001. p.7.

② "This world necessarily attempts, through its control of literary, to exclude women, although its constructions of heterosexual desire, combined with the permeability of gender, suggest that 'women' could enter into the text, either through the actual mastery of the language that articulated the political concerns of the male literary class. This last option, potential, might allow for women to participate by writing as literati or by writing as women." Ibid, p.8.

思婦之懷，寄孽子孤臣之感」①，是指男性詩人借女性口吻來寄託個人情志的作品。在此基礎上，又交錯衍生了三個「副類」：「亦代亦擬」「亦代亦托」「亦擬亦托」三種表達方式。② 由於有明確代寫對象的「代」作詩，主要在《唐詩名媛集》中收録，《唐詩香奩集》中所收諸篇，更多是採取了「擬」、「托」，或「亦擬亦托」的表達方法。

1. 模擬色彩濃厚的「宫怨」書寫

「宫怨」題材的作品可謂中國古典詩歌的一大題材。所謂「宫怨」詩，據繆文傑(Miao，Roland Clendinen)所言，主要表現宫廷婦女的失戀與孤獨的愁苦③，包括了幽閉深宫的寂寞、青春易逝的歎惋和紅顔招妒的憤恨等④。這類詩歌，當起源於樂府「相和歌詞」中的「怨歌行」。總體看來，這類詩歌的抒情主人公，主要分爲兩類：一類是帝王的嬪妃，如以漢武帝皇后陳阿嬌爲主人公的「阿嬌怨」「長門怨」，還有以班婕妤爲主人公的「婕妤怨」「班婕妤」「長信詞」等，這部分詩歌已收録於《唐詩名

---

① 陳廷焯《白雨齋詞話》卷一，上海：上海古籍出版社 1984 年，第 9 頁。

② 張曉梅《中國古代詩歌中「男子作閨音」現象的六副面孔》，《福建師範大學福清分校學報》2006 年第 3 期，第 34—40 頁。

③ Miao, Roland Clendinen. "Palace-style Poetry: The Courtly Treatment of Glamour and Love." in *Studies in Chinese Poetry and Poetics*, ed. Ronald C. Miao (San Francisco: Chinese Materials Center, 1978), p. 3.

④ 鄭華達《唐代宫怨詩研究》，臺北：文津出版社 2000 年，第 4—7 頁。

媛集》；第二類便是那些幽禁深宮的宫女們，這些宮女們大多並未留下姓名，甚至很多只是出於詩人的假託，正符合《香奩集》所謂的「事跡不傳」，「但求窈窕之姿，以兼閨閣之用者」的標準。這類作品由於受樂府傳統之影響較大，故往往體現出較强的「模擬」(impersonation)的意味，如所選孟浩然(689—740)《佳人春怨》詩云：

佳人能畫眉，粧罷出簾幃。照水空自愛，折花將遺誰。春情多艷逸，春意倍相思。愁心似楊柳，一動亂如絲。①

寫宮女在宮中百無聊賴，空有大好容華而無人欣賞之悲慨，乃是《玉階怨》《怨歌行》等宮怨題材樂府詩一貫的主題。「春情多艷逸，春意倍相思」，讓人想起南朝樂府《子夜四時歌》：「春林花多媚，春鳥意多哀。春風復多情，吹我羅裳開。」孟浩然詩的最后兩句「愁心似楊柳，一動亂如絲」，以「絲」與「思」的諧音，來婉轉地表達女子的情愫，可以看出對於南朝樂府詩的借鑒，饒有民歌風味。可以看出唐人在寫作宮怨詩時，對於前人創作經驗的多方面汲取。

當然，這種抒發宮女幽怨的詩，有時也會借用帝王嬪妃題材的詩歌傳統，模擬的意味更强。如

① 此詩詩題，《孟浩然集》卷四作「春怨」。「似」，《孟浩然集》作「極」。

劉方平（開元間人）《佳人春怨》云：

> 紗窗落日漸黃昏，金屋無人見淚痕。寂寞空庭春又晚，梨花滿地不開門。①

這裏化用陳皇后「金屋藏嬌」的典故。通過寫時間的緩慢流逝，來襯托主人公的寂寞無聊，這是《長門賦》以來書寫宮怨的傳統，又有模擬《長門怨》等樂府舊體的痕跡。在《香奩集》中，將王昌齡（698—757）的《阿嬌怨》（「芙蓉不及美人妝」）誤爲李白（701—762）的詩（此首《唐詩名媛集》亦有收録），加以收入，可見宮怨詩的兩種類型並不易區分，在寫法上有很多相通的地方。

2. 家國情懷與孤寂之感：寓寄託於模擬

宮怨詩發展到中唐，發生了一些變化。在「模擬」之外，加入了許多抒發古今之慨的成分，「寄託」的意味更强，故可謂是「亦擬亦托」。在「安史之亂」爆發之後，一些詩人開始藉宮女之口來抒發歷史的興亡之感。《香奩集》選了劉得仁（文宗時人）的《舊宮人》②：

① 此詩詩題，《御覽詩》、《唐詩紀事》卷二八、《萬首唐人絶句》卷二九作「春怨」。
② 此詩詩題，《才調集》卷七作「悲老宮人」。

白髮宮娃不解悲，滿頭猶自插花枝。曾緣玉貌君王寵，準擬人看似舊時。

垂垂老矣的宮人依然對歲月的流逝毫不自知，花插滿鬢地等待君王的招幸。這讓人想起白居易《長恨歌》中的「梨園弟子白髮新，椒房阿監青娥老」。詩人筆下宮女的命運也是大唐王朝日漸没落的國運的隱喻。元稹《上陽白髮人》亦云：「白頭宮女在，閒坐説玄宗。」中唐詩人筆下屢屢出現的「白頭宮女」的意象，正是對於歷史興亡的一種感慨和反思，《香奩集》眉批云：「此詩托諭，良有風刺。」正謂此也。

同樣寫宮中女子，張文恭的《佳人照鏡》也顯得意味深長：

倦採蘼蕪葉，貪憐照膽明。兩邊皆拭淚，一處有啼痕。

寫美人無心出門採蘼蕪，而只是對鏡傷情，令人動容。「照膽明」，典出《西京雜記》卷三，言秦咸陽有方鏡，可照人五臟，歷然無礙。「又，女子有邪心，則膽張心動。秦始皇常以照宮人，膽張心動者則殺之。」①鏡子傳説能夠照出人的肝膽，以此試驗其是否有邪心。這裏的「貪憐照膽明」，當亦有人心難

① 程毅中校點《西京雜記》，北京：中華書局 1985 年，第 19 頁。

測的隱喻。「兩邊皆拭淚,一處有啼痕」,身邊的人都在作拭淚狀,但真正在啼哭的,只有自己,更寫出照鏡美人的孤獨和不被人理解。

在這類型詩歌中,詩人模擬女性的口吻進行寫作,但其中所表達的情感,無論是歷史的興亡之慨,還是孤獨和被遺棄之感,都滲透了强烈的男性意識。在屈原以來的「美人香草」傳統的書寫中,女性視角經常作爲一種修辭手段,藉以表達男性在仕途上的失意和憤懣之情。清人張惠言在總結詞體中的「男子作閨音」的傳統時所云:「極命風謡里巷男女哀樂,以道賢人君子幽約怨悱不能自言之情。」①在這種敘事模式中,呈現出的是一種對「權力」關係的表達。Lawrence Lipking 指出,在東西方文學傳統中,均有男性詩人將自己比作「棄婦」(abandoned women)的書寫傳統。古羅馬詩人奥維德(Publius Ovidius Naso,前 43—17/18)在其《女傑書簡》(*Heroides*, or *Epistulae Heroidum*)便寫到自佩内洛帕(Penelope)到薩福(Sappho)等多名被遺棄的女性人物。② 在歐洲中世紀,常有描寫騎士和女子相會之後,女子對騎士長久思念的愛情歌曲。相反,關於男人被拋棄的書寫卻很少(男

---

① 張惠言《詞選・序》,北京:中華書局 1957 年,第 1 頁。

② Lawrence Lipking: "The work that first defined the nature of heroinism, Ovid's *Heroides*, is a set of variations on the theme of a woman whose lover has left her, from Penelope to Sappho; to be a heroine, for Ovid and his legion of followers means to be abandoned. A similar theme winds through traditional Chinese and Japanese poetry, with their lonely, longing wives and neglected concubines." See *Abandoned Women and Poetic Tradition*. Chicago: University Of Chicago Press, 1988. p. xv.

人只有一開始的被拒絕，卻不是被始亂終棄者）。Lipking 進一步指出，由於這一傳統的存在，男性詩人在抒發自己被遺棄的遭遇和憤懣之時，常常會採取一種女性的口吻①。葉嘉瑩認爲，中國文學中男性詩人以「棄婦」自比的傳統，和古代社會的權力關係是相關的。簡言之，「君臣」之間的支配（dominate）和從屬（subordinate）關係，和夫妻之間有類似和對應之處。當詩人把自己比作被遺棄的女子時，所要抒發的，正是自己不被君主所賞識和重用的憤懣②。如曹植《七哀》詩云：「願爲西南風，長逝入君懷。君懷良不開，賤妾當何依？」其實是寫自己政治失意的憤慨；曹丕《燕歌行》云：「賤妾煢煢守空房，憂來思君不敢忘，不覺淚下霑衣裳。」亦蘊含了臣對君的眷戀。

3. 閨怨春情背後的士子情結

這種情感書寫方式，在《香奩集》所選唐人「閨怨」詩中同樣有所體現。與「宮怨詩」的特寫宮中

---

① Lawrence Lipking: "... abandoned men have proved much less important to the history of poetry ... in poems men tend to be rejected ... The male poets could hardly be given up by women who never took them in the first place ... As women, they complain about absent lovers they once knew all too well, and thus add an unusually direct note of sexual passion to the usual Petrarchan longings." "The stereotype is so firmly established, in fact, that an abandoned man may begin to feel his sexual identity waver. Some cultures exclude the possibility of male abandonment. Traditionally, a male Chinese poet who wishes to write about his own abandoned feelings must put them in the mouth of a woman." See *Abandoned Women and Poetic Tradition*. pp. xvii — xviii.

② 葉嘉瑩《迦陵説詞講稿》，第 15 頁。

女子不同，閨怨詩是泛寫閨中女子的春愁，故而宫怨詩是一種特殊的閨怨詩而已。此處姑舉數例：

三月時將盡，空房妾獨居。蛾眉愁自結，鬢髮没情梳。（袁暉《三月閨情》）①

月落星稀天欲明，孤燈未滅夢難成。披衣更向門前望，不忿朝來喜鵲聲。（李端《閨情》）

新粧面面下朱樓，深鎖春光一院愁。行到中庭數花朵，蜻蜓飛上玉搔頭。（張籍《春女》）②

寫春夜獨居，空房難守的苦楚。袁暉的「蛾眉愁自結，鬢髮没情梳」，讓人想起《詩經》中的「自伯之東，首如飛蓬。豈無膏沐，誰適爲容」，既然無人欣賞，自也没有打理容貌的心情。表面上寫的是「女爲悦己者容」，但藴含了「士爲知己者死」的男性意識表達。李端詩寫女子深夜難眠，披衣悵惘，直到凌晨；這時聽到窗外的喜鵲聲，反而更添憂愁。喜鵲之鳴，本來應該給人帶來喜訊；但想到自己終將無法和丈夫見面，這時聽到的喜鵲的叫聲，反而像是對自己的嘲諷，倒覺得更加討厭了：這是反諷（ironic）的筆法，寫出女子微妙的心理變化，可謂體貼入微。張籍詩則寫到女子春日在庭院中遊

① 此詩詩題，《萬首唐人絶句》卷二一作「三月閨怨」。「三」，萬曆本原作「一」，據《萬首唐人絶句》、天啓本改。又，此詩《全唐詩》卷八九張説下重出。

② 此當爲劉禹錫詩。詩題，《劉賓客文集》外集卷一作「和樂天春詞」，《萬首唐人絶句》卷五作「春詞」。「面面」，《劉賓客文集》作「粉面」，《萬首唐人絶句》作「宜面」。

玩，看到花開蜓飛的春景，反而更覺哀傷，以樂景寫哀情，而更覺其哀也。在男權社會中，陽剛之氣被認爲是男性特徵的典型要素。但由於在「君臣」一維中，作爲「臣子」的一方，往往處於卑下的地位。尤其當文士們仕途遇挫之時，更加需要以「陰柔巽順」來緩解面臨的壓力。在這個意義上，詩人們借用女性視角、女性口吻的書寫，爲其詩歌表達增加詩學上的彈性和韌性，擴展了詩人的表達空間。從上文所舉的例子來看，這種小兒女心態的書寫，當是由於此種題材與文人們懷才不遇、孤獨自負、無人賞識等「集體無意識」(the collective unconsciousness)相應，從而易於產生共鳴。

二、男性視角的歎賞：唐人女性書寫的「愛」與「慾」

當然，《唐詩香奩集》中還有一類女性書寫，與男性世界的權力關係和政治情懷並無直接關係。在這些詩歌中，詩人們只是單純地把女子作爲愛慾表達的對象。松浦友久在談及中國的愛情詩時，説道：「『愛』，這是一張具有實感而難以下定義的心情。一般按哲學辭典一類書的解釋，大體從『對於對象的强烈的共鳴（同情）』的角度來説明；但在心理的深層，或許莫如把他理解爲『對喪失的恐懼』更爲合宜。」①將「愛」定義爲「對喪失的恐懼」，可謂別有創見，並且也符合中國古典文學的語境。

① 松浦友久《中國詩歌原理》，第 43 頁。

在古代漢語中，「愛」字本有「吝惜」之意。所謂的「吝惜」，正是對於所愛之物可能會喪失的恐懼。《佛説妙色王因緣經》（義浄譯）云：「由愛故生憂，由愛故生怖。」①正謂此也。由此種恐懼，而産生對所愛之物的歎賞和喜愛之情。在這類作品中，詩人以男性視角對女性進行歎賞（雖然先天不足并存在抒情主體錯位的現象），而詩中的女性形象則成爲男性詩人愛慾表達的對象和承載。在《香奩集》所選諸作中，詩人們主要從三個層面，對女子進行歎賞。

1. 對女性姿態、容貌的讚賞

（1）李嶠、駱賓王之女性歎賞

對美人姿色的描摹，在六朝宮體詩中較早得以風行，在很大程度上是「爲了滿足人們玩賞女色的需要」。「從總體上看，宮體詩中直接表現慾望的作品不多，但這并不意味著宮體詩人是清心寡慾的。恰好相反，宮體詩正是慾望的産物。只不過這種慾望在宮體詩中經過了審美機制的作用淡化了。」②在唐詩中，這種對於女子身體的慾望書寫得以延續。聞一多在《宮體詩的自贖》一文中評論初唐詩風説：「宮體詩在唐初，依然是簡文帝時那没筋骨、没心肝的宮體詩。不同的只是現在詞藻

① 《佛説妙色王因緣經》，《龍藏》第四七册，北京：中國書店出版社2010年，第400頁。
② 歸青《南朝宮體詩研究》，上海：上海古籍出版社2006年，第49頁。

來得更細緻，聲調更流利，整個的外表顯得更乖巧，更酥軟罷了。」①宇文所安（Stephen Owen）指出，初唐宮體詩中一個重要類型，便是「從文體上模仿民間抒情詩——樂府詩。在這些仿樂府詩中，愛情詩（love lyrics）特別流行，但寫得十分雅緻，遠離了它們樸素的始祖」②。《香奩集》選取了少量的初唐詩作，可以看出其中一斑。如李嶠的《舞》：

妙伎遊金谷，佳人滿石城。霞衣席上轉，花袖雪前明。儀鳳諧清曲，迴鸞應雅聲。非君一顧重，誰賞素腰輕。

此詩爲李嶠《百詠》（即《雜詠》之又題）之一，描寫舞女的舞姿，對仗精工，音律和諧，已頗具五言律詩的規模。葛曉音指出，李嶠《百詠》事實上爲指導初學者學習新興的五言律詩的「how to」類的著作，其對於初盛唐時期律詩的普及有重要的推動作用③。初學者通過觀摩和諷詠《雜詠》這樣的「詩

---

① 聞一多《唐詩雜論》，上海：上海古籍出版社 1998 年，第 11 頁。

② Stephen Owensaid: “... there were poems written in a stylized imitation of folk lyrics, yüeh-fu 樂府; among such literary yüeh-fu lovelyrics were particularly popular, though these were refined far beyond their simple antecedents.” See *The Poetry of Early Tang*. New Haven and London, Yale University Press, 1977. p.5.

③ 葛曉音《創作範式的提倡和初盛唐詩的普及——從李嶠〈百詠〉說起》，《文學遺産》1995 年第 6 期，收入《詩國高潮與盛唐文化》，北京：北京大學出版社 1998 年，第 235—252 頁。

體類書」，既可以從中揣摩如何將典故和辭藻鋪排、連綴成篇的辦法，還可以背誦和掌握一些基本的典故和辭藻。這首《舞》基本每句一典：首句用了石崇金谷園的典故，次句「石城」指石頭城，即今南京，爲六朝古都，佳麗雲集之地；第三句「霞衣」典出沈約《和劉中書仙詩》其二：「霞衣不待縫，雲錦不須織。」「轉」「明」二字極富動感，極寫舞人舞姿之輕盈靈動；第五、六句用《尚書》「簫韶九成，鳳凰來儀」之典，鸞爲與鳳凰類似的神鳥，《周書·王會》云：「周成王時，氐羌獻鸞鳥。」注：「大於鳳。」《説文》：「鸞，赤神靈之精也。」這一典故既貼合了舞女應樂曲而舞的姿態，又寫出了舞女婉孌的舞姿，用典十分貼切；末二句，則暗用了趙飛燕體輕，能爲掌中舞之典，君恩之「重」與舞腰之「輕」，在形成詞義上的對舉的同時，又形成理解上的難度，從而造成「陌生化」(*defamiliarization*)的新奇效果。用典精熟，辭藻華麗，呈現了典型的初唐宫體詩的風格，但因其意象過於繁複，其中所表達的對女子的慾望之愛已被過於複雜的技藝所淹没。

相比較而言，「初唐四傑」之一的駱賓王《天津橋上美人》詩，更能寫出女子柔媚的丰姿：

> 美女出東鄰，容豫上天津。整衣香滿路，移步襪生塵。水下看粧影，眉頭畫月新。寄言曹子建，箇是洛川神。

此「天津橋」在洛陽，《元和郡縣志》卷五「河南縣」云：「天津橋，在縣北四里。隋煬帝大業元年初造

此橋，以架洛水，用大纜維舟，皆以鐵鎖鉤連之。南北夾路，對起四樓，其樓爲日月表勝之象。然洛水溢，浮橋輒壞。貞觀十四年，更令石工累方石爲脚。」①此詩寫洛陽天津橋春遊的美女。第四句化用了曹植《洛神賦》「凌波微步，羅襪生塵」之語。五六句寫女子臨水照影、眉如新月之姿，靈動有神。末二句更直接將出遊的美女比作曹植筆下的洛川神女，表達了對出遊女子的讚美之情。

（2）韓偓「香奩體」之春閨風情

中晚唐以後，齊梁詩風復興②，對於女子身體的慾望書寫重又高漲，但其筆法卻更爲細膩。其中，韓偓（844—923）的詩篇尤爲别具一格。傳統的閨怨詩，多突出一個「怨」字，寫閨中少婦寂寞無聊的心緒。而韓偓筆下的女性書寫卻更爲豐富多樣，不僅寫美人之幽怨，更寫女子活潑的姿態和幽微的心緒③。《香奩集》選録韓偓詩，凡 14 首，在此集中居諸詩人之冠，其「詞皆淫艷，可謂百勸而無一諷」④的風格，正與楊肇祉《香奩集》的選録標準相吻合。如：

---

① 李吉甫《元和郡縣圖志》，北京：中華書局 1983 年，第 132 頁。

② 孟二冬《論齊梁詩風在中唐的復興》，原載《文學遺産》1995 年 2 月，後收入《孟二冬文存》，高等教育出版社 2007 年，第 256—268 頁。

③ 孫克强、孫麗麗《韓偓詩歌對詞體的影響》，《汕頭大學學報》（人文社會科學版）2005 年第 5 期，第 50—54 頁。

④ 紀昀《紀文達公遺集》卷一一《書韓致堯香奩集後》，閱博書局，嘉慶十七年（1812）刻本。

宫樣衣裳淺畫眉，曉來梳洗更相宜。水精鸚鵡釵頭顫，舉袂佯羞忍笑時。（《忍笑》）

學梳鬆鬢試新裙，消息佳期在此春。爲要好多心轉惑，偏將宜稱問傍人。（《新上頭》）

同樣是寫梳妝，前一首寫美人淺畫蛾眉、舉袂佯羞之狀，十分活潑動人。後一首寫將嫁的少女試著新裝，無法確定是否合身，一個勁地向旁人詢問。透過這一細節，寫出了少女對於即將到來的婚姻既期盼又緊張的複雜心理。

《偶見》四首云：

鞦韆打困解羅裙，指點醍醐索一尊。見客入來和笑走，手搓梅子映中門。

霧爲襟袖玉爲冠，半是羞人半忍寒。别易會難長自歎，轉身應把淚珠彈。

桃花臉薄難藏淚，柳葉眉長易覺愁。密跡未成當面笑，幾迴擡眼又低頭。

半身映竹輕聞雨，一手揭簾從轉頭。此意别人應未覺，不勝情緒兩風流。

第一首寫蕩罷鞦韆的少女，因口渴而向人索要醍醐來喝；這時看到客人從外而來，一面急急含羞躲入中門，一面手捻梅子，向外看去。李清照《點絳唇》：「蹴罷秋千，起來慵整纖纖手。露濃花瘦，薄汗輕衣透。見有人來，襪剗金釵溜，和羞走。倚門回首，卻把青梅嗅。」當是隱栝韓偓此詩詩意而成。

後三首，《韓偓集》題作「復偶見」，當與第一首非同時之作。第二首寫美人想到情人難遇，背面彈淚。第三首寫美人春愁難遣，擡眼又低頭。第四首寫半身掩映在竹簾後，聽到了外間的笑語，手揭竹簾向外探望，卻又含羞轉頭的情狀。第三句寫美人當時的心理活動：我這樣的動作，怕是没有被人看見吧？幾首詩摹寫少女的心理，都十分細膩，洋溢著青春的氣息。

《再青春》：

兩重門裏玉堂前，寒食花枝月午天。想得那人垂手立，嬌羞不肯上鞦韆。

此首，《全唐詩》題作「想得」，注云「一作《再青春》」。韓偓曾經寫過一首題爲《青春》的詩，寫青春少女的春愁。這首詩當是繼前一首而作，寫同一個女子，故題「再青春」。「想得」，即料想之意。此詩當是回憶之作。詩人在寒食的午夜，看著堂前摇曳的花枝，想起了意中人垂手而立，「嬌羞不肯上鞦韆」的情形，含情於言外。

《褭娜》亦是追憶：

褭娜腰肢淡薄粧，六朝宫樣窄衣裳。著詞暫見櫻桃破，飛盞盈開荳蔻香。春惱情懷身覺瘦，酒添顔色面生光。此時不敢分明道，風月應知暗斷腸。

先是鋪寫意中人的姿態與裝束，然後回到自身：「春惱情懷身覺瘦，酒添顔色面生光。」因爲强烈的思念，詩人的身體也日漸消瘦；想要借酒銷愁，卻空落得頭面泛紅。然而，這樣的心緒又怎能讓人知道呢？恐怕只有這滿庭的風月曉得我斷腸的愁緒罷！如是，這一首倒重點不是寫閨情，而是詩人思念意中人的思緒了。

另有一首題爲《美人手》云：

> 暖白膚紅玉筍芽，調琴抽線露尖斜。背人細撚垂煙鬢，向鏡輕勻襯眼霞。悵望昔逢褰繡幔，依稀曾見托金車。後園笑向同行道，摘得蘼蕪又一杈。

此詩《全唐詩》題爲「詠手」，但詩人只在第一句，濃筆點染出了美人手的色澤（白、紅）和形態（筍芽），然後依次勾寫美人手的動作（調琴、撚鬢、抹粉、褰幃、托車、摘蘼蕪），通過幾個動態的畫面，展現出了美人之手靈動多姿之態。用筆巧妙，頗具匠心。

2. 對女性技藝的歎賞

如果說，對女性身體的描繪，還只是停留在肉慾層面的話，《香奩集》中選取的歎賞女性技藝的詩作，則呈現出唐人女性書寫的更爲豐富的内涵。需要注意的是，詩人筆下所歎賞的女子的技藝，如刺繡、梳妝，多具有强烈的「女性化」的特征。女性主義學者波伏娃（Simon de Beauvoir, 1908—

1986)認爲，女性的性格特徵，很多並非先天就已被決定，而是一定的社會觀念制約和熏陶的結果。「並不是因爲有什麼神秘的本能在直接註定她是被動的、愛撒嬌的、富於母性的，而是因爲他人對這個孩子的影響幾乎從一開始就是一個要素。」①同樣的道理，唐代詩人所嘖嘖歎賞的這些技藝，事實上正是强化其筆下所書寫的「女性特徵」(femininity)的一個要素。在這個意義上，詩人對於女子技藝的讚賞，也是對女子肉慾之愛的延伸。

（1）對女性刺繡技藝的描繪

《香奩集》中的一些詩，專門描繪女子刺繡的情形。如胡令能(785—826)的《美人繡幛》②：

日暮堂前花蕊嬌，手拈小筆上牀描。繡成安向東園裏，引得黄鸝下柳條。

---

① Simon de Beauvoir: "If well before puberty and sometimes even starting from early childhood she already appears sexually specified, it is not because mysterious instincts immediately destine her to passivity, coquetry, or motherhood but because the intervention of others in the infant's life is almost originary, and her vocation is imperiously breathed into her from the first years of her life." See *The Second Sex*. translated and edited by H. M. Parshley, New York: Alfred A. Knopf, 1993. pp 330—331.

② 詩題，《雲溪友議》作「觀鄭州崔郎中諸妓繡樣」，《唐詩紀事》卷二八作「詠繡幛」，《萬首唐人絶句》卷六八作「觀諸妓繡樣」。

女子在屏幛上繡出的花朵如此逼真，竟引得黃鸝前來駐足，襯托出女子手藝的工巧，一個心靈手巧的女子形象躍然紙上。明是寫技藝，而實際上仍是在寫人。

同樣是寫女子的刺繡，無名氏《繡婦》云：

> 不洗殘粧并繡牀，却嫌鸚鵡繡衣裳。迴針刺到雙飛處，憶昔征夫淚數行。

此詩在韋縠《才調集》卷二題作「雜詩」，《唐詩紀事》卷八〇題作「雜調」。由刺繡上雙飛的鴛鴦，想到遠征的丈夫，觸景生情。在這裏，思婦「刺繡」的技藝與其「思夫」的心理相互映照，而思婦所繡的「鴛鴦」意象，成爲綰結二者之間的紐帶，强化了詩中「征夫思婦」這一主題。

(2) 李賀與張碧《美人梳頭》詩對讀

有些詩歌，抓取閨中女子的某一個生活片段進行刻畫。李賀和張碧的兩首美人梳頭詩，從中可以看出晚唐美人詩更加細膩的文筆：

> 西施曉夢銷帳寒，香鬟隨髻半沈檀。轆轤咿呀轉鳴玉，驚起芙蓉睡新足。雙鸞開鏡秋水光，解鬟臨鏡立象牀。一偏香絲雲撒地，玉釵落處無聲膩。纖手却盤老鵶色，翠滑寶釵簪不得。春風爛漫飛嬌容，十八鬟多無氣力。妝成鬖鬌欹不斜，雲裾數步踏鴈沙。背人不語向何處，下

階自折櫻桃花。（李賀《美人梳頭歌》）

玉堂花院小枝紅，緑牕一片春光曉。玉容驚覺濃睡醒，圓蟾挂出妝臺表。金盤解下叢鬟碎，三尺芙蓉綰朝翠。皓指高低翠態愁，水精梳滑參差墜。須臾攏掠蟬鬢生，玉釵冷透冬冰明。芙蓉折向新開臉，秋泉慢轉眸波横。鸚鵡偷來話心曲，屏風半倚遥山緑。（張碧《美人梳頭》）

李賀（790—816）詩先從睡中的美人寫起，在輕寒的繡帳中，美人香鬟横拖，春睡正濃，仿佛一片静謐的樣子。三四句筆鋒一轉，寫到因爲院中汲水的轆轤之聲，美人突然從夢中驚醒。美人的梳妝圖由此拉開畫卷。她先是把鏡函打開，然後立在象牙雕飾的牀邊揭開頭髮。隨著滿頭的青雲散落地上，簪髮的玉釵也掉落下來，但因爲落到了散開的頭髮上面，卻並未發出聲音。「無聲膩」三個字，寫出了美人頭髮之濃密。「纖手却盤老鴉色，翠滑寶釵簪不得。」寫美人將頭髮盤起的動作，因爲頭髮太過香膩，致使釵子都無法固定。這時，美人也漸漸地從初覺的朦朧中醒來，興致變得高漲。「飛嬌容」①三字，寫出了美人神采焕發、眉飛色舞的情形。梳妝完成后，美人移步走出院外，背人而立，獨自折櫻桃花來把玩。「踏雁沙」，寫美人落步，如雁足踏于輕沙，柔和無聲②。「背人不語」，卻寫出了

① 《李長吉集》作「惱嬌慵」。

② 王琦注：「踏雁沙，如雁足踏沙上，言其行步匀緩。」《三家評注李長吉歌詩》，上海：上海古籍出版社 1998年，第165頁。

美人難以語人的情思。《天啓本》眉批云：「有情無語，更是可憐。」又云：「無語之語，更濃。」美人的沉默不語，更刻畫出了其無法言表的內心波瀾，可謂「此時無聲勝有聲」。

張碧，據陳尚君的考證，當爲晚唐五代時人，《新唐書・藝文志》以張碧爲貞元中人，誤①。《唐詩紀事》卷四五載張碧自序云：「碧嘗讀《李長吉集》，謂春拆紅翠，霹開蟄户，其奇峭不可攻也。」②可見張碧曾經細讀李賀詩集，並受其影響。這首詩，便是張碧學習李賀的例子。不過張碧詩的起筆，先由院外的春色（小枝紅），轉到映入閨房紗窗的春光，過渡到室内。第三句寫「玉容驚醒」，卻没有交代其被驚醒的原因，和李賀詩比起來，略顯突兀。下句以「圓蟾」（即月亮）比喻鏡子，寫美人臨鏡梳妝之狀。「三尺芙蓉」，對應李賀詩中的「驚起芙蓉」，以芙蓉花比喻女子的嬌美姿態。「皓指高低翠態愁，水精梳滑參差墜。」寫女子的玉指在髮間穿梭，水精梳子滑過雲鬟，筆觸細膩。須臾之間，女子的梳妝完成，玉釵插在頭上，如冬冰一般閃爍著冷光。這時，美人喜笑顔開，明眸微轉，正對應李賀詩中的「飛嬌容」三字。最後兩句寫美人倚著繪有山水的屏風，和鸚鵡傾訴心曲。與李賀詩不同的是，張碧詩没有寫美人走到院外的情形，而是通過美人在閨房中，雖有心曲，但只能和鸚鵡交流，來寫其寂寞之情。一「無語」，一有聲，但同樣寫出了美人的寂寞無聊之情，可謂異曲同工。從

① 陳尚君《張碧生活時代考》，《文學遺産》1992 年第 3 期，第 109—111 頁。
② 計有功《唐詩紀事》，上海：上海古籍出版社 1987 年，第 691 頁。

二詩的對比中，亦可學到如何在模擬前人的基礎上，翻出新意的法門。

3. 諧謔之語背後對女子個性之玩賞

除了「宮怨/閨怨」題材，《香奩集》亦收録了一些贈妓詩。這一類作品，在《唐詩名媛集》中已有所收録，但《名媛集》諸篇所描寫的妓女，大多有姓名流傳，如薛宜僚、關盼盼、王福娘、宋華陽，等等；而《香奩集》諸篇所寫的妓女，則多無姓名流傳下來。這些作品多寫於酒筵歌席之間，所贈的妓女爲官員的家妓。在這些作品中，詩人多少流露出了對女子個性的關注，但因其筆調多雜有調笑和詼諧之意，故更多是一種對女子個性的「玩賞」。如杜審言（約 645—708）《贈趙使君美人》云：

紅粉青娥映楚雲，桃花馬上石榴裙。羅敷獨向東方去，謾學他家作使君。

此詩詩題一作《戲贈趙使君美人》。據崔豹《古今注》：「《陌上桑》者，出秦氏女子。秦氏，邯鄲人有女名羅敷，爲邑人千乘王仁妻。王仁後爲趙王家令。羅敷出，採桑於陌上，趙王登臺見而悦之，因置酒欲奪焉。羅敷巧彈箏，乃作《陌上桑》之歌以自明，趙王乃止。」①這裏用了羅敷和趙王的典故，正和杜審言所贈趙使君的姓氏相合。後兩句大意爲羅敷已經到東邊去了，不要學那《陌上桑》中的趙

---

① 《樂府詩集》卷二八，第 410 頁。

使君，强行調戲了。其中雖借羅敷採桑之典，表達了美人「可遠觀不可褻玩」的姿態，但戲謔詼諧之意宛然，其實也是藉美人之口來對趙使君進行調侃。

岑參（約715—770）《戲竇子美人》，《岑參集》題作《醉戲竇子美人》，同樣爲戲贈之作。其詩云：

朱脣一點桃花殷，宿粧嬌羞偏髻鬟。細看只似陽臺女，醉着莫許歸巫山。

這裏寫美人朱唇一點，面頰飛紅，髮髻斜拖，夜眠的宿妝尚未卸去。雖然妝容不整，但另有一番嬌美與妖嬈。三四句化用宋玉《高唐賦》巫山雲雨的典故，傳説楚王夢會神女，臨別之際，神女對楚王説：「妾在巫山之陽，高丘之阻，旦爲朝雲，暮爲行雨。朝朝暮暮，陽臺之下。」其意謂，美人的這番妝飾，好似陽臺的神女，趕緊把她灌醉，可莫要叫她逃回巫山去。批語云：「戲謔之語，令人絶倒。」類似的詩意，有薛伯行的《奉敕贈康尚書美人》：

天門喜氣曉氛氲，聖主臨軒召冠軍。欲令從此行霖雨，先賜巫山一片雲。

據《唐詩紀事》卷二九及《全唐詩》卷四七二注，薛伯行名薛舄，此「康尚書」即康日知（？—785）①，德

① 《唐詩紀事》卷二九，上海：上海古籍出版社1987年，第450頁。

宗時，曾在平定王武俊的叛亂中立功，任深趙觀察使，後升任奉誠軍節度使，又徙晉絳，累遷檢校尚書左僕射，封會稽郡王，《新唐書》卷一四八有傳。據詩意，這首詩當爲康日知立功後，朝廷賜予康日知美人時，薛伯行奉詔所作。三四句同樣用了巫山雲雨的典故，但糅合了以雨露喻恩澤之典。詩意説：朝廷想要康日知能够給天下施降雨露，宣揚朝廷的恩澤，因此先賜予了他一片巫山的雲霞。用典巧妙，詩意藴藉，又符合朝廷賞賜的意旨，可謂應制詩的佳作。

盧綸（739—799）《開府席上賦得美人名解愁》云：

不敢苦相留，明知不自由。嚬眉乍欲語，斂笑又低頭。舞態兼殘醉，歌聲似帶羞。今朝總見也，只守解人愁。

據《盧綸集》卷二，此開府姓「論」，或爲論誠信，或爲論惟明。此詩爲詩人在論開府席上見到名爲「解愁」的歌妓，應題而作。此詩寫美人在席間的欲嚬欲笑，帶醉歌舞，筆觸十分細膩。末句「守」，《盧綸集》作「不」。此言：美人雖然名爲「解愁」，但今天見到了她，卻越發讓人相思，反而增添了人的愁苦，故曰「不解人愁」①。正話反説，卻意藴深遠。

① 《盧綸詩集校注》卷二，上海：上海古籍出版社1989年，第209頁。

還有一些，當是贈予女冠的詩。如崔澹（宣宗時人）有詩云：

怪得春風送異香，娉婷仙子曳霓裳。惟憂錯認偷桃客，曼倩曾爲漢侍郎。

此詩出自孫棨《北里志》「王團兒」條①。《香奩集》題作《題美人》，《全唐詩》卷五六六作《贈王福娘》，注「一作《贈美人》」，當爲贈妓詩。曼倩，爲漢代的東方朔之字。據《漢武帝内傳》，漢武帝見西王母，王母曰：「是女（通「汝」）侍郎東方朔，是我鄰家小兒也。性多滑稽，曾三來偷此桃。」由於此典本身具有道教的意味，結合孫棨贈予王福娘詩作中，多出現一些「劉郎」「阿母」等道教相關的典故，此詩當爲贈女冠式的妓女所作②。再如鄭仁表《美人》詩云：

嚴吹如何下太清，玉肌無疹六銖輕。自知不是流霞酌，願聽雲和瑟一聲。

此詩《唐詩紀事》卷六一體作「贈美人」，《全唐詩》卷六〇七作「贈妓僊哥」。然首句的「太清」一

① 孫棨《北里志》，上海：古典文學出版社 1957 年，第 33 頁。
② 參見 Paul Rouzer, *Articulated Ladies: Gender and the Male Community in Early Chinese Texts*, chapter 7.

語爲道教詞彙，指道教中的仙境，爲「三清」之一。《靈寶大乙經》云：「四人天外曰三清境，玉清、上清、太清，亦名三天。」此言：是什麽樣的風，把你從太清仙境吹落凡間的呢？次句寫其肌骨之細膩與身體之輕盈。「流霞」指的是一種仙酒，《抱朴子・祛惑》云：「項曼都入山學仙，十年而歸。家人問其故，曰：有仙人但以流霞一盃與我，飲之，輒不飢渴。」末句化用「湘靈鼓瑟」的典故，言我知道現在喝的不是仙界的瓊漿，所以只好請你來鼓瑟，聊以慰我的求道之心吧！

三、「詩史」：作爲一種歷史記録的女性書寫

《唐詩香奩集》另收録一些作品，詩人只是採取一種類似「風俗志」（ethnography）式的寫法，將宫廷或者市井、鄉野間的婦女生活如實地記録下來，作爲社會現象的展現。這種書寫方式，和中唐以後興起的「詩史」觀念是相應的。根據張暉的研究，所謂「詩史」説，以「春秋義理」和「緣情」説爲根基，主要通過詩歌記録一時之社會面相，以達到一定的社會批判意義①。

1.《宫詞》中的幽隱筆墨

從顧況（約 725—約 814）《宫詞》六首，開創了一種特别的「宫詞」。而尤以王建（767—830）、花

---

① 張暉《中國「詩史」傳統》，北京：三聯書店 2012 年，第 11—16 頁。

蕊夫人（？—976）各創作的百首《宮詞》最爲流行，並成爲一個强大的書寫傳統。與傳統的宫怨詩相比，「宫詞」在形式上爲七言聯章體，特色鮮明；從寫法上來看，宫詞更加注重實録，「不能憑空想象」，與宫怨詩之多爲假託者不同①，歐陽修以爲王建宫詞「多言唐宫禁事，皆史傳小説所不載者，往往見於其詩」②；從内容上來説，乃是「詩人們對宫掖生活的好奇，將之納入詩歌創作範疇的一種大膽嘗試」③，題材更爲豐富，而不限於宫怨。然則「宫詞」中亦不乏宫怨題材的内容，清人賀貽孫云：「怨之深者必渾，無論宫詞宫怨，俱以深渾爲妙，且宫詞亦何妨帶怨？」④如《香奩集》所收的白居易《宫女》二首云：

> 淚濕羅巾夢不成，夜深前殿按歌聲。紅顔未老恩先斷，斜倚薰籠坐到明。
> 雨露由來一點恩，争能遍布及千門。三千宫女臙脂面，幾箇春來無淚痕。

這兩首詩，在《白氏長慶集》卷一八、一九均題作「後宫詞」。第一首，汪立名云：「按此詩舊作王

---

① 俞國林《宫詞的産生與流變》，《文學遺産》2009年第3期，第131—139頁。
② 歐陽修《六一詩話》，《歷代詩話》，北京：中華書局1983年。
③ 梅紅、周嘯天《宫詞和宫怨之辨析》，《西南民族學院學報》（哲學社會科學版）2002年第3期，第84—86頁。
④ 賀貽孫《詩筏》，郭紹虞《清詩話續編》，上海：上海古籍出版社1983年，第176頁。

建《宫詞》，唯《紀事》作白詩。」①可見作者曾有争議。兩首詩寫宫女不得寵幸，寂寞終老之怨，乃是宫怨的普遍主題，但其語氣更爲直露②。「三千宫女臙脂面，幾箇春來無淚痕。」諷喻的意味十分明顯。

朱慶餘（敬宗時人）《宫中詞》云：

> 寂寂花時閉院門，美人相並立瓊軒。含情欲説宫中事，鸚鵡前頭不敢言。

寫到並立的美女，談及宫中的瑣事時，卻因爲鸚鵡在前，而不敢多言。這裏談到的宫中幽隱之事，雖未名言，卻頗引人遐想。沈祖棻評云：「極低迴吞吐之能事，誦之使人抑鬱難堪，而仍以含蓄之筆出之。」③《香奩集》眉批：「纖而深。」可謂得之。

2. 市井鄉野女子

除了宫中女子之外，唐人還較多寫到了在市井鄉野之間的女子。這些女子由於没有宫闈環境

---

① 謝思煒《白居易詩集校注》，北京：中華書局 2006 年，第 1499、1517 頁。
② 參見坂野學《王建「宫詞」小攷——その諷諭性をめぐって》，函館大學論究（31），2000－03：1—12。
③ 沈祖棻《唐人七絶淺釋》，上海：上海古籍出版社 1981 年，第 295 頁。

的限制，活動更自由，也更富有活潑靈動的氣息。李白《陌上美人》詩云：

駿馬驕行踏落花，垂鞭直拂五雲車。美人一笑褰珠箔，遙指紅樓是妾家。

此詩詩題，《李太白集註》卷二五作「陌上贈美人」，注「一云小放歌行，一首在第三，此是第二篇」。一說是美人邀請太白同歸之作，如明人唐汝詢《唐詩解》卷二五云：「駿馬，太白所服；雲車，妓女所乘。指妾家，邀與同歸也。」還有一說爲太白見陌上少年和美人相遇調笑之情形，如《唐詩合解》云：「『垂鞭直拂五雲車』，少年馬上之鞭直拂到美人五雲車上，蓋有意調笑美人也。『美人一笑褰珠箔』，於是美人果嫣然一笑，手褰車上之簾箔，以迎少年，將有言也。『遙指紅樓』，此是美人手勢。『是妾家』，是美人口答也。遙指，嫵媚之態宛然。太白偶見於陌上，故賦其事以遙贈也。然亦不必認真。」①無論如何，此詩乃寫一少年（或是旁人，或是李白自己）和街上美女調情的情形。這裏寫到的女子，不僅活潑，可以説是奔放了。

詩人有時藉歌人之口，表達社會批判的理念。如王表《趙女》：

① 詹鍈《李白全集校注匯釋集評》卷二五，天津：百花文藝出版社 1996 年，第 3680—3681 頁。

趙女乘春上畫樓，一聲歌發滿城秋。無端更唱關山曲，不是征人亦淚流。

此詩，《才調集》卷九題作《成德曲》，當是寫成德節度使幃中的一名營妓。趙女吟唱的《關山曲》引起了征人的鄉思，正是對安史之亂後河朔地區淪入藩鎮之手現實的强烈批判。

《香奩集》還有一些寫美人浣紗情形的詩作。王昌齡《浣紗女》詩云：

錢塘江畔是誰家，江上女兒全勝花。吴王在時不得出，今日公然來浣紗。

天啓本引鍾惺《唐詩歸》評語云：「『味『公然』二字，似恨似幸。』」這裏將錢塘美女比喻爲幽禁在吴王宫中的西施。詩人一方面驚歎，這些女子平日裏被幽閉在宫中，不得出門，今日竟然敢這樣毫無顧忌地拋頭露面，此是「恨」；另一方面，又暗自慶幸，幸虧她們今日這樣集體出動，纔讓我得以一飽眼福，此是「幸」。末二句正以幽默的筆調，表達了詩人對浣紗女子的讚美之情。《香奩集》有李白兩首同題之作：

玉面耶溪女，青蛾紅粉粧。一雙金齒屐，兩足白如霜。

南陌春風早，東鄰去日斜。千花開瑞錦，香撲美人車。

第一首,《李白集》卷二五題作《浣紗石上女》,寫浣紗女在江邊洗足的情形,活潑有趣。第二首其實並非李白所作。《樂府詩集》卷八〇《浣紗女二首》其一,不著撰人姓名,即此首。劉方平(玄宗時人)《新春》詩云:「南陌春風早,東隣曙色斜。一花開楚國,雙燕入盧家。眠罷梳雲髻,粧成上錦車。誰知如昔日,更浣越溪紗。」此當截取其前半,變換其詞,披諸樂府者①。此詩同樣描繪了一幅美人春遊圖,花團錦簇,熱鬧非凡。

3. 辛苦勞作的底層婦女

還有一些詩刻畫了底層婦女的形象。秦韜玉《貧女》詩云:

> 蓬門未識綺羅香,擬托良媒益自傷。誰愛風流高格調,共憐時世儉梳粧。敢將十指偏誇巧,不抱雙眉鬭畫長。苦恨年年壓金線,爲他人作嫁衣裳。

刻畫了一個辛苦紡織,卻從未自己享用過這美麗綺羅的女子。「苦恨年年壓金線,爲他人作嫁衣

---

① 任半塘將此詩定爲玄宗開元間失名人所作,見《唐聲詩》下編,上海:上海古籍出版社 1982 年,第 124—125 頁。按:唐代聲詩多有截取詩人律詩之半,被諸音樂而成者,如任半塘所舉《樂府詩集》卷八〇《一片子》,乃截取王維《春日上方即事》之前半而成,見《唐聲詩下編》,第 123 頁。此處《浣紗女》一詩,當屬同樣情形,其作者當爲劉方平。

裳。」更成了一句俗語，用來形容那些白白勞苦，成果最後只爲別人享受之人。

白居易《負薪女》云：

亂蓬爲鬢布爲衣，暖踏寒山自負薪。一種錢塘江畔女，着紅騎馬是何人。

此詩《白氏長慶集》卷二〇題作《代賣薪女贈諸妓》。詩中刻畫負薪女子的貧苦生活。汪立名引《堯山堂外記》云：「唐時杭妓承應宴會，皆得騎馬以從。」①然則此處的「著紅騎馬」者，當爲妓女。末二句謂，同樣是住在錢塘江畔的女子，辛苦賣薪勞作的婦女整日蓬頭垢面，反而那些妓女卻衣着光鮮，出盡風頭。刺世之意，溢於言表。《負薪女》和白居易的「新樂府」一樣，均體現了「其事覈而實，使采之者傳信也」的主張，體現了較强的實録精神和社會批判色彩。

鄭谷《貧女吟》云：

塵壓鴛鴦廢錦機，滿頭空插麗春枝。東鄰舞妓多金翠，笑翦燈花學畫眉。

描寫了一個紡織的女子，但她對自己的工作感到厭煩，致使織出的鴛鴦圖案都落滿了灰塵，織機也

① 謝思煒《白居易詩集校注》，第 1634 頁。

被丢到一邊。麗春，據《花木考》：「遊默齋云：『金陵麗春，罌粟别種也。紅紫白黄，江浙皆有之，獨金陵者尤異。』」①貧女只能頭簪麗春的花枝作爲裝飾。但東鄰的舞妓卻有金翠花簪，在明亮的燈燭下學畫眉。通過貧女和妓女的比照，更加突出了貧女命運的淒慘。

小結

《唐詩香奩集》從各個層面展現了唐詩中描寫女子閨閣中事的風貌，與《名媛集》選録諸篇多寫有名字的女性不同，《香奩集》諸篇所寫的女性多無姓名流傳。此集明顯地體現了從男性視角觀察女性，通過對女性形象的書寫，來抒發男性主體意識的特點。所謂的「男性意識」，大約可以從三個方面理解：第一，以女子口吻，書寫「棄婦心態」，來表達自己政治上的失意和憤懣；第二，將女性作爲愛慾的表達對象，其實也是對於女性的「物化」的書寫；第三，通過女性的書寫，作爲一種歷史的記録和社會現象的反映，來表達其社會批判的意識。需要特別留意的是，《唐詩艶逸品》中的《名媛集》《香奩集》《觀妓集》均選取了一些妓女題材的詩作，但各有所側重，《名媛集》所寫均爲有名字的妓女，《觀妓集》側重在遠距離的「觀賞」妓女，而《香奩集》多從近距離「歎賞」妓女。

---

① 嚴壽澂，黄明，趙昌平《鄭谷詩集箋注》，上海：上海古籍出版社 1991 年，第 199 頁。

起人之幽懷，發人之玄賞：《唐詩觀妓集》述論

《唐詩觀妓集》是晚明楊肇祉所編《唐詩艷逸品》之第三種，收詩凡六十六首，專門選録唐詩中詩人觀看妓女的詩篇。唐代的妓女有宫妓、官妓、營妓、私妓、娼妓等種類。其中宫妓是指宫廷中的教坊聲妓和梨園樂妓，官妓和營妓則分别指服務於官府和軍營的妓女，此二種均屬於公家的妓女。關於描寫營妓的作品，本集較少收録。此集名爲《唐詩觀妓集》，卻誤收了三首梁詩：梁元帝（508—555）的《夕出通波閣下觀妓》，所描寫者，乃宫廷樂妓。還有劉遵（488—535）、王訓（511—536），二人亦爲梁代人，其《舞妓》詩，爲觀宫廷樂妓樂舞作。《觀妓集》中所收録的唐代詩人作品，主要爲描寫官妓、私妓和娼妓的作品。

首先需要討論的是，在《唐詩名媛集》和《唐詩香奩集》中，也收録了一些妓女題材的作品。如前所述，《名媛集》所收録者，大多有姓名流傳，如薛宜僚、關盼盼、王福娘、宋華陽，等等；而《香奩集》諸篇所寫的妓女，則多無姓名流傳下來，且多爲寄贈之作。與之相比，《觀妓集》所收諸篇，重在一個「觀」字。凡例云：「觀者，以我觀之也。若徒列妓之品題，則於觀者何裨也？故必嬌歌艷舞，足以起人之幽

懷，發人之玄賞者，斯載。」强調詩人對妓女觀賞的眼光，即不應當是妓女的自詠①，而是男性詩人以第三者的眼光「觀賞」妓女之作。此處將首先探討《觀妓集》中反映出的唐代詩人對於歌妓的歌舞才藝之欣賞，并進而探討這種欣賞背後之文化背景和文人心態，即歌妓之表演在唐代具有的社交娛樂功能，以及詩人們往往借與歌妓之交遊，來抒發個人的情志。

一、「以我之眼觀」妓之歌舞才藝

波伏娃(Simon de Beauvoir, 1908—1986)在分析妓女的才藝表現時指出，妓女和藝術之間總是有着隱約的聯繫。想要獲得尋芳客青睞的妓女，不會滿足於只是呈上自己的肉體，而是會竭力展示自己的才藝：「古希臘演奏長笛的女子，以她們的歌舞讓男人們神魂顛倒；阿爾及利亞的阿拉伯婦女的肚皮舞，西班牙少女隨著巴里奧奇諾的樂拍翩翩起舞……這些女子一切展示自我的活動都爲著愛慾的目的(amatory purpose)。」②唐代的妓女尤其如此。關於唐代妓女所具有的才藝，廖美雲指

① 本集所載平康妓「自詠」詩，據《唐摭言》卷三所載，當爲裴思謙贈詩，此處當爲誤題。

② Simon de Beauvoir: "The prostitute who wishes to acquire a singular distinction does not limit herself to showing her flesh passively; she tries to have her own talents. Greek flute-playing women charmed men with their music and dances. The Ouled Nails performing belly dances and Spanish women dancing and singing in the Barrio Chino （轉下頁）

出有敏慧巧談與酒令飲才、精湛歌藝與樂器演奏、曼妙舞容與出色歌舞戲、説唱變文與卓越雜技、高古書法與妝飾技能等①。其中，以歌舞來娱人，無疑是妓女們赢得顧客青睞的重要手段。

唐代初期的雅俗音樂，均由太樂署管轄，然而，唐代對於宫廷樂妓較爲系統的歌舞訓練，當始於唐玄宗開元二年（714）外教坊和梨園的設立②。《新唐書》卷二二《禮樂志》云：「玄宗既知音律，又酷愛法曲，選坐部伎子弟三百教於梨園，聲有誤者，帝必覺而正之，號『皇帝梨園弟子』。」又云：「（玄宗）置内教坊于蓬萊宫側，居新聲、散樂、倡優之伎，有諧謔而賜金帛朱紫者。」③新的音樂部門，除了内教坊、梨園，還有左右教坊的設立，專門掌管俗樂。《資治通鑑》卷二一一云：「舊制，雅俗之樂，皆隸太常。上精曉音律，以太常禮樂之司，不應典倡優雜伎，乃更置左右教坊，以教俗樂。」④唐代的宫廷樂妓因多爲帝王享樂服務，故多由教坊和梨園掌管⑤。影響所及，官府樂妓和私家宅妓，

（接上頁）are simply offering themselves in a refined manner to enthusiasts. Nana goes onstage to find herself a "protector." Some music halls, like some concert cafés before them, are simply brothels. All occupations where a woman displays herself can be used for amatory purposes." translated and edited by H. M. Parshley, *The Second Sex*. p. 693.

① 廖美雲《唐伎研究》，臺北：學生書局 1995 年，第 213—296 頁。
② 左漢林《唐代樂府制度與歌詩研究》，北京：商務印書館 2010 年。
③ 歐陽修《新唐書》，北京：中華書局 1975 年，第 475—476 頁。
④ 《資治通鑑》，北京：中華書局 2011 年，第 6694 頁。
⑤ 廖美雲《唐伎研究》，第 130 頁。

乃至市井間的娼妓，亦多以歌舞爲能。唐代詩人的賞妓詩，多有描繪妓女歌舞題材之作。

1. 唐詩人筆下的唐伎歌舞

唐代樂舞在吸收前代和西域文化的基礎上，有所新變。王昆吾云：「東晉以來，少數民族音樂和外國音樂陸續輸入漢地，在宫廷燕樂、教坊樂、民間流行音樂中，都出現了漢樂同胡樂相融合的現象。以胡樂同漢樂的融合爲特徵的『燕樂』，遂代表了隋以來全部娱樂性質的音樂。它的形成，以隋唐時代的南北統一爲歷史條件。它的内容，包括隋唐的胡樂、清樂，尤其是各種新興俗樂。」①唐代的雅樂中，吸收了很多胡樂的因素。《舊唐書·音樂志》載唐初祖孝孫製定雅樂云：「陳、梁舊樂，雜用吴、楚之音；周、齊舊樂，多涉胡戎之伎。於是斟酌南北，考以古音，作爲大唐雅樂。」②隋代燕樂，初稱「七部樂」（當時樂包括舞），後爲九部樂。《唐會要》卷三三載：「武德初，未暇改作，每讌享，因隋舊制，奏九部樂：一讌樂，二清商，三西涼，四扶南，五高麗，六龜兹，七安國，八疏勒，九康國。至貞觀十六年十二月，宴百寮，奏十部樂。先是，伐高昌，收其樂付太常，乃增九部爲十部伎。」③其中清商樂爲漢族樂舞，西涼樂爲繼承周齊舊樂而來，糅合了漢晉舊樂和西域樂舞，高麗、天竺兩部爲外

---

① 王昆吾《隋唐五代燕樂雜言歌辭研究》，北京：中華書局1996年，第4頁。
② 劉昫《舊唐書》卷二八，第1041頁。
③ 王溥《唐會要》卷三三，北京：中華書局1955年，第609頁。

國樂舞，其餘龜兹、安國、疏勒、康國、高昌等均爲西域樂舞。

由於吸收了西域音樂的很多元素，唐代燕樂呈現出高亢婉轉的特點。如《觀妓集》所載大曆詩人顧況（約725—約814）《王郎中席歌妓》詩云：

袖拂青樓花滿衣，能歌宛轉世應稀。空中幾處聞清響，欲遶行雲不遣飛。

此處用了《列子・湯問》的典故：「薛譚學謳於秦青，未窮青之技，自謂盡之，遂辭歸。秦青弗止，餞於交衢，撫節悲歌，聲振林木，響遏行雲。薛譚乃謝求反，終身不敢言歸。」以「聲遏行雲」之典，來讚歎歌女歌聲的高亢嘹亮。

任半塘論述唐代歌曲感人之深云：「唐人敘知音之妙，每謂可以通神明、判休咎，失之怪誕，字不足道。如謂善歌者聲情奪人，一時足以止萬人之喧，至於使喜者氣勇，而愁者腸絶，殊現實，不但可能，且確有。……由此可見有唐一代之詩樂所以能遍於朝野、深入人心、垂三百年之久者，自有不可磨滅處在，非偶然也。」①《觀妓集》所選的一些作品，很好地表現了唐代歌曲的感動人心。如崔仲容《贈歌妓》借歌女所唱之曲，表達了離别之情。其詩云：

① 任半塘《唐聲詩》上編，上海：上海古籍出版社1982年，第286—287頁。

水剪雙眸霧剪衣，當筵一曲媚春輝。瀟湘夜瑟怨猶在，巫峽曉雲愁不稀。皓齒乍分寒玉細，黛眉輕蹙遠山微。渭陽朝雨休重唱，滿眼陽關客未歸。

此詩寫歌姬明亮的雙眸，「水剪雙眸」化用李賀的典故「一雙瞳仁剪秋水」（《唐兒歌》）。第三句化用湘靈鼓瑟的典故，第四句糅合了秦青「響遏行雲」和巫山神女「旦爲行雲，暮爲行雨」之典，言此歌女歌聲之清越，使得巫山的雲霞亦爲之不流，用典巧妙，綰合於無形。第五六句則寫其唱歌時，皓齒輕分、眉黛微蹙之狀。最後兩句言，滿眼都是陽關未歸之客，且不要再唱那《渭城曲》，空添別客的愁緒了！《樂府詩集》卷八〇云：「《渭城》一曰《陽關》，王維之所作也。本送人使安西詩，後遂被於歌。劉禹錫《與歌者詩》云：『舊人唯有何戡在，更與慇懃唱《渭城》。』白居易《對酒詩》云：『相逢且莫推辭醉，聽唱《陽關》第四聲。』《陽關》第四聲，即『勸君更盡一杯酒，西出陽關無故人』也。《渭城》《陽關》之名，蓋因辭云。」《渭城曲》，本爲王維詩《送元二使安西》，後被於歌唱，爲唐代聲詩之代表①。此以《渭城曲》表離別之意，可謂情深而意篤。

事實上，在很多時候，舞妓的歌舞技藝是同時表演的。唐代的舞蹈分爲「健舞」和「軟舞」兩種。段安節《樂府雜録》云：「舞者，樂之容也。有大垂手、小垂手，或象驚鴻，或如飛燕。婆娑，舞態也；

① 關於此曲演唱情況之考訂，見任半塘《唐聲詩》下編，第 418—438 頁。

蔓延，舞綴也。古之能者，不可勝紀。即有健舞、軟舞、字舞、花舞、馬舞。健舞曲有《棱大》、《阿連》、《柘枝》、《劍器》、《胡旋》、《胡騰》，軟舞曲有《涼州》、《緑腰》、《蘇合香》、《屈柘》、《團圓旋》、《甘州》等。」①健舞多爲豪放者，而軟舞則爲婉孌輕柔者。不過，從《觀妓集》所收諸篇來看，多描寫軟舞。任半塘云：「合舞，指與歌唱同時，尚有動作表情，聲以外兼有容者也。其事主要爲舞蹈，間有作遊戲者。」②萬楚爲開元（713—741）間進士，其《五日觀妓》詩即反映了歌姬之載歌載舞之情形：

西施謾道浣春紗，碧玉今時鬭麗華。眉黛奪將萱草色，紅裙妒殺石榴花。新歌一曲令人艷，醉舞雙眸斂鬢斜。誰道五絲能續命，却知今日死君家。

先以西施、碧玉比喻歌姬美好的容貌。又進一步以萱草來比擬其眉黛之翠、以石榴來比擬其紅裙之艷。第六句「令人艷」之「艷」爲艷稱之意，寫此歌姬之歌聲令人絶倒；第七句則寫其醉舞，雙眸乜斜，鬢髮斜拖，極盡狂癡之態。最後兩句説：誰説五色絲能夠續命呢？我今日怕是要死在這裏了！應劭《風俗通義》載：「五月五日，賜五色續命絲，俗説以益人命。」③這裏用五色絲的典故，既切合了

① 段安節《樂府雜録》，北京：中華書局 2012 年，第 127—128 頁。
② 任半塘《唐聲詩》上編，第 311 頁。
③ 此爲佚文，見王利器《風俗通義校注》，北京：中華書局 1981 年，第 605 頁。

端午節令的主題，又以自己興奮慾死之情，表達了對對方技藝的讚歎。天啓本眉批云：「結語，宋人所不能作，然亦不肯作。」正道出了唐人直露的情感表達力量。

2. 田園之外：王績的《觀妓》詩

《觀妓集》特意選録了疑爲王績（約589—644）的幾首詠妓詩。王績一般以田園詩聞名，又好釀酒，有《酒經》一卷，入《新唐書・隱逸傳》。以往的文學研究者並没有注意到他的這些觀妓詩。《詠妓》詩云：「妖姬掃浄粧，窈窕出蘭房。日照當軒影，風吹滿路香。早時歌扇薄，今日舞衫長。不應令曲誤，持此試周郎。」寫歌姬在日光斜照、芬芳的舞室中翩翩起舞的姿態，筆觸細膩，辭藻華麗。此詩《文苑英華》卷二一三作「王勣」詩，又見《四部叢刊》影印明刊本《東皋子集》卷中，然未見韓理洲校點之五卷本《王無功集》①。

此集收有王勃《觀妓》三首，但三首詩作者恐怕均與王勃無關。其三，當爲劉長卿詩，《劉隨州集》卷三、《才調集》卷一作「揚州雨中張十宅觀妓」，此處不論。其一、其二又見於《盧照鄰集》卷二。其一，《英華》卷二一三作王勣詩；《全唐詩》卷三七作王績詩，題下注：「一作盧照鄰詩，一作王勣詩。」王績、王勣應爲一人；《全唐詩》卷四二作盧照鄰詩，然而有學者指出，王績「生平未嘗入蜀，此詩應判爲盧照鄰作」②。詩云：「落日明歌席，行雲逐舞人。江前飛暮雨，梁上下輕塵。冶服看疑畫，粧

---

① 《王無功文集五卷本會校》，上海：上海古籍出版社1987年。
② 李雲逸《盧照鄰集校注》，北京：中華書局1998年，第113頁。

臺望似春。高車勿遽返，長袖欲相親。」寫舞姬翩翩起舞之姿態。第二、三句用《高唐賦》「旦爲行雲，暮爲行雨」之典，寫其舞姿之輕盈。第四句寫其歌聲之清越。陸機《擬東城一何高》：「一唱萬夫呼，再歎梁塵飛。」李善注引《七略》：「漢興，魯人虞公善雅歌，發聲盡動梁上塵。」此句當用其典。五六句又寫舞姬服飾妝容之妖冶如畫。最後兩句表達留客之意，殷勤備至。

其二，《文苑英華》卷二一三、《全唐詩》卷三七并作王績詩，《四部叢刊》本《東皋子集》收有此詩，「究屬誰作，疑不能明」①。詩題原作《辛司法宅觀妓》。詩云：「南國佳人至，北堂羅薦開。長裙隨鳳管，促柱送鸞杯。雲光身後落，雪態掌中回。到愁金谷晚，不怪玉山頹。」此詩句句對偶。頷聯「長裙隨鳳管，促柱送鸞杯」，上句寫歌女衣裙隨著笙簫（鳳管）樂曲擺動之情狀，下句寫伴著急促的琴聲，酒杯也被送到客人跟前，舞、樂、酒連成一片，令人應接不暇。頸聯則進一步描繪歌女舞動的姿態，「雲光」當指歌女衣衫上的雲狀圖案，「雪態」則喻歌女之玉手在空中翻動，如同雪花一般。這一聯寫歌女的舞姿，富有動感，被天啓本批爲「奇句」。尾聯則感歎，隨著歌女舞姿的完成，不覺已經過去了很久，自己也因不勝酒力，而昏昏欲墜了。「玉山頹」典出《世説新語·容止》：「嵇叔夜之爲人也，巖巖若孤松之獨立；其醉也，傀俄若玉山之將崩。」用來形容人的醉態。此詩對仗工美，用典巧妙，正可看出初唐盛行宮廷詩風的影子。

① 《盧照鄰集校注》，第109頁。

3. 温、李的詠歌妓詩

在艶體詩大放異彩的晚唐，歌妓歌舞題材的表演受到詩人們的青睞。李澤厚云：「(晚唐的)時代精神已不在馬上，而在閨房；不在世間，而在心境。」①此外，寶曆二年(826)九月，當時的京兆尹奏請允許各地政府組建自己專業的音樂隊伍：「大臣出領藩鎮，皆須求雇教坊音聲，以申宴餞。今請自於當己錢中，每年方圖三二十千，以充前件樂人衣糧。伏請不令教坊收管，所冀公私永便。」②朝廷從之。由此，朝廷開始允許地方府縣軍鎮建立自己的歌舞樂團組織。「宫廷音樂消費，纔第一次從制度上開禁，地方州刺史的府宴、家宴興起。」③ Beverly Bossler 指出，在八世紀末到九世紀期間，家妓、官妓、營妓、娼妓等詞彙的出現，正説明了安史之亂後妓女成分的逐漸多樣化④。由

① 李澤厚《美的歷程》，桂林：廣西師範大學出版社 2001 年，第 269 頁。
② 王溥《唐會要》卷三四，第 631 頁。
③ 木齋《論唐代樂舞制度變革與曲詞起源》，《文學評論》2011 年第 5 期，第 49—57 頁。
④ Beverly Bossler: "In sum, the vocabulary for describing female entertainers conspicuously expanded during the late eighth and ninth centuries. Women who were purchased to entertain in a man's home, once referred to simply as ji, were now called 'household entertainers' (*jiaji*) This neologism served to distinguish them from those entertainers who were available to more than one man, who now included jiaofang entertainers in the capital and government entertainers serving officialdom in the prefectures (*guanji*, *yingji*), as well as ordinary *ji* or *changji*, whose services were available to anyone for a price." See "Vocabularies of Pleasure: Categorizing Female Entertainers in the Late Tang Dynasty." *Harvard Journal of Asiatic Studies*, vol. 72, no. 1, 2012, pp. 71—99.

此，歌舞宴賞更成爲晚唐詩人吟詠不可缺少的體裁。作爲晚唐綺艷詩風的代表人物，温、李的詠歌妓詩尤其富有特色，這在《觀妓集》中也有所體現。集中所收李商隱（813—約858）《贈歌妓》二首同樣是寫歌者高超的唱功。其一云：

水精如意玉連環，下蔡城危莫破顏。紅綻櫻桃含白雪，斷腸聲裏唱陽關。

上二句寫美好的妝飾與容貌，「下蔡城危」用了《登徒子好色賦》的「嫣然一笑，惑陽城，迷下蔡」的典故，極寫歌女絶世的美貌。「破顏」，蓋指美人之笑貌，這裏是説，你這樣精妙的裝束已經夠美了，千萬別再笑了，不然下蔡城都要被你迷倒呢！語露詼諧之意，卻讚歎了此歌姬難以言説的美。下二句則先寫其啓唇放聲之狀，「櫻桃」乃其唇，「白雪」乃其齒，紅白之强烈的色澤對比，猶如特寫鏡頭，描繪了歌姬歌唱時唇齒欲動之態；最後寫其歌聲之動人，一曲《陽關》唱出了離人的别緒。「斷腸」二字極寫歌姬樂聲之動人。其二則並未著筆於對歌者技藝的描繪，而是表達了自己對歌女深切的思念之情。詩云：

白日相思不奈何，嚴城清夜斷經過。只知解道春來瘦，不道春來獨自多。

白日裏的相思，已不可堪，更何況在深夜，絶斷行人之時呢？人們只説春來是易於相思的季節，卻不知我春來愁苦尤其多呀！這裏談到了詩人對於歌女的切切思念，亦極富晚唐的色彩。論者比較齊梁與晚唐艷體詩的女性書寫云：「晚唐齊梁體詩人在描寫女性形體時，並非像齊梁詩人那樣，將其作爲普通的器物來描寫，而是將其作爲靈魂的載體來加以贊頌。這種描寫並非體現了對生命的冷漠，而是藴含著生命的激情。」①正是由於詩人並未停留於對歌女肉體的客觀描寫，而是在對歌女之詠歎中，注入了自己的激情，因此能顯得尤爲動人，這在李商隱的這首詩中也不難看出。

温庭筠（812—870）的《觀舞妓》則側重讚歎女子的舞姿。詩云：

> 朔音悲嘒管，瑶踏動芳塵。總袖時增怨，聽破復含嚬。凝腰倚風軟，花題照錦春。朱紘固凄緊，瓊樹亦迷人。

此詩先寫舞女隨著清亮的管樂，輕移玉步的情形。「動芳塵」用了曹植《洛神賦》「淩波微步，羅襪生塵」的典故，極寫其舞步的輕盈。第三四句描寫其隨著舞步，含冤嚬眉的姿態。第五句寫此妓舞姿的嬌

---

① 張一南《晚唐齊梁體研究》，北京大學博士學位論文，2011年。

軟，第六句則寫其額上所貼花鈿的艷麗①。末句「瓊樹」雙關《玉樹後庭花》的樂曲和舞者如玉樹臨風之身姿，言舞曲與舞者同樣迷人。整首詩寫舞者舞姿的嫻熟和嬌美，筆觸細膩，讚歎備至。和李商隱的詩相比，温庭筠的詩，齊梁體的色彩更濃。葉嘉瑩談温庭筠詞之美感特質云：「他不透露主觀的感情，好像在旁觀一個女子的化妝，詩中没有很主觀的、很强烈的、很明白的感情的敘述。」②這樣的特色在這首《觀舞妓》中就可以看到。其中只對舞妓歌舞形態的客觀描述，筆觸卻比齊梁詩人更爲細膩，而没有前舉李商隱詩中所表露出來的那種强烈的情感。

二、觀妓之社交和娛樂功能

唐代詩人對妓女歌舞技藝如此熱衷，固然是由於情慾的欣賞，同時應有社會文化的背景。學者云：「唐人對婦女的看法，也有一些屬於新的、在當時來説具有『近代』意味的東西，那就是公然把婦女當作社會美的載體，而予以鍾情、傾心的歌贊。」③在唐代，由於商業的發達和競技的繁榮，作爲政

---

① 顧嗣立注：「杜甫詩：胡舞白題斜。注：題者，額也。」劉學鍇補注：「花題，指舞妓以繡花的錦緞飾額，故下云『照錦春』。」《温庭筠全集校注》，第 221 頁。

② 葉嘉瑩《詞之美感特質的形成與演進》，北京：北京大學出版社 2007 年，第 41 頁。

③ 程薔、董乃斌《唐帝國的精神文明——民俗與文學》，北京：中國社會科學出版社 1996 年，第 231 頁。

經中心的長安和洛陽、作爲商業中心的襄陽和揚州，還有江南勝地蘇州和杭州等，都成爲青樓楚館的分佈之地，士子們在此飲酒宴樂，狎妓宴游，成爲社交的重要方式。唐代的帝王和官吏都好爲宴集冶遊之風，在酒筵歌席少不了有歌妓的表演，因此，對妓女歌舞才藝的欣賞，也成爲士子們攀附權貴的環節①。在這些場合下，歌妓從作爲一種社交陪襯，因爲男性詩人的「欣賞」，而變成了被描述、被讚賞的主體。在另外一些場合，妓女甚至作爲禮物，被朝廷賞賜給官員或被官員之間相互贈送，從中可以看出妓女身份之卑微和人格之不自主。總之，妓女在唐代詩人的社交活動中佔有重要的地位，這是唐代士子津津樂道於這一題材的重要原因。

1.「高朋滿座，羣妓笙簧」：作爲社交媒介的觀妓

唐代官妓多設於州郡藩鎮等地方衙門，供州刺史、節度使等地方文武官吏在公私宴會場合上獻藝、陪酒或侍夜。這些官妓由地方長官直接掌握支配，隸屬樂營管轄，由官府供給衣服、米糧。其來源主要有三種情形：世代屬樂籍之官屬賤民女子、罪犯籍没入官之妻孥和良民女落入樂籍。無論何種情形，「女子一旦入樂籍，便成了官屬賤民，其身份地位同於官奴婢」②。《觀妓集》所收王建（767—830）《觀蠻妓》：「欲説昭君斂翠蛾，清聲委曲怨于歌。誰家年少春風裏，拋與金錢唱好多。」

① 廖美雲《唐伎研究》，第 35—70 頁。
② 廖美雲《唐伎研究》，第 153、147—148 頁。

唐代多有與邊疆蠻夷地區的戰爭，這裏的「蠻妓」當爲蠻夷地區没入官府的奴隸，社會地位低下，從詩中可看出，歌妓從事「昭君曲」等樂曲的表演，在唱到精彩處，甚至有貴公子向其拋擲金錢，以作打賞。與官妓爲官府豢養、由朝廷供給衣食不同，家妓則是指達官貴宦家個人豢養的私妓，其身份介於婢和妾之間。如晉代石崇(249—300)的家妓緑珠，唐代張愔(張建封子)的家妓關盼盼等。

地方長官在聚會宴飲的場合，會讓官妓或自己的家妓來歌舞助興。《觀妓集》凡例所云「高朋滿座，羣妓笙簧，亦足以暢其胸次者」，正謂此也。初唐之觀妓詩，多不脱時代風氣的浸染，多有精巧華美之句。如《觀妓集》收録的沈佺期(約656—約715)《李員外秦援宅觀妓》云：「玉釵翠羽飾，羅袖鬱金香。拂黛隨時廣，挑鬟出意長。」意象繁複，辭采艷麗①。張説(667—730)則介於初盛唐之間，由《觀妓集》所收的《馮劉二監客舍觀妓》詩中亦可看出一些盛唐氣象的萌芽，如：「妬寵傾新意，銜恩奈老何。爲君留上客，歡笑斂雙蛾。」由歌妓之表演，想到紅顔之間多妒寵憎嫉，喜新厭舊之事，由此感慨人生衰暮，可謂風骨淋漓。

盛唐詩人之善寫觀妓之詩者，當屬李白。王安石評李白詩云：「李白詩詞迅快，無疏脱處，然其識汙下，十句九句言婦人、酒耳。」②雖嫌片面，但確實道出了部分事實。不過李白之觀妓詩，境闊氣

---

① 詩題「秦援」，據陶敏等校改，當爲「秦授」。見《沈佺期 宋之問集校注》，北京：中華書局2001年，第25頁。按：李秦授爲武后朝酷吏，官考功員外郎。神龍元年三月，配流嶺南遠惡處，見《舊唐書·中宗紀》。

② 惠洪《冷齋夜話》，北京：中華書局1988年，第43頁。

朗，與初唐詩人相比，仍有其獨特的成就。《觀妓集》録其《送侄良攜二妓赴會稽戲有此贈》一詩當作於早年（開元二十七年，739）經過金陵時①，當時李白的侄兒李良正爲杭州刺史，其所攜之妓，當爲官妓。另收有《邯鄲南亭觀妓》《在永軍宴韋司馬樓船觀妓》等詩。後一首云：

> 摇曳帆在空，清流歸順風。詩因鼓吹發，酒爲劍歌雄。對舞青樓妓，雙鬟白玉童。行雲且莫去，留醉楚王宫。

雖爲宴賞之作，但境界闊大。首聯便勾勒出一幅晴空遠帆、清流浩風之景象。頷聯卻並未沿著首句所鋪寫的景象寫下去，而是轉向了散文式的議論和抒情：「詩因鼓吹發，酒爲劍歌雄。」頸聯更以「青樓妓」和「白玉童」作對比，句法疏朗。正如宇文所安（Stephen Owen）所云，李白善以粗狂之意象與句法，打破律詩平衡之結構，造成一種突兀感②。天啓本評云：「詩有逸氣，所以不群。」可謂的評。

---

① 此據安旗説，見《李白全集編年注釋》，第 351 頁。詹鍈云是天寶二年（743）春季所作，見《李白詩文繫年》，北京：人民文學出版社 1981 年，第 27 頁。

② Stephen Owen: "A more serious 'fault' would have been found in Li's opening couplet; it upsets the balance that should exist between the parts of a poem. This is not the 'proper' way to begin a poem; any capital-trained poet would know that a poem should begin with the general scene or an indication of the occasion . . . This was a poet who （轉下頁）

由此詩可以看出，李白雖寫艷體，但不失豪宕之氣的特色。

相比而言，杜甫雖少狎妓之詩，但時風所染，亦有一些陪同貴公子宴游觀妓之作，這在《觀妓集》中亦有所體現。杜甫（712—770）《攜妓納涼晚際遇雨》二首：

落日放船好，輕風生浪遲。竹深留客處，荷净納涼時。公子調冰水，佳人雪藕絲。片雲頭上黑，應是雨催詩。

雨來沾席上，風急打船頭。越女紅裙濕，燕姬翠黛愁。纜侵堤柳繫，幔卷浪花浮。歸路翻蕭颯，陂塘五月秋。

這兩首詩原題作《陪諸貴公子丈八溝攜妓納涼，晚際遇雨》，寫詩人陪同貴公子們在丈八溝觀賞歌妓表演，突然遇雨的情形。第一首的末聯云：「片雲頭上黑，應是雨催詩。」言突然下雨了，應該是在催我快快作詩吧？第二首更寫歌妓紅裙被雨水打濕、眉黛也被雨水沖花的情形，都富有諧趣，從中可

（接上頁）surprised his readers and violated their sense of poetic order and decorum. Poets had always taken pride in writing "surprising" lines, as much as their readers had enjoyed being surprised, but such delights occurred within clearly defined boundaries of taste." See The Great Age of Chinese Poetry: the High T'ang. New Haven and London, Yale University Press, 1981. pp. 110—111.

見老杜善於戲謔之本色。又如《泛江有女樂在諸船戲馬艷曲》二首乃陪李梓州泛江遊樂所作，其中「競將明媚色，偷眼艷陽天」、「使君自有婦，莫學野鴛鴦」均可看出同樣的諧趣。盛唐詩人不再滿足於描寫在室内觀妓的場景，而是寫在露天環境如山水江河、花鳥溪澗之間的宴游景象，一則意境更加空闊，二則在詩中引入了許多不確定的因素（如清風、暴雨等），給其敘述帶來了許多新鮮的刺激。

相較而言，中唐詩人的觀妓詩，更多呈現出一種低落惆悵的心態。劉長卿（709—780）《辛大夫西宴觀妓》詩云：「鶯窺隴西將，花對洛陽人。」事實上是安史之亂後流落江南的詩人對於故都的回憶和感傷。「醉罷知何事，恩深忘此身。」乃是一種醉生夢死、借酒銷愁的失落與頹喪。《李將府林園觀妓》末聯：「客散垂楊下，通橋車馬塵。」則寫到了客散之後的蕭條冷漠，彷彿有一種「人走茶涼」的落寞感。蔣寅指出，與盛唐詩人杜甫相比，「大曆詩人没有這樣博大的心胸和歷史眼光，也没有他那悠閒而遠離社會現實矛盾的生活環境供思想自由地展開，進行超越現實的理性反思，因此大多數人只能在令人憂傷的現實面前徘徊，能夠走出迷惘的人爲數極少。」①劉長卿此二首詩正可爲其印證。

2. 觀妓之外：攜妓暢游與蓄妓玩賞

在唐代，隨著商業經濟的發展，除了達官貴宦，一般豪强富商乃至文人墨客，亦蓄養了大量家

① 蔣寅《大曆詩風》，北京：中華書局1985年，第47頁。

妓，以供娛樂玩賞①。因此詩人們不僅僅能夠在一些參加貴宦們舉辦的宴會場合可以欣賞到歌妓的表演，有條件的詩人，更會自己蓄妓，以供耳目聲色之好。《觀妓集》收有陳子良《得妓》詩一首。陳子良(575—632)活動於隋唐之際，在隋時，任軍事統帥楊素的記室。入唐，官右衛率府長史，與蕭德言、庾抱同爲太子李建成的東宮學士，有集十卷，已佚。《得妓》詩，《文苑英華》卷二一三題作《酬蕭侍中春園聽妓》，且作李元操詩。然而《唐詩紀事》卷四作「得妓」，爲陳子良詩。依《唐詩紀事》所題，此詩當爲陳子良得到此妓之後所作。其詩云：「微雨散芳菲，中原照落暉。絳樹摇歌扇，緑珠飄舞衣。繁絃調對酒，雜引動思歸。愁人當此夕，羞見落花飛。」寫此妓在微雨飄灑、落花紛飛的庭院中翩翩起舞之情狀，明媚動人。

當然，能夠有蓄妓和攜妓能力的唐代詩人只是少數，其中以李白和白居易二人最爲典型。李白不僅好爲觀妓之詩，而且自己也有攜妓遨遊之好。魏顥《李翰林集序》謂太白「間攜昭陽、金陵之妓，跡類謝康樂，世號東山」②。李白這裏所攜之妓，當爲其私人豢養的家妓。據學者推斷，李白之父本爲西域胡商③；

① 廖美雲《唐伎研究》，第161—162頁。

② 朱金城、瞿蜕園《李白集校注》，上海：上海古籍出版社1980年，第1791頁。

③ 詹鍈：「意者白之家世或本商胡，入蜀之後，多以貲漸成豪族。」《李白家世考異》，《文史雜誌》第五卷第一、二期，1945年，第78頁。

出蜀之後，李白自己也可能從事絲綢貿易活動①，富商的身份使李白有能力蓄養姬妾。《觀妓集》中收録了李白的多首攜妓宴游詩，其中《金陵妓》《出金陵妓呈盧六》（四首）作於其天寶三載（744）被賜金放還之後②。安旗等云：「白此期於金陵所作諸詩，多寫攜妓飲樂事，頗放蕩。此亦政治失意後尋求精神慰藉之一途。」③詩云：「對君君不樂，花月奈愁何。」「我亦爲君飲清酒，君心不肯向人傾。」其憤懣不滿之意，溢於言表。

白居易（772—864）亦好蓄妓宴游。《本事詩·事感》：「白尚書姬人樊素，善歌；妓人小蠻，善舞。嘗爲詩曰：『櫻桃樊素口，楊柳小蠻腰。』」④洪邁（1123—1202）《容齋隨筆》卷一：「世言白樂天侍兒唯小蠻、樊素二人。予讀集中《小庭亦有月》一篇云：『菱角執笙簧，谷兒抹琵琶。紅綃信手舞，紫綃隨意歌。』自注曰：『菱、谷、紫、紅，皆小臧獲名。』若然，則紅、紫二綃亦女奴也。」⑤《觀妓集》即收録了白居易攜妓宴游的《小妓》詩：「雙鬟垂未合，三十纔過半。本是綺羅人，今爲山水伴。春泉共揮弄，好樹同攀翫。笑容花底迷，酒思風前亂。紅凝舞袖急，黛慘歌聲緩。莫唱楊柳枝，無腸與君

---

① 李家烈《李白經濟來源考辨》，《四川師範學院學報》（哲學社會科學版）1998 年第 6 期，第 10—17 頁。
② 安旗等《李白全集編年注釋》，成都：巴蜀書社 1990 年，第 860—865 頁。
③ 安旗等《李白全集編年注釋》，第 863 頁。
④ 孟棨《本事詩》，第 14 頁。
⑤ 洪邁《容齋隨筆》，上海：上海古籍出版社 1978 年，第 10 頁。

斷。」據朱金城箋，此詩作於大和八年（834），白居易任太子賓客分司東都洛陽期間①。此詩首句，言此妓年方十五，尚未及笄。此詩亦可作爲其蓄妓之例證。詩寫小妓弄泉攀樹、簪花使酒、載歌載舞之情形，一個青春活潑的少女形象躍然紙上。

3. 在勸誡與調笑之間：古宦宅妓的另類欣賞

《觀妓集》凡例云：「古宦宅妓，非青樓比也。故贊美者則載，傳情者不入。」如是，本集所載贈私妓之作，當只收録那些讚美女子容貌或才藝之作，而不包括那些傳達情愫的作品。從《觀妓集》所收作品來看，雖然收録了反映文人和私妓交游的作品，但並非暗通情愫之作。如白居易與關盼盼酬和詩《燕子樓》八首。天啓本眉批云：「盼盼，張建封妾也。張死，獨處燕子樓中，不嫁，作詩自識。樂天喜而和之。後又贈一絶，諷以不死。盼盼見而泣曰：『妾非不死，恐後人誤我公重色，故有從死之妾也。』答詩一絶，不食而死。」其事又見《類説》卷二九引《麗情集》、《紺珠集》卷一一。據學者考證，關盼盼當爲張愔（張建封子）之家妓②，眉批云「張建封妾」者，誤。其中前三首爲盼盼自詠，詩云：

---

① 朱金城《白居易集箋校》，上海：上海古籍出版社 1988 年，第 2019 頁。

② 陳振孫《白文公年譜》云：「燕子樓事，世傳爲張建封。按建封死在貞元十六年，且其官爲司空，非尚書也。尚書乃其子愔，《麗情集》誤以爲建封耳。」張宗泰《質疑刪存》：「汪立名《白公年譜》（按應爲陳振孫《白文公年譜》）辨《麗情集》以爲張建封有誤，良是。然謂建封未爲尚書，亦非。《唐書·張建封傳》：建封於貞元七年進位檢校禮部尚書，十二年加檢校右僕射，不過加僕射後仍不可稱尚書耳。不若據貞元二十年斷之，建封卒於貞元十六年，則二十年非愔而何？」見謝思煒《白居易詩集註》，第 1210 頁。

樓上殘燈伴曉霜，獨眠人起合歡牀。相思一夜情多少，地角天涯不是長。
適看鴻雁岳陽回，又覩玄禽逼社來。瑶瑟玉簫無意緒，任他蛛網任從灰。
北邙松柏鎖愁煙，燕子樓中思悄然。自埋劍履歌聲絶，紅袖香銷二十年。

寫盼盼獨處燕子樓的孤獨寂寞之情。第一首寫盼盼在秋夜的殘燈冷霜之中，因相思愁苦而徹夜難眠。第二首則寫的是春日情景。傳説中，大雁飛到衡陽之回雁峰，便要往北飛了，故曰「鳴雁岳陽回」；次句，「玄禽」，即燕子，《禮記・月令》：「仲春之月，玄鳥至。」《廣雅》：「巢於梁間，春社來，秋社去，故謂之社燕。」首二句寫候鳥歸來，乃是春日氣象。但此時的盼盼，已無意緒演奏歌樂，乃至瑶瑟玉簫都被蛛網塵封。二首一寫秋景，一寫春情，正道出了盼盼對逝去的故主無時無刻的思念。第三句，北邙爲洛陽之墳場，故以「北邙松柏」代指故主埋骨之地，「燕子樓中」則是盼盼獨處之身。「劍履」本指地位尊顯之貴臣，這裏代指曾任徐、泗、濠節度使的故主張愔，言故主逝後，自己悲痛欲絶，故不再歌聲，亦無心妝飾，極言其悲痛之情。

四、五、六首爲白居易答盼盼，其詩云：

滿窗明月滿簾霜，被冷香銷拂卧牀。燕子樓中霜月夜，秋來只爲一人長。
今春有客洛陽回，曾到尚書墓上來。見説白楊堪作柱，争教紅粉不成灰。

細帶羅衫色似烟，幾回欲起即潸然。自從不舞《霓裳曲》，疊在空箱二十年。

第四首當爲回應關盼盼詩之第一首，寫其秋夜孤獨難眠之情。第五六首之次序，與《白氏長慶集》卷十五之次序正好相反，則爲回應盼盼詩之第二三首。第五首言，今年有朋友自洛陽回來，言曾到張愔墓上吊唁，見其墳頭白楊已堪作房柱——歲月倏忽如此，怎能教當年紅粉佳人不傷心欲絶呢？「成灰」一語，意涉雙關，一言歲月相隔之久，紅顔已老；一謂盼盼之傷心欲絶，心已成灰。天啓本評云：「意來得遠，妙甚。」可謂妙評。據白居易《燕子樓三首》詩序，此處提到的從洛陽歸來的好友，爲張仲素。第六首言因故主去世，盼盼無心再爲霓裳羽衣之舞，故其舞衣已疊在空箱二十年矣。

第七首爲白居易贈盼盼之作，此首在《名媛集》中亦有收録，詩云：

黄金不惜買娥眉，揀得如花四五枝。歌舞教成心力盡，一朝身去不相隨。

此詩與前幾首並非同一組，見《白氏長慶集》卷一三，題云《感故張僕射諸妓》。從原詩題來看，似本非專爲關盼盼所作。朱金城繫此詩於張愔死去的元和元年(806)。其意謂，張僕射生前花費大量黄金，買下了許多姬妾，教以歌舞；如今一旦身亡，竟無一人隨其而去。味其詩意，當爲感歎張氏枉費錢財，以逐聲色之好，有「歌妓爲身外之物，生不帶來，死不帶去」之意，諷世之味甚濃。但宋人小説

如《麗情集》《紺珠集》等將其歸爲贈關盼盼之作，則似乎成了暗示盼盼應爲故主殉情之作。據《麗情集》的記載，盼盼見到白居易詩之後，泣曰：「妾非不能死，恐百載之後，人以我公重於色。乃和白詩」云云，遂有第八首詩：

自守空房斂恨眉，形同秋後牡丹枝。舍人不會人深意，訝道泉臺不去隨。

詩意云：白舍人只道我不肯隨張僕射共赴泉臺，哪裏知道我獨守空樓，形容憔悴的情形呢？實在是另有隱情罷了！天啓本評云：「語殊婉曲，意頗激烈。」可謂的評。從這組詩可見文士與地方節度使家妓之交往的情況。不過，白居易與關盼盼的贈答詩，反映的其實是勸諷之意，並不算「傳情」之作，故並不違背《觀妓集》凡例中所提出的宗旨。

李商隱(813—約 858)《妓席》云：「樂府聞桃葉，人前道得無。勸君書小字，慎莫喚官奴。」朱注引《古今樂録》云：「《桃葉歌》，晉王子敬所作也。桃葉，子敬妾，緣於篤愛，所以歌之。」①據劉學鍇等注：「此妓席逢場作戲，隨意調侃之作。比同遊者爲子敬，比其所愛之官妓爲『桃葉』，『君』指同遊

① 郭茂倩《樂府詩集》卷四五引，北京：中華書局 1979 年，第 664 頁。

者。」①這首詩一二句説：我曾在樂府中聽過《桃葉曲》，現在真正見到了像桃葉那樣的女子，卻因爲她已爲老兄你所寵愛，所以不敢道出她的芳名。三四句説：那麼希望你在給她寄信，寫到自己的小字的時候，千萬不要寫「官奴」這兩個字，以免觸犯了美人的忌諱，她正在樂籍中任官妓呢。朱注引《海録碎事》卷一九云：「官奴，子敬小字也。」②這裏用詼諧的筆法，道出了官妓的官奴身份，一語雙關，極富調侃的意味。這首詩，其實是李商隱借以調侃好友，同樣也並非與妓女暗通情愫之作。

鄭還古（約 827 年前後）《贈柳氏之妓》詩亦頗爲有趣。據《太平廣記》卷一六八引《盧氏雜説》，鄭還古早年在東都洛陽閒居，與名曰柳當的將軍甚熟。柳家在履信坊東街，家中樂妓甚多。鄭往來宴飲，與諸妓笑語甚熟，因調謔之。妓以告柳，柳憐鄭文學，又貧，亦不以爲怪。鄭將入京求官，柳開筵餞之。酒酣之後，鄭還古與妓詩一章曰：「冶艷出神仙，歌聲勝管絃。詞輕白苧曲，歌遏碧雲天。未擬生裴秀，如何知鄭玄。不堪金谷水，横過墮樓前。」此詩前四句先是寫女子妖冶的容貌和高亢的歌喉。第五六句，則借裴秀與鄭玄的典故，表達了對柳氏妓的同情。《晉書》卷三五《裴秀傳》：「秀少好學，有風操，八歲能屬文。叔父徽有盛名，賓客甚衆。秀年十餘歲，有詣徽者，出則過秀。然秀母賤，嫡母宣氏

---

① 劉學鍇、余恕誠《李商隱詩歌集解》，北京：中華書局 2004 年，第 2005 頁。
② 葉廷圭《海録碎事》卷一九，文淵閣四庫全書本。

不之禮，嘗使進饌於客，見者皆爲之起。秀母曰：『微賤如此，當應爲小兒故也。』宣氏知之，後遂止。時人爲之語曰：『後進領袖有裴秀。』」①裴秀的母親身份卑微，但卻因爲少年裴秀的穎悟，而得到了別人的尊重。然而柳氏妓卻没有這樣好的兒子，可以讓自己臉上增光。《世説新語·文學》又載：「鄭玄家奴婢皆讀書。嘗使一婢，不稱旨，將撻之。方自陳説，玄怒，使人曳著泥中。須臾，復有一婢來，問曰：『胡爲乎泥中？』答曰：『薄言往愬，逢彼之怒。』」②這裏借鄭玄家婢女的典故，是説：柳氏妓雖有文才，但如果没有遇到鄭玄這樣的解人，也仍難免棰楚之苦，用自己和鄭玄同姓雙關，來表示自己纔是真正憐香惜玉之人，暗示對方追隨自己。最後兩句則借用石崇和緑珠的典故，暗示柳氏妓不要學墜樓的緑珠那樣，空爲石崇殉死，進一步暗示其離開柳當，隨自己而去。這首詩暗寓了對柳氏妓遇人不淑的同情，隱含了對柳當不能憐香惜玉的批評，用典巧妙，語含詼諧。據《盧氏雜説》的記載，柳當見了這首詩，不怒反喜，對鄭還古説道：「我不是捨不得這個妓女，而是因爲你現在太窮，帶著她反而是個累贅。不如等你考取功名回來，我再把她送給你，當作賀禮。」後來鄭還古果然高中，除國子博士。柳當便派人送此妓入京，但尚未到達，鄭還古卻忽然亡殁。柳當聞之悲歎不已，遂遣此妓他嫁。

---

① 《晉書》卷三五，北京：中華書局1974年，第1037—1038頁。

② 余嘉錫《世説新語箋疏》，北京：中華書局1983年，第228頁。

三、觀妓詩中所蘊含的文人情志

在《觀妓集》凡例中，楊肇祉指出，詩人的這種品賞行爲不應當只是「徒列妓之品題」，而應當是幽懷玄賞有所興起，「艷逸之思」有所激發者。凡例第四條云：「不必例妓之臧否，而觀之者有艷逸之思者，亦載。」正是對此的呼應。這裏所謂的「品題」，應當暗指晚明時期所流行的編「花譜」的風氣。此風興起於南宋，然至晚明特盛①。明末文人余懷（1616—1696）的《板橋雜記》載晚明名士選花案之風云：「品藻花案，設立層臺，以坐狀元。二十餘人中，考微波第一，登臺奏樂，進金屈巵。」②此風延至清初，陸文衡《嗇菴隨筆》云：「吳門多妓女，往年有好事文人取而評騭之，人贈一詩，名爲『花案』，此韻事也。」③楊肇祉或許對詩人的這種品題佳麗之風氣有所不滿，他認爲對美女的欣賞，只要幽懷逸思，有所激發即可。總體看來，此集所收諸篇，主要從以下幾個方面來對伎人進行欣賞。

---

① 詳見合山究《明清時代の女性と文學》，東京：汲古書院 2006 年。中譯見蕭燕婉譯本，臺北：聯經出版社 2016 年，第 104 頁。

② 余懷《板橋雜記》，上海：上海古籍出版社 2000 年，第 49 頁。

③ 陸文衡《嗇菴隨筆》，光緒二十三年（1897）刻本。

1. 科舉功名場外的狎妓心態

據研究，唐初尚少像長安北里這樣正式大規模的商業化的民妓存在。至安史之亂以後，由於太常寺、教坊、梨園等樂人失散，流落民間，加之都市商業發達，市民階層興起，妓女們逐漸從皇宮和貴宅中走出來，民間職業化的市井娼妓由此形成①。關於這些寓居于平康北里、青樓楚館的職業化妓女，晚唐孫棨的《北里志》有集中敘述。《北里志》云：「平康里，入北門，東回三曲，即諸妓所居之聚也。妓中有錚錚者，多在南曲、中曲。其循墻一曲，卑屑妓所居，頗爲二曲輕斥之。其南曲、中曲門前通十字街。」此北里即在平康坊内。

《北里志》記載了孫棨與諸多職業娼妓交流的詩篇。《觀妓集》即收録了孫棨贈妓詩兩首，均爲贈王福娘（字宜之）之詩，見「王團兒」條②。其《贈妓》詩云：「綵翠鮮衣紅玉膚，輕盈年在破瓜初。霞杯醉喚劉郎賭，雲髻慵邀阿母梳。不怕寒侵緣帶寶，每憂風舉倩持裾。謾圖西子爲粧樣，西子原來未得如。」破瓜，謂女子十六歲。因瓜字在隸書及南北朝的魏碑體中，可拆成兩個八字，二八一十六，故當時人以「破瓜」表示女子芳齡。「劉郎」「阿母」均爲道教典故，疑福娘亦爲女冠，故用此二典。此詩寫福娘翠衣紅膚，梳妝鬥酒之情形。尾聯説，不要拿西子的圖樣來和她比，西子哪裏能比

① 廖美雲《唐伎研究》，第 175 頁。又參見武舟《中國妓女文化史》，上海：東方出版中心 2006 年，第 105 頁。
② 孫棨《北里志》，上海：古典文學出版社 1957 年，第 33 頁。

得上她呢？天啓本評云："畫出嬌態，令人魂蕩。"此詩表達了對福娘極致的讚美之情。《題北里妓人壁》則云："寒繡衣裳餉阿嬌，新圖香獸不曾燒。東隣起樣裙腰濶，刺蹙黄金線幾條。"①此詩寫福娘刺繡的情形，極其嬌艷之狀。Paul Rouzer 在分析孫棨與娼妓之間的贈答詩時指出，士子們在與娼妓的交往過程中，也獲得了一種自我才智展現的滿足感，從而藉以撫慰其仕途失落的鬱悶。②

散居民間的娼妓經常被教以歌舞，以佐歡宴，那些科舉士子在科場失意之時，便常常流連於此，以求排遣③。廖美雲云："唐人專注於進士，因此落第則自嫌身賤，及第則春風得意，幾至瘋狂者，

---

① 末句《觀妓集》作："剩蹙金錢唱好多。"此爲涉前選王建《觀蠻妓》詩末句而訛。今據《北里志》改。《唐詩紀事》則作"剩蹙黄金一兩條"。

② Paul Rouzer: "A reading of Sun Qi's 孫棨 collection of anecdotes concerning famous courtesans, the *Beilizhi* 北里志, observes how its rhetoric creates scenorios in which literati self-esteem depends on the role of the courtesan: as a 'professional' trained and equipped with specialized literary talents, she serves as a mirror for the literatus himself and as a force that validates his own accomplishments. "See *Articulated Ladies: Gender and the Male Community in Early Chinese Texts*. Cambridge, Mass: Harvard University Asia Center, 2001. p. 13.

③ Mark Edward Lewis: "These women were trained in the composition of verse and the performance of music and thus were cultural ancestresses of the celebrated literary courtesans of the Ming dynasty as well as Japanese geishas. Lower on the social scale were common prostitutes, entertainers, and bar maids, who worked in brothels and bars throughout the city, though we have only scattered references to them in verse and anecdote. "See *China's Cosmopolitan Empire: The Tang Dynasty*. Harvard University Press, 2009, p. 101.

大有人在。得失之間，天壤又別，喜怒哀樂之情緒變化極大……所以及第後不免窮歡作樂，縱情聲色，狎妓冶遊，以償昔日之辛勞。」①《觀妓集》收録《平康妓自詠》詩，據《唐摭言》卷三，當爲裴思謙留宿平康里贈妓詩，洪邁《萬首唐人絶句》卷五四正題作《及第後宿平康里》。詩云：「紅缸斜背解鳴璫，小語偷聲賀玉郎。從此不知蘭麝貴，夜來新惹桂枝香。」「蘭麝」代指紅粉佳人，「桂枝」則用「蟾宮折桂」的典故，代指考取功名。據《唐摭言》卷三云：「裴思謙狀元及第後，作紅箋名紙十數，詣平康里，因宿于里中。詰旦，賦詩」②。這首詩其實是藉妓女口吻，表達了自己狀元及第的欣喜之情。從這些作品中，也可看出一般文人之心態。

2. 藉悲歎妓女之境遇抒發不遇之憤懣

唐代的妓女雖然多才多藝，但由於並無人身自由，加之身份卑微，所以生活境遇非常悲慘。《北里志》云：「諸女自幼丐育，或傭其下里貧家。常有不調之徒潛爲漁獵；亦有良家子，爲其家聘之，以轉求賄賂，誤陷其中，則無以自脫。」③如是，北里諸妓當有一大部分爲被拐賣而來。娼妓之命運如此悲慘，唐人在書寫與妓女交往的詩作中，也會藉此抒發其「同是天涯淪落人」的不遇之慨。

---

① 廖美雲《唐伎研究》，第 85 頁。
② 王定保《唐摭言》，北京：中華書局 1960 年，第 40 頁。
③ 孫棨《北里志》，第 25 頁。

張又新《贈廣陵妓》：「雲雨分飛二十年，當年求夢不曾眠。今朝頭白重相見，還上襄王玳瑁筵。」據《本事詩・情感第一》，張又新年輕時爲廣陵（即揚州舊稱）從事，有歌妓，二人情好甚篤，「而終不果納」，未能將其納爲自己的妓妾。二十多年後，故相李紳爲淮南節度使，又重新在席上見到她，「目張悒然，如將涕下」。張又新遂以指染酒，題詞盤上以贈之。此廣陵妓當屬於官妓①。如前所述，官妓因爲屬於官府公産，故而有時並不隨官員離職而遷轉。在揚州籍中待了二十年，卻依然無法與心愛之人會合。如今白頭重會，頗有物是人非之慨。

在風月場中送往迎來的歌女，一方面深感著難得知音的痛苦，另一方面，「以色事人者，色衰而愛弛」②，有朝一日，年老色衰，慘遭遺棄，成爲這些風塵女子難以逃脱的宿命。張説《温泉馮劉二監客舍觀妓》云：「温谷寒林暮，羣遊樂事多。佳人蹀駿馬，乘月夜相過。秀色燃紅黛，嬌春發綺羅。鏡前鸞對舞，琴裏鳳傳歌。妬寵傾新意，銜恩奈老何。爲君留上客，歡笑斂雙蛾。」雖爲觀賞歌妓表演之作，卻表達了對歌女悲慘處境的深切同情。「鏡前鸞對舞，琴裏鳳傳歌」，鏡中對舞的雙鸞，和琴曲中求偶的鳳凰，正與自己的獨身寂寞形成了對照。「妬寵傾新意，銜恩奈老何」，寫此歌女在風月場中，卻時時被人嫉妒；雖然受主人的寵愛，卻無奈自己年華將老。最後寫其雖然心中有諸般愁

---

① 孟棨《本事詩》，上海：古典文學出版社 1957 年，第 10 頁。
② 《史記》卷八五《吕不韋列傳》，北京：中華書局 1959 年，第 2507 頁。

緒，但仍然要强作歡顏，替主人來留客的情形。天啓本眉批云：「風流宛轉，情致無限。」可謂意味深長。

3. 藉歌妓之歎賞抒發孤獨之情懷

詩人有時會描寫妓女歌舞時的姿態，並藉以抒發個人之懷抱。李白《邯鄲南亭觀妓》云：「歌鼓燕趙兒，魏姝弄鳴絲。粉色艷日彩，舞袖拂花枝。把酒顧美人，請歌邯鄲詞。清筝何繚繞，度曲緑雲垂。平原君安在，科斗生古池。座客三千人，於今知有誰。我輩不作樂，但爲後代悲。」天寶十一載（752），李白春遊廣平、邯鄲諸地，作此詩①。古詩云：「燕趙多佳人，美者顔如玉。」②詩中描寫燕趙美人且歌且舞的情形。詩人想到歷史上赫赫有名的平安君，如今已化爲糞土；平安君座下的三千門客，亦不復在世。末二句歸到人生短暫、及時行樂的主題。

王貞白，字有道，生卒年不詳，爲乾符二年（895）進士。其《歌妓》詩云：「誰唱關西曲，寂寞夜景深。一聲長在耳，萬恨重經心。調古清風起，曲終涼月沉。却應絃上客，未必是知音。」關西曲，當爲《關山月》曲。梁元帝《樂府解題》曰：「《關山月》，傷離別也。古《木蘭詩》曰：『萬里赴戎機，關山

---

① 《李白集校注匯釋集評》，第 2833 頁。

② 《古詩十九首》其十六。蕭統《文選》卷二九，北京：中華書局 1977 年，第 411 頁。

度若飛。朔氣傳金柝，寒光照鐵衣。』」①歌女的關西曲，引發詩人的鄉思。然而詩人感歎：這歌女的表演雖如此精彩，卻未必是了解我心事的知音，透出内心的孤獨與惆悵。

這些妓女因爲無人身自由，故而常常會感到孤獨寂寞的痛苦。《觀妓集》收録的儲光羲（約706—約762）的《夜觀妓》三首其二云：「歌聲扇後出，粧影鏡中輕。未能含掩笑，何處欲障聲。知音自不惑，得念是分明。莫見雙嚬斂，疑人含笑情。」詩中描寫一個以扇障面而歌的女子。「掩笑」，謂掩口而笑。詩人因舞扇的阻隔，只能見到她微蹙的雙眉（雙嚬斂），卻無法見到她掩口而笑的嬌容。但即便如此，歌女美妙的歌喉是無法掩蓋的，真正的知音自然能識得曲中的深意，了解難以言説的悲苦。最後兩句説：不要因爲只見到了我蹙起的雙眉，便懷疑我含笑的表情！正話反説，道出歌女爲了娛樂賓客，而不得不强顏歡笑的愁苦。詩歌表達了歌女對知音難覓的感慨，可謂含無限之情於言外。其三云：「佳人靚晚粧，清曲動蘭房。影入含風扇，聲飛照日梁。嬌嚬眉際斂，逸韻口中香。自有横陳分，應憐秋夜長。」同樣是寫掩面而歌的歌女，前六句以大量筆墨描寫其美妙的歌喉，最後兩句卻筆鋒一轉，寫出秋夜獨眠的愁苦。「横陳」爲六朝宫廷詩描寫美女倒卧之態常用的詞語，如劉孝威《若皐縣遇見人織率爾寄婦》：「逾憶凝脂暖，彌想横陳

---

① 郭茂倩《樂府詩集》卷二三引，第334頁。

歡。」劉緩敬《酬劉長史詠名士悅傾城》云：「上客徒留目，不見正横陳。」①陳後主《三婦艷詩》云：「小婦正横陳，含嬌情未吐。」②可見，「横陳」本來是一個極富性暗示意味的詞語，但儲光羲卻用來寫歌女長夜難眠之苦態，別有一番意味。

小結

《觀妓集》重在一個「觀」字，强調詩人對妓女觀賞的眼光，不是妓女的自詠，而是男性詩人以他者的眼光「觀賞」妓女之作，「以我之眼觀之」，來寄託詩人之幽懷與玄賞。集中所選多以「觀妓」爲題，可謂對這一宗旨的回應。由於詩人經常在宴集聚會場合欣賞到歌妓的歌舞表演，因此對妓女的歌舞才藝之賞，成爲詩人書寫妓女形象的重要題材。這種觀妓、賞妓的活動，成爲詩人之間社交的重要手段，而詩人在與妓女的交遊詩中，經常以詩歌來抒發科舉不利的憤懣，或個人的孤獨與幽憤，詩歌成爲他們寄託個人情志的手段。

---

① 吴兆宜《玉臺新詠箋注》卷八，北京：中華書局 1985 年，第 342、346 頁。
② 郭茂倩《樂府詩集》卷三五，第 520 頁。

幽人之逸趣，花草之精神：《唐詩名花集》（萬曆、天啓本）述論

《唐詩名花集》是晚明楊肇祉編選的《唐詩艷逸品》之第四種，選詩凡一百零七首。此集是四集中較爲獨特的一種，其他三集所收録者，均爲唐詩中描寫女性之作，唯有此集乃專門收録唐詩中描寫花木的詩篇。之所以會考慮將這些刻畫異卉奇葩之作視爲「艷逸」之作，有兩方面的原因。第一，以花喻人，本爲中國文學中源遠流長的傳統。《詩經》中已經有「桃之夭夭，灼灼其華」「有女同車，顔如舜華」等例，唐詩中更有「雲想衣裳花想容」「美人如花隔雲端」「人面桃花相映紅」等例，可謂不勝枚舉。楊肇祉在《唐詩艷逸品》序言中，將「佳人佚女」與「麗草疏花」並列，正是出於此原因。在對「艷」「逸」二詞進行解釋時，楊肇祉描繪了一番萬紫千紅、奇芳異卉的景象：「艷如千芳絢綵，萬卉争妍，明滅雲華，飄摇枝露，青林鬱楚，丹巘葱蒨，而一段巧綴英蕤，姿態醒目；逸如湖頭孤嶼，山上清泓，鶴立松陰，蟬翳蘿幌，碧柯翹秀，翠篠修纖，而一種天然意致，機趣動人。」將美人之逸趣與名花之艷麗作對照。

第二，晚明時，以花擬人、品藻花案乃一時風氣。日本學者合山究（Goyama Kiwamu）已經指出，

明清時期有所謂的「品藻花案(品花)」的風氣。此風大約始於宋代,在《醉翁談録》中已所有記載,在明清時期更爲流行。這種活動大致有兩種,一是在案頭進行美女品評,一則是舉辦選美活動①。在這些活動中,參加選美的女子往往被喻爲各種鮮花而加以吟詠和品賞。楊肇祉之所以把唐詩中描寫各種花卉的詩篇和女性書寫的詩作放在一起加以呈現,應當是這種背景和風氣的產物。不過,《唐詩名花集》之編纂,與其説是對「以花喻人」傳統之繼承,不如是對這一傳統的反撥,這是本集的獨特之處。

一、專紀古今名花:《唐詩名花集》之淵源與背景

在唐詩選本中,專門選録描寫各種名花之作的,在此之前並不多見。考察前代典籍中,專門輯録吟詠草木詩作的著作,集中在類書一目。如初唐類書《藝文類聚》《初學記》等,均有專輯草木花果的類目。值得注意的是,現存較早的類書,尚把花草和果木分爲兩類。如《藝文類聚》卷八一至八二卷爲「藥香草部」,卷八六至八七爲「菓部」,卷八八至八九爲「木部」;而《初學記》的「花草部」在卷

① 合山究《明清時代の女性と文學》,東京:汲古書院 2006 年。中譯見蕭燕婉譯本,臺北:聯經出版社 2016 年,第 104 頁。

二七附，「果木部」則在卷二八。

然而，宋代的一些類書，已將花草和果木歸爲一類，如《文苑英華》卷三二一至卷三二六爲「詩（花木部）」，收録歷代描寫花木的詩篇。吴淑《事類賦》卷二四至二七，爲「草木部」，乃以各種花草果木爲主題。楊肇祉此集雖名爲《唐詩名花集》，但所選詩作不僅涉及花卉，也涉及一些不以花名的草木，如竹（劉長卿《斑竹》、王適《庭竹》）、楊柳（凡九首），乃至藤（李白《紫藤樹》）、櫻桃（王建《宫中櫻桃》）、草（鄭谷《春草》）等。這樣的選録範圍，正和中國傳統類書對於花木的分類一脈相承。

商業出版至南宋愈發發達，一些通俗性質的類書更加流行起來。佚名《錦繡萬花谷》、祝穆《事文類聚》等，對於草木花卉之作，多有著録，但這些均爲綜合性類書，並非專門收集吟詠花木之作。專門輯録歷代吟詠草木花卉之作者，當以陳景沂（約1201—？）的《全芳備祖》五十八卷爲始①。此書分前後兩集，前集27卷，爲花部，著録花卉植物128種；後集31卷，分果部、卉部、草部、木部、農桑部、蔬部、藥部共七部分，著録植物183種。編者不滿於歷代類書「誇多於品彙，競美於纂輯，而原本祖萃群芳者闕焉」②的現狀，故匯集此編。該書分「事實祖」（碎録、紀要、雜著）、「賦詠祖」（五言散

① 關於《全芳備祖》編者陳景沂之生平及版本流傳情況，見程傑《〈全芳備祖〉編者陳景沂生平和作品考》，《紹興文理學院學報（哲學社會科學）》，2013年第6期，第66—72頁；《日藏〈全芳備祖〉刻本時代考》，《江蘇社會科學》2014年第1期。

② 《全芳備祖》韓境序，杭州：中國農業出版社1982年，第5頁。

句、七言散句、五言古詩、五言古詩散聯、五言絶句、五言八句、七言古詩、七言古詩散聯、七言絶句、七言八句等）。「賦詠祖」收録大量文人之賦咏，佔據此書的絶大部分比重。其書詳於當代而略於古往，四庫館臣稱其「雖唐以前事實賦詠，記録寥寥。北宋以後，則特爲賅備」①，可謂頗具特色。明人王象晉（1561—1653），在此基礎上編纂《群芳譜》（全稱《二如亭群芳譜》）凡三十卷；清人汪灝等，更於康熙四十七年（1708）增廣之，爲《廣群芳譜》一百卷②。這些類書一方面記録關於各種花木的史實和典故，另一方面又大量收録吟詠花木的詩作，故亦可當作總集來讀。在這種風氣影響下，明代出現了諸多輯録各種花木題材作品的詩歌總集。其中有嘉靖時期王化醇的《古今名公百花鼓吹》十五卷（包括《唐詩百花鼓吹》五卷、《宋元名家梅花鼓吹》二卷、《梅花百詠》八卷等，現藏於無錫市圖書館），以及比楊肇祉稍後的汪元英《百梅一韻》四卷、《百花一韻》一卷（現藏於清華大學圖書館、浙江大學圖書館）等等。《唐詩名花集》的編纂，當爲這一風氣的産物。

二、「以人擬花」：對「以花喻人」傳統之反撥

如前所述，《唐詩名花集》的編選，雖然有「以花喻人」的傳統之淵源，但與其説是對這一傳統的

① 《四庫全書總目提要》卷一三五，臺北：臺灣商務印書館 1983 年，第 2804 頁。
② 《四庫全書總目提要》卷一三五《全芳備祖》：「明王象晉《群芳譜》，即以是書爲藍本也。」第 2804 頁。

繼承，不如說是對這一傳統的反撥。編者在《唐詩觀妓集》凡例中即已說道：「不必列妓之臧否，而觀之者有艷逸之思者，亦載。」從中已透露出對當時盛行的「品藻花案」的風氣的不滿。在《唐詩名花集》凡例中，編者進一步説道：「詠花者，多以花之代謝寫意。於人事之浮沉，則於花無當也，不入。」可見楊肇祉對那些以花喻人的作品並不感興趣。凡例又云：「觀花有感，與攜觴共賞者，皆具一時之樂事。非以言花之精神也，不入。」將藉花發興的賞花之作排除在外。此集單單選録那些只是對花進行描摹，而並無寄託之作。如所選丘爲（694—789）《梨花》詩：「冷艷全欺雪，餘香乍入衣。春風且莫定，吹向玉階飛。」元稹《桃花》：「桃花淺深處，似勻深淺粧。春風助腸斷，吹落白衣裳。」均是就花之香色，加以描摹而已。集中有一些詩作，如所選皇甫冉（716—769）《禁掖梨花》詩云：「巧解迎人笑，偏能亂蝶飛。春風時入户，幾片落朝衣。」張文姬《槿花》：「緑樹競扶疏，紅姿相照灼。不學桃李花，亂向春風落。」則均是「以人擬花」，落脚點還是在對花的描摹，與「以花喻人」的傳統正相反。從中可以看出楊肇祉獨特的選詩標準。總體來説，《唐詩名花集》中選録的詩作，從以下幾個方面體現了「以人擬花」的旨歸。

1. 以人之神態擬花之樣貌

《名花集》中收録的一些作品，通過人的姿態來寫花之形態，別有情趣。比較常見的是，以人之動作來擬花之情狀。如王維、丘爲、皇甫冉的一組詠梨花詩：

閒灑堦邊草，輕隨箔外風。黄鶯弄不足，銜向未央宫。（王維《左掖海棠》）
冷艷全欺雪，餘香乍入衣。春風且莫定，吹向玉階飛。（丘爲《梨花》）
巧解迎人笑，偏能亂蝶飛。春風時入户，幾片落朝衣。（皇甫冉《禁掖梨花》）

第一首詩，《王右丞集》卷一三、《萬首唐人絶句》卷一、《唐詩紀事》卷一七作《左掖梨花》，《英華》卷三二二作《左掖海棠詠》。後兩首均見《王右丞集》卷一三《左掖梨花》詩後附二人的和詩。丘爲詩題，《萬首唐人絶句》卷一二、《全唐詩》卷一二九正作《左掖梨花》。皇甫冉詩題，《御覽詩》作《禁省梨花詠》，《萬首唐人絶句》卷一三作《禁省梨花》。據王維集，三首詩均當爲詠梨花，且均用了「移步换景」之法，或寫其自庭院外被黄鶯銜入未央宫内（王維詩），或寫其由閨房之内飛向玉階（丘爲詩），或者其自户外落入春闈（皇甫冉詩）——鏡頭的摇曳與轉换爲其寫物增添了一些靈動之感。「灑草」「隨風」「欺雪」「迎人笑」等幾個擬人化的動作，更寫出了梨花活潑的動態。丘爲詩更以「冷艷」「餘香」寫梨花之色澤，可謂形神兼備。

詩歌中大多以美女來比花，如韓愈寫《百葉桃花》：「應知侍史歸天上，故伴仙郎宿禁中。」又如劉禹錫《楊柳》詩云：「輕盈嫋娜占年華，舞榭粧樓處處遮。」均以舞女或侍女比花。但有一些詩人卻别出心裁反其道而行之，以男人來比花。藉一些典故，來寫出花之香與色。如李商隱《早梅》云：

知訪寒梅過野塘，久留金勒爲迴腸。謝郎衣袖初翻雪，荀令薰鑪更换香。何處拂胸資蝶粉，幾時塗額藉蜂黄。維摩一室雖多病，要舞天花作道場。

此詩詩題，《李義山詩集》卷上作《酬崔八早梅有贈兼示之作》。此詩爲酬贈之作，首句點明訪梅之意，次句表達送別之情。頷聯先借謝莊「雪集衣」①的典故，言其色之白；再借荀彧「坐處三日香」的典故②，來寫其香之遠。宋人孔平仲《談苑》卷四云：「前輩作花詩，多比美女，如曰：『若教解語應傾國，任是無情也動人。』黄魯直《酴醾》詩曰：『露濕何郎試湯餅，日烘荀令炷爐香。』乃比美丈夫。淵材作《海棠》詩云：『雨過温泉浴妃子，露濃湯餅試何郎。』意尤工也。」③然觀義山此篇可知，黄庭堅之句，當從此處化來。李商隱另有詠牡丹句云：「石家蠟燭何曾剪，荀令香爐可待熏。」④可見其對「荀令香」典故愛好之篤。頸聯「蝶粉」言梅花花瓣之白，「蜂黄」則喻其花鬚之色⑤，更借美人之

① 《宋書·符瑞志》：「大明五年正月戊午元日，花雪降殿庭。時右衛將軍謝莊下殿，雪集衣，還白，上以爲瑞，於是公卿并作花雪詩。」

② 習鑿齒《襄陽記》：「劉季和曰：荀令君至人家，坐處三日香。」荀令君即荀彧。《李商隱詩歌集解》，第1415頁。

③ 《孔氏談苑》卷五，北京：中華書局2012年，第278—279頁。

④ 《李商隱詩歌集解》，第1724頁。

⑤ 許印芳注：「方虚谷爲蝶粉以言梅花之片，蜂黄以言梅花之鬚，良是。」《李商隱詩歌集解》，第1417頁。

胸、之額以喻之。以人擬花，可謂備得其情，愈顯得楚楚動人。最後藉《維摩詰經》「天女散花」之典，來寫早梅落英繽紛的情形。此詩歷代注家，多解作「以花喻人」①，但如前所述，楊肇祉此詩不收「以花喻人」之作。或許在編者看來，李商隱此詩，並非别有喻指，而更多是以人來擬花。這可爲解讀李商隱此詩，提供一個參考的角度。

2. 以人之情體花之精神

同樣「以人擬花」者，杜牧《梅》云：

> 輕盈照野水，掩斂下瑶臺。妬雪聊相比，欺春不逐來。偶同佳客見，似爲凍醪開。若在秦樓畔，堪爲弄玉媒。

「照野水」「下瑶臺」乃是動作的擬人化；「妒雪」「欺春」則賦予了梅花人的心理與情感。「偶同佳客見，似爲凍醪開。」梅花似解人意，故趁著詩人獨酌的時節，競相開放。最後藉用「蕭史弄玉」的典故，《列仙傳》云：「蕭史者，秦穆公時人，善吹簫作鸞鳳之聲，穆女弄玉妻焉。日與妻樓上吹簫作鳳鳴，

---

① 詳見《李商隱詩歌集解》記録各家評説，劉學鍇、余恕誠評註云：「詳味詩意，似崔所詠之對象，爲一美麗女性，崔詩中之『早梅』即兼喻其人。」第1418頁。

鳳來止其屋，爲作鳳臺。」此言梅花堪爲弄玉之媚，正道出超凡脱俗的品格。

在「以人擬花」之作中，女詩人薛濤（768—831）的《牡丹》詩意尤其幽遠：

去春零落暮春時，淚濕紅牋怨別離。常恐便同巫峽散，因何重有武林期。傳情每向馨香得，不語還應彼此知。只欲欄邊安枕席，夜深閑共說相思。

此詩將牡丹比作久別之離人。首聯言：去年你香消玉殞之時，我淚濕紅箋，傷心欲絕。頷聯云：分別之後，我常常擔心我們如巫峽的雲雨，隨風飄散；又如武林的桃花源，一訪之後難覓其蹤。此聯上句用了宋玉《高唐賦》巫山雲雨的典故，一般用此典來喻指男女幽會，但此句卻用來寫詩人與牡丹之間的塵緣難卜，可謂新奇。下句用陶淵明《桃花源記》之典。武林人探訪的桃花源，在訪問過一次之後，便無人再能覓得其跡了；牡丹的飄零，會不會也是如此呢？這兩句都是用舊典、熟典，但均翻出新意，令人稱奇！頸聯則進一步云，雖然我們不能見面，但彼此的情誼，卻靠著那遺留的馨香傳達，並未斷絕。天啓本批此聯云：「冷語，含無限情態。」最後兩句云，盼望何時我能在花欄邊安席而卧，與你夜深共語呢？前面幾首詩，只是從形態和深情上，做到了花的人格化，但這首詩，直以牡丹爲自己的情人，與之喃喃低訴。整首詩想象空間壯闊，而含義幽深，體現出女詩人獨有的敏鋭感覺和細膩筆觸。

晚唐詩人王貞白(875—958)也有一首《白牡丹》：

> 穀雨洗纖素，裁爲白牡丹。異香開玉合，輕粉泥銀盤。時貯露華濕，宵傾月魄寒。佳人淡妝罷，無語倚朱欄。

首聯點出時令(穀雨)，次句寫其素潔，如纖絲裁就。以下諸句，扣緊「白」字展開。「玉合(通盒)」「銀盤」寫其色之白，「異香」寫其香氣之濃郁。「露華濕」「月魄寒」二語，尤得其神，讓人想到杜甫懷念妻子的名句：「香霧雲鬟濕，清輝玉臂寒。」末聯寫其如淡妝無語之美人，倚欄而立。天啓本眉批云：「寫神寫態，色色皆絶。」可謂的評。此詩將白牡丹擬作月下寒露中佇立的美人，不僅以「纖素」「玉合」「銀盤」寫出其色澤之白，更以「濕」「寒」「淡妝」「無語」寫出其素潔寧静之神態，可謂形神兼備。

3. 以人之氣質摹花之韻味

同樣作爲女詩人，魚玄機(844—868 或 871)的《賣殘牡丹》詩，寫了一枝無人欣賞的牡丹的寂寞之情：

> 臨風興歎落花頻，芳意潛消又一春。應爲價高人不問，却緣香甚蝶難親。紅英只稱生宮

裏，翠葉那堪染路塵。及至移根上林苑，王孫方恨買無因。

他花皆得買主，獨己無人賞識；年年月月，暗自凋零。「應爲價高人不問，却緣香甚蝶難親。」正所謂「曲高和寡，高標見嫉」，這枝牡丹因爲自己高潔的品格，反而難以得到人們的認可。詩人進而感歎道：牡丹之孤高難賞，或許是因爲她的托根非得其所吧？這樣生在山野路旁，只能零落塵泥，無人問津。她若生在深宮之中，上林苑之内，恐怕那些王公貴族，争相購買也不得呢！其中不難看出，有托寓諷世之意在焉。

晚唐詩僧無可，生卒年未詳，爲詩人賈島的從弟。《名花集》收録其《菊花》云：

東籬摇落後，密葉被寒催。夾雨驚新折，經霜忽盡開。野香盈客袖，禁蘂泛天杯。不共春蘭並，悠揚遠蝶來。

此詩詩題，《英華》卷三二二作「菊」。「東籬」一詞，與陶淵明的名句形成了呼應，傳達出詩人隱逸的情趣。而「摇落」則語出宋玉《九辯》：「悲哉，秋之爲氣也！蕭瑟兮草木摇落而變衰。」首句渲染出秋日裏蕭颯衰敗的氛圍。次兩句，則極寫菊花之密葉新枝被嚴寒冷雨摧敗的情形。第四句筆鋒一轉，雖然菊花面對如此惡劣的生存環境，卻依然能盡放芳姿，可謂不凡。「忽」字，寫出了詩人乍見到菊

花開放的驚訝和欣喜；而「盡」字天啓本眉批云：「不作軟媚語，可謂如願。」道出了此詩語言剛勁的特色。第五六句寫詩人持酒賞菊之樂。「野香盈客袖」，乃從《古詩十九首》「馨香盈懷袖」變換而來。「馨香」換爲「野香」，「野」可作「野外」解，寫出了香氣透到野外之濃郁，又可作「狂野」解，蘊含有香氣極其之猛烈的涵義，體現了中晚唐詩人刻意造語的特色。而古詩中常用的「懷袖」一詞，被換爲「客袖」，既是爲了律詩平仄的協調（此句第四字當用仄聲），又透露出了詩人客居在外的境況。「禁蕊」與「天杯」相呼應，言此花只應天上有，其所釀之酒，如天界之瓊漿，令人神旺體健，既呼應了魏晉以來服菊英以攝生的傳統，又與上句形成了反對，可謂句法嚴密，頗見匠心。最後兩句用倒裝句法，言那悠悠的蝴蝶，因被菊花的芬芳所吸引，不與春蘭共舞，來菊花枝頭停留了。寫出菊香之悠遠，言外之韻幽然。《唐音癸籤》卷八云：「無可詩與兄島同調，亦時出雄句，咄咄火攻。」①此詩亦可爲其證。

三、菊·梅·牡丹：唐代名花詩欣賞舉隅

以上對《唐詩名花集》編纂之文化背景進行了梳理和分析。本節將重點探討唐詩中對於菊花、

① 胡震亨《唐音癸籤》卷八，上海：古典文學出版社 1957 年，第 65 頁。

梅花、牡丹這三種花木的欣賞，及其中體現出的唐人精神與趣味。《唐詩名花集》凡例云：「花有以艷名者，有以逸名者，有香與色名者，則載。無一于此，不入。」可見，楊肇祉雖是對「以花喻人」的傳統的反撥，但他注重的還是花之艷逸香色，集中所選諸詩，大約均符合此標準。

1. 以菊花寫人生遲暮之慨

菊花爲詩文中常常寫到的一種花木。東晉大詩人陶淵明以「採菊東籬下」的名句，與菊結下了不解之緣。總體來看，陶淵明對菊花的喜愛，一方面當是愛其傲霜之姿和耐寒之質①，如《和郭主簿其二》云：「芳菊開林耀，青松冠巖列。懷此貞秀枝，卒爲霜下傑。」寫菊花在風霜中獨自盛開的姿態，可謂花中之英傑。另一方面，又與魏晉南北朝流行的養生和長生思想，密不可分②。如《飲酒其七》云：「秋菊有佳色，挹露掇其英。泛此忘憂物，遠我遺世情。」服菊以養生的傳統，當來自屈原。《離騷》云：「朝飲木蘭之墜露兮，夕餐秋菊之落英。」王逸注云：「言己旦飲香木之墜露，吸正陽之津液；暮食芳菊之落華，吞正陰之精蕊。動以香浄，自潤澤也。」洪興祖補註引魏文帝曹丕《與鍾繇九日送菊書》云：「芳菊含乾坤之純和，體芬芳之淑氣。故屈原悲冉冉之將老，思飡秋菊之落英，輔體

---

① 洪林鍾《鳥・菊・酒——論陶淵明詩歌意象建構及其人格凸現》，《湖北大學學報（哲學社會科學版）》1993年第4期，第19—26頁。

② 李永紅《「菊能制頽齡」——論陶淵明采菊服菊的攝生意圖》，《古籍整理研究學刊》2002年第6期，第57—61頁。

延年，莫斯之貴。」①魏晉時期，服菊以養生，更是成爲風氣。如傅玄《菊賦》：「掇以纖手，承以輕巾，服之者長壽，食之者通神。」潘尼《秋菊賦》：「若乃真人采其實，王母接其葩，或充虛而養氣，或增妖而揚娥。既延期以永壽，又蠲疾而弭痾。」陶淵明之愛菊，當受此種服食風氣的影響。

唐人之詠菊詩，在繼承陶淵明菊花書寫的基礎上，又有所開拓，筆法亦更趨細膩。②《名花集》中有駱賓王（約 640—約 684）《菊花》云：

> 擢秀三秋晚，開芳十步中。分香俱笑日，含翠共摇風。醉影涵流動，浮香隔岸通。金卮徒可泛，玉斝竟誰同。

此詩詩題，《英華》卷三二二、《駱臨海集》卷二均作《秋菊》。《禮記・月令》云：「季秋之月，菊有黄華。」菊花因在萬木凋零的秋季獨自盛開，而獲得詩人獨特的關注。但也因其開在秋天，成爲了歲月遲暮的象徵。「三秋晚」，正點出了其時令。然而，即使是這樣衰颯的季節，菊花依然可以傲霜盛開。「開芳十步中」，用了《説苑・談叢篇》的典故：「十步之澤，必有香草。」正言其花開之密。頷聯、頸

---

① 洪興祖《楚辭補註》，北京：中華書局 1983 年，第 12 頁。

② 楊向奎《陶淵明的重陽詩與唐代詩人的接受——以陶淵明重陽詩中的「菊」意象爲中心》，《石河子大學學報（哲學社會科學版）》2008 年第 4 期，第 52—54 頁。

聯則寫菊之香、色、影、態,可謂形神兼備。尾聯則説: 今天我徒能對花暢飲,但誰能與我把酒共酌呢? 詩人感歎歲將遲暮,卻無人與共,借菊表達其孤傲之情。

相較而言,元稹《菊》詩更著重寫菊花歲晚盛開的品格:

秋叢繞舍是陶家,遍繞籬邊日漸斜。不是花中偏愛菊,此花開盡更無花。

詩題,《元氏長慶集》卷一六作「菊花」。此詩末句,天啓本批語云: 「未必然。」一年之中,菊花之後當然未必没有其他的花會盛開。但元稹卻以此句强調菊花傲霜開放的不俗品格。雖言「不是花中偏愛菊」,卻對菊花偏愛備至,可謂正話反説。「此花開盡更無花」,道出因花而惜時之情,可謂言簡而意豐。《能改齋漫録》載宋人李和文《詠菊望漢月》詞,倒數第二句即挪用了元稹此句①。

賈島(779—843)《菊》云:

九日不出門,十日見黄菊。灼灼尚繁英,美人無消息。

① 吴曾《能改齋漫録》卷一六,上海: 上海古籍出版社1980年,第477頁。

此詩《長江集》卷二題作《對菊》。《續齊諧記》載：「桓景隨費長房學。長房曰：『九月九日，汝家當有大災厄。急縫囊盛茱萸，繫臂上，登山飲菊酒。』」由此，重陽節登高、飲菊花酒成爲了重要的習俗。但詩人反其道而行之，九日並未出門，次日才欣賞到滿園盛開的黃菊。這一「反常」的行爲，給讀者留下了一個懸念。秋日盛開的菊花，本身已經是「歲晚」的象征；而詩人卻在九日之後，方纔出門賞菊，這又是「晚」於時令之舉——雙重的「遲暮」，讓詩的開篇顯得略爲低沉。然而，詩人在這樣暮晚的季節，卻看到了灼灼盛開的黃菊，這給詩人低落的心情帶來了一抹亮色。末句揭開謎底：雖然歲已遲暮，但我所等待的「美人」尚無音訊。這裏暗暗呼應屈原在《離騷》中的句子：「惟草木之零落兮，恐美人之遲暮。」正如《離騷》中所暗示的，「美人」在這裏或許並無確指，有可能是君王的象徵，但更大可能是詩人虛化了的政治理想的寓托。宇文所安(Stephen Owen)在其《晚唐》一書中論道，晚唐詩人常常在詩中表達出一種作爲「遲到者」(latercomers)的失落感①。賈島此詩更多流露出的是一種「恐年歲之不吾與」的焦灼感。

同樣是寫晚菊，晚唐詩人鄭谷(849—911)《十月菊》：

① Stephen Owen: *The Late Tang: Chinese Poetry of the Mid-Ninth Century (827—860)*. Cambridge (Massachusetts) and London: Harvard University Asia Center, 2006. pp. 1—17.

節去蜂愁蝶不知，曉來還繞折花枝。自緣今日人心别，未必秋來一夜衰。

此詩詩題，《鄭谷詩集》作「十日菊」，「日」原校一作「月」。今人校注云：「菊以節重，節去花輕，故以十日菊爲題，以寄感諷。」并舉賈島《對菊》詩爲證①。此詩寫晚菊，無論是「十日」「十月」，於理似無不可。詩言：隨著秋日將去，菊亦將衰。然而那些粉蝶狂蜂尚不知其中消息，仍然趕來圍著菊花翩翩而舞。相較之下，一些人卻因爲菊將枯萎，便不來賞玩，真不如無知的粉蝶有情有義。「自緣今日人心别，未必秋來一夜衰。」其中透露出的，正是對於人情冷暖的感慨和批判。

當然，菊也不限於黄色。《全芳備祖》卷一二引《本草》云：「菊有筋菊，有白菊，有黄菊。一名延年，一名日精。菊有兩種。一種紫莖，香而味甘美，葉可作羹。一種青莖，而大作蒿艾氣味，苦不堪食，名薏，非真菊也。」李商隱《菊》詩即寫了各色菊花争奇鬥艷的景象：

暗暗淡淡紫，融融冶冶黄。陶令籬邊色，羅含宅裏香。幾時禁重露，實是怯斜陽。願泛金鸚鵡，昇君白玉堂。

① 嚴壽澂、黄明、趙昌平《鄭谷詩集註》卷二，上海：上海古籍出版社 1991 年，第 205 頁。

詩中首聯寫到庭菊黄紫争鮮之情景。頷聯分别用了陶淵明「採菊東籬」和晉人羅含（292—372）「致仕還家，階庭蘭菊叢生，以爲盛德之感」的典故，寫出了菊花高潔的品格。頸聯上句正話反説，「幾時禁重露」，「禁」是禁受、承受之意。這裏正是説：菊花哪裏是禁不住重露的欺凌呢？下句説道：實在是因爲斜陽墜落，遂生日薄西山、人生遲暮之感，因此倍覺傷情啊！馮注云：「無人潤澤，深憂遲暮。」可謂得之①。此二句用意曲折，耐人咀嚼。尾聯言：既然時不再來，不如此時且舉杯暢飲，聊盡一日之歡罷！

寫白菊，則有晚唐詩人許棠（822—?）《白菊》詩：

所向雪霜姿，非關落帽期。香飄風外别，影到月中疑。發在林凋後，繁當露冷時。人間稀有此，自古乃無詩。

此詩首句白菊顏色似雪。「落帽」，用東晉人孟嘉的典故，《晉書·孟嘉傳》云：「九月九日，（桓）温燕龍山，僚佐畢集。時佐吏并著戎服，有風至，吹嘉帽墮落，嘉不之覺。」此處是説，九月九日，是賞黄菊之期，而白菊之賞，與此節令無關。三四句，則極寫白菊之幽香倩影。筆法空靈，天啓本眉批云：

---

① 此處解釋，參考劉學鍇、余恕誠《李商隱詩歌集解》，然略有不同。北京：中華書局2004年，第515頁。

「有塵外丰姿。」頸聯則寫白菊同樣是開放在萬木凋零、霜冷露繁之時。自古詩人寫詩多詠黃菊，但於白菊，卻少有吟詠。故末聯云：「人間稀有此，自古乃無詩。」

2. 以梅抒孤絶傲世之情

如果説，菊花是盛開在花季之末，那麼梅花則怒放在一年之始，預示了新的春天的到來。因此，早開的梅花，尤其得到詩人的青睞。梁簡文帝《梅花賦》即云：「梅花特早，偏能識春。」道出了梅花爲春之兆的品格。何遜有詩云：「兔園標物序，驚時最是梅。銜霜當路發，映雪擬寒開。枝横卻月觀，花遶凌風臺。朝灑長門泣，夕駐臨邛杯。應知早飄落，故逐上春來。」①冒雪盛開的早梅，是强烈的生命力的象徵和體現。唐人筆下，多有對雪梅的精彩書寫，這在《名花集》中，亦可見一斑。

盧照鄰（約 630—689）《雪梅》云：

> 梅嶺花初發，天山雪未開。雪處疑花滿，花邊似雪迴。因風入舞袖，雜粉向妝臺。匈奴幾萬里，春至不知來。

---

① 以上見徐堅《初學記》卷二八引，北京：中華書局 1962 年，第 682 頁。

此詩詩題，原作《梅花落》，本爲古樂曲名。《樂府詩集》卷二四云：「《梅花落》，本笛中曲也。」①此詩當爲寫舞女隨著《梅花落》笛曲翩翩起舞的情形，此由第三聯「因風入舞袖，雜粉向妝臺」可知。首聯便鋪開了一個極爲闊大的場景，極北的天山雪尚未融化之時，嶺南的梅嶺中，梅花已悄然綻放。一方面是寫南北懸絶造成的物候差異，另一方面又寫出了梅嶺花開放之早。

中唐詩人戎昱（744—800）《早梅》云：

一樹寒梅白玉條，迥臨村路傍溪橋。不知近水花先發，疑是經冬雪未銷。

梅因與雪色澤似，從而給人帶來似梅似雪的錯覺，這是之前詩人寫到過的內容。前述盧照鄰「雪處疑花滿，花邊似雪迴」，即是此意。然而，此詩之妙在於，給這種錯覺加上了時間上的錯落感。詩人看到村路溪橋邊開放的梅花，懷疑是經冬過後的積雪未銷。天啓本眉批云：「到作遲想，妙妙。」可謂得之。

晚唐詩人鄭谷《梅》云：

---

① 郭茂倩《樂府詩集》卷二四，北京：中華書局 1979 年，第 349 頁。

> 江國正寒春信穩，嶺頭枝上雪飄飄。何言落處堪惆悵，直是開時也寂寥。素艷照樽桃莫比，孤香粘袖李須饒。離人南去腸應斷，片片隨鞭過楚橋。

此詩是送別之作，這可以從最後一聯看出。但全詩寫梅之如雪之色、妖艷之姿、清遠之香和孤寂之態，可謂遺形得神。天啓本眉批云：「孤情絶照。」正是對此詩很好的概括。《名花集》還收録了與鄭谷同時期的詩僧齊己(863—937)《早梅》詩，可爲參照：

> 萬木凋欲折，孤根暖獨回。前村深雪裏，昨夜一枝開。風遞幽香出，禽窺素艷來。明年如應律，先發望春臺。

據宋人陶岳《五代史補》卷三：「時鄭谷在袁州，齊己因攜所爲詩往謁焉。有《早梅》詩曰：『前村深雪裏，昨夜數枝開。』谷笑謂：『數枝非「早」也，不如「一枝」則佳。』齊己矍然，不覺兼三衣，叩地膜拜。自是士林以谷爲齊己『一字之師』。」①由是可知，此詩第四句「一枝」原作「數枝」，因鄭谷建議，方改爲今貌。此詩寫雪日萬木凋零之時，梅花在一夜之間開放的情形，改過之後的版本，更突顯出

---

① 陶岳《五代史補》卷三，杭州：杭州出版社2004年，第2509頁。

梅花傲雪綻放的獨立姿態。

3. 以牡丹寫情慾艷賞之懷

《酉陽雜俎》前集卷一九《廣動植之四》云：「牡丹，前史無説。自謝康樂集中始言：『水間竹際多牡丹。』而北齊楊子華有畫牡丹，極佳。則知此花有之久矣。但自隋以來，文士集中無歌詩，則知隋朝花藥中所無也。隋種法七十卷，亦無牡丹名。開元末，裴士淹得之汾州。天寶中，爲都城奇賞。元和初，猶少。至貞元中已多，與戎葵同矣。」①可見，至中唐以後，纔出現大量歌詠牡丹的詩作。如《名花集》選録韓愈(768—824)《牡丹》云：

幸自同開俱隱約，何須相倚鬬輕盈。凌晨併作新粧面，對客偏含不語情。雙燕無機來拂署，遊蜂多思正經營。長年是事皆抛盡，今日欄邊暫眼明。

此詩韓愈集題作《戲題牡丹》。此詩寫牡丹，但並沒有斤斤於對牡丹形態的刻畫，而是遺神寫形。「隱約」「輕盈」寫出其態，「新粧」「不語」寫出其神，而無機之雙燕、多思之遊蜂，又寫出其誘人的香

① 此據《全芳備祖》卷二引文。今本《酉陽雜俎》無「而北齊楊子華有畫牡丹，極佳。則知此花有之久矣」句，且文句詳略不同，疑今本亦有脱文，故從《全芳備祖》引文。

與艷。末聯云：「長年是事皆抛盡，今日欄邊暫眼明。」汪佑南云：「不泥煞牡丹，非此不足以當之，此詩家上乘也。」清人蔣之翹評此詩云：「如此題特難。詩雖不甚工，卻亦人雅。李獻吉謂詠物詩愈工愈下，則是作正宜爾爾。」①這裏說的「不工」，是相對於宫體詩的追求「形似」而言。這首詩雖然並不以「形似」見勝，卻直得其神。如張鴻評云：「於空際烹鍊，别具工力。」②可謂得之。

關於唐人對牡丹之欣賞，艾朗諾(Ronald Egan)曾舉白居易的《買花》一詩爲例，來説明詩人對此風氣之反感與批判。雖説如此，但白居易自己不能免俗，在一些個人化較强的閒適之作中，詩人也表露出對牡丹的狂熱之情。《名花集》收録其《牡丹》：

惆悵階前紅牡丹，晚來唯有兩枝殘。明朝風起應吹盡，夜惜衰紅把火看。

此首原題爲《惜牡丹花二首》其一，見《白氏長慶集》卷四。詩人看到階前的紅牡丹，經過一秋的風霜，祇剩兩枝的殘餘，心生愛惜之感；又想到明日更有風雨相侵，恐怕難以保全，只好深夜舉火欣賞。天啓本評語云：「古人秉燭夜遊，正是此意。」「秉燭夜遊」出自《古詩十九首》：「晝短恐夜長，

① 錢仲聯《韓昌黎詩繫年集釋》，上海：上海古籍出版社1987年，第945頁。
② 同上。

何不秉燭遊。」這裏正是道出對人生之歡愉有限，所以要徹夜狂歡的享樂主義格調。白居易之深夜賞花，正於此同理。而詩人對牡丹狂熱的欣賞，正折射出其對生命有限的歎賞。正如艾朗諾所云，和梅、菊這樣象徵君子之道的植物比起來，「牡丹的華貴及其碩大的花朵顯示出視覺上的炫耀和嗅覺上的誘惑，它的人格形象跟女性有關，往往容易跟女性的情色和誘惑聯繫在一起。」①誠然，牡丹最爲典型地體現出了唐人對於花木之賞背後透露出的情慾之好。温庭筠（812—870）的兩首《牡丹》詩更加鮮明地體現了這一點：

輕陰隔翠幃，宿雨泣晴暉。醉後佳期在，歌餘舊意非。蝶繁輕粉住，蜂秉抱香歸。莫惜薰爐夜，因風到舞衣。

水漾晴紅壓疊波，曉來金粉覆庭莎。裁成艷思偏應巧，分得春光最數多。欲綻似含雙靨笑，正繁疑有一聲歌。華堂客散簾垂地，想凭闌干斂翠蛾。

---

① Ronald Egan: "The plant's lush and enormous blossoms are both visually showy and aromatically alluring. What human associations it had were of the feminine, and the sensually and seductively feminine at that." See *The Problem of Beauty: Aesthetic Thought and Pursuits in Northern Song Dynasty China*. Cambridge, Mass.: Harvard University Asia Center, 2006. p.111.

此二首見《温庭筠集》卷九，又見《文苑英華》卷三二一。兩首詩一爲五律，一爲七律，寫宿雨後牡丹的嬌艷之姿。「醉後」「歌餘」「雙靨笑」「一聲歌」，以舞女之態來寫花。庭前綻放的牡丹，仿佛化身爲了一個隨著歌樂翩翩起舞的女子。這既是「以人擬花」的寫法，又是植物的人格化，以花木之賞抒發艷遇之情的絶好體現。

小結

《唐詩名花集》作爲專門選録唐詩中描寫花木之作的選本，自有其特色。第一，與「以花擬人」之傳統相反，楊肇祉尤其關注唐代詠花詩中「以人擬花」之傳統，對於豐富唐代花木題材詠物詩之認識，具有參考價值。第二，前代學者更多注意到宋代詠物詩之人格化與人文化傾向。如周裕鍇指出，宋人之詠物詩，體現出了一種「人文化」的傾向，即在詠物中透露出人格之意趣①。《唐詩名花集》着重揭示出的唐詩中「以人擬花」之寫法，可謂是宋人人文化詠物傾向之萌芽與先聲。這對於了解詠物詩發展演變之規律，具有啓發意義。第三，唐詩在吟詠花木之傳統中，有自己的推進和開拓，如菊花詩，以陶淵明爲代表的前代詩人多寫其隱逸情懷和養生之趣，但唐人着重抓住了其歲暮開放

---

① 周裕鍇《宋代詩學通論》，成都：巴蜀書社 1997 年，第 109 頁。

的特徵，以菊花來寄託遲暮之感；詠梅花詩，不僅以其來寫早發之情，更借其抒發孤傲之慨；中唐之後，詩人對於牡丹之欣賞，更是新起之風氣，其中蘊含了唐人對於情慾之好的發洩，就中可管窺唐人文化心理之一斑。

「取花如取友」與「以人擬花」：元禄本《唐詩名花集》述論

《唐詩名花集》作爲《唐詩艷逸品》之第四種，比較特别的是，此集除了收詩相同、編排有異的萬曆、天啓兩個版本之外，在日本尚有一個元禄九年（1696）的刻本《弄石菴唐詩名花集》（現藏静嘉堂文庫）。元禄本《名花集》凡四卷，分體編排：卷一五言絶句，卷二七言絶句，卷三五言律詩，卷四七言律詩、五言排律、雜體，其體例與天啓刻本更近，然選詩與萬曆、天啓二刻本實差異較大。萬曆本、天啓本收詩107首，而元禄本收詩311首，除去102首爲幾個版本均收録者之外，有209首詩爲萬曆本、天啓本所未收。元禄本前有莆田黄鳴鸞、錢塘胡舉慶及疑爲楊肇祉自作之序文三篇，後有楊肇祉之從弟楊肇禝之跋文一篇，均爲萬曆、天啓二本所未見，而萬曆、天啓本的凡例，則爲元禄本所未載。此處針對元禄本所收録的序跋與較萬曆、天啓本多收録的209首詩，探討其選詩宗旨及其流傳與日本「花道」文化的關係。

一、《唐詩名花集》與文人品賞花木之風氣

元禄本《唐詩名花集》所收録的三篇序文中，透露出關於此本之編纂和流傳的信息。這裏重點分析其與當時文人品賞花木的風氣之關係。

1.《唐詩名花集》與譜録之編纂

元禄本《唐詩名花集》胡舉慶序云：「嘗聞古今紀花者，若錢思《牡丹譜》，王觀《芍藥譜》、陳思《海棠》，范石〔湖〕之《梅花》，史正志之《菊》，非不燦然明備，第專一不他，局而不弘，賈耽廣之爲百矣，而有傳無詩，獨爲缺典。」這裏提到宋代以來譜録類著作中，多有專門記述各種名花之作。

宋人多作譜録類書①，除了胡舉慶序中所舉之外，尚有贊寧《竹譜》、歐陽修《洛陽牡丹記》、陳翥《桐譜》、蔡襄《荔枝譜》、周師厚《洛陽花木記》、劉蒙《菊譜》、王灼《糖霜譜》、韓彦直《橘録》、范成大《范村菊譜》、陳仁玉《菌譜》等著作。這類著作多記述各種花木的種類、産地、性狀以及栽培方法等，但「有傳無詩，獨爲缺典」，對於歷代描寫花木的詩作，少有記述。在這個意義上，楊肇祉編纂的《唐

---

① 譜録類著作，在晉唐時期已經萌芽，有晉代戴凱之《竹譜》（今亡。見《隋書》卷三三《經籍志二》著録。北京：中華書局 1997 年，第 990 頁）、唐代陸羽《茶經》等著作。但真正成爲風氣，當在宋代。

詩名花集》可稱補白之作。

2.《唐詩名花集》與品賞花木之風氣

古人這種編纂草木譜録的傳統，和文人品賞花木的品賞風氣是分不開的。《唐詩名花集》元禄本載有楊肇祉從弟，楊肇祾（字儀我）的跋文：

袁石公云：「幽人韻士，屏絶聲色，其嗜好不得不鍾於山水花竹。」又云：「南中名花，率爲巨鐺大畹所有。儒生寒子無因得發其幕。」是情雖獨鍾，而快賞最難得也。余生平於栽花鍾竹一事，每每不欲讓人，而四壁蕭然，無貲以購，庭容旋馬，無地可栽，真無以破岑寂之苦。偶於從兄君錫齋頭，檢得《唐名花》一集，不覺撫掌稱快，曰：「昔東萊作《卧游録》①，大人倣之，輯《海内奇觀》，遂令幽人韻士，指顧皆山。吾兄是集，詎不令名園佳圃，左右成行；異卉奇葩，朝夕在目也乎？」無扦剔澆頓之勞，而有味賞之樂，誠幽人韻士之大快也。

① 呂祖謙有《卧遊録》一卷，有《金華叢書》本。自言晚歲卧家，深居一室，因念宗少文「卧遊」之意，恐難遍覩名山，每遇昔人記載人鏡之勝輒命門人筆之，題曰「卧遊録」。

這裏所引的袁宏道(號石公,1568—1610)的文字,來自《瓶史·小引》①。有學者指出,中唐之前的園林,多依傍自然山水;而隨著中唐以後,人工園林的興起,文人的一種「私人空間」(private sphere)也以此爲依傍,建立起來②。對人工栽植和加工的草木的品賞,由此而興起。有趣的是,楊肇祾把這種草木品賞的風氣和繪畫欣賞中的「卧遊」聯繫了起來。卧遊,本來是作爲一種山水畫美學概念,由南朝宗炳(375—443)提出,史載宗炳「有疾還江陵,嘆曰:『老疾俱至,名山恐難遍睹,唯當澄懷觀道,卧以遊之。』凡所遊履,皆圖之於室,謂人曰:『撫琴動操,欲令衆山皆響。』」③「澄懷觀道」,是「卧遊」的主要方式:「澄懷」,即保持虛静空明的心境;「觀道」,即在對山水品賞中,實現對「道」的體認。宗炳一生遍遊山水,晚年多病,於是通過「卧遊」的方式,來重新品賞山水,達到對自然

---

① 《袁弘道集箋校》卷二四。上海:上海古籍出版社 1981 年,第 817 頁。

② Xiaoshan Yang: "It is against this totalising aspect of Chinese moral philosophy that we can best appreciate the significance of the private sphere in the sense of 'a cluster of objects, experiences, and activities that belong to a subject apart from the social whole, whether state or family.' It is both as the embodiment of and the habitat for the private sphere that we can best appreciate the significance of the urban private garden as configured in Chinese poetry from the mid-Tang to the Northern Song. That the urban garden often function as a retreat from public life seems rather self-evident." See *Metamorphosis of the Private Sphere: Gardens and the Objects in Tang-Song Poetry*. Cambridge: Harvard University Asia Center, 2003, pp. 249—252.

③ 《宋書·宗炳傳》,北京:中華書局 1974 年,第 2279 頁。

之道的體認。這種美學思想，對於六朝時期的山水詩和山水畫的興起，具有促進作用①。畫中之山水，並不是真山水，但照樣可以作爲品賞山水的媒介；同樣的，人工之草木，並非「真」草木，但也可以作爲「幽人韻士」澄心静慮的憑藉。然而，正如袁宏道所説，即便如此，那些人工草木需要以人工園林爲依托，非「巨鐺大畹」的達官豪族不能爲，因此，即便是不得其「真」的人工草木，對於那些地位卑微的「儒生寒子」來説，也是一種奢望。在楊肇禖看來，自己雖然「四壁蕭然」，但憑藉從兄的這本《名花集》，通過對唐人吟詠花草的篇目的賞玩，照樣可以達到「卧遊」的品賞效果。

袁宏道的《瓶史》在問世不久後便傳入日本，對日本的插花藝術産生很大的影響，形成了「宏道流」：「有黎雲齋者，據石公《瓶史》建插花法，自稱『宏道流』，大行於世。」②插花藝術最早産生於中國，源於佛教的供花，成立於南北朝時期，在隋唐至宋發展到鼎盛，但在元明時期進入沉滯期，并慢慢衰落③。在日本，江户時期插花藝術則逐漸盛行起來。日本人名之曰「花道」（かどう，又稱「生け花，ikebana」）④。從這一背景考慮，《唐詩名花集》在日本之流行，尤其是元禄本之刻印與流傳，應與此種品賞花木之風氣密切相關。

---

① 王惠《繪雲山以卧游——魏晉南北朝時期的山水畫與畫論》，《中國書畫》2010年第7期，第70—73頁。
② 桐谷鳥習《瓶史國字解・序》，日本文化七年(1810)千鐘房刊本，第1—2頁。
③ 黄永川《中國插花藝術史》，杭州：西泠印社出版社2012年。
④ 參見重田和草《花菖蒲生花の系譜——宏道流の花菖蒲生花について》，はな16(9)，1950—09：47—52。

二、書齋中之花木品賞：元祿本《唐詩名花集》之「花道」文化

1.「清賞」：遠離觥籌宴樂的清閒幽趣

楊肇祉在萬曆、天啓本《唐詩名花集》凡例中云：「觀花有感，與攜觴共賞者，皆具一時之樂事，非以言花之精神也，不入。」將那些攜酒賞花之作排除在外。這與「花道」中「清賞」之原則是相通的。在《瓶史》中，袁宏道提出「清賞」的審美意趣：

> 茗賞者上也，譚賞者次之，酒賞者下也。若夫内酒越茶及一切庸穢凡俗之語，此花神之深惡痛斥者，寧閉口枯坐，勿遭花惱可也。夫賞花有地有時，不得其時而漫然命客，皆爲唐突。寒花宜初雪，宜雪霽，宜新月，宜暖房。温花宜晴日，宜輕寒，宜華堂。暑花宜雨後，宜快風，宜佳木蔭，宜竹下，宜水閣。涼花宜爽月，宜夕陽，宜空階，宜臺徑，宜古藤巉石邊。若不論風日，不擇佳地，神氣散緩，了不相屬，此與妓舍酒館中花何異哉？①

① 袁宏道著，錢伯城箋校《袁宏道集箋校》，上海：上海古籍出版社 1981 年，第 827 頁。

袁宏道指出不同的花木所適宜的品賞環境，都呈現出一種清浄幽遠之特點，遠離酒盞杯盤的喧囂。事實上這是一種隔著距離的欣賞。元禄本《名花集》收録了《輞川集》中的幾首作品，很好地體現了這一點。輞川別業原爲宋之問（約 656—712）舊宅，王維（701—761）晚年隱居於此，并與好友裴迪等互相酬和。與中晚唐以後的人工園林不同，輞川別業是依傍自然山水而建①。王維等人所寫的輞川詩，體現出了濃厚的人文情趣，比如：

檀欒映空曲，青翠漾漣漪。暗入商山路，樵人不可知。（《斤竹嶺》）

仄徑蔭宮槐，幽陰多緑苔。應門但迎掃，畏有山僧來。（《宮槐陌》）

兩首詩都顯示了一種花木與人世之間的「疏離」關係。一曰「樵人不可知」，再曰「畏有山僧來」，似乎這些景物只屬於那遠離人跡的所在，而拒絕一切遊人的到訪。又如《蓮花塢》：

日日採蓮去，洲長多暮歸。弄篙莫濺水，畏濕紅蓮衣。

① 參看周維權《中國古典園林史》，北京：清華大學出版社 2008 年。

此詩寫女子採蓮暮歸的情形，但與一般採蓮詩多寫女子動態不同，此首專寫其「静」，因害怕弄濕了蓮花之花瓣①，而只好輕輕地撑櫓。這同樣表現出人（採蓮女）與物（蓮花）之間的互不侵犯。

再如裴迪和王維的《茱萸》云：

> 飄香亂椒桂，布葉間檀欒。雲日雖迴照，森沉猶自寒。

檀欒，蓋指修竹，語出枚乘（？—前 140）的《菟園賦》：「修竹檀欒，夾池水，旋菟園。」茱萸本來色澤艷麗，氣味芬鬱，引人注目。晉孫楚（？—293）《茱萸賦》云：「攀紫房於纖柯，綴朱實之酷烈。」②然而，因爲處在椒桂繚繞、修竹叢生的環境中，也顯得陰鬱起來：和氣味濃烈的椒桂相比，茱萸的香氣不易被察覺；和高聳入雲的修竹比起來，矮小的茱萸又顯得太過卑微和不起眼。在這樣的環境下，雖然有雲日照耀之「暖」，茱萸也難免其「寒」。「森沉」二字，既有林木繁鬱之意，如謝靈運（385—433）《山居賦》之「灌木森沈以蒙茂」；又有陰暗之意，如鮑照（414—466）《過銅山掘黄精》之「銅溪晝森沈」，正是對茱萸之「寒」的形容與寫照。因此，「寒」字可謂是此篇之眼。這裏的「寒」，既是其處境

---

① 陳鐵民注「紅蓮衣」云：「指紅蓮的花瓣。」見《王維集校注》，北京：中華書局 1997 年，第 638 頁。

② 歐陽詢等《藝文類聚》卷八九，上海：上海古籍出版社 1982 年，第 1541 頁。

之寒，更是其氣質之「寒」，有凜然不可侵犯之意。「猶自」二字既寫出茱萸之孤獨與落寞，又點出茱萸高潔的品格，可謂意味深長。

大曆詩人錢起（710—782）《石上苔》云：

静與溪色連，幽宜松雨滴。誰知古石上，不染世人跡。

此詩見録於《錢仲文集》卷一〇。詩寫古石上生出的點點苔痕，雨後松林中的溪澗潺潺流過，與喧囂的人世形成鮮明的對比。流動的溪水是動，而溪邊的磐石是静；石上的青苔，隨著時間的流逝而潛滋暗長，正是流動的時間與静止的空間相互滲透的産物。在這種動與静的交融中，透出濃濃的禪意。最後一句「不染世人跡」，看起來超脱世俗，筆鋒卻透露出文人的欣賞眼光，正是一種擺脱了「庸穢塵俗」的「清賞」。

《名花集》中並非全然没有飲酒看花之作，但更多是自斟自酌，照樣顯示出閒静的趣味。如劉禹錫《飲酒看牡丹》云：

今日花前飲，甘心醉數杯。但愁花有語，不爲老人開。

此詩見《劉賓客集》卷二五，詩題原作：「唐郎中宅與諸公同飲酒看牡丹」。首兩句寫詩人在花前獨

酌，後兩句道出孤獨無聊的心情：花之無語，本來已是令人惋惜之事；但若花有語，不肯爲人開放呢？則可悲就更進一層了。李商隱《花下醉》云：

> 尋芳不覺醉流霞，倚樹沉眠日已斜。客散酒醒深夜後，更持紅燭賞殘花。

此詩寫酒散人去後的寂寞。深夜酒醒之後，爲了排遣內心的孤寂，詩人夜起秉燭賞花。「更持紅燭賞殘花」，比白居易「夜惜衰紅把火看」（《惜牡丹二首》其一）單純的惜花，更進一層。司空曙《翫花與衛象同醉》云：

> 衰鬢千莖雪，他鄉一樹花。今朝與君醉，忘却在長沙。

「千莖雪」極言其年之衰，「他鄉」則言其讁謫之遠。詩人在年華已暮之時，卻慘遭流放他鄉，只好與友人花下對酌，一醉方休，以遣悲懷。「長沙」一語用漢代賈誼以長沙傅終的故實，表達了詩人憂鬱憤懣之慨。

2.「取花如取友」：花木品賞之人格化

文人對花木之「清賞」，除了賞其悠遠之趣，更會賦予其強烈的人格色彩，這與「花道」精神是密

切相關的。袁宏道在《瓶史》中常常採用「女色喻花」的手法來描摹花之神韻①，這與萬曆、天啓本中「以人擬花」傳統的發揚，是彼此應和的。袁宏道在《瓶史》「花目」篇中還提出「取花如取友」的原則：

> 夫取花如取友。山林奇逸之士，族迷於鹿豕，身蔽於豐草，吾雖欲友之而不可得。是故通邑大都之間，時流所共標共目，而指爲雋士者，吾亦欲友之，取其近而易致也。余於諸花取其近而易致者，入春爲梅，爲海棠；夏爲牡丹，爲芍藥，爲石榴；秋爲木樨，爲蓮、菊；冬爲蠟梅。一室之内，荀香何粉，迭爲賓客。取之雖近，終不敢濫及凡卉，就使乏花，寧貯竹柏數枝以充之。雖無老成人，尚有典刑，豈可使市井庸兒，溷入賢社，貽皇甫氏充隱之嗤哉？②

以花爲友，頗有宋代林逋「梅妻鶴子」之遺意。「取花如取友」，其實是以人之精神注入對花之觀賞，并賦予所品賞之花以獨立的人格。這其實是一種古典文人的「拜物」傾向。「拜物」(fetishism)，或曰戀物，本是原始宗教中的一種普遍現象，信仰拜物教的人以爲，某種人造物品有超自然能力，繼而

---

① 崔穎《名花傾國兩相歡——從〈瓶史〉出發，探討袁宏道詩文中女色喻花的寫作手法》，《文學界（理論版）》2012年第8期，第216—218頁。

② 袁宏道《袁宏道集箋校》第二十四卷，第819頁。

把它當作神來崇拜。有學者借用這一概念來形容中唐以後興起的，對於怪石、書畫、筆硯等物品的收藏風氣①，這種執著於物的狂熱，正是文人們建立自我認同的方式。關於「戀物」心理，匈牙利學者盧卡奇(Lukács György, 1885—1971)發展了馬克思(Karl Marx, 1818—1883)關於資本主義社會所導致的「商品拜物教」(commodity fetishism)的論述②，指出人的「拜物心理」主要有兩種，一種是物的人格化，一種是人的物化③。後者主要表現爲人對於物的過度依賴，乃至喪失了自己的主體性；而前者則是人將自己的情感與精神賦予到物的身上。這一論述對於中國古代文人的「拜物」心理也适用。袁宏道的所謂「取花如取友」，正是將品賞之花木人格化的表現，具體方式便是賦予花木以種種人格的象徵意義。比如《名花集》所選題爲初唐詩人王適的《庭竹》④：

露滌鉛華節，風摇青玉枝。依依似君子，無地不相宜。（君子）

① Xiaoshan Yang: "'Fetishism' in a broad sense of extravagant devotion to or irrational indulgence in particular types of things brings to mind a number of words in Chinese, such as *shi* 嗜，*pi* 癖，*ai* 愛，*hao* 好，and even *bing* 病." See *Metamorphosis of the Private Sphere: Gardens and the Objects in Tang-Song Poetry*, p. 91.

② 卡爾・馬克思《政治經濟學批判》，北京：人民出版社 1976 年，第 135 頁。

③ 盧卡奇《歷史與階級的意識》，北京：商務印書館 1992 年。

④ 按：此詩應爲劉禹錫所作，見《劉賓客集》卷二五。

以竹爲君子之象徵，本爲《詩經》以來的古老傳統。但此詩單單點出竹子「無地不相宜」的特點，正象徵君子隨遇而安的品性。

又如劉禹錫的《紅柿子》：

曉連星影出，晚帶日光懸。本因遺採掇，翻自保天年。

詩題原作《詠樹紅柿子》。隱身於深山之中的紅柿子雖然不能被世人所採摘，卻反而因此得以保全天年。這正印證了莊子所謂「山木自寇，膏火自煎」的道理。《莊子・人間世》中記載「以爲舟則沉，以爲棺槨則速腐」的「無用之木」，反而因此得以免於斧斤之禍。紅柿子得享天年的道理，正同於此。此詩賦予了紅柿子有「無用之用」以保全自身的品性。

再如張祜的《樹中草》：

青青樹中草，託根非不危。草生樹郤死，榮枯君可知。

此詩見於《樂府詩集》卷七七、《萬首唐人絶句》卷一六。在樹中寄生的小草，難以享受陽光和雨露，本來處境十分危險。但是，當老樹枯死之時，樹中的小草卻依然健壯。可見榮枯之間，并無定數。

詩人賦予小草生命力頑强的品性。

詩人有時會通過將花木人格化的方法，來表達人世間的悲歡離合之情。如劉言史（?—812）《别落花》云：

> 風艷霏霏去，羈人處處游。明年縱相見，不在此枝頭。

落花本是常見之物，但詩人卻將落花看作有情感有人格的對象：可憐我年年到處漂泊，縱使明年還能見到你，已經不是這個枝頭的模樣了。表達了詩人對於自己羈旅漂泊生涯的感慨。

又如晚唐詩人鄭谷《荔枝》云：

> 平昔最相愛，驪山遇貴妃。在教生處遠，愁見摘來稀。曉奪紅霞色，晴欺瘴日威。南荒何所戀，爲爾即忘歸。

據考，此詩當爲鄭谷在廣明（880）以後流寓蜀中時所作①。當時，鄭谷爲了躲避黄巢之亂，竄逃巴

---

① 嚴壽澂、黄明、趙昌平《鄭谷詩集註》卷二，上海：上海古籍出版社 1991 年。第 129 頁。

蜀，見到了荔枝。這裏將荔枝比作楊貴妃，據《新唐書・楊貴妃傳》云：「妃嗜荔枝，必欲生致之。乃置驛騎傳送，走數千里，味未變已至京師。」楊貴妃嗜好荔枝，使得詩人將二者聯繫起來。詩人逃蜀的經歷，也讓人想起玄宗攜貴妃逃蜀的往事。「在教生處遠，愁見摘來稀。」詩人慶幸的是，能夠活著逃到蜀中，但看到已經零落的荔枝，不禁悲從中來。頸聯兩句寫荔枝色澤之鮮艷明麗。末聯説道：雖然如今流落在南荒之地，但所幸有荔枝相伴，不妨聊作忘歸之想。詩人將荔枝比作貴妃的同時，賦予了荔枝人格化的色彩，同時寄寓了對家國興亡和身世零落的喟歎，可謂是感慨良深。

小結

筆者認爲，《唐詩名花集》元禄刻本既與萬曆、天啓二本一脈相承，又有自己的特點。三篇序言中，作序者從花木類譜録的編纂和文人品賞花木的傳統著手，梳理了此集的編纂背景。集末楊肇祋的跋文引用袁宏道《瓶史》中的相關論述，明顯透露出此集的編纂與晚明插花藝術的流行密切相關。楊肇祉的選詩宗旨，與袁宏道提出的「清賞」之説與「取花如取友」的詩學主張暗合。《名花集》元禄本在日本之流傳，應與江户時期興起的「花道」文化有關。元禄本《名花集》與萬曆、天啓二本所選詩歌與排列方式有顯著的差異，筆者推測，元禄本或許是楊肇祉編選的底稿的翻刻，而其他兩本則是

底稿的删節本。然而，元禄本系統中並未見有《唐詩艷逸品》其他三種（即《名媛集》《香奩集》《觀妓集》）流傳或存世的記載，楊肇祉編選《唐詩名花集》的初稿，何以會單獨流傳到日本，而在中國未見傳世？這些是值得進一步探討的問題。

論《唐詩艷逸品》之版本與文獻問題——兼談其作爲晚明商業出版物之特色

《唐詩艷逸品》爲晚明楊肇祉所編的一部艷體唐詩選集。編選者楊肇祉，字君錫，杭州人，生平行止未詳，大約生活于明萬曆年間（1573—1620）。此書以「艷逸」爲標幟，分名媛、香奩、觀妓、名花四集，《名媛集》選詩九十一首，《香奩集》選詩一百零五首，《觀妓集》選詩六十六首，《名花集》選詩一百零七首。四集選詩凡三百六十九首，專選唐詩中描寫「佳人佚女，麗草疏花」的詩篇。關於此集之選詩宗旨、藝術特色及其與明代詩學之關係等諸問題，筆者已於前文討論。這裏主要結合筆者對此集的整理情況，對《唐詩艷逸品》中出現的訛誤作僞等情況作一討論和説明。《唐詩艷逸品》作爲一部獨具特色的艷體唐詩選本，雖然在明代唐詩選本學史上自有其重大的價值，但其中的文獻疏漏等情況，又呈現出了很强的商業出版物的色彩。通過對此集之文獻情況的考察，可藉以窺見明代商業出版唐詩選本的一斑。

一、萬曆、天啓本《唐詩艷逸品》

《唐詩艷逸品》最早於萬曆四十六年(1618)由李乾宇盛芸閣刊刻,現藏於哈佛燕京圖書館,比較忠實地反映了編選者楊肇祉的選詩原貌,但此本只有圈點,且有錯訛(下文簡稱「萬曆本」)。天啓元年(1621)此書由烏程閔一栻重新按詩體編排,廣搜名家評語,改正部分訛謬,重新刊刻(下文簡稱「天啓本」)。康熙丁卯年(1687)由任祖天據天啓本重刻,現藏於中國國家圖書館、浙江省圖書館等地①。這裏介紹天啓本對萬曆本之重編和修訂情況,再對天啓本未及修訂的問題進行探討。

(一)天啓本對萬曆本之重新編訂與勘誤

萬曆本原刻只有每集之前的凡例,而閔一栻又於四集之前加「總凡例」,説明自己的修訂工作。據其總凡例所云,閔一栻所做的工作,主要分爲三部分:

1. 將各集按照五七律絶、排律、古風、雜體重新分體編排

萬曆刻本乃是按照內容主題編排,閔一栻斥之爲「詩次雜亂」。其實,萬曆本《唐詩艷逸品》並非

① 此本已由上海古籍出版社於 2016 年 3 月影印出版。

完全無編次之邏輯，如《名媛集》是按照所詠人名來歸類，《名花集》是按照所詠花名來歸類；《香奩集》《觀妓集》雖然没有明顯的排列規律，但大致還是可以看出，其將主題相近的詩篇歸在一起的痕跡。這種「類編」別集的做法，起於宋元之際，如《分類補註李太白詩》《集千家注分類杜工部詩》《集千家注批點杜工部詩集》，等等；總集中類似的做法，則起源更早，自《文選》《文苑英華》《瀛奎律髓》等，都採取這種編纂方式。楊肇祉的《唐詩艷逸品》萬曆本也繼承了這種編排方法，只是未爲縝密。閔一栻則改爲分體編排的方法，看起來更加眉目清晰，但已非原本之貌。

2. 廣搜名家評語

據閔一栻所列，有三十八家，包括了從宋代的蘇軾、黄庭堅，到元代的虞集、薩都剌，再到明代的楊慎、王穉登等，還有閔一栻的先祖閔珪、閔如霖和兄侄景倩、好友莊若谷等人的評論。這種匯評、集評的評點形式在晚明的發達，有其時代背景。有學者指出：「由於這些評點家名聲巨大，對當時的讀者很有吸引力，而當時的出版業又恰好處於一個前所未有的騰飛時期，一些書商爲了牟利，認爲在文學評點上可以大做文章……同時，有些學者也認爲這種匯評本或集評本不僅可以清楚地看到各家各派對於一部小説或一篇散文、一首詩詞的不同看法，而且有助於人們，特别是那些啓蒙讀者對文學作品的理解，因此他們認爲這種匯評本或集評本很有好處，大有必要進行推廣。」①在閔一

① 金奎生《明代唐詩選本研究》，第155頁。

栻所列出的評點諸家中，筆者略爲翻檢，其中引用最多者，有《唐詩歸》《唐詩品彙》《王孟詩評》等。然其所列釋無可乃唐人賈島從弟，《全唐詩》卷八一三、八一四載其詩凡九十八首，并未見其有論詩之語，則其所列諸家，容或有書商夸示以炫博射利之嫌。

在晚明商業出版發達的背景下，圖書的評點形式有助於加强編者和讀者之間的互動，推動圖書的流通。「文學評點作爲一種傳播手段，主要體現在評點傳播機制的啓用，即用批評的形式改變接受者的期待視界，以培養更多的或隱或顯的接受者爲目的，擴大文本在社會上的影響，加快文本的傳播速度。」①在這種情況下，甚至出現了僞託名人以編選評點的做法。學者已經指出，「明人編歷代名詩、名詞、名曲、名文選，與編科舉時文相似，有的只編不評，有的則加以名人的點評。當然，有的點評真出於名家之手，有的則是假冒。」②最經典的例子，如鍾惺（1581—1624）、譚元春（1586—1637）的《詩歸》的例子：「桐鄉錢麟翔仲遠友于友夏，恒言：『《詩歸》本非鍾、譚二子評選，乃景陵諸生某假託爲之。鍾初見之怒，將言於學使除其名。既而家傳户習，遂不復言。』」③鍾、譚二子的《詩歸》在出版流通中，混入了許多別人僞冒假託的評點，鍾惺剛開始看到還覺得憤怒，但考慮到此集已經流傳于世，也只好表示默認。由此可以看到晚明假僞風氣之一斑。天啓本中一些假託名家

① 聶付生《晚明文人的文化傳播研究》，北京：中國戲劇出版社 2007 年，第 161 頁。
② 方志遠《明代城市與市民文學》，北京：中華書局 2007 年，第 171—172 頁。
③ 朱彝尊《静志居詩話》卷一八《譚元春》，北京：人民文學出版社 1990 年，第 563 頁。

的評點，亦當作如是觀。

3. 對原本訛謬之處加以指出或訂正

（1）重收。王昌齡《西宮秋怨》（「芙蓉不及美人妝」）一首，在《名媛集》題爲王昌齡《阿嬌怨》，而在《香奩集》又重收，題爲李白《美人怨》；又如《名媛集》所收《長信秋詞》二絶，當爲王昌齡詩，但被誤題崔國輔；白居易《詠關盼盼》一首，既見收于《名媛集》，又在《觀妓集》輩繫于關盼盼名下，如此等等，閔一栻均未逕改原文，而是加批語以註明。

（2）逕改底本謬誤，然在凡例中未加説明的。如《名媛集》載張祜《虢國夫人》，原刻云：「楊妃第二姨也。」閔一栻作「第三姨」，是。再如《名媛集》載賈至《贈薛瑶英》，第二句「方知漢承帝」，閔一栻「承」作「成」，原刻顯誤，閔一栻是。再如《香奩集》載袁暉《三月閨情》第一句，原刻作「一月時將盡」，閔一栻「一」作「三」，按，《萬首唐人絶句》正作「三」，詩題既云「三月閨情」，顯然當以「三」爲是。

（3）改正底本誤題之情況者。如《名媛集》載徐彦伯《婕妤怨》一首，據令狐楚《御覽集》《二皇甫集》卷六均作皇甫冉詩，閔一栻是。如《香奩集》載李白《芙蓉不及美人妝》一首，天啓本評云：「此乃王昌齡《阿嬌怨》，胡元瑞已評論之矣，今姑仍君錫原本。」再如《名花集》載李白《楊花》（「樓上江頭坐不歸」）一首，天啓本評云：「此乃少陵《曲江對酒》律也，太白竟絶前四句爲之。」按：李白集中並無此絶句，此爲濫入無疑。再如所收李商隱《早梅》一詩，萬曆本作杜甫詩，誤，天啓本是。再如

《名花集》載《早梅》(知訪寒梅過野塘)一首，原刻作杜甫詩，其實當爲李商隱詩，天啓本是。

雖然天啓本已改正了底本的部分訛誤，但是依然有大量的錯誤，没有被指出。

(二) 天啓本未及修改之訛誤

1. 誤題

如《名媛集》在王昌齡《長門妃怨》(春風日日閉長門)，當爲皎然詩；所載崔國輔《長信宮怨》二首，皆當爲王昌齡詩；所收王昌齡《長門妃怨》(春風日日閉長門)，當爲皎然詩；所收李白《湘妃怨》一首，此詩不見《李太白集》，當爲陳羽詩；所收王之渙《貴妃剪髮》一首，當爲晚唐詩人王渙(859—901)《惆悵詞十二首》其八。

《觀妓集》載王勃《觀妓》二首，均當爲王績詩。儲光羲《夜觀妓》三首，其二、其三俱爲李百藥詩，見《樂府詩集》卷八〇，《全唐詩》卷四三。

《香奩集》載崔澹《題美人》詩，據《北里志》，當爲孫棨詩。《香奩集》載張籍《春女》一首，當爲劉禹錫詩；所收劉商《怨婦》其二，《國秀集》卷中作「吴聲子夜歌」，爲薛奇章詩，《英華》卷二〇五、《唐詩紀事》卷一五、《唐詩品彙》卷三九作「古意」，爲崔國輔詩，則當爲崔國輔詩，作劉商詩者，誤。《全唐詩》崔國輔、薛奇章、劉商詩下重出，當是受了明人唐詩選本之蒙蔽。所載方干《贈美人三首》其一，何光遠《鑑戒録》卷八作「貽美人」，爲章孝標詩，《全唐詩》卷五〇六同，此誤。所載屈同仙《美女

篇》，《英華》卷一九三、《全唐詩》卷九八作王琚詩。所載李白《浣紗女》其二：「南陌春風早，東鄰去日斜。千花開瑞錦，香撲美人車。」據《樂府詩集》卷八〇《浣紗女二首》其一，不著撰人姓名。按：劉方平《新春》詩云：「南陌春風早，東隣曙色斜。一花開楚國，雙燕入盧家。眠罷梳雲髻，粧成上錦車。誰知如昔日，更浣越溪紗。」此當截取其前半，變換其詞，披諸樂府者。唐人詩句多有之，然絶非李白詩句。

《名花集》中誤題之情況，也較爲集中。如其所載崔興宗《紅牡丹》當爲王維詩；王適《庭竹》當爲劉禹錫詩；薛濤《梅花》詩，當爲薛維翰詩；李益《玉蕊花》，當爲王建詩；楊貴妃《櫻桃》，當爲花蕊夫人《宮詞百首》其八二；王維《楊柳》當爲薛能詩；楊渾《海棠》，據《英華》卷三二二、《瀛奎律髓》卷二七、《全唐詩》卷六七五，當作鄭谷詩。

還有一些情況，則當存疑。《名媛集》所收胡曾《薛濤》一詩，此詩又見王建《王司馬集》卷八，詩題作「寄蜀中薛濤校書」。《萬首唐人絶句》卷五八亦作王建詩，詩題作「寄薛濤校書」。《鑑戒録》卷一〇、《唐詩紀事》卷七九、《唐才子傳》卷八則作胡曾詩。此外，《香奩集》所載戴叔倫《織女》一詩未見唐宋元選集、類書引録，真僞難辨，蔣寅《戴叔倫詩集校注》列入卷三「備考」部分。又，《名花集》收盧綸《白牡丹》一首。詩題，《能改齋漫録》卷七作《題青龍寺白牡丹》，《紺珠集》卷一〇、《類説》卷六作「白牡丹」，均爲裴潾詩；《文苑英華》卷三二一則作「裴給事宅白牡丹」，爲盧綸詩。按：此詩最早見於《酉陽雜俎》卷九，但云詩開元時名公所作，《萬首唐人絶句》卷六九、《唐詩品彙》卷五五從

之。《全唐詩》卷一二四裴實淹下，卷二八〇盧綸下，卷五〇七裴潾下均收，疑未能明也。

再如《觀妓集》載王勃《觀妓》三首，其一、其二又見於《盧照鄰集》卷二。其一，《英華》卷二一三作王勣詩；《全唐詩》卷三七作王績詩，題下注：「一作盧照鄰詩，一作王勣詩。」王績、王勣應爲一人；《全唐詩》卷四二作盧照鄰詩，然而有學者指出，王績「生平未嘗入蜀，此詩應判爲盧照鄰作」①。其二，《文苑英華》卷二一三、《全唐詩》卷三七并作王績詩，《四部叢刊》本《東皋子集》收有此詩，「究屬誰作，疑不能明」②。其三，此多作劉長卿詩。《劉隨州集》卷三、《才調集》卷一題作「揚州雨中張十宅觀妓」。《文苑英華》卷二一三作張謂詩。

2. 正文的訛誤

天啓本已改正了萬曆本的一部分訛文，但仍有相當一部分未及改正，不勝枚舉。這裏姑舉數例，以見其略。《名媛集》載崔國輔《昭君怨》：「紫臺錦望絶。」不通，「錦」當作「綿」。再如劉禹錫《泰娘歌》，原刻脱去了「風流太守韋尚書」一句，閔一栻並未補出，今據他本補。此外，《唐詩艷逸品》還保存了一些獨特的異文。如《觀妓集》所載杜甫《泛江有女樂在諸船戲馬艷曲》其一，第五句原刻作「玉袖臨風並」，閔刻同。按：「臨」當作「凌」，然二字皆通。再如《名媛集》所録白居易《昭君》詩：「眉銷

① 李雲逸《盧照鄰集校注》，北京：中華書局 1998 年，第 113 頁。
② 《盧照鄰集校注》，第 109 頁。

殘態臉銷紅。」董斯恭《昭君二首》其一：「眉態雪沾殘。」其二：「眉態染胡塵。」《香奩集》所録孟浩然《美人分香》詩：「眉態拂能輕。」這幾處的「態」均當作「黛」。《香奩集》所録張碧《美人梳頭》：「皓指高低翠態愁。」「翠態」，《唐詩紀事》卷四五作「寸黛」。可見，將「黛」誤作「態」，乃是《唐詩艷逸品》常見的訛文，這裏或許有其避家諱的因素，可以爲我們推測楊肇祉其人之身世提供一些線索。

3. 作僞

如果説，誤題或正文訛誤的情況，可能是由於無心之失，則作僞的情況，則當爲有意爲之了。明人編纂唐詩選集，多有作僞的情況①。現存題爲鍾惺所編的《名媛詩歸》三十六卷中，録入唐代宫闈詩七卷，其中便溷入了趙鸞鸞、卓英英等元明間女詩人的作品②。這在《唐詩艷逸品》中也有反映。

---

① 劉再華《明人僞造唐集與明代詩風》，《中國韻文學刊》1999 年第 2 期，第 50 頁。

② 學者已經指出，此集其實並非鍾惺所編，而是當時書賈冒名射利之作。王士禎《池北偶談》云：「不知《名媛詩歸》，乃吴下人僞托鍾、譚名字，非真出二公之手，何足深辨？又向來坊間有《明詩歸》，更俚鄙可笑，亦托名竟陵，又足辨耶？」北京：中華書局 1987 年，第 435 頁。《四庫全書總目提要》中説：「舊本題明鍾惺編，取古今宫闈篇什，裒輯成書，與所撰《古唐詩歸》並行。其間真僞雜出，尤足炫惑後學。王士禎《居易録》亦以爲坊賈所托名，今觀書首有書坊識語，稱『《名媛詩》未經刊行，特覓秘本，精刻詳訂』云云。核其所言，其不出惺手明甚。」王士禄在《然脂集例》卷一中也曾言「謂略備古今，似出坊賈射利所爲，收采猥雜，不可悉指」，《四庫全書存目存書》影印湖北省圖書館藏清康熙刻昭代叢書本，集部 420 册，第 730 頁。關於此集之情況及相關討論，又見王艷紅《明代女性作品總集研究》第三章第二節，上海師範大學碩士學位論文 2006 年。又見鄭艷玲《題名鍾惺評點的〈名媛詩歸〉》，《黄岡師範學院學報》2007 年第 1 期，第 20—23 頁。

《觀妓集》所載無名氏《妓》八首，其實都是明人王穉登（字百穀，1535—1612）的作品。《名花集》更將袁宏道（1568—1610）的《看梅》（「莫將香色論梅花」）、《水仙花》《十姊妹花》（「緗屏緣屋引成行」）等詩，妄題爲杜甫之作。温庭筠《杏花》、白居易《木蘭花》、孟浩然《荼蘼花》、佚名《夜合花》、李白《海棠花》、裴度《蘭花》等，均不見詩人本集和其他唐宋舊籍，亦不見清人所編《全唐詩》，當爲明人僞託無疑。其魚目混珠之跡，昭然若揭。

還有一種情況，是將後代詩人名字與唐人類似者，混爲唐人之作。如《名花集》所在「元載妻」一首《梅》詩云：

南枝向暖北枝寒，一種春風有兩般。憑仗高樓莫吹笛，大家留取倚闌干。

唐代大曆年間確有權相元載（713—777）其人，但此詩卻並非唐人元載之妻子所作。據《詩話總龜》卷一〇：「天聖中，禮部郎中孫冕刻《三英詩》。劉元載妻、詹茂光妻、趙晟之母《早梅》《寄遠》《惜別》三詩，劉妻哀子無立，詹妻留夫侍母病，趙母懼子遠遊。孫公愛其才，以取之。《早梅》詩云……」正爲此詩。然則此詩當爲宋人劉元載妻詩。又見《宋詩紀事》卷七八。《全唐詩》卷八〇一誤收，正作劉元載妻詩。又，此詩又見宋人曾慥《類說》卷三四「蜀州有紅梅數本，郡侯建閣扃鑰，遊人莫得見。一日，有兩婦人，高髻大袖，憑欄語笑。郡侯啓鑰，間不見人。惟東壁有詩曰」云云，亦爲此詩。

《全唐詩》卷八六三據此重收，作觀梅女仙詩。然則無論如何，此非唐人之作甚明。《全唐詩》之所以會誤將此詩收入，當也是受了明代人的蒙騙了。

(三)《唐詩艷逸品》溷入唐前詩之情況：兼談對《文苑英華》的採用

較爲特別的是，本書雖然名爲《唐詩艷逸品》，卻溷入了很多六朝的詩作。這一點已經被閔一栻注意到，其在總凡例中云：「集中所載梁簡文帝、陳後主諸歌，本非唐詩，似宜刪去，然亦近唐詩。今姑仍原本，讀者幸勿以溷入罪我也。」《香奩集》載有梁簡文帝《美人古歌》二首、陳後主《美人歌》二首(其二其實爲江總詩)。事實上，經筆者檢閱，此書溷入的六朝詩人尚有以下八位詩人詩作：

1. 劉遵

劉遵(488—535)，字孝陵，彭城(今徐州)人。劉孺弟。爲梁代人。《香奩集》載其《舞妓》詩，《觀妓集》重收。見逯欽立《先秦漢魏晉南北朝詩・梁詩》卷一五①。

2. 王訓

王訓(511—536)爲梁人，生平見《梁書》卷二一、《南史》卷二二。《香奩集》載其《美人舞》三首。

---

① 逯欽立《先秦漢魏晉南北朝詩・梁詩》卷一五，北京：中華書局1983年，第1810頁。

其一《觀妓集》重收，見逯欽立《先秦漢魏晉南北朝詩・梁詩》卷九①。其二實爲梁楊皦詩②。按：楊皦（生卒年不詳）仕梁爲中軍司馬，太清二年（548）守東府，爲侯景所害。其三實爲陳徐陵詩③。徐陵（507—583），生平見《南史》卷六二。

3. 梁孝元帝

梁元帝蕭繹（508—555），字世誠，梁武帝蕭衍的第七子。《觀妓集》載其《夕出通波閣下觀妓》一首。見《先秦漢魏晉南北朝詩・梁詩》卷二五④。

4. 梁宣帝

梁宣帝蕭詧（519—562），爲後梁（西梁）建立者，梁武帝之孫、昭明太子蕭統之第三子。《名花集》載有其《蘭花》一首。見逯欽立《先秦漢魏晉南北朝詩・梁詩》卷二七⑤。

5. 庾肩吾

庾肩吾（487—551），字子慎，一字慎之，生平見《南史》卷五〇。《名花集》載其《萍》一首。見逯

---

① 逯欽立《先秦漢魏晉南北朝詩・梁詩》卷九，第1718頁。
② 逯欽立《先秦漢魏晉南北朝詩・梁詩》卷一七，第1859頁。
③ 逯欽立《先秦漢魏晉南北朝詩・陳詩》卷五，第2529頁。
④ 逯欽立《先秦漢魏晉南北朝詩・梁詩》卷二五，第2039頁。
⑤ 逯欽立《先秦漢魏晉南北朝詩・梁詩》卷二七，第2107頁。

欽立《先秦漢魏晉南北朝詩・梁詩》卷二三①。

6. 庾信

庾信(513—581)爲梁代人，後入北周。《名媛集》載庾信《王昭君》《班婕妤》二首。見逯欽立《先秦漢魏晉南北朝詩・北周詩》卷二②。

7. 杜公瞻

杜公瞻，中山曲陽人，少好學，卒於安陽令。《名花集》載孔德紹《同心芙蓉》一首，誤。據《初學記》卷二七作隋杜公瞻詩，《英華》卷三二二作梁朱超詩。逯欽立《先秦漢魏晉南北朝詩・隋詩》定爲杜公瞻詩③。

8. 魏澹

魏澹(580—645)，字彦深，北齊入隋人。《名花集》載其《石榴花》一首。見逯欽立《先秦漢魏晉南北朝詩・隋詩》卷二④。

---

① 逯欽立《先秦漢魏晉南北朝詩・梁詩》卷二三，第 2003 頁。
② 逯欽立《先秦漢魏晉南北朝詩・北周詩》卷二，第 2348 頁。
③ 逯欽立《先秦漢魏晉南北朝詩・隋詩》卷六，第 2716 頁。
④ 逯欽立《先秦漢魏晉南北朝詩・隋詩》卷二，第 2647 頁。

唐人詩集中卻溷入六朝時人的作品，可以看出其體例的不嚴謹之處，有明顯拼湊的痕跡。如《文苑英華》卷二一三中王訓、楊皦、徐陵的詩本來排在一起，在《香奩集》中，卻把它們統統題爲王訓《美人舞》詩；《香奩集》所載陳後主《美人歌》二首，其二當爲江總詩，梁簡文帝《美人古歌》二首，是因爲《文苑英華》恰好把它們排在了一起。有論者已經指出，《文苑英華》一書對於明人唐詩總集之編纂具有重要影響，如胡應麟《唐詩統籤》的編纂便利用了《文苑英華》的內容①。這在《唐詩艷逸品》中也有反映。

二、元禄本《唐詩名花集》指瑕

特別需要討論的是，《唐詩名花集》除了萬曆和天啓兩個版本，在日本尚有一個元禄九年（1696）的刻本《弄石庵唐詩名花集》（現藏静嘉堂文庫），選詩與萬曆、天啓二刻本實大相徑庭。《名花集》萬曆本、天啓本收詩僅有 107 首，而元禄本收詩有 311 首；除去 102 首爲幾個版本均收録者之外，有 209 首詩爲萬曆本、天啓本所未收。元禄本前有莆田黃鳴鴐、錢塘胡舉慶及疑爲楊肇祉自作之序文三篇，後有楊肇祉之從弟楊肇禝（字儀我）之跋文一篇，均爲萬曆、天啓二本所未見。而萬曆、天啓本

① 冉旭《〈唐音統籤〉研究》第五章第二節「對《文苑英華》的利用」，復旦大學博士學位論文，2004 年。

所有之總序、凡例，則爲元禄本所未載。從所保留的楊肇祉其他親友的序跋來看，推測此本爲楊肇祉最初之稿。然尚未見此刻本有其他三集的流傳，故其與萬曆、天啓刻本之關係究竟若何，尚難以斷定。但其中所保留的材料，對於我們考察《唐詩艷逸品》早期的流傳狀況，具有一定的參考價值。

（二）元禄本《唐詩名花集》之誤題、作僞情況

與萬曆、天啓二本類似，元禄本《唐詩名花集》也存在較多訛誤僞濫的現象。

1. 誤題

有一些情況，只是文字上的異形之訛，如所收「褚雲」《柰》詩，據《藝文類聚》卷八六、《文苑英華》卷三二六、《初學記》卷二八等，詩人名當作「褚澐」。按：褚澐，字士洋，梁人，嘗爲縣令，遷湘東王府參軍，至御史中丞，存詩二首，見《先秦漢魏晉南北朝詩・梁詩》卷二四①。又，「劉得人」《松聲》二首，作者當爲「劉得仁」，一作「劉德仁」。王定保《唐摭言》卷一〇：「劉得仁，貴主之子。自開成至大中三朝，昆弟皆歷貴仕，而得仁苦於詩，出入舉場二十年，竟無所成。」然則當爲武宗、宣宗間人。又如所選「趙昭」《元日恩賜柏葉》一詩，詩人當名「趙彦昭」。再如所選「朱灣」《觀菊》詩，據《唐詩紀事》卷二五，《全唐詩》卷一九六，當爲劉灣詩，此處誤題其姓。所選李德甫《松樹》，據《文苑英華》卷

① 逯欽立《先秦漢魏晉南北朝詩・梁詩》卷二四，第2023頁。

三二四，當爲李德林詩。

更多的，則是張冠李戴之誤。如卷一所選元稹《庭草》一詩，當爲曹鄴詩；所選元稹《巴江柳詩》《柳枝》二詩，均當爲李商隱詩；所選皇甫冉《山茱萸》，當爲王維詩；所選王適《庭竹》，當爲劉禹錫詩；所選王維《槐》，當爲裴迪和王維《宮槐陌》詩。卷二所選元稹《楊枝》詩，當爲韓琮詩。卷三所選羅鄴《牡丹》，當爲裴説詩；所選韓愈《蘇侍郎薔薇庭各賦一物得芍藥》，當爲張九齡詩；所選駱賓王《芳樹》詩，當爲韋應物詩；所選陰鏗《山中得翠竹》，當爲張正見詩；所選范雲《橘》詩，當爲李元操詩。卷四所收李白《牡丹》，當爲羅鄴詩；所收王維《海棠》，當爲李紳詩；所收楊發《花》，當爲戴叔倫詩。

2. 僞詩

元禄本《唐詩名花集》中亦不乏僞作，除了在萬曆本、天啓本中已出現的之外，尚有數首。其中一些可以明顯追尋出其作僞的痕跡，如所選韓愈《瓊花》一詩：「維揚一枝花，四海無同類。介而常獨立，無瑕姿自媚。」此詩前二句出宋人韓琦《瓊花》詩，見《安陽集》卷一。後二句未詳所出，顯爲明人拼湊而成。所選孟浩然《山茶花》：「趙昌畫山茶，誰憐兒女花。散火冰雪中，晻映曉天霞。」後二句，出蘇軾《山茶》詩，見《東坡全集》卷一五，此詩亦爲明人拼湊而成。另有唐德宗《含笑花》一首：「天與胭脂點絳唇，東風滿面笑津津。芳心自是歡情動，醉臉長含喜氣新。傾國有情偏惱客，向陽欲雨似撩人。紅塵多少愁眉者，好似花鄰近結鄰。」此詩見題爲王士禎所編《艷異編續集》第十九卷《野廟花神記》，妓女含笑所作；又見《金瓶梅詞話》第五十回之開場詩。乃是明人作品，非唐人之作甚

明。另有釋無可《紫荆花》一首、薛濤《觀桃李花有感》其二，均不見唐宋人舊籍，亦當爲明人僞作。

（二）元禄本《唐詩名花集》混入唐前人詩

元禄本《唐詩名花集》中，亦有大量溷入齊梁人詩的情況。除了在萬曆、天啓本中所出現的之外，尚有：

1. 范雲

范雲（451—503），字彦龍，齊梁間人，爲「竟陵八友」之一。元禄本《唐詩名花集》卷一載范雲《橘》詩一首。見《先秦漢魏晉南北朝詩・梁詩》卷二①。

2. 梁宣帝

見上。元禄本《唐詩名花集》卷一載其《梨》一首。見《先秦漢魏晉南北朝詩・梁詩》卷二七②。

3. 沈約

沈約（441—513），字休文，歷仕宋、齊、梁三朝。元禄本《唐詩名花集》卷一載其《應詔詠梨》一

---

① 逯欽立《先秦漢魏晉南北朝詩・梁詩》卷二，第1552頁。

② 逯欽立《先秦漢魏晉南北朝詩・梁詩》卷二七，第2106頁。

首。見《先秦漢魏晉南北朝詩・梁詩》卷七①。

4. 梁簡文帝

元禄本《唐詩名花集》卷二載其《雪裏覓梅花》一首，卷四載其《朱櫻》一首，見《先秦漢魏晉南北朝詩・梁詩》卷二二、卷二一②。

5. 魏澹

魏澹，字彦深，隋人，見上。元禄本《唐詩名花集》卷二録其《階前萱草》一首。見《先秦漢魏晉南北朝詩・隋詩》卷二③。

6. 魏收

魏收(507—572)，東魏入北齊人。元禄本《唐詩名花集》卷二録其《柏》一首。見《先秦漢魏晉南北朝詩・北齊詩》卷一④。

---

① 逯欽立《先秦漢魏晉南北朝詩・梁詩》卷七，第 1658 頁。
② 逯欽立《先秦漢魏晉南北朝詩・梁詩》卷二二，卷二一，第 1954—1955、1949 頁。
③ 逯欽立《先秦漢魏晉南北朝詩・隋詩》卷二，第 2647 頁。
④ 逯欽立《先秦漢魏晉南北朝詩・北齊詩》卷一，第 2270 頁。

7. 劉孝先

劉孝先，梁人，劉孝綽、孝威弟，仕爲武陵王紀記室。元禄本《唐詩名花集》卷二録其《竹》一首。見《先秦漢魏晉南北朝詩・梁詩》卷二六①。

8. 張正見

張正見（527—575），字見賾，由梁入陳。元禄本《唐詩名花集》載陰鏗《山中得翠竹》一首，誤，當爲張正見詩。見《先秦漢魏晉南北朝詩・陳詩》卷三②。

9. 李元操

李元操（生卒年不詳），名孝貞，以字行，歷北齊、北周入隋。元禄本《唐詩名花集》卷二載范雲《橘》一首，當爲李元操詩。見《先秦漢魏晉南北朝詩・隋詩》卷二③。

10. 梁元帝

梁元帝，見上。元禄本《唐詩名花集》卷四録其《石榴》一首，見《先秦漢魏晉南北朝詩・梁詩》卷二五④。

---

① 逯欽立《先秦漢魏晉南北朝詩・梁詩》卷二六，第 2066 頁。
② 逯欽立《先秦漢魏晉南北朝詩・陳詩》卷三，第 2495—2496 頁。
③ 逯欽立《先秦漢魏晉南北朝詩・隋詩》卷二，第 2653 頁。
④ 逯欽立《先秦漢魏晉南北朝詩・梁詩》卷二五，第 2047 頁。

11. 褚澐

褚澐，見上。元禄本《唐詩名花集》卷四録其《柰》一首。見《先秦漢魏晉南北朝詩・梁詩》卷二四①。

三、《唐詩艷逸品》之訛誤與晚明商業出版之關係

《唐詩艷逸品》之所以會出現上述種種謬誤和不嚴謹之處，這與晚明商業出版的情況是密不可分的。由於晚明時期商業經濟的發達以及公安、竟陵等詩派的影響，出現了多部匯集艷體詩作的選集。《四庫全書總目》曾云：「閨秀著作，明人喜爲編輯，然大抵輾轉剿襲，體例略同。」②在這些閨秀題材選集中，較著者有《四庫未收叢書》第陸輯 30 册所收《姑蘇新刻彤管遺編》二十卷（隆慶元年刻本），《四庫存目叢書補編》第 13 册所收張之象《彤管新編》八卷（嘉靖三十三年刻本），《四庫存目叢書・集部》收録田藝蘅《詩女史》十四卷、《拾遺》二卷（嘉靖三十六年刻本），《四庫存目叢書・集部》收入題爲鍾惺編《名媛詩歸》三十六卷（明刻本），《四庫存目叢書・集部》收録鄭文昂《古今名媛詩彙》二十卷（泰昌元年刻本）。《唐詩艷逸品》之編纂與流傳，乃是在此背景下進行的。爲了贏得市民

---

① 逯欽立《先秦漢魏晉南北朝詩・梁詩》卷二四，第 2023 頁。

② 《四庫全書總目》卷一九三《名媛彙詩》提要。

讀者的青睞，書商們一方面在内容上多選取艷體詩娛樂性較强的題材，另一方面書商們在書籍的裝幀上，也頗下寫功夫。這在《唐詩艷逸品》天啓本體現得尤爲明顯。閔氏爲烏程地區（在今浙江湖州）著名的刻書家族，刻書以套印本爲特色。本書爲朱墨套印：正文爲宋體字，墨色印刷；書眉及行間評點，則爲朱色軟體，頗有眉目清秀之感。

然而，商業出版物在文字的校勘和内容的謹嚴方面，頗有不足之處。一些商人爲了牟取暴利，不惜僞託冒名，竄亂舊籍，製造出許多「假古董」。其中有割裂舊版，以僞造唐詩之情形①。明人胡震亨（1569—1645）《唐音丁籤》卷六四《戴叔倫集敘録》即云：「今代雲間朱氏刻本二卷，但中雜元人丁鶴年、本朝劉崧詩數首，而他詩亦有引後代事者，訛僞不一。」可見明人在編纂唐詩集時，將本朝人詩作改頭換面，溷入其中，已非個例。今天的《全唐詩》中，戴叔倫、殷堯藩、唐彦謙等人名下便大量溷入了明人的僞作，《牟融集》更全是出自明人僞造。考慮到這種風氣，則《唐詩艷逸品》中那些文字錯訛乃至張冠李戴、冒名頂替的情況，也就不難理解了。

另外，晚明的市民文學發達，不僅體現在通俗小説、戲曲等文學作品的大量産生上，同時體現在傳統雅文學範圍内的詩文詞曲也成爲市民消遣的重要讀物。據晚明人陸容（1436—1494）的《菽園雜記》卷一〇，《唐詩品彙》《萬寶詩山》《雅音會編》《瀛奎律髓》等等，都已成爲當時流行的消遣動

① 劉再華《明人僞造唐集與明代詩風》，《中國韻文學刊》1999 年第 2 期，第 50 頁。

物，乃至「上官多以饋送往來，動輒印至百部」。《唐詩艷逸品》本來就是晚明消費文化和商業出版的浪潮下催生的產物，只是爲了普通市民消閒散悶的讀本，因此其中的選詩和評點會出現很多真假難辨、魚目混珠的情況，也就不難理解了。即如其中所溷入的明詩人中，王穉登本身便是一個亦士亦商的「山人」，其《無題詩》也是「徘徊宛轉」「情至語切」；袁宏道所領導的「公安派」之興盛更是與當時江南的消費文化密不可分①，其創作也以通俗纖穠見長，正合乎了這些市民階層的口味。元祿本《唐詩名花集》中更出現了將當時艷情小説《艷異編續集》和《金瓶梅》中的詩歌妄題爲唐德宗所作的情況。由此可見，《唐詩艷逸品》與當時市民文學的密切聯繫。

① 邱江寧《明清江南消費文化與文體演變研究》，上海：上海三聯書店 2009 年，第 4—5 頁。